幼女戰記

Dabit deus his quoque finem

〔4〕

カルロ・ゼン

Carlo Zen

Kadokawa Fantastic Novels

contents

[chapter]

I

第壹章

長距離偵察任務

Long range reconnaissance mission

愈壞的傢伙，朋友就愈多。
瞧瞧那些壞消息，
總是一大票地成群結夥而來。

——漢斯·馮·傑圖亞中將　在東部情勢檢討會上

統一曆一九二六年三月十五日　帝國軍東部國境地帶上空

默默飛行在帝國東部國境上空的是一架雙發運輸機。這架相當於帝國軍空運部隊役用馬的機體，很罕見地在夜間飛行當中。

連本來為了避免事故，會在友軍控制空域點亮的翼尖燈也關閉了——迷彩塗裝的機體，除了微弱的引擎聲外，隱沒在夜幕之下，悠然地飛往目的地。偶然望向天空的人們，百人當中恐怕有九十九人不會注意到有東西在飛吧。

就連國籍標誌也弄得模糊不清的這架機體，用途是侵略敵地，有著以此為前提的塗裝。這架花費不少工夫在盡量降低能見度上的機體，講白了，是隸屬於為達目標不惜侵犯國境的特種作戰群空軍突擊部隊的作戰機。

就算帝國東部方面軍司令部直轄的東方防空作戰中心的管制官，發現雷達捕捉到異物向上級呈報，也不會在正式報告書上留下紀錄吧。畢竟這可是會在管制官打算提交報告的瞬間，來自作戰中心的參謀軍官就會警告他「貴官方才什麼也沒看見」的存在。

乘坐在這種極度敏感的東西上的人員，也可說相當於是帝國軍的機密吧。畢竟他們可是能根據情況，不惜執行骯髒工作的帝國軍參謀本部的壓箱寶們。

只不過，這種特種作戰群也等同是帝國軍引以為傲的最精銳戰將，將兵們大半都不惜對他們幾乎成為傳說的勇氣與本領獻上敬畏之意。

……不過身為當事人，才不要什麼敬畏之意，只希望有人能來代替自己做這份工作。

儘管自覺到自己陷入毫無意義的思考迴圈之中，但作為特種作戰群擔任長距離滲透偵察任務的指揮官──譚雅．馮．提古雷查夫少校，依舊是對這種不如意的現況偷偷在心中長嘆一聲。

垂下視線，就看到自己嬌小的雙手。不管怎麼說，這都是小女孩的脆弱骨骼所難以扛起的重責大任。要是有滿足身為幼女的要件，真希望能作為權利接受保護。不過事到如今，譚雅也不奢望能以「我是小孩子，我不想戰鬥」的理由脫離戰線了。

帝國軍參謀本部直屬的第二〇三航空魔導大隊，是直屬參謀本部並擁有獨立行動權的稀有部隊，並且累積了相襯的實績。換句話說，就是證明了這是一批有用的部隊。原本就是本國參謀本部所斡旋成立的部隊這點也很不妙。畢竟看在上級眼裡，總之就是很方便使喚。

部隊員也全是因此被丟進全戰線之中，經由實戰千錘百鍊出來的一批老手。自擔任指揮官的譚雅．馮．提古雷查夫魔導少校起，幹練的軍官們全是名副其實的精銳。

所以，譚雅才會落得抱頭苦嘆的下場。想說，儘管不想戰鬥，但在現況之下應該很難避免戰鬥吧。

一想到這，譚雅就隨著滿懷愁苦的內心，回想起數小時前的事。

降落帝都時所感到的喜悅，其實是空歡喜一場的事實。

這要追溯到數小時之前。

闊別許久的帝都上空，是設置了前所未有的濃密迎擊線的狹隘天空。每當通過重重布下的對空防禦圈，就會遭到地面人員盤問，真是教人吃不消。

或許是在兼任巡邏人員吧，但就算是與巡航中的教導隊同僚們打招呼，要是超過限度也會覺得很麻煩。

首先，雖說是友軍的任務，但人類可不具備能享受被他人用槍指著盤問的感性。

不過數小時前，在帝都上空沿著規定航線飛行的譚雅，內心從容到能將這些繁雜手續視為無關緊要的小事。

畢竟已經能回到帝都了。當遠望到懷念的帝都時，部隊全體洋溢著雀躍之情。從遼闊荒蕪還滿是沙子的南方戰線召回本國的將兵們，毫不掩飾自身的喜悅。

只能說是樂不可支。然而等到現在，譚雅真想一如字面意思，痛罵自己的樂觀思考有多麼愚不可及。

但也不是無法辯解，在那個瞬間，這也是無可奈何的反應。

對譚雅・馮・提古雷查夫少校來說，她也差不多受夠戰場生活了。只要能從前線解脫，不論是什麼理由，都會老實發出歡呼。被召回本國只會是好消息，所以想不到有任何理由去懷疑這道命令。

實際上，直到降落參謀本部指定的宿營地為止，譚雅自己都悠哉地相信本國歸還命令是為了休假的這個藉口。還佩服起本國居然會這麼大方，依照適當的人事輪調制度發出歸還命令。

外加上聽取歸還報告的，還是熟識的雷魯根上校與烏卡少校。光是看到令人懷念的容貌並排迎接，就足以讓歸來的部隊感到安心。想說這應該是高層貼心周到的安排，甚至有種見識到人事部厲害之處的感覺。

下令讓部隊員稍息之後，譚雅就指示各軍官看好部下，並向等待回報的雷魯根上校進行歸還報告。

「參謀本部直屬第二〇三航空魔導大隊，自譚雅・馮・提古雷查夫少校起，全員即刻起自南方戰線歸還，無人脫隊。」

「辛苦了，提古雷查夫少校。我聽南方遠征軍說貴官與部隊立下了出色的功勳。聽起來是大鬧了一場，看過最終任務報告後也確實如此，真是令我感動。」

「感謝你的讚賞，雷魯根上校！」

「貴官提出的將兵授勳推薦，也大可放心。提古雷查夫少校，就當作是我個人對貴官與部隊在南方建立的戰功所表示的敬意吧。無論如何，我都會負責讓推薦通過。」

雙方互相敬禮，彼此帶著身為專家的自豪與自覺對談。雷魯根上校這句負責到底的保證極為可靠。

畢竟這可是職業軍人，而且還是……參謀本部的將校做出的保證，應該不會是空口白話或空頭支票吧。話語中帶有的實績與信賴的重量，證明了這句話就一如字面意思，跟契約書一樣值得信賴。

「真是抱歉。本來應該是要在各位歸還時，連同慰勞的話一起交付的。只是參謀本部是在前幾天才收到有關貴官們的授勳推薦文。我自己也有在私下催促……不過事務人員似乎是在文件與手續上耽擱到了。」

「我才要為我久未聯絡一事賠不是。畢竟戰地的軍郵有著諸多限制，連想捎封信問候也難以辦到……」

回了個一如教科書的模範敬禮後，對近來容易斷絕音訊一事謝罪。

對譚雅來說，她也想盡可能了解本國的情況……但終究是透過海郵送信，沒辦法像電報或電子郵件那樣簡單。正因為如此，才不能欠缺面對面交談的溝通能力。

所以，應該要事先磨練好非語文溝通的感性，並且提高警覺才對。豈止是如此。在這瞬間，譚雅還老老實實地因為歸還的自己等人受到參謀本部無微不至的關切而感動起來。

……應該要再慎重一點才對——深深懊悔著自己竟如此粗心大意的譚雅，在運輸機中苦澀地回想著。

只要闔上雙眼回想當時情景，就會發現莫名善解人意的雷魯根上校，是以一副裝模作樣的態度點了點頭。

『別在意，我很能理解貴官的處境。』

一回想起自己當時回了什麼話就心生厭煩。是一面恭敬地低頭答謝，一面還開口表明之後想了解帝都情勢與本國的氣氛。

照道理來講，應該要能推測出，說這種話會讓他們做出某種反應來的才對。然而勉強感到有哪裡對不上，發覺事情不太對勁，卻是因為烏卡少校偶然映入眼角的困惑表情。

「那就來談談實際業務吧。有關這點就請負責的烏卡少校進行說明。向提古雷查夫少校說明有關運輸部門的事。」

「遵命，雷魯根上校……必要的情報，之後我會跟簡報資料一同說明。」

「烏卡少校，感謝你的協助。」

悠哉說著這種對話的自己，究竟是在南方大陸變得多遲鈍了啊？譚雅如今是懊悔不已。要是過度磨練殺敵感性的結果，是會在現實社會陷入溝通障礙的話，也未免太諷刺了。

當雷魯根上校談著談著問起「部隊的員額還是一樣滿編嗎？」時，要是答得很為難的話，結果應該會不同吧？譚雅直到現在都還在自問自答。

『是的，在南方大陸依舊只有輕微損耗。受助於隆美爾閣下的指揮，讓部隊能在未受到深刻損害之下返回。』不該老老實實把損耗稀少的情況向他稟報的。

雖是結果論，但這讓本來有可能躲掉的任務變得躲不掉了。畢竟就因為這句話，讓發現到能硬塞不可能任務的對象而露出燦爛笑容的雷魯根上校，如願以償地將麻煩事硬塞過來。

一切就從這裡開始朝奇怪的方向快速發展。

才一個小時左右吧？

回過神來，參謀本部作戰局戰略偵察部的軍官就在雷魯根上校的招手下，不知是從哪裡冒出而帶著笑臉趕來。儘管在這瞬間感到決定性的不對勁，但也已經來不及了。

應該要先跟參謀本部報告「部隊疲憊不堪，難以執行戰術行動」才對。畢竟，第二〇三航空魔導大隊是參謀本部直屬的大隊。雖說在大半的方面軍中，擁有能從指揮系統獨立出來自由選擇任務的特權地位……但必然地無法拒絕參謀本部的一切命令。

真可悲，就連一般來講太過無謀，會被指揮系統中的某人反對的命令，在參謀本部內部卻會基於隱匿原則，就只有自己與命令者知情。

不存在第三者介入阻止的空間。

該說是拜這所賜吧。

讓譚雅如今落得要指揮神祕的軍事集團暗中侵犯國境的下場。

雖然正確來講，現在還不是。

譚雅等人會搭乘緩緩飛行在帝國東部國境上空的運輸機，表面上是基於演習命令。

就算是藉口，事情就是這樣。

所收到的命令，在名義上是演習。還遵照上頭的指示，告知部下的軍官們「這是參謀本部緊急下達的演習命令」的旨意。

不過，誰也不會信吧。

才剛剛返回，就要因為上頭安排的什麼可疑到不行的「演習命令」搭上參謀本部所準備的機體，也不告知目的地就起飛了。

而且，運輸機還是夜間特種作戰機規格？

任誰都察覺得到，這道命令別有內情。這事簡單到連堪稱好好先生小姐的格蘭茲／謝列布里亞科夫兩名中尉都懂。

在搭機前的短暫空檔，資深軍官們珍惜著每一分每一秒，只要是能在航空基地弄來的東西，就見一個抓一個地塞進懷裡。

似乎擔任起武器彈藥管理的格蘭茲中尉，總之將備用的演算寶珠與整套彈藥裝備丟上了運輸機，謝列布里亞科夫中尉則是全神貫注地在檢點似乎是她不知道從哪裡俐落摸來的通訊器材。

至於被譚雅與參謀本部狠狠使喚的拜斯上尉，則是在將長距離滲透偵察任務老手最愛的巧克力棒，一個勁兒地不斷塞進部隊員的行李中。

然後，對於慌慌張張起飛的機體去向……表現上雖是祕密，不過第二〇三航空魔導大隊的將兵們可是懂得導航的。

畢竟他們可是單靠天文觀測進行夜間飛行的經驗都有過的人，自然理解自己等人正在前往東部國境線而感到坐立不安。雖說他們不愧是軍人，具備在聽取命令前保持沉默的自制心……不過那些望來詢問「這方向與東部方面軍使用的演習地區不同吧？」的眼神，也讓人煩到不行。

應該也沒有笨蛋會有「隸屬特種作戰群的運輸機航員們犯下導航失誤，不知道為什麼朝不是演習地區的方向飛去」這種聽來很有道理的誤解吧。

就算譚雅特意裝傻回答「這肯定是高層將校們，也萌生了讓演習內容增添變化的創造性」，部下們也知道自己在出發前，有基於「個人私事」與參謀本部作戰局戰略偵察部派來的聯絡軍官長談的事實。

這樣一來，充其量也只能期待部下能有禮貌地的假裝被這表面上的說明騙了……就只有投來好奇的眼神，倒不如該感謝他們也說不定。

不管怎麼說，早知道事情會變得這麼麻煩，還不如待在南方大陸戰線，與落後時代的殖民地軍在遼闊的沙漠上遊玩。

說起來，就有種想開零戰輾壓荷屬殖民地防衛軍的感覺。儘管去年九月時還在不耐煩地盯著沙子看，但要是跟滿是泥濘的東部方面相比，乾燥的沙漠真是太棒了。

譚雅·提古雷查夫少校可是名老兵，換句話說……就是沒幼稚到會對戰鬥懷有浪漫情懷。對這種經驗豐富的人來說，是更加喜歡幫助強大的友軍欺凌弱小的敵軍。

樂意自願跳進具有強敵的戰場或危險地帶的感性，可不是該帶到晴時多砲彈偶屍體的戰場上的東西。就像個軍人，譚雅冀望著和平主義。可能的話，還希望能在安全的後方像個知識分子一般和平地工作。

正因為如此——

儘管說過了，但當我得知在南方大陸未滿半年的軍務得以結束時，那份喜悅到頭來卻是空歡喜一場。當聽到要基於魔導部隊定期的部署輪調歸還本國時，我可是高興到跳起來了。

想說參謀本部這還真是出色的安排而心存感激，甚至還想說不愧是傑圖亞閣下，真是懂得將兵的心情而再次對他湧現尊敬之情。

唯一該說可惜的，就是要跟好不容易、好不容易就快打好關係的隆美爾將軍告別吧。

『等妳離開後，戴·樂高那傢伙肯定能睡得高枕無憂吧。』

『啊，那我會等著收到閣下把親愛的戴·樂高先生的枕頭狠狠踢飛的消息的。』

他可是在做離任報告時，還能像這樣互開玩笑的理想上司。就連開這種揶揄狀況，在跟傑圖亞閣下說話時不免會再三遲疑的玩笑話都不會介意的長官，可說是相當難得。在能真正理解我這邊的要求，給予自由的權限與裁量權的長官底下做事，真的是很有工作的價值。

在這架運輸機上愈是去回想……就愈是覺得南方大陸真是一個輕鬆的戰場。

我方的司令官極為優秀，敵我的戰力差幾乎保持均衡狀態，不過士兵的訓練程度有著壓倒性的優勢。最重要的是，敵軍是一度大敗過的敗家犬。一度大敗過的士兵可說是意外地脆弱。這讓敵軍衰退到遠遠低於帳面戰力。獅子率領的仔羊或許能蛻變成狼……但要是在獅子率領之前就嘗過「敗北」的滋味，要重新訓練這批羊群也會很不順利。

只要摒除因為沙漠特有的情況，得要去煩惱水源等後勤補給的問題，甚至可說是非常舒適的戰場。如果能一面適度地打擊弱敵，一面賺取勳章並空出時間來訓練部下，就幾乎算是一個模範的戰場了。

會興高采烈地離開這樣的南方大陸，完全是因為譚雅深信，自己會有著擔任後方勤務的瑰麗未來。

在降落本國的數小時前，還夢想著能在本國好好休養，趁機獵取後方勤務的官位等等，有著好多好多想做的事。

天真地認為，因為要重新編制戰力，所以應該能在本國悠哉休息上一個月。滿心期盼能享受本國的春季直到四月左右。

最壞……也就是駐紮在舊共和國軍基地享受春季吧，一點也沒放在心上。想說這樣一來，就是要陪彼此對峙著不敢妄動的聯合王國打假戰吧。把這當成實質上的有薪休假，描繪起樂觀的未來預想。

……對，我曾經是這樣想的。

真可悲，軍人這個職業真是缺乏自由，卻反比例地擁有許多義務。

要是能自由供給勞動力給市場，真想趕快轉職。要是有民間軍事公司存在，真想認真考慮看看。不對，乾脆就自己創業開一間吧——現況嚴苛到讓譚雅就算只有瞬間，也想沉浸在逃避現實的思考之中。

等注意到時，就要對聯邦進行極機密的越境作戰。

當然，這肯定違反了大量國際法……不過嚴格來講，對方是未批准一部分國際法的聯邦，還能辯稱是灰色地帶算是唯一的慰藉吧。

解說

【假戰】 官方上處於戰爭狀態，實際上兩軍就只是在國境線上大眼瞪小眼，假裝戰爭。一般泛指第二次世界大戰初期，德國與英法兩國相互對峙，卻幾乎沒發生過地面戰鬥的事例。嚴重一點的，還有交戰國雙方根本忘記自己是在戰爭的事例。史稱三百三十五年戰爭的漫長戰爭，這段期間內竟然連一發子彈都沒打過！

但不管怎麼說，這都沒辦法去爭論命令的正當性。既然沒有明確的違規行為，軍人要怎樣公然反抗長官的命令啊？只要命令下來，自己就只能唯唯諾諾地遵照參謀本部的命令行動，這我早就知道了。

但要說過分，倒也還真的很過分。

不過，譚雅就在想到這裡時，將一切的嘆息與抱怨拋開，重新思考起自己所置身的狀況，確定自己沒有選擇的餘地。

這是針對聯邦的作戰行動。

要是失敗……運氣好就是共產主義者主導的「溫馨且人道的人際交流（拷問）」在等著自己吧。

這是要潛入聯邦這個就連共產主義者都難以長命的政體。

要想活著回來，現在就不是吝於付出各種努力的時候了。

「拜斯上尉，方便打擾一下嗎？」

「是的，少校！」

下定決心之後，譚雅一面向值得信賴的副隊長搭話，一面偷偷確認起手錶的時間。該說是幸運吧。

就時機來講，現在並不壞。

「不好意思，你稍微過來一下。」

堆滿大量低空滲透用的特殊器材與武器彈藥，然後再拚命塞進航空魔導師的運輸機內部極為狹窄。這要還是軍用運輸機的話，光是要把部下的軍官找來，就得先推開好幾名部下才行。

要是不大聲嚷嚷就沒辦法通過。

畢竟軍用機完全沒考慮過像旅客機那樣的舒適性。就算引擎聲以軍用機來講算是安靜，終究還是軍用機。說話得要扯開喉嚨，免得被機內噪音蓋掉，也讓譚雅感到麻煩至極。

不太需要警戒對話會被豎起耳朵的部下們偷聽到算是唯一的救贖吧。

「副官！格蘭茲中尉！抱歉，給我立刻檢點全員裝備！」

「「遵命！」」

命令謝列布里亞科夫中尉與格蘭茲中尉確認部下的裝備，讓他們適度忙碌起來的譚雅，就從腳邊的公事包中取出重重捆包的文件袋。

朝譚雅取出的文件偷偷看了一眼的拜斯上尉，應該有注意到她手上拿的是密封的參謀本部專用文件袋吧。譚雅向投來詢問視線的他點點頭，詢問起手錶的時間。

「拜斯上尉，給我確認指定文件袋上的記載時間。我想用貴官的手錶確認，記載時間與現時刻是否一致。」

「是的，少校。與下官的手錶時間一致。」

「很好。我的手錶也是相同時間。經第二〇三航空魔導大隊指揮官與資深軍官的確認，在我二人的見證之下……開封。」

唰唰——一割開文件袋，譚雅就從中抽出幾份文件。迅速看過第一張的概要文件，就知道是跟預期一樣的東西。

譚雅蹙起眉頭，暫時保留評語，將這些文件遞給身旁的拜斯上尉。

「……這是……」

看完文件的拜斯上尉會發出呻吟也是理所當然的事吧。

「所以才會用這種形式，緊急將我們投入對聯邦的偵察任務啊。這倘若是事實，也難怪高層那些傢伙就算不擇手段也想要確認吧。」

「是的，少校。我完全同意。要是背後發生了這麼嚴重的事，也就非常能夠理解，會以如此難解的形式下達命令的理由了。」

一旁點頭的拜斯上尉的臉色，不用看也想像得出來。肯定就跟譚雅自己一樣難看吧。

事態嚴重。

……參謀本部的情勢分析若是事實，「聯邦」就正為了在東部國境線全區發動大規模攻勢，開始預置戰備物資。

根據寫著閱後燒燬命令的文件表示，國境線上的金絲雀似乎有好幾隻同時叫起。這樣一來，誤報的機率就有如天文數字一般的低。要說到對共產主義者的防備，自聯邦建國以來，帝國軍就一直在東部國境的防衛上費盡心思。會配置包含了多名長期臥底在內的金絲雀，也是基於這份危機意識。

這不只是參謀本部的參謀將校，而是帝國軍的全體軍官都無時無刻抱持著可能會遭到共產主義者襲擊的危機感。

正因為如此——

不論是與協約聯合的北方戰線，共和國的奇襲與隨之而來的萊茵戰線，還是與大公國的達基亞戰線，帝國軍東部方面軍都絕對不會離開東部國境線，始終堅守崗位。

正是覺悟到他們可能會與共和國一同夾擊的惡夢，帝國軍參謀本部才會竭盡人類智慧所能關注聯邦軍的動向……因為帝國深信，要是聯邦從背後攻來，那一瞬間將會是最大的危機。

要說這是當然的警覺，也確實是如此。

畢竟帝國軍就是在將大陸軍投入北方之際，遭到共和國的戰略性奇襲。

為了避免重蹈覆轍，帝國軍在萊茵戰線發動大規模攻勢的同時，東部方面軍也依然保持著高度警戒。

雖是如此，然而帝國軍主力在自從殲滅共和國軍之後就變得頗為鬆懈。

……畢竟在維持穩定狀態的現在，是怎樣也想不到聯邦會有任何發起行動的理由。所以照道理來看，也是有誤報的可能性。

但就算祈求希望聯邦軍的動向只是一場玩笑，只要看過報告書，就會知道這個願望恐怕會落空，不得不立即修正計畫吧。

問題在於確認。一想到逐漸活化的聯邦軍狀況，就有必要進行確認。上頭不惜抵觸國際法的意思，也透露出這份決心。

「該說這是超越一切危機的緊急時刻吧。想不到參謀本部會不顧一切地指示我們進行越境作戰呢。」

說到這，譚雅語帶嘆息地接著說出一句。

「雖然覺得這也是沒辦法的事……但身為大隊指揮官……沒能幫各位準備好休假，真是感到過意不去。」

「畢竟是軍務。少校，既然是這種情況……這也是沒辦法的事。」

「唯有這點，就只能感慨，誰叫我們有軍務在身呢。」

究竟還要再嘆息多少次呢？譚雅邊在心中抱怨，邊擔心起狀況。

在東部國境線上，聯邦軍出現可疑動向。

光是這點，就足以吹散參謀本部鬆懈下來的勝利氣氛了吧。

回想起來，難怪明明是剛從最前線的戰地歸來，也沒能在雷魯根上校與烏卡少校等後方勤務組身上感到一絲鬆懈。要是自己對於非語文溝通的感性有正常運作，應該就會提高警覺了。

大規模攻勢的前兆，換句話說就是參謀本部是認真相信聯邦會向我們開戰吧。要真是如此，就應該只是沒有告知，實際上參謀本部早已集結了相當數量的部隊作為預備兵力也說不定。

「拜斯上尉，參謀本部對東部方面情勢的分析你怎麼看？」

「老實說我有點懷疑。在這種狀況，下官想不到任何聯邦對帝國發動攻勢的合理理由。」

「我也是，上尉。不過，『正因為這樣才不可思議』。」

「咦？」

「我可不覺得連我們都想得到的疑問，參謀本部會想不到。」

「誠如少校所言，這究竟是……」

哽住話語，稍微思考一會兒後，拜斯上尉就像是理解似的點點頭，一臉恍然大悟地喃喃說出一句：

「……啊，原來如此。」

就是這麼一回事——譚雅點頭繼續說道。

「既然如此的話，參謀本部如此確信地斷定聯邦的威脅……光是這項事實，就讓危機的真實性提高不少了。」

侵犯國境可不是隨隨便便就能做出的事。因為這無疑會送給對手一個把柄。就算辯稱這是演習失誤導致的越境，也還是讓第二〇三航空魔導大隊組成的戰鬥部隊越境了。一旦形成外交問題，要是在平時，帝國就將會蒙受極為龐大的損害吧。

參謀本部會吞下這種風險，實際做出越過東部國境潛入聯邦領地的決定……應該是握有某種確切的證據。

半吊子的情報，應該是不會採取這麼果斷的確認方法。也就是說在上頭心裡，這是最後的確認，而不是帶有遲疑的偵察。

是為了預防最壞的狀況，事先調動數個部隊，以開戰作為前提的行動。

「要開戰了。」

「恕我失禮，少校。一切都還只在推測的階段。是考慮到列舉的事實，認為可能性很大的假設。這並不是確定聯邦參戰的確切情報。首先，不是找不到理由嗎！」

就像是聽到譚雅的低語做出回應的拜斯上尉板著臉所指出的一樣，理由確實成謎……不對，就唯有譚雅也不是沒有稍微想到一點「該不會……」的理由就是了。

「要是聯邦有攻擊的意圖，說到底應該會聯合『共和國』發動攻勢才對。特意選在帝國軍主力返回本國的狀況下開戰的理由，我是怎樣也想不出來。難道不是某種示威或是外交恫嚇的可能性嗎？」

恫嚇嗎？一考慮起拜斯上尉說出的詞彙，譚雅就苦笑起來。是可以指責拜斯上尉自己也一臉半信半疑的表情，但還是善意地認為，這是因為自己的副隊長是個優秀的常識人，才會提出這種意見。

……人類至今所經歷過的大小戰爭，是怎樣開戰的？只要翻開史書看一下前因後果就好。戰爭開始的理由與原委，幾乎全都基於惰性與無聊的理由導致理性敗北所致的愚昧之舉。

「要設想最壞的情況，就以實戰為前提降落。」

「少校！」

譚雅伴隨著嘆息，拍拍以壓抑的聲音，靈巧地要求她重新考慮的部下肩膀，接著說：只能這麼辦了。

「這是徹底的敵地滲透任務。在確認開戰的同時就要開始攻擊。就本國的意圖，在命令上這是敵地滲透偵察。不過考慮到我們的配置，也不得不帶有實質上的攻擊準備命令的性質。不論如何，一旦開戰上頭就會要求我們按照獨自的判斷行動。最好要有覺悟。」

在苦澀低語後，譚雅想到：還得向部下說明才行。補充道：

「好啦，拜斯上尉。倘若沒有異議，我想請你向部隊說明任務。」

「要我說明嗎？」

副隊長一臉錯愕，看樣子是想不透譚雅拜託他做這種事的理由。雖說要是他的話，應該是會對譚雅所感到的自卑感，或是說羞愧感毫無感覺吧。

……聲音夠大還真是教人羨慕。

「很遺憾呢，上尉。我的聲音不怎麼大。在這吵雜的機艙內，我講話可沒人聽得到。」

作為令人懊惱的事實，就算我扯開喉嚨大喊，聲音也很可能會被引擎聲蓋過。正因為如此，與以講悄悄話的形式叫來的拜斯上尉說話，才會有必要像這樣拚命地扯開喉嚨大喊。

不對，這並不是自己特別有問題。就算是成年男性，想要讓聲音傳到機艙尾端都會很辛苦了，像自己這樣的小孩子音量，就只會落得弄傷喉嚨的下場，這是冷靜的判斷。

很可悲的，就算想根據空戰的戰術教本用術式擴大音量，現在也處於魔導靜默。這是前往敵地的潛入作戰。要是用上擴音術式，就等同是在高空散布魔導反應。這樣一來，就等於是在特意通知敵人的警戒網有侵入者喔。

……至少，在越境之前不能讓對方偵測到我們的存在。

「啊，那個……是我失禮了，少校。」

「別太在意。拜斯上尉，給你添麻煩了，但最好還是拜託你了。」

「當然。這本來應該是我要主動提出的才對，還請少校寬諒。」

或許是譚雅在無意中露出懊惱表情吧，欣然允諾的部下那一臉愧疚的表情，讓譚雅回想起關懷部下的必要性。一副真沒辦法的態度，譚雅再度拍起拜斯上尉的肩膀。

就拜託你嘍——在補上這句話後，譚雅就催促拜斯上尉開始說明。

然後，拜斯上尉就在催促下確實地開始工作。在狹窄的機艙內，體格還算不錯的拜斯上尉儘管看似不太方便，但也還是開始簡報了。

「全員注意！」

就在他大聲喊出命令的瞬間，謝列布里亞科夫中尉與格蘭茲中尉就像是按下開關的機械一樣，反應機敏地復誦起注意命令。直到剛剛都還在匡匡噹噹弄著裝備的將兵們反應也很完美。在命令的同時，中斷所有作業。

無人發出半句私語，一絲不亂看向譚雅與拜斯的整齊步調，只能用出色來形容。真可說是軍紀教練的模範。

「各位，大隊長已公布各位的任務概要了。」

承受著不敢漏聽半句的將兵們的視線，也依舊毫無動搖的拜斯上尉坦然說出這句話。

「即刻起，我們將因為演習中的偶發事故，被運往聯邦境內執行越境偵察。」

雖是矛盾至極的話語，但在默默聆聽的部下之中，並沒有會提出疑問打斷拜斯說明的無能之輩。不只是耐不住性子的小鬼頭，搞不清楚狀況的人在這方面上意外地會捅婁子。

已經摸熟脾氣的將兵，在這方面上就很能進入狀況，非常好。

「這全是參謀本部的指示。任務是我們的看家本領長距離偵察任務，不過ＲＯＥ（註：交戰規則）非常特殊……各位戰友，我們第二〇三航空魔導大隊所分配到的任務相當重大。」

拜斯上尉帶著前所未有的緊張表情，不過儘管如此，也依舊展現出讓聲音響徹整座機艙的宏亮嗓音。真讓人羨慕呢，甚至讓譚雅這麼想。

不過，這也只是他擁有著自己未擁有的東西罷了。

委外也要視運用方法而定，畢竟也並不全是便宜沒好貨的低劣委託。專業的事交給專家這句格言，是跟李嘉圖的比較優勢同等的真理。對譚雅來說，這也是將聲音太小的煩惱外包給他人的適當藉口。

「在任務前，我先大致說明東部方面的一般狀況。數天前起，帝國軍參謀本部突然陸續收到複數情報源傳來東部方面出現可疑情勢的報告。」

大概是理解到簡潔說明起幕後情況的拜斯上尉話中帶有的意思。很快地，感覺敏銳的將兵們就朝聯邦的方向偷偷看了一眼。

一如眾人所知，部署在東部國境的東部方面軍，長久以來就只將聯邦軍視為假想敵做傳統性的重點配置。

「……終於來了嗎？」

「這種狀況下，也沒有其他……」

部下會罕見地露出動搖的視線，嘰嘰喳喳地竊竊私語起來，也是無可奈何的事吧。

東部軍近年來儘管受到在北方、西方、南方日以繼夜地進行激烈戰鬥的各方面批評是游離部隊，最高統帥府也依舊不理會這些湧上的批判，站在東部軍這一邊。這是因為以威脅程度來看，聯邦就是如此地不容小覷。在帝國軍之中，訴求對聯邦軍保持警戒的看法絕非少數派。

畢竟只要是帝國軍人，就怎樣都沒辦法忽略聯邦這名外敵。要說到東部的不穩情勢，任誰都會聯想到他們。

「本來的話，我們應該會作為確認調查此事的部隊受到動員吧。然而情況驟變。本日清晨，帝國軍參謀本部收到東部方面軍第四三七戰術特種偵察小隊發出的緊急報告。」

拜斯上尉的一句話，讓機內的氣氛為之凍結。「該不會」的疑問，如今已轉變成「果然沒錯」的確信吧。

朝著臉色僵硬的部下們，譚雅一副「就如同你們所推測」的態度點點頭。

狀況很單純。

東部的對聯邦警戒人員傳來警告。而除了這件事外，戰術特種偵察小隊（簡而言之，就是非法越境執行滲透偵察的違法分子）都無需發出警告。

會特意偽裝成平民與外交官侵入他國，擁有極高隱密性的一批部隊——東部方面軍第四三七

解說

【李嘉圖的比較優勢】又稱為比較生產費說。是貿易理論的基本。極為簡單地來講，就是說各人製作各人擅長的物品，然後再互相交換是最有效率的喔。

戰術特種偵察小隊。除了是受到「參謀本部作戰局戰略偵察部」管轄之外，一切情報成謎。

「在對聯邦第一警戒線快速反應待命下的該部隊發出警告。同時，他們還經由加密無線電報告有規模不明的聯邦軍部隊開始活動。」

在拜斯上尉的狀況說明再加上飛行航線之下，還推測不到任務內容的士兵，肯定是個菜到不行的菜兵。

「此外，還有個壞消息。發出第一報的第四三七部隊，在報告之後就音訊全無。不妙的是，複數的戰術特種偵察小隊也同時斷絕音訊。這就像是礦山的金絲雀在叫了一聲後就不再叫一樣，意義重大。」

目前的東部情勢，一言以蔽之就是「不穩」。危機即將爆發。逐一整理累積起來的狀況證據所導出的推論是誤解的可能性，再怎麼樂觀看待也有如天文數字一般極為渺茫。

聯邦的共匪們有了某種動作，我方的監視人員在發出警告後就音訊不通。所以現在，自己這批人才要前去確認。姑且是侵犯了中立國的領空。

重新思考到這裡後，譚雅就在部下的將兵們大概也理解狀況時，帶著嘆息下定決心想：該要做好覺悟了。

具體來說，就是絕對不能淪為共匪的俘虜。

這要是相當於美國那樣注重人權的國家的話……姑且不論前線部隊，是還能選擇在後方地區投降。

就算對方是血氣方剛的洋基傢伙，倒也還是文明國家。要是有憲兵看管，就不用太過擔心會遭到當場處決了。

然而，對方是共匪。

就算投降也只有悲慘的未來，大戰末期德軍俘虜的命運，已無庸置疑地證明了這件事。譚雅可沒那個自我犧牲精神，會為了對軍事心理學做出貢獻，而拿自己做重現實驗。

這也就是說，想要活著回來，最起碼也必須要對抗共匪的威脅。儘管沒有比這還要痛苦的事，但這是為了生存所不容拒絕的生存競爭。

要說到唯一幸運的就是——譚雅能向她一點也不信的神，傲慢地自豪自己的手牌並不壞。

「因此，任務就跟各位推測的幾乎一樣吧。」

暗示這會是一場戰爭的拜斯上尉，就連說話方式也莫名地保留。

眼前保持從容態度的拜斯上尉、謝列布里亞科夫中尉、格蘭茲中尉等各中隊指揮官與旗下的

解說

【大戰末期的德軍俘虜】 在第二次世界大戰末期，德軍的將兵們一齊朝西方移動……因為他們很清楚，要是向蘇維埃軍投降，下場將不得而知。

部隊成員們。

他們是精銳。就連在帝國軍當中，恐怕也是名列前五的最精銳。

「我們將越境防備最壞的狀況。監視聯邦軍的動向，在必要時發出警報。當然，在發出宣戰布告之前，我們的越境作戰就形式上是侵犯中立，行動時要小心謹慎。」

始終淡淡說明實情的拜斯上尉是名專家，但也正因為是專家，才會整理不好心情，乃至於不壓抑情緒就無法保持語調吧。

不過，雖只有在表面上，但他所展現的完美控制內心的資質，讓人不得不看得入迷。不僅非常有人味，而且還帶有身為專家的自制心，真是完美。

一道緊急命令，就被迫接下這種不可能任務的拜斯上尉，應該也想跟上頭抱怨幾句。不說別人，就連譚雅自己也不是對參謀本部的祕密主義毫無意見。

不是想爭論保密的重要性，但還是希望能將保密與是否該給予必要情報，嚴格分成兩件事來看待。

更別說第二〇三航空魔導大隊裡不可能有共匪了……一想到這，譚雅就懊悔起來。以人工情報的觀點來看……對手可是在能從任何地方獲得支持者的滲透力上備受公認的共匪。

這反過來說，就是除了熟知脾氣的大隊外，誰都無法徹底信賴的嚴峻狀況。

儘管疑心暗鬼是邁向妄想症的出色里程碑，但完全無法保證能閱覽大隊運用時程表的傢伙之中，沒有共匪存在。唯獨這件事，就相當於是陰險的老狐狸玩的爾虞我詐的把戲。

「因此，我們要進行敵地滲透，為開戰做好準備。萬一因為某種幸運讓戰爭得以避免時，就會需要立即脫離。不過，我們實戰部隊要做好最壞的打算。也就是說，我相信各位也會懷著與聯邦開戰的覺悟展開行動。我的話到此結束！」

「辛苦了，拜斯上尉。」

拜斯上尉口頭說明完狀況。就在他轉過來做結束報告時，譚雅也切換思考。將動輒就要飛向與即將到來的作戰無關，有點不切實際的領域之中的思考暫且擱下。如今就先做好前線指揮官所該做的事吧。

看清未來是很重要，但要是無法迎接明天，深謀遠慮也不過是畫餅充飢。

「各位大隊戰友，就如各位所聽到的！該說我們的參謀本部有在萊茵戰線學到教訓吧！果然是會想做好提防，免得再次遭到奇襲呢！不過將保密視為最優先，直到緊要關頭才告知我們任務可就讓人不敢恭維了。只好說參謀本部還真是慎重呢，苦笑帶過了。」

解說

【人工情報的觀點】 人工情報（Human intelligence）簡單來說，就是透過人員對話與媒體情報進行情報收集的行為。共產主義也曾有過魅力四射的「時代」，在那個時代，到處都有「共產主義者」在晃來晃去。吸收人員還真是簡單呢！此外，カルロ・ゼン希望吸收人員成為「共產愛好者」。請注意！

大概是回想起被共和國擺了一道的帝國軍高層的失態，萊茵戰線的過來人們各個一副「那還真是過分呢」的態度深深點頭。一旁的資深隊員們，則是「格蘭茲中尉也獨當一面了呢」開始在同伴之間調侃起來。當中謝列布里亞科夫中尉擺起前輩架子的模樣，真是讓人感慨萬千。

就這樣，譚雅算好緊張感適度放鬆的時機，把話繼續說下去。

「不過，這次有能的高層可是替我們使了個壞主意。既然有能，就讓人想不去在意這些瑣事地感謝惡魔或上帝。就各自去感謝自己信仰的對象吧。就個人來說，我推薦居住在參謀本部裡，那些叫作參謀軍官的撒旦。」

「少校，聽說少校也長著惡魔的尾巴，請問是真的嗎？」

「這是個好問題，同時也是無意義的問題。我的尾巴早就因為共和國軍的砲擊還有戰壕的惡劣環境斷掉了。要是仰躺在安樂椅上，說不定還有留下一小截呢，真是教人遺憾。」

用玩笑回以玩笑，視時間與場合，像個蠢蛋一樣大笑也會帶來幫助。畢竟笑話不僅能紓解緊張，還是能發揮人類的高水準能力——批判、髒話等語言才能的工具。

「好啦，就如拜斯上尉所說……對手是共匪，應該是沒有過度警戒這回事吧。」

就算竭盡全力大喊，也不及拜斯上尉的音量。放眼望去，部下們露出有點聽不太清楚，想集中精神傾聽的表情。為了盡量提高音量，譚雅一面特意去努力，一面為了保全身為上司的顏面，裝出一副若無其事的模樣，好不容易才達成這種高難度的行為。

「……我們搭乘的這架第二二運輸飛行中隊所屬的機體，目前正全速飛往作戰地區。為了保存隱匿魔導師的存在，魔導靜默在降落後也要徹底執行。不用說，一切皆以隱密性為重。」

名目上，這是參與演習的運輸機，因為導航機材故障而不小心侵犯聯邦領空，由於相關人員都沒能注意到導航機材的故障，故將這裡誤認為演習空域而投下部隊。

當然，這種鬼話就連當事人都沒半個人相信。連要假裝相信都很難。不過，上頭應該是想避免帝國軍先發動攻擊這種麻煩的外交懸案吧。政治啊——一想到這，譚雅就再補上一句。

「唉，這種超麻煩的指示，全是所謂的政治要求。我沒有尾巴，所以不太清楚呢。」

後方會爆出一陣輕笑，應該是自己的玩笑沒有輸給引擎聲傳達出去的證據。不過反過來說，要是毫無反應，也就證實自己的音量太小，讓部下們感到不便了。

「離預定降落地區約還有三十分鐘。降落後的集結也要在魔導靜默環境下進行。總歸來講，就是跟往常一樣。我期待會有跟往常一樣的結果。」

這是為了將能見度降到極限的夜間迷彩規格機。然後，搭載了低空滲透專用的特殊機材的特種作戰機，夜間是最佳的行動時機。只不過，要在夜間掌握同伴的狀況也很困難。

空降本來就無論如何都會讓打亂部隊的管制，要在空降之後迅速集結部隊，需要相當的訓練水準。

要是要求在沒有無線電的狀況下幹這種事，大半的指揮官肯定都會舉雙手投降。

不過譚雅很清楚，在這方面上，任何煩惱都只是杞人憂天。

這可是甚至曾在毫無地標的沙漠中進行過推測航行的第二〇三航空魔導大隊，對於包含導航在內的技術，譚雅能滿懷自信地相信他們不會有任何問題。

以能力主義選拔的這批部隊展現出格外出色的實績，接連在達基亞、諾登、萊茵以及南方大陸充分展現了實力，這可以說是相當卓越的成果。第二〇三航空魔導大隊的部隊員，如今已是一批優秀可信賴的幹練軍人。

就連像格蘭茲中尉等在萊茵戰線加入的補充人員，水準也有顯著提升，如今已相當於編成初期的成員了吧。關鍵的大隊戰力也幾乎維持著完美的充足員額數。

作為參謀本部直轄的部隊，能以充實的預算與權限發揮部隊戰力，果然有很大的幫助。

雖說訓練計畫在時間上相當急促……不過還是在短期間內，針對這些即使有點戰鬥狂傾向，卻擁有優秀資質的選拔菁英，密集進行了嚴格訓練。

有效率的人力資本投資，總歸來講就是這麼一回事。

當然，在大學長期間學習理論教育、實習、基礎實驗之類的課程，也是有意義的。這部分應該算是實踐派與學院派的差異吧。雖然我不認為士兵有必要接受學院派的教育。

「真是雜念呢。」想到這裡，譚雅就忍不住笑起。不過，冗餘性這東西意外地不容小覷……即使與這次的任務沒有直接關係，但保持平時的思考，對人類的精神穩定來說很重要吧。

我信奉著自由、公平與市場。人類就本質上來說是種政治動物。

既然如此，就該以政治行為，在市場自由地進行公平競爭。

「此外，本作戰是在聯邦主權範圍下的活動。抵達作戰地區後，在最壞的情況下，我們將不具有軍籍。」

反過來說，在不具市場的環境下，我們完全沒有講求公平的必要性。

倒不如說是推薦採取政治正確的行為。要是對方侵害了自由，我們就必須作為一名Freedom Fighter——自由鬥士進行奮戰。

這在和平國家的和平憲法的規定之中也有提到。所謂的自由，是經由不斷奮戰所獲得的。換句話說，為了自由的鬥爭，是對和平做出的貢獻。面對共產主義者這種恐怖的極權主義者，就必須要為了自由、正義與人權而戰吧。

「雖是老樣子，但我們的任務看樣子並不輕鬆。」

譚雅就在這，以不輸給引擎演奏出的重低音的沉重語氣，盡可能大聲地向部下們宣告。

畢竟，這是非正規任務。

侵犯中立這種事，往往都會把責任轉嫁到現場人員身上。很難說是會受將兵們歡迎的任務。道理就像是，沒有勞工在聽到要幫公司背黑鍋時會感到高興一樣。

假如沒有適當的報酬，任誰也不會想跟內線交易還有麻煩的捐款扯上關係。所以，企業才會設立法務部這種打著守規名目鑽法律漏洞的單位。

……不，敝公司的法務部當然充滿著守法精神，在善盡社會責任上極為熱心。是的，我就只是在闡述一般論，敝公司與敝軍隊甚至可說是法律精神的體現吧——就在她險些辯解起來時，譚雅就「自己還擺脫不掉轉生前的條件反射呢」苦笑起來。

該說是本性難移嗎？……還是說國家也無法改變人所擁有的性質呢？

「倘若四三七的情報無誤，祖國就正處於分秒必爭的事態之中。」

大陸性的國家理性主義，視國家的利益重於一切。

要是鄰國是帶有戰爭狂傾向的國家，或是有共匪在蠢蠢欲動的話，就算不是法國，我想也會得到相同的結論。不過，國家理性也是人類的理性。只要考慮到理性的有限性，如此脆弱且無法信賴的概念，連在人類史上都相當罕見吧。

順道一提，雖說是為了國家，但大半的壞事，國家都會要人負起責任可也是事實。無法保證執行部隊不會被斷尾求生。國家當局的人往往會為了保護自己，把自己的權威與國家利益綁在一起，相當棘手。

正因如此，命令人與執行人之間不能缺少信賴關係。不論是雷魯根上校，還是參謀本部的傑圖亞／盧提魯德夫兩名中將閣下，我都很清楚他們的為人，沒有比這還要讓人安心的理由了。

「反過來說，這就是一趟回歸童心，瞞著國際社會偷偷進行的冒險之旅。會有人無趣地不想去窺看神祕的國度，來一趟興奮不已的探險之旅嗎？相信我至今度過重重槍林彈雨的大隊之中，應該不會有這種人吧！」

正因為清楚這件事，譚雅才能安心地開起玩笑。上司有餘力開玩笑，就表示他信任上級，這樣底下的人也會感到安心吧。

聽到譚雅說出這句話的瞬間，一齊吹起口哨、大笑出聲的部下臉上沒有絲毫不安。人人露出「來大幹一場吧」的笑容，充滿活力。

就算這是出擊前的虛張聲勢，光是有餘力虛張聲勢就該值得高興了。同時，這也表示部下們信賴著我，所以才沒有在我面前抱怨不滿。

不被部下信賴的上司，表示他欠缺經營管理能力，就算遭到更換也不足為奇，所以這點很重要吧。

嗯，滿意了。

「四三七的責任地區，根據事前情報，推測是聯邦軍的物資預置據點。至目前為止，情報部尚未確認到部隊集結。」

拜斯上尉就在這時，一面注意別潑大夥冷水，一面看準時機開口說道。這是在眾人興奮起來時，不著痕跡地以補充說明的方式安撫情緒的高超手法吧。

能在保持戰鬥意欲的同時維持住秩序，全是因為有像他們這樣有能的軍官存在。

武田信玄果然是對的。人是石牆……就某方面來講，史達林也令人火大地依照字面意思實踐了這句話。不過就他的情況，應該說是把從田裡採收來的人拿來代替石牆才對。

這正是所謂資本主義的石牆是比喻，共產主義的石牆就如同字面意思吧。就跟資本主義的椅子和共產主義的椅子是不同的東西一樣。充其量就是木椅與電椅的差別。要坐的話，還是想選木製的椅子來坐。

「請問可以提問嗎？」

「當然沒問題，謝列布里亞科夫中尉。請繼續吧。」

「假設四三七的責任地區活化，聯邦軍行動的意圖就很明顯。當聯邦軍顯然要對帝國先制攻擊時，允許在開戰前採取預防性攻擊嗎？」

這是個好問題，譚雅對謝列布里亞科夫中尉的提問點了點頭。因為譚雅自己也不是不覺得這是很誘人的提案。為了預防事故發生，是該清楚制定部隊的對應方針。

「對方可是共產主義者，不必手下留情……雖想這麼說，但唯獨這次不行。我先把話說清楚，就連偶發的誤射也不允許。」

對方是讓人民水深火熱的共匪，應該是必須要遵照市場基本主義徹底淘汰他們，不過也不得不忠於交易與契約這兩項市場基本主義的大前提。

「開戰的第一砲，就讓聯邦發射吧。具體來講，就是在敵軍開始攻擊東部國境的瞬間為止，不管任何理由都不准朝聯邦軍的將兵開槍。」

「……又是這種討厭的立場呢。」

「我同意格蘭茲中尉的發言。」

「兩名中尉的心情我也不是不能理解，但這是軍令。還有其他意見嗎？」

看來就這樣了呢，譚雅點點頭，有意圖地將話題別開。

「要是沒有其他意見，最後我再補充一點。承蒙機長的善意，本機在我們空降之後，會繼續侵犯領空，擔任我們的誘餌。」

讓人很過意不去的是，這架「運輸機」預定要繼續侵犯領空。就連在我們空降之後，也會為了避免讓著陸點曝光，維持著高度與航向。

「假如遭到聯邦軍迎擊，就完全無法保證本機的安全。」

不管是戰鬥機還是魔導師，一旦遭到迎擊部隊襲擊，下場可不堪設想。雖說他們可是會把紅

解說

【人是石牆】 武田信玄表示「人是城池，人是石牆，人是護城河，有情則為友，有仇即為敵」。就算蓋出再堅固的城池、石牆、護城河，最後守在裡頭的還是人。無法團結的防衛戰，完全是死亡旗標。因此，獲取人心比什麼事都還要重要。此外，一旦用史達林風格實踐，就會是拿人代替城池消耗掉、拿人代替石牆作為壁壘、拿人代替護城河牽制敵軍，只信賴政治盟友，稍微有點仇恨的傢伙就視為敵人打倒。

色廣場當作國際機場的傢伙，所以會意外地沒發現到也說不定。

不過一旦發現到，他們可是就連民航機都會擊墜的共匪。想必會用像腦子裡缺了自由博愛與民主主義的官僚主義作為來處理吧。即使希望他們能平安無事，但說到底，真懷疑跟共匪講道理究竟有沒有用。

「勿忘這份善意。向並肩作戰的人們致上敬意，對犧牲奉獻的戰友獻上感激，理解託付於我們的期待與義務。」

我最討厭戰爭了。甚至覺得人類之間的互相殘殺，是人類史上最糟糕的行為。照理來說，這只會是不被允許的人力資本與資源的浪費。

然而關於這場戰爭，我會想說：

願自由鬥士充滿榮耀！

「也就是說，我期待各位會一如往常地達成任務。向祖國與皇帝陛下貢獻一切吧。為了帝國的榮耀！」

「為了帝國的榮耀！」

看在外行人眼中，這會是無謀的作戰吧。竟然讓魔導部隊帶著一個大隊的兵力，跑去特意模仿空降獵兵。潛入任務就該讓擅長空降的傢伙去做，這要說對也確實是說得很對。

畢竟這就像是要魔法師不用魔法，改用拳頭去戰鬥一樣。而且，還是在幾乎欠缺一切事前準備的狀況下。

簡直無謀至極。

不過，對手可是共匪。就算亂來也不得不做。

這是因為不抵抗主義的做法只對文明國家有用。對方要是會對拿槍指著不抵抗的對手感到遲疑，不抵抗主義確實也是一種選擇吧。

可悲的是，共產主義者會興高采烈地扣下扳機。

面對會興高采烈地將不抵抗的對手加以凌虐或殺害的極權主義國家，身為不想遭到蹂躪的自由人，只能別無選擇的奮起反抗。

譚雅向將兵告知決心。數分鐘後，總算是來到那個瞬間。

「少校，抵達作戰地點了。」

是機長通知已抵達目的地的聲音。之後，他們就將在無人護衛之下侵犯聯邦空域。

要是無法回報他們的犧牲奉獻，就愧於身為一名自由鬥士。

不自由，毋寧死。

這是為了獲得自由、擁護自由、守護自由的一場聖戰。這世上要是有著絕不能退的義務，那就是為了防衛相對的自由主義世界，與極權主義者開戰吧。我不希望戰爭。不過面對想撲殺鄰居，窮凶惡極的極權主義國家，要一直當個好鄰居可是件難事。

難以跟世界的邪惡共存。特別是像自己這樣的善良市民，更是連提都不用去提。

「大隊長下令，大隊各員！跳！跳！」

在黑暗之前，不容許膽怯。

運輸機的艙門一開，譚雅就大聲催促站在身旁的謝列布里亞科夫中尉跳下。

「我先走一步！」

「下去後先統整部隊。讓目擊者閉嘴的小刀我會當作沒看見。大隊各員，開始行動。重複一次，開始行動！」

在我的大隊裡，不存在揹著空降作戰專用的降落傘還會遲疑跳出機外的傢伙。由於知道空降中是最危險的時候，所以毫不廢話就迅速俐落地開始空降的部隊訓練水準，讓人看得入迷。

譚雅自己在低頭從機內跳出的同時，一面與其他人保持適當距離一面降落。無暇在漆黑的靜默夜空中享受跳傘樂趣，所降落到的大地是一片適度的荒野。杳無人煙，不過地面毫不泥濘的遼闊大地。

當譚雅迅速將降落傘收好時，正好與附近先行降落的隊員會合，在讓他們準備偽裝工作後，她就開始掌控部隊。

所幸沒有出現脫隊迷路的蠢蛋。他們本來就是一批精銳，所以也沒發生算是意外的意外，一切都跟事前規劃好的一樣。光看這一連串下來的程序，從空降到部隊重新集結為止的過程都相當順利。

雖是老王賣瓜自賣自誇，不過在這件事上，各級軍官的優秀表現值得大書特書一番吧。說到先行降落的謝列布里亞科夫中尉，她甚至還與格蘭茲中尉分頭，以小隊規模當場組成了圓周防禦陣型。

該說他們不愧是一批千錘百鍊，度過重重實戰洗禮的部隊。縱使是在夜間，大隊也幾乎毫無混亂地迅速集結成功，做好快速反應的準備。

身為指揮官的自己與副指揮官的拜斯上尉，就只需要考慮狀況判斷與決定戰術方針。上頭能專心思考，下頭會主動地確實執行命令的組織，該稱讚是效率的典範吧。

「謝列布里亞科夫中尉，回報狀況。」

「是的，少校。降落後的集結已經完畢。無人脫隊。現在，格蘭茲中尉的中隊正在周邊警戒。目前為止，周邊尚未確認到包括民人在內的聯邦相關人士。」

「辛苦了。有住家嗎？」

「有確認到數道光源，但全都集中在推定為預置據點的地區。周邊數公里內，目前尚未確認到有民人存在的跡象。」

很好，譚雅點頭。此時趕過來的拜斯上尉，報告了她所期盼的消息。

「打擾了，少校。長距離無線電已組裝完畢。監聽機能沒有異常。」

「收到。對了，上尉……有宣告開戰的跡象嗎？」

「就目前為止還沒有確定消息，只有聯邦軍的通訊增加的跡象。」

「……本國那邊呢？」

「尚無消息，少校。並未發生由帝國本土宣告開戰的狀況。此外，電波狀況良好，也沒有受到電波干擾的可能性。」

對於拜斯上尉帶來的報告，譚雅點點頭說：「還沒開始呢」。

「萬一這些聯邦軍將兵的動員是外交恫嚇時，我們有必要做好即時脫離的準備。謝列布里亞科夫中尉，給我再次確認，徹底檢查有無降落傘或降落時的裝備遺失。」

會跟謝列布里亞科夫中尉說「這是為了小心起見」，要求她確認脫離的準備，是祈求萬分之一的幸運所做出的安排。

副官留下一句「遵命」，就飛奔前去確認裝備。儘管必須要抓緊幸運的女神，不能讓她有任何逃走的藉口，不過謝列布里亞科夫中尉應會專心做好安排吧。

「少校，妳現在很放心讓維夏擔任指揮官了呢。」

拜斯上尉在目送謝列布里亞科夫中尉離去的譚雅背後如此說道。譚雅一副「這是當然」的模樣向他點頭。

「謝列布里亞科夫中尉所累積起的信賴，向我證明了她的本事是貨真價實的。信賴值得信賴的人。不覺得事情就只是這樣嗎？」

「誠如少校所言……少校，請恕下官僭越，但前往敵物資預置據點的時候，可否交給我來帶隊呢？」

「真受不了，是這麼一回事啊。」

一面解釋「我也不是不信賴貴官」，譚雅一面婉拒拜斯上尉的提議。

「拜斯上尉，指揮官先行。最重要的是，現在可還沒碰到敵人喔。」

「少校。恕下官再次僭越，請重新考慮。」

「有什麼問題嗎？」

「想說在非魔導依存行軍的狀況下，自己在體力上會比較能承擔負荷。所以方便的話，請交由下官來帶隊。」

是這樣啊，譚雅就在這時理解到拜斯上尉的進言所從何來了。

總之，就是起於剛剛那件事吧。就在自己感慨起聲音太小，要他負責說明之際，似乎總算是讓拜斯上尉想起體格差距的要素。

所以一旦摒除魔法，靠單純的體力決勝負，就讓他想起譚雅·馮·提古雷查夫少校在體格上是個非常脆弱的小鬼這件事吧。

「……該高興自己有一個好部下吧。不過，多說無用。」

現在才擔心起這種事，也只會帶來困擾。要是說聲「但我可是名弱女子耶」……自己就能去後方勤務的話，倒還另當別論。

不過對只能選擇被軍隊徵召，不然就是就讀軍官學校的魔導師來說，可不能在這種地方讓人懷疑起自己不適合擔任指揮官。就算是基於百分之百善意的建議，也能輕易想像得到之後會有怎樣的下場吧。

通往地獄的路是由善意鋪成的，這句格言的真實性可不是普通的高啊。

「是我冒犯了。」

譚雅一面回說「不，我很感謝你的心意」，一面盤算起有必要特意展現自身的實力。照理來講，指揮官逞匹夫之勇是愚昧之舉。然而，特別是關於魔導大隊的話，全體人員就算是加強大隊也只有四十八人。在需要軍官偵察之際，也沒規定說不能由大隊長擔任。

實際上，考慮到目前還處於懵懂摸索運用方式的階段，譚雅發揮指揮官先行精神的表現，甚至還被讚賞是「合乎帝國軍的軍事傳統」。

「回到任務上吧。對於聯邦軍的偵察，我想照一般夜間偵察的程序去做。」

「斥侯班要怎麼安排？」

「你留下來，我跟謝列布里亞科夫，然後想再隨便帶兩名左右的人手去。」

儘管煩惱該選誰才好……一邊這麼說，譚雅一邊打定主意。考慮到這是在與聯邦開戰前的敏感時期，果然就只能自己去了。

要是有部下魯莽掀起戰端，毫無疑問是自己要擔起責任。指揮官的責任就是這麼大。既然如此，這種時候就絕對要親自出馬。

「要是尋常部隊的話也就算了，但我們大隊可不是需要人看管的小孩子。軍官偵察就讓我們一起……」

不過，拜斯上尉表示想要同行時所列舉的意見也很值得考慮。他們可是在南方戰線，連各分隊各自分頭進擊都曾執行過的第二〇三航空魔導大隊的士兵們，可不是一沒有指揮官帶隊，就會不知所措的新兵集團。

因此，譚雅打定主意。

這種時候，就算沒有過前例，也決定只讓軍官前去偵察。

於是在做好決定後，譚雅的行動就相當迅速。

「各位，該上工了。保持安靜，俐落地完成吧。」

自譚雅起，擔任偵察的第二〇三航空魔導大隊的軍官們，立即在非魔導依存下開始前進。總而言之，能靠多近就靠多近。

不過，不需要冒多大的風險靠近，就能輕易掌握到狀況。

只要用雙筒望遠鏡偷瞧一眼，就能看到大量的物資與士兵群。以演習來講，彈藥的數量實在太多了。

「轉達狀況，四三七是對的。而且，我們看樣子是來太晚了。」

就算只是遠望，也能看到無數兵營不顧現在是夜間時段的慌忙行動。

該說還不只如此吧。

本來根據條約不該部署在這個地區的戰車師團也有複數集結完畢。最後，還讓列車砲做好前進配置。

不用考慮到射程，光是在這個地區配置列車砲，就是等同宣戰布告的暴行。

不對，仔細觀察後，發現儘管是夜間時段，但砲口卻在緩慢調整角度。考慮到調整列車砲的角度需要時間，那已經是在準備攻勢了吧。

除此之外，幾乎想不到有其他理由，會像那樣毫不留情地擺弄壽命短暫的列車砲砲管。縱使是實彈演習，也讓人想問問他們究竟是想在哪裡演習。

「少校，妳看那個！」

然後，在透過望遠鏡朝格蘭茲中尉壓低音量指示的方向觀察後，還能清楚看到這裡堆放了大量的燃料與砲彈。仔細一看，還會發現從營房出來的步兵們，大概是奉軍官們的命令，開始坐到為數眾多的卡車上。

這要是恫嚇，聯邦毫無疑問是走在一條讓人難以置信的危險鋼索上。

「……盡可能保持無線電靜默到最後一刻。聯邦軍列車砲一旦朝帝國領的方向開砲，就立刻回報狀況。」

「遵命，我立刻就做。」

揹著長距離加密通訊機的拜斯上尉立刻拿起無線電。

要發出的是僅限一次的一次性暗碼。就算遭到監聽也無法解讀，同時也不太可能暴露我方的位置。

這樣就算做得不多，也算是完成偵察義務了吧。

問題就在於接下來該如何行動嗎？作為該考慮到的大前提，就是尚未進入交戰狀況這件事。目前還未收到開戰的報告。

就算這只是時間上的問題。既然尚未開戰，就不容許先制攻擊吧。再者，在敵軍開砲之際發動攻擊的對錯也會形成問題。

雖說是在國境線附近，但這很明顯是在聯邦境內的作戰行動。

就算是敵人先發動的攻擊，但要是當場反擊，就有必要說明「我們為什麼會在這裡」。

為了守護自由，我們應該也有權利先制攻擊，然而遺憾的是，國家要求我們做出政治正確的行動。

身為國家的馬前卒，很遺憾地必須要服從組織。

就算只要動手炸掉眼前這堆積如山的砲彈與燃料，就能夠幫助我方，並且幹掉大量的共匪也一樣。

現在是必須忍耐的時候嗎？

「副官，通知各中隊。我方不准開啟戰端。」

「遵……遵命。」

一面相信謝列布里亞科夫中尉以指向性光學通訊通知後方「自制」的效率，譚雅一面思索起總算開始帶有真實感的對聯邦戰事態。

敵人恐怕夢想著能單方面侵略帝國。也就是說，這是從側面攻打的最佳時機。

但另一方面，在發動攻擊的情況下，就必須處理「開戰時，我們為什麼會在聯邦境內」的問題。畢竟在官方上，現在還是「非戰鬥狀態」。而且，共產主義者的政宣能力可是相當強悍。

儘管令人驚訝，但也有著北朝鮮宣揚先動手的人是韓國，過沒多久真的成功騙到一些人相信這種事的事例。不對，也不是沒有受騙的人都是「無藥可救的容共主義者」的可能性。

解決這種問題的方法就是，先忍耐數十分鐘再進行反擊……但白白浪費時間，也會導致無法對敵方的動作做出反應。

不過對譚雅來說，只要敵人開砲就當場攻擊，也是個正確選擇。

那麼就——儘管譚雅很煩惱，不過她的這些煩惱，全都被眼前的景象給打斷。

不斷緩慢做著細微調整的列車砲。

砲管一齊停止動作，同時聯邦的陣地也瞬間靜默下來。

怎麼了？就幾乎在她伸手拿起雙筒望遠鏡的同一時間——

「開砲了……」

伴隨著轟響，格蘭茲中尉喃喃說出的一句話說明了一切。

噴出火光的列車砲的衝擊，還有眼前突然騷動起來的物資預置據點。

倘若只有一發，或許還能強辯是誤射。然而……不是這樣的。只需看迅速裝填起下一發砲彈的聯邦軍將兵的動作，就能明白這是有意圖的行動。在國境線附近，用列車砲朝帝國領開砲的意思，毫無誤解的餘地。

「少校！聯邦軍在全戰線發動攻擊……」

監聽無線電的拜斯上尉，臉色大變地說出這句話。

「是宣戰布告。就在方才，聯邦向帝國發出宣戰布告了！」

「本國呢？」

「剛……剛剛發出，即刻起『不分單位，全部隊開始戰鬥』的命令！」

也就是說，放手去幹的意思吧。

理解到命令的意思，譚雅不得已地點頭。

「將狀況改為戰時快速反應計畫！」

一面接過收到通訊的拜斯上尉，臉色大變以嘶吼般的聲音傳來的報告，譚雅一面被眼前所展開的景色奪去目光。

從這裡，可以清楚看到敵列車砲在緩慢裝填著下一發砲彈，接著裝填好的那發砲彈，就伴隨著轟響朝帝國發射。

與共匪的戰爭。

與共匪的鬥爭。

與共匪的生存競爭。

以可說是立刻的速度，譚雅與在後方待命的部隊主力會合。

「全員，準備襲擊戰！」

幾乎就在一個呼吸的短暫時間內，自然而然地做好運用部隊的準備。就連該怎麼做，也早就清楚到不能再清楚。

「我想國境線上，聯邦軍已經在和我方東部軍交戰了。因此，我們要放棄撤收計畫！即刻起改進行戰術行動！」

儘管很想回去，但為了要有辦法回去，就必須把任務完成才能夠獲得自由。最起碼也要擾亂敵軍，確保我們的退路才行。畢竟，我們為了任務侵入到了敵地深處，撤退即是代表我們不得不與侵略帝國的大量共匪交戰。

「向敵後續部隊發動游擊。為了掌握狀況，也要從手邊能做的事開始做起。首先，就炸燬物資預置場吧。組成突擊隊型！」

要避免這種情況，就不能只是撤退，還必須對敵人做出某種程度的擾亂。雖然也無法否認，能有機會轟炸共匪，讓譚雅變得有些好戰起來。

不過，這時譚雅就忽然分析起自己的思考，改變想法認為這不是自己的錯。

……畢竟自己可是和平主義者，這就單純只是不想與共匪待在同一片天空下罷了。難以忍受一次也沒踏進過工廠這種生產現場的傢伙，在那邊對經濟高談闊論。啊，不過聽說他有去陶藝工廠玩過。

就連工廠視察團的報告書都看不懂的共匪理論家，頂多就這點水準吧。

對手可是這種傢伙。身為資本主義的信徒，同時也身為深愛著應當去愛的自由的健全市民。會拿起槍的，可不只有全美步槍協會。

「「「遵命！」」」

「各中隊長掌握好各自的進攻路線。各位，襲擊後就在各中隊長的指揮下展開游擊戰。」

當前的作戰是滲透襲擊。這是自萊茵戰線以來，沾過南方大陸的沙塵，被大隊用到爛的老手段，中隊指揮官們也早已駕輕就熟。

就用物理與自然法則，粉碎掉他們以為能靠意識形態獲勝的不愉快幻想吧。

「有一個好消息。目前為止，尚未有聯邦軍魔導師的反應。」

該說是幸運吧。儘管出現如此大規模攻勢的跡象，卻偵測不到聯邦軍魔導師的反應，譚雅將這件事告知眾人。這對早已很習慣戰場上有魔導師的譚雅來說，甚至覺得有點詭異。不過，光是敵軍不具有作為敵人很難纏的兵科，這就毫無疑問是個好消息。

只要聯邦魔導師的運用準則沒有什麼特異之處，應該可以認為這就表示魔導師不在現場的意思吧。

「不過別大意，隨時注意敵增援的可能性。」

這可是能在田裡採收士兵的國家，誰也不知道部隊究竟會從哪裡冒出來。真是無法理解如此嚴酷使喚自國國民的共匪們心裡在想些什麼。

雖然老實講，譚雅也不是很想理解。

「大隊全員注意。如各位所見，毫無誤解的餘地，他們正覬覦著我們的祖國。真是亂來的傢伙，簡直是荒謬至極。」

很好，現在該是向反共的自由鬥士們誠心發出呼籲的瞬間了。

「我們萊希做了什麼嗎？答案非常簡單，我們萊希什麼也沒有做。各位戰友，是『什麼也沒有做』。」

帝國如今可不是會想掀起侵略戰爭的時候，本國應該也絲毫沒有打算向聯邦宣戰的意圖。要是存在著會攻打如此和平的帝國，落後時代的反智主義者的話……共存就是不可能的事。

就人類的國家安全觀點來看，也會是應當排除的威脅吧。

「假使是因為沒對聯邦的雜碎們做任何事，才放任共產主義者為非作歹的話，那就是我們的責任吧。各位，我們必須在這裡做一個了結。」

既然這是怠慢處理垃圾的代價，那就沒辦法了。就為了帝國相對的自由與人道的世界，把共匪打回去吧。戰鬥的理由，光是這點就十分充足了。

「我們要為了祖國而戰。不，我們不僅是為了祖國，更是為了世界的存亡打這一仗！奮起吧！奮起吧！」

我們要是不打這一仗，人類就會被迫參與世紀性的人體實驗。共產主義這種相當於氰化鉀的劇藥，正常的人類在生理上可是難以承受。倘若沒罹患無胃酸症的話，明天起就是人類的大量死亡。能避免的悲劇就要去設法避免。

「奮起吧，全員，奮起吧！」

這關係到自由主義世界的未來。

「拿起槍！握緊寶珠！」

槍不會殺人。

人才會殺人。

人會拿槍殺死共匪。

「開始行動！」

就像在催促眾人去守護自由的譚雅，以及響應著她奔馳而出的將兵們。

提古雷查夫少校所率領的第二〇三航空魔導大隊，就在這時將原定的偵察任務，變更為突襲任務。

當然，裝備是以偵察為前提，沒攜帶任何據點攻略用的武器。就算是通用性高的魔導師，本來的話，襲擊物資預置據點的行動將會伴隨著困難。

本來的話。

「……哎呀。列車砲是個不錯的靶子呢。」

譚雅就像暗自竊喜似的喃喃說道……砲兵陣地裡可不缺可燃物，可以說就僅次於火藥庫與彈藥庫吧。

而且聯邦軍的砲兵陣地就將彈藥公然堆在那邊，完全沒去做安全管理。這基本上，很像是無視規則的共產主義者所會犯下的失態。拜這所賜，能趁高價的列車砲湊在一起時，一個誘爆把它們輕易炸成碎片。

真令人高興，伴隨著這種微笑，譚雅大喊。

「準備突擊！以一擊脫離為前提殺進去！」

「遵命！」

「準備爆裂術式！術式顯現後，突擊！」

僅僅一次的爆裂式。

本來的話，要是能炸燬一座碉堡就算很好了。但要是造成誘爆，情況可就不同了。點燃只要一個步驟，龐大的物資就在瞬間炸燬。

「很大、很脆、很好燒。真是完美的標靶呢。」

「沒錯，讓人回想起在達基亞協助我們進行地上襲擊訓練的大公國軍呢。」

「……那個時候，我還真是丟臉。」

「別放在心上，拜斯上尉。會笑你照著課本打仗的人，頂多就那邊那位謝列布里亞科夫中尉罷了。」

無視在下方展開的阿鼻地獄光景，譚雅與其副隊長拜斯上尉，兩人帶著心滿意足的表情悠然飛行。

除了偶爾零星飛來的流彈外，幾乎是連迎擊都沒有的天空。

他們也徹底習慣對地掃射任務了吧。只見謝列布里亞科夫中尉以漂亮的手法輕易衝散地面部隊，同時格蘭茲中尉也俐落地狙擊還保有秩序的敵方部隊。

不論職責的分配，還是襲擊的手法，都能用一句漂亮來形容。原本就是經過嚴格的選拔與訓練而成的部隊。然而實戰經驗的洗禮，讓第二〇三航空魔導大隊蛻變為更高水準的精銳。跟達基亞戰線的時候相比，訓練程度與效率已有著顯著的差異。

只不過，這次跟上次達基亞戰線時一樣，與其說是我方的本領高超，更像是受助於對方的本領低劣。

手邊可沒攜帶什麼對地襲擊任務用的炸彈。儘管如此，也只要適當攻擊，就能誘爆堆在一起的列車砲砲彈。而且攻擊目標還是脆弱的列車砲。拜斯上尉說得沒錯，以標靶來說，這確實是過於簡單的目標。

「就是說啊。而且，敵增援還只有步兵。」

而且，本以為擔任物資預置據點防衛的聯邦魔導師，肯定會升空迎擊的預測也落空了。不論再怎麼到處作亂，趕來迎擊的都盡是些步兵。正因為有做好遭到猛烈反擊的覺悟，才會讓譚雅感到非常掃興。

這就像是打定主意要在春鬥時期（註：日本在每年春季，勞工為了改善待遇所發起的勞工運動）發出離職勸告，結果對方就這樣自願離職一樣吧。未免也太出人意料了。

「格蘭茲中尉的呈報。少校，他們希望能再次進行對地攻擊，擴大戰果。」

早先考慮到敵增援部隊出現的時候，還可以強迫他們擔任殿軍撤退，所以有囑咐部隊不要太過分散。

不過在這種狀況下，還是投入部隊擴大戰果會比較有效率。只要俯瞰戰況，也會發現開始斷斷續續放走一些敵人了。

「就這麼做吧。畢竟看這樣子，機動戰應該會比伏擊有效。」

「是的，我立刻傳達。」

可不能讓組織性的抵抗復活。就這層意思上，也判斷要在能攻擊時徹底攻擊。聽到拜斯上尉的傳話，就當機立斷要為了擴大戰果進行再次攻擊。

「不過話說回來，敵魔導師究竟上哪去了？」

一面看著升空警戒的魔導師們解除準備脫離的隊形參與掃蕩戰，譚雅一面發出疑問。就常識來想，這可是後勤設備的倉庫遭到襲擊。

是不論有能無能，都應該率先考慮防衛的事態。不論處理得是好是壞，派出魔導師組成的增援部隊是當然的做法吧。

稍微打擊地面部隊，等到敵增援大搖大擺跑過來時再加以迎擊。照這種想法來看，在這裡嚴陣以待的判斷應該是不會有錯。

然而，別說是敵魔導師，就連航空部隊都完全不見蹤影。在這種狀況下，敵方司令部究竟是在搞什麼鬼啊？

就算說共產主義再怎麼無效率性，應該也不至於到這種程度。倒不如早有覺悟他們會無視效率地不斷分批投入戰力，現在這樣究竟是怎麼了？

真是個愈來愈難理解這世上情況的時代。

「大隊長，司令部傳來緊急電報。」

「連上了嗎？唸吧。」

暫時轉換心情，把精神集中在好不容易取得聯絡的司令部傳來的指令上。

「是的，是對東部軍的支援命令，詳細做法是交由我們決定。」

遞來的通訊文上，寫著跟往常一樣的游擊命令與自由行動的許可。能將部下的管理做得這麼好，還真是感激不盡。這要是上司是辻或亂來口的話，早就喪失戰意逃兵去了。

要不然，一個不小心就會被長官搞到必須光榮戰死。

哎呀，長官是傑圖亞閣下，還真是令人感激不盡、感激不盡。會這麼說是有著很棒的理由，畢竟就公司派系的力學來看，只要跟著這個人，就保證一定能升官發財，是社會資本中所謂的有

解說

【亂來口】 讓我來說明吧！亂來口將軍是在某方面才能上，可說是世界最為可怕的將軍之一！本名是牟田口廉也（むたぐちれんや）。僅僅一人就讓日軍的英帕爾戰線崩潰的本領，甚至讓勇猛無比的日軍將兵們都恐懼地稱呼他為鬼畜牟田口！另外，所屬單位是大日本帝國陸軍的樣子。

益關係。

「狀況呢？我想知道前線的狀況。」

為了這種美好的利益相關者，我也必須要誠實周到地用心工作，是合理現代人的明確天命。信賴與誠實正是現代商業習慣的基本。要是流於人情或勾結的話，就會替組織帶來必須唾棄的動脈硬化。

……不管怎麼說，這都是從不考慮效率的共匪們所無法理解的概念吧。

在他們的共匪腦中，生產要素裡完全欠缺了流通方面的見解，只要能把大量沒價值的產品堆放到爛掉就好。

至於我們，就只需要遵從市場的引導。亞當．斯密似乎是有信宗教，只不過神的無形之手這種表現，說起還真教人難為情。這裡果然還是該說市場的無形之手吧。

哎呀。這就是思考的有趣之處呢。只不過，能沉浸在思考中的只有學者。還有工作要做。啊，不解風情的共匪們。

「儘管支撐得很好，不過戰力略為不足。」

「那麼，就是在進行遲滯戰鬥，等待大陸軍的增援吧。」

友軍的支援任務。該怎麼做，取決於他們置身的狀況。當然，在這種狀況下，就會是要支援遲滯戰鬥吧。

換句話說，就是要幫忙爭取時間。這總歸來講，就是去找共匪麻煩就好。如果只是找麻煩，我也沒有冒險的必要了。

另一方面，還伴隨著能痛宰共匪的個人充實感，很有工作的價值。

「該怎麼做呢？我們的話，是很擅長游擊戰就是了。」

等注意到時，前去指示格蘭茲中尉們改進行追擊戰的拜斯上尉，已在不知不覺中回來加入對話。他的提案是很誘人沒錯。

聯邦的領土遼闊，外加上對手還是以無效率惡名昭彰的共匪們。不用說，與僵化的組織戰鬥，游擊戰會是一種有效的選擇吧。

更重要的是，戰場範圍比萊茵戰線時期還要遼闊，敵人的分布大概也很稀薄。這可是過於完美的狀況。既然狀況這麼完美，要是隨便靠近主戰場被編進友軍部隊裡反而麻煩。

我最愛打共匪了，但可一點也不愛被共匪打。

「不管怎麼做，相較於突破敵主戰線的風險，迂迴機動會比較好吧。」

就算會去支援東部軍，也得要我方安全才行，不可能會看得比自己的生命還要重要。

這就是自由。自由才是最重要的，這是極為顯而易見的道理。

換句話說，就是沒有義務特地跑去參加戰況肯定很危險的戰線。所幸也有著正當理由，就盡可能地追求安全吧。

「那麼，要用飛的？」

「當然。都到這種時候了，就以佯攻為重，隱匿為次吧。」

要是決定進行佯攻，當然也能充分滿足本國支援遲滯戰鬥的命令。最重要的是，能盡情痛宰共匪可是件痛快的事。ＲＯＥ的狀況也是毫無限制。

當然，對市區的攻擊也是在所難免吧。畢竟，共匪不老是在說「全體國民的總攻擊」之類的話嘛。

這肯定不只是全民皆兵的程度，而是全國真的只剩下士兵。畢竟他們可是會對農事作業發起大型攻勢的傢伙。這世上哪裡會有農民去攻擊農事作業呢？

不用說，這肯定是為了摧毀自國的農業基礎，由全體國民一起去做的無效率行為。曾在書上看過，糧食總監總之就是掠奪部隊的指揮官。然後同時也知道，調度部隊的人，都是來自於城市與農村。

換句話說，這就像是在與游擊隊交戰吧。

就邏輯上，共匪全是戰鬥人員。嗯，好吧，說不定是該幹一票大的。儘管死都不想用到艾連穆姆九五式，不過考慮到用來轟炸共匪的能力卓越，說不定還在忍受的範圍之內。

……既然決定這麼做，就讓人想把共匪們的象徵拆了。

像是偶像崇拜還是個人崇拜之類的，就把共匪熱愛的銅像炸燬，嘲笑他們的無效率性吧。要選哪裡好呢？果然還是約瑟夫格勒吧。

不對，既然要幹，選首都的效果肯定最好。理所當然的，那可是交戰國家的首都，不管怎麼想都肯定是戒備森嚴，這種想法可就外行了。

共匪的防空能力是漏洞百出。講白了，別說是漏洞百出，簡直是機能不全。駕駛員喝到爛醉沒辦法升空迎擊可是家常便飯。不對，倒不如說是在升空迎擊後，追著判斷錯誤的鬼影到處跑的每一天。

那些傢伙縱使難得打下戰果，也是民用機或是粗心大意的偵察機……既然是佯攻，要是受到某種程度的迎擊，也只要折返就好。

「目標就佯裝是敵首都吧。」

「是要突襲首都嗎？聯邦到底不是達基亞……聯邦軍的防衛陣地恐怕很堅實。我想警戒網也大概整備好了。在這種狀況下，沒有事前情報就貿然進攻，需要擔心的要素實在有點多。」

說出目標的瞬間，在場的部隊員全都僵住了表情，讓我有點遺憾。雖然覺得應該不至於，不過看在譚雅眼中，這種表現就像是他們認為自己連檢討計畫的可行性都做不到一樣，所以她感到不悅。

另一方面，也能理解拜斯上尉所謂的擔心要素，是基於常識的誤解。畢竟他們是合理的現代人，會這麼想也很正常，在心中做出結論。

的確，只要是有常識的人，肯定都會下「首都會防備得固若金湯」這樣的判斷吧。不論是誰都肯定會這麼做。

不過，等等喔。對方可是共匪。

「別擔心。共匪的防空能力，可是爛到掛保證的。」

「可是根據事前情報，推測會相當強固耶。」

說起紅軍，可是靠著他們傳說中的防空能力名聞遐邇，還曾經讓民用輕型飛機悠哉降落在紅色廣場國際機場上。

「哈哈哈，拜斯上尉還真會開玩笑。」

他們可是讓一國的首都，國境警備隊自豪的重重防空網，輕易就給人闖越了。而且駕駛員還是沒受過正規的低空滲透與特種訓練的民間青少年。偶爾還會誤射擊墜民用機的輕率表現也值得大書特書一番吧。

面對如此固若金湯的防空網，任何擔憂都是杞人憂天。就算是其他世界的共匪犯下的失態，卻是共匪的結構性缺陷。既然是結構性缺陷，在這個世界也一定會這樣的或然率肯定很高。

「共產主義者的防空力？那可是隨便一個青少年都肯定能突破的東西喔。任何擔心都只是在杞人憂天。」

「怎麼可能！不至於到這種地步吧。」

「哪可不一定。哎呀，雖說是佯攻，但作為示威行動也不壞。」

實際上應該是一半一半吧，雖然有機會就是了。要仿效美國的空襲東京是讓人很不爽，不過意義重大。以佯攻來說，這可是完美無缺的做法。

能在對本國展現戰意的同時建立功績，還能順便採用意外安全的策略。

「那麼，是真的打算這麼做嗎？」

「那是當然。不對，我忘了一件事。為了小心起見，先跟本國照會。姑且確認一下政治上的顧慮。」

這姑且是針對敵國首都的襲擊行動。考慮到政治要素，事先請示上級的事實很重要吧。

就算被阻止，也能留下提議襲擊敵國首都的紀錄。反過來說，要是發出許可，短期間內就有藉口遠離主戰線了。

「遵命，我立刻聯絡。」

看著儘管是突然下達的指示，也能俐落地開始行動的部下，譚雅感到非常滿意。同時，不由自主地揚起得意微笑。

這是能在採用安全策略之餘，把最美味的部位吃掉的位置。

真是不錯，甚至有種心花怒放的感覺。

「……真是迫不及待本國的許可呢。」

所以，心想著。

希望許可能趕快下來。

統一曆一九二六年三月某日　南方戰線帝國軍臨時陣地　狐狸的窩

用雙筒望遠鏡窺看戰況的帝國軍隆美爾將軍，在收起想要咂嘴的表情後聳了聳肩。戰局狀況可說是帝國軍略占優勢，但如果要說的話，毫無疑問是比較接近消耗戰。

耗盡手邊戰力所贏得的勝利，將不會再有下一次。當然，儘管很不甘願，也只能見好就收，認為有對敵方造成打擊就夠了。

「……突破不了啊。沒辦法，撤退吧。」

感到依依不捨。但既然突破不了，再繼續正面交戰也只是場爛泥巴戰。

「隆美爾閣下，這樣好嗎？只要再堅持下去……」

「水可撐不下去。最重要的是，這樣只會徒增我方的損耗。」

參謀們拘泥在先取勝再說的觀點上，但要隆美爾說的話，勝利條件可不一樣。在南方大陸上，抑制損耗比一切都還要重要。

最重要的是，後勤的飲用水快達到極限了。現在撤退還能支撐到後方，但再拖延下去，就可能陷入即使想撤退也無水飲用，導致部隊進退維谷的局面。

見好就收在這裡也很重要。有限資源的分配，將很可能會左右一切。

「總之，有造成打擊就好。開始撤退。總有一天要摘下戴・樂高的腦袋呢。」

「遵命。」

難纏的是，自由共和國軍至今仍頑強地堅持抵抗。豈止如此，就隆美爾所見，敵戰力似乎還與日俱增。糟糕的是，傳聞戴・樂高組織的反帝國組織的抵抗運動也愈來愈常見。

這讓本國在占領策略上，也開始迫切希望能剷除戴・樂高了。然而，對手也並非等閒之輩。一面嘗試迴避全面性的決戰，一面試圖擴大我方的損耗。

要是拖延太久，真的很可能會打不贏。不過，話雖如此，這項意圖有沒有徹底傳達給基層理解，可就是另一回事了吧。最重要的是，就連有沒有讓共和國軍的殖民地編成組徹底理解，都還是個疑問。

可試著設個陷阱。所以等注意到時，就想到了一個陷阱。

「對了，先等一下。在撤退的同時準備伏擊。要是敵人上鉤，就包圍殲滅。除此之外就迅速撤退吧。」

「咦？……是打算設陷阱嗎？」

不是要撤退嗎？參謀們的這種疑問，讓我有點不耐煩。倘若是她的話，就算不說，也能理解並呼應我的意思，做出對應。

「當然，就裝出我們慌成一團的樣子給對方瞧瞧。」

會不會上鉤或許很難講，但有試著去做的價值。只要有一部分的部隊開始推進，他們接著就會在戰局的流動性牽引下，接二連三地從洞裡冒出來吧。

反過來，他們要是按兵不動，我們也能安全退後。總之，是做了也不會吃虧的作戰。

「遵命。」

在暫時先觀望情況的隆美爾面前，帝國軍開始後退。最尾端的傢伙們，一面偽裝出人仰馬翻的混亂模樣，一面進行撤退。遺棄車輛也故意不設陷阱。早已指示過他們要裝作連詭雷都沒餘力設置的感覺。

這樣一來，敵軍在進軍時就不需要採取警戒行動了，很輕鬆對吧。

「好啦，他們會怎麼做呢。要是上鉤的話，可就輕鬆了。」

好啦，結果會如何呢？隆美爾心想。邊想著「要是肯追上來，當然是再好也不過了呢」邊喝著涼掉的咖啡。

儘管要視狀況而定，但只要成功撤退就不算太壞。

自己的安排應該沒什麼問題吧。就算自認為已做出最好的安排，但會不會還是有哪裡漏算了呢？想是這麼想，不過隆美爾在回顧自己的行動後，姑且是接受了。

至少，這是自己所能做出的最好安排。再來，就是等結果出爐了。

「……成功了！閣下，他們大搖大擺地跑出來了！」

「很好，就稍微抵抗一下。魔導師先不要出動。就把他們引過來吧！」

結果很好。

不知道是受到軍事浪漫驅使，或者單純是沒能理解到戴．樂高的意圖。但不管原因是什麼，可悲的共和國軍部隊都開始從防衛陣地中大搖大擺地冒出身影。

至少看起來很有氣勢。認為已擊退帝國軍的臆斷，提振了他們的士氣。

「讓中央部隊爭取時間，並利用這段時間重編部隊。」

當然，我可不想與幹勁十足的傢伙正面衝突。隆美爾立刻檢討對應方式，調動部隊的配置。這是要爭取時間，讓已開始往後方撤退到某種程度的部隊，重新組織指揮系統。

「假裝撤退。主力部隊先跟敵方拉開距離。」

不論如何，既然要致力於遲滯戰鬥，就要盡可能避其銳氣。同時，對方還是一群逞血氣之勇的傢伙。

正面對決非常沒有意義。但反過來說，只要挫其士氣，就跟野鴨沒兩樣。在理解到自己等人遭到包圍的瞬間，就會想落荒而逃了吧。

打算就趁他們動搖時，收緊包圍網，讓他們成為甕中之鱉。

「要迂迴機動嗎？」

「沒錯。假裝成撤退的進行包圍。」

他們現在就只看得到眼前的敵人，應該會擅自認為失去蹤影的部隊是逃離戰場了吧。因此，突襲防備薄弱的側翼，會是個有效的戰術。

看來共和國軍果然很欠缺像戴．樂高那樣經驗豐富的指揮官，只要不是那傢伙親自率領的部隊，就能如此輕易地用這種耍小聰明的戰術釣出來。

徹底打擊弱點不過是戰爭的做法，儘管很抱歉，就讓我在這裡徹底痛宰你們一頓吧。

「那麼，魔導師該怎麼動？」

「啊，魔導師們就在中央部隊開始崩潰時，作為補強兼追擊。」

直到這時才想起自己還沒向魔導師部隊發出指示而下達命令。雖然自己也有打算去注意，但看來是太過興奮了。不知不覺中，開始以魔導師部隊就算不下令也會自主行動為前提思考。

「遵命，我立刻通知。」

「……唉，現在想想，提古雷查夫少校還真是好用呢。」

就算不說，也能理解我的意思，採取最佳戰術行動的指揮官。等習慣後，還真是沒有軍官能跟她一樣好用。

好不容易才抓到彼此的節奏，合作默契也開始愈來愈好了。

「要是能還給我，可就輕鬆多了呢。」

居然給召回本國了。深深覺得自己的手牌被上頭的方便打亂了。這雖說是軍人的宿命，也依舊令人感慨啊。

特別是優秀的魔導師，可是讓人渴望到望眼欲穿。

「畢竟是跟聯邦打起來了，應該很難吧。」

話雖是這麼說，但這種想法不論在哪都一樣。上頭也肯定是因為這樣，才會把她調回本國。考慮到情勢的惡化，該說是妥當的判斷吧。

畢竟第二〇三航空魔導大隊的本分是游擊戰。既然預期對聯邦戰爭將會不同於萊茵戰線有著廣大的正面戰線，上頭就肯定會渴望有一批能夠自由運用的部隊。

特別是那讓隆美爾不得不讚嘆的單獨行動能力，作為救火隊可是堪稱完美。外加上比起一般的步兵部隊，魔導部隊能用相較少數的兵力支援廣泛的戰區。在據傳正對後勤感到頭疼的參謀本部裡，這會是受到好評的要素吧。

「唉，算了，就跟聯邦說聲節哀順變吧。」

「咦？」

「畢竟就連我，也不想與那個大隊為敵呢。」

現在頂多就是祈禱提古雷查夫少校能武運昌隆吧。會覺得沒必要幫她祈禱，實在是信賴過頭了。算了，隆美爾為了切換心情，把喝到一半的咖啡一飲而盡。

在沙漠喝的咖啡可是個好東西。不僅能切換心情，最重要的是跟酒不同，就算常喝也沒有人會批評。雖說酒也是個好東西就是了。

不管怎麼說，都該工作了。

「原來如此，還真是一點也沒錯呢。」

「好啦，我們這邊也差不多該忙自己的工作了。」

眼前我們這邊，也得要將共和國解決掉才行。

統一曆一九八〇年五月九日　聯邦首都

各位午安。

我是WTN特派記者安德魯。

今日，我們WTN採訪小組來到配合聯邦的偉大衛國戰爭紀念日，於莫斯科所舉辦的典禮儀式上進行採訪。各位有看到畫面嗎？

是過去參與大戰的老兵們的遊行隊伍。

他們所參戰的東方戰線，是在大戰中相當於萊茵的最激戰地區。在那場大戰之中，東部恐怕是造成最多死者的戰場。

……請向在那場大戰中犧牲奉獻的他們致上敬意。

那麼，就來稍微學習一下歷史。

在那場大戰當中，聯邦與帝國直到開戰為止，都保持著極為曖昧不清的關係。如今雖是個笑話……不過直到開戰前，兩國都一直保持著「儘管一觸即發，但基本上互不插手」的關係。

讓人格外這麼認為的關鍵，就是在萊茵方面正值激戰時，聯邦堅決保持著中立立場。因此，讓共和國渴望以多方面的同時飽和攻擊殲滅帝國軍的目的無法實現。

基於這種態度，當時聯合王國的情報單位就推測，聯邦是基於對帝國的善意保持中立。至於指揮自由共和國軍的戴．樂高將軍，甚至是以聯邦會出借義勇軍給帝國軍，作為思考的前提。

實際上自這場大戰開戰以來，聯邦的動作就只有透過聯邦外交部發出譴責大戰的聲明。

另一方面，聯邦與帝國之間儘管為期不長，卻也曾有過建立起幾乎同盟的緊密軍事關係的時期。也就是如今已局部公開的《拉巴洛條約》。人們認為對立的兩國，其實暗中進行著軍事交流，並且締結了非戰公約。

就讓我們來回顧一下，在這種局面下，聯邦參與那場戰爭當天所發生的事。

就在自由共和國軍與聯合王國軍在南方大陸陷入苦戰的那一年，兩國突然被以為自己聽錯的好消息給嚇了一跳。

聯合王國外交部在收到第一報時的反應，直到現在都還是個話題。

據傳他們在聽聞「聯邦參戰」的瞬間，就貿然認定聯邦是加入帝國陣營，向他們發出了宣戰布告。

要說到聯合王國軍對外戰略局的哈伯革蘭少將（當時），甚至還留下一連三次將報告人趕走的傳說。順道一提，自由共和國軍的戴．樂高將軍，好像第二次就相信了。

……不過，這也證明了我們的約翰牛精神，不論何時都不會過於樂觀，掉以輕心吧。

當然，帝國的反應是完全相反。

以神機妙算讓同盟諸國陷入恐懼之中的傑圖亞將軍，據說當時也嚇得愕然失色。根據副官紀錄，傑圖亞將軍在收到聯邦軍有參戰跡象的報告後，第一句話就是「怎麼會？」。連同同僚的盧提魯德夫將軍，兩位名將都無法理解聯邦參戰的理由，幾乎茫然自失的情況也留下了紀錄。

話雖如此，但如今並不認為這是傑圖亞將軍與盧提魯德夫將軍的過失。

畢竟……就連絕大部分的聯邦軍將校都覺得參戰得很突然。

開戰的決定，是在發起行動的短短一個月前做出的。是由少數的中樞人員所制定的計畫，是目前的定論。

他們對已成慣例的大演習的預定內容進行修正，以靠近帝國的地點作為集結地，讓將兵們假想要進行大量的實彈演習。

當然，這毫無疑問是以演習為藉口的動員。而且……當時正值大戰當中，所以讓各國不得不對這次動員的目的敏感起來。

特別是鄰國的帝國。

他們勤勉的情報單位，掌握到聯邦出現不穩情勢的報告。

然而，在動員全力收集情報後，帝國軍參謀本部得出「聯邦的演習不出示威行動的範圍」的結論。

一度得出的這個結論，完全是誤判。

當然，在萊茵戰線的共和國奇襲中學到教訓的帝國軍參謀本部，是有對防衛線保持某種程度

解說

【約翰牛精神】 具正統歷史，會表現在戰爭與運動上的紳士及大無畏的精神。不過，食物就那個鳥樣。硬要說的話，這是為了不對後勤造成負擔的每日修練。

的警戒。

只不過，他們在對「大多數」的聯邦軍將校進行調查後，得到確信。

聯邦軍沒有發起大規模戰鬥的意思。

畢竟就連關鍵的聯邦軍方，都有大半的指揮官深信集結的目的是為了演習，會有這種調查結果也是當然。

這是因為就連聯邦軍的指揮官，都被徹底隱瞞首腦陣營的真正意圖直到開戰前。證據即是連當時的國防委員會，都被認為是在開戰的七十二小時前，才得知集結的目的是要與帝國開戰。

因此導致儘管帝國軍有保持警戒，也依舊遭到先發制人的結果。縱使有勉強建立起防衛線，但增援的進展絕對稱不上是理想。

所以開頭介紹的傑圖亞將軍，才會對遭到先發制人一事感慨吧。嘆說「怎麼會？」。

好了，這就是連傑圖亞與盧提魯德夫兩位將軍都大感疑惑的開戰始末。

有關這件事的學術研究，近年來已獲得飛躍性的進步。

今天，我們就邀請到了研究當時聯邦中樞的專家，倫迪尼姆大學政治學系的夏洛克教授來到現場。

夏洛克教授，今天就請你多多指教了。

『哪裡哪裡，我才要請你多多指教。那麼，是想問克里姆林宮學的最新結果嗎？』

嗯，沒錯。聽說教授的專門領域，是針對聯邦首腦陣營進行分析，叫作克里姆林宮學的學科是吧。

「嗯，是這樣沒錯。雖然因為情報實在有限，分析起來有點像是推理小說就是了。」

的確，聯邦的祕密體質可是相當頑強呢。

我們光是為了取材申請簽證，就花費了讓人難以置信的時間與勞力。你相信嗎？儘管聯邦外交部有配合紀念日發給入國簽證，卻還必須要有其他的文件！

除了要向國境警備隊申請其他的許可證外，還必須要申請公共衛生局的規定文件！就在幾乎不耐煩地申請好後，國家宣傳部卻差點要宣告我們沒有記者證，得沒收攝影機耶。

『哈哈哈，這是常有的事呢。我們在資料面的進展，也大都來自聯邦以外的地方呢。』

原來如此，因為祕密主義的關係，所以推測的部分也很多呢。只不過，方才教授所說的資料面的改善，是指怎麼一回事啊？

也就是說，有聯邦以外的地方公開機密文件嗎？

『正是如此。總算是開始發現到其中一方的當事人，帝國方面的資料了！』

各位，聽到了嗎？沒錯，是我們也在著手調查的，解開這次大戰謎題的關鍵！《帝國軍的機密文件》，教授說在當中發現到一些相關的記述喔。

那麼，教授，請問聯邦首腦陣營決定開戰的理由究竟是什麼呢？

『是集體妄想症吧。』

咦？不好意思，教授。能麻煩你再說一次嗎？

你剛剛是說？

『嗯，沒關係，是集體妄想症。』

……不好意思，我對心理學不太了解，能麻煩請你說明嗎？

集體妄想症的定義我自認為還算是理解……不過我實在是難以理解為什麼會得出這種結論。在廣大觀眾面前說這種話是很難為情，但我說不定不是一個好學生呢。

那麼教授，還請你幫忙解說。

『這個嘛。嗯，簡單來說，集體妄想症就是指一個集團陷入妄想之中的情況。以這個情況來講，就是聯邦的首腦陣營，有系統地懷著鄰居試圖對我們不利等等，不先發制人……我們就會被殺掉之類的強烈妄想。』

這聽起來還真是相當極端的假設……究竟是經由怎樣的調查，才會導出這樣的推論呢？

『這是個好問題。其實，最初是為了要理解做出決定的歷史脈絡，開始研究歷史學才會起這個頭。』

是在調查當時的時代背景嗎？

『沒錯。然後在各種分析與調查的結果下，大約是二十年前吧。聯邦首腦陣營的精神狀況開始受到矚目。』

原來如此。是針對他們為什麼會做出這種決定的背景分析呢。只不過，還真是相當久以前的事呢。

『沒辦法。畢竟在共產主義國家，領導階層的健康與心理狀況的情報，可是國家層級的最高機密。』

在這點上，我國的政治家也一樣呢。我甚至覺得，我國的政治家們也應該要仿效王室，將情報公開才對。雖說我也認為不該放任八卦雜誌做強迫採訪就是了。

哎呀哎呀，把話題扯遠了。那麼，教授的意思是，對於指導階層的情報，聯邦的保密程度也跟聯合王國一樣頑強吧。

因此讓分析變得很困難是嗎？

『不不不，你誤會了。聯合王國與聯邦的機密面紗，在厚度上可是完全不同啊。不管怎麼說，實際上缺乏資料這點是不會錯的。』

不過我們聯合王國政治家的防備也是超乎一般的堅固喔。我們採訪小組總是不受到歡迎。不管怎麼說，保密程度要是比他們還嚴密，也就能理解為什麼資料會相當難以入手了。那麼，教授是說這種狀況起了變化嗎？

『沒錯。一切的祕密都在帝國軍參謀本部的資料之中。戰後遭到同盟軍扣押的資料解密，讓我們終於總算是找到答案了。』

你是說帝國軍的機密資料嗎？然後呢？上頭寫了什麼？

『他們得出朱加什維利人民委員會主席羅患精神異常，羅利亞內務人民委員部部長是偏執狂的結論。』

那個，這又是相當極端的結論呢。他們究竟是為什麼會得到這種結論啊？考慮到這是交戰國的資料，再怎麼善意去解釋，也讓人覺得這幾乎是在牽強附會吧。

『很合理的疑問。不過，資料是以相當認真且中立的觀點進行分析，顯然出自專家之手。就算以現今的角度來看，也很忠於精神分析的原則。這份資料相當嚴謹，是我們做出的總評。』

換句話說，就是值得信賴吧。比方說，就算不帶有偏見去看也一樣正確嗎？要是值得信賴的話，那麼準確性會有多少呢？

『至少，毫無疑問是比聯邦的官方見解值得信賴吧。』

這樣一來，聯邦參與那場戰爭的原因……也就會是妄想症了！還真是驚人！

……這可說是改變歷史的集體妄想症呢。該說歷史還真是充滿諷刺呢，讓人充分感受到歷史有多麼奇妙。

以上是由ＷＴＮ特派員安德魯與倫迪尼姆大學政治學系的夏洛克教授所做出的報導。

小國民的教科書　～我國的歷史～

溫柔的約瑟夫叔叔很煩惱。

因為他肩負著相信約瑟夫叔叔的眾人期待。

叔叔盼望著人們的幸福，始終認為現在正是辛勤開發聯邦國內的時期。

然而——

國民卻依賴著約瑟夫叔叔的溫柔，自甘墮落。

天啊！

約瑟夫叔叔深深悲嘆。

於是，他就向信賴的同志，羅利亞同志尋求解決之道。

工作能力強，有能的羅利亞同志立即展開行動。

首先，他為了讓人民理解工作的重要性，率先開始巡視。

不用說，羅利亞同志當然沒有誤解約瑟夫叔叔的指示，而且非常清楚指示的意思。

絕對沒有採取高壓態度，開始不斷地向人們諄諄教誨：要是覺得工作太累，要不要改做其他輕鬆一點的工作呢？

明白約瑟夫叔叔究竟有多麼溫柔的羅利亞同志所採取的行動，是與人們一起思考理想的工作形式。

當然，對於願意挑戰艱難工作與辛苦工作的人民，他決定要積極地幫他們加油。只不過，光是加油就太不負責任了，羅利亞同志貼心地想著。

為了不讓獨自工作的人民感到寂寞，還從羅利亞同志的單位派遣工作人員過去幫忙。接著，還幫做不來艱難工作與辛苦工作的人民，找尋不困難的工作。

實際上，這也是羅利亞同志的最大難題。每位人民都有不同的個性。譬如有跑很快的同志，也有跑很慢但力量大的同志，此外也有著一方面很聰明，另一方面卻很沒責任感的同志。

要一一掌握如此個性豐富的人民，是非常困難的一件事。羅利亞同志的前任者，耶喬布同志會失敗也正因為如此。

但是，他沒辦法辜負深受所有人民尊敬的約瑟夫叔叔，對他寄予厚望的名譽。

羅利亞同志幾乎將國內徹底調查過一遍。

喜好革命性的積極作為的羅利亞同志，還有著讓自己的工作人員們到農村的麥田裡調查的軼聞。這些工作人員還與農民們一起搬運農作物，讓受到幫助的他們喜極而泣，同時繼續找尋著不困難的工作。

然後，終於在東方的盡頭，發現到只要有會算數字的學力，不論是誰都能去做的簡單工作。羅利亞同志驚喜地詢問起發現到這項工作的部下。

這項工作能創造出多少就業機會啊？對於他的詢問，答案非常理想。

居然說，就算讓全體國民都從事這項工作也依舊會缺人！驚訝的羅利亞同志再度問道。

那究竟是怎樣的工作啊？

部下回答。

是在西魯多伯利亞數樹木，對環保很好的工作。

毫無疑問是能夠在自然環境中，一面療癒人民在日常中疲憊的心靈，一面做好環境保護的工作；是能一面做著森林浴，一面在夜晚眺望清澈星空，在白天做著崇高勞動揮灑汗水的工作。

簡直就是由人民為了人民的人民的勞動。

羅利亞同志興高采烈地將這件事報告給約瑟夫叔叔知道。

當然，聽到報告的約瑟夫叔叔也高興到快要跳了起來。一邊請羅利亞同志享用自豪的格魯吉亞葡萄酒，一面答謝他回應自己的信賴。

目光在相互凝視的真摯氣氛下，約瑟夫叔叔深深感謝羅利亞同志的犧牲奉獻。然後，發出讚賞。擁有像羅利亞這樣優秀的同志，可是國家的福氣。

不用說，羅利亞同志當然也非常高興。他向約瑟夫叔叔保證，會比以往還要更加努力工作。之後，羅利亞同志忠實地實行他的承諾。

在人民之間，甚至沒有一天無人談論羅利亞同志對工作的態度。就在他以為這種日子會持續下去的某一天。羅利亞同志，忽然作了一個像是得到天啟的夢。等注意到時，這簡直就像是現實的預知夢。

當然，身為理性主義的共產主義者，羅利亞同志並沒有被這種不科學的要素迷惑，每天都嚴以律己地忠實履行自身的職務。

然而，他卻幾乎每天晚上都作著惡夢。

就算是羅利亞同志，也不免開始懷疑是不是工作過度，把自己累壞了。

於是，他就試著向信賴且尊敬的約瑟夫叔叔商量。

然後，真是不得了。約瑟夫叔叔不也作著同樣的惡夢嗎！這究竟是怎麼一回事？

約瑟夫叔叔思考了一下，合理地分析這一定是他們兩人都在為同一件事情擔憂。畢竟他們兩人都肩負著國家的未來——即使所肩負的重量有程度上的差距，不過兩人都有著這種自覺。

該不會是在擔憂著什麼事，才會作這種夢呢？

也就是說，我們是不是該去做些什麼事呢？

約瑟夫叔叔他們認真思考著這件事情。然而在國內，約瑟夫叔叔他們並沒有特別犯下什麼錯誤。每位人民同志，個個都過著幸福快樂的生活。

豈止如此，還收到經濟順利成長的報告。再怎麼調查、再怎麼調查，不論再怎麼調查，都只有收到人們愈來愈幸福的報告。

完全沒有止歇的跡象。

就連犯下過錯的人們，都爭先恐後地率先參與國家的運河建設計畫。以前總是依賴叔叔的溫柔的人民們，也總算是學習到勤勉精神了。

到底是有什麼值得擔心的事啊？

約瑟夫叔叔的腦海中浮現這種疑慮。

答案就在滿懷知識好奇心並十分熱心學習的約瑟夫叔叔就讀國外報紙時出現了。想不到，世界正悲慘地陷入極大的戰火之中。

由於住在和平的國家，約瑟夫叔叔當然不是戰爭的當事人。

只不過，他沒辦法對這種情況置之不理。

而為了拯救想必身陷水深火熱的世界人民，有必要徹底解決這場戰爭是理所當然的事。

約瑟夫叔叔就基於他美好的慈愛之心，決定思考自己能替世人做些什麼事。因為，在這世上的某處，肯定有著需要叔叔救助的人民存在。身為人民的指導者，親愛的約瑟夫叔叔沒辦法躊躇不前。

在羅利亞同志滿懷耐心說服了其他躊躇不前的修正主義者們後，約瑟夫叔叔終於下定決心要為世界人民做些什麼事。

儘管如此，他們在最初的時候也沒有放棄溝通。

就算是軍國主義的帝國主義者，也試著要透過語言與他們對話。然而，結果卻十分可悲……對方無法理解他的話語與誠意。

為了聯合王國與共和國的人民，還有遭到帝國當局彈壓的人民，約瑟夫叔叔不得不下定決心採取行動。

就這樣，約瑟夫叔叔與羅利亞同志的戰鬥開始了。

當然，熱愛和平的約瑟夫叔叔的軍隊，要與為戰而生的嗜血帝國軍戰鬥，實在是太過缺乏經驗。而且很不幸地，約瑟夫叔叔的軍隊當中，也有不少人民已前去西魯多伯利亞數樹木。

強迫人民改變工作，當然不是約瑟夫叔叔的本意。儘管他總是會讓人民做出選擇，但還是有許多人民為了報答叔叔的溫柔，自發性地從軍報國。

就這樣，聯邦軍為了世界的人民決意開戰。

（摘錄自聯邦教育部核定教科書：學童人民的教科書）

他是個無趣的男人。

被同伴們視為一個毫無議論價值的男人，實際上也確實是如此。當眾多同伴飛黃騰達時，他就頂多擔任著組織的行政官。

也與軍事上的榮耀無緣。豈止如此，他甚至還曾犯下重大錯誤，導致我方的勝利受挫。軍人們甚至還說，要不是有他扯後腿，那場戰爭應該會贏的。所以他遭到輕視，任誰也不把他視為警戒的對象。

於是他就在所有人都敬而遠之的位置上，以行政官的身分默默建立起地位。

握有行政官的權利，總歸來講就等於是握有人事權。一點點地，再一點點地，將仰仗自己鼻

解說

【修正主義者】 對於徹底科學的共產主義，宣稱存有「錯誤」，打著「修正」的名目進行「竄改」的反動行為。此外，所謂的科學是經由修正錯誤得到發展的樣子。

息的人物，送到不怎麼顯眼但重要的位置上。

然而，看在不把他視為競爭對手的人眼中，這些人卻被視為方便使喚的部下。所以他那決定性的崛起，就在無人阻止之下達成了。畢竟直到那決定性的瞬間為止，任誰都只當他是一個普通的行政官員。

然而，他一如字面意思地掌握大權。

沒錯，在名目上是以自豪有著比他更偉大的經歷與名聲的前任者們擔任長官吧。然而在這些長官們底下，負責關鍵實務的卻是他所派去的人。

不著痕跡地。

對他的野心來說，這儘管微不足道，卻成為了決定性的關鍵。在無人察覺之下，他掌握了政權的實務。掌握實務的他，自然而然地成為政權的核心。當政權的前任者在死前終於注意到他的危險性時，一切都已經太遲了。

就連他太過危險的警告也無人理會。覬覦政權首長位置的人沒一個想認真追究，把警告當成耳邊風。但他們以自己與一家老小的性命和財產作為代價，彌補了這個可說是致命性的錯誤。

就這樣，約瑟夫這個男人，奪取了聯邦這個世界上屈指可數的國家。

他深信不疑地認為，自己是聯邦唯一的正統領導者，肩負著讓強盛聯邦復活的歷史使命。

他的內心狡猾，是名工於心計的男人。

看在他眼中，帝國的存在應該就只是能夠容忍的障礙。假設只有聯邦存在，資產階級們對於共產主義的憎惡，將很可能促使同盟誕生吧。

但反過來說，只要有帝國這個擾亂利害關係的要素存在，資產階級們應該就會成天埋首在近親憎惡之中。即使不太情願，但就連聯邦軍都認同這種戰略思考的正確性。

然後，情況突然發展到開戰。

別說是帝國，就連對聯邦來說，這都可說是太過突然的變化。

就在所有人都想知道那名獨裁者的真正意圖的數個月前，約瑟夫正獨自苦惱著。

因為作了惡夢。

起先是那天晚上的事。

就在肅清成功後，邊想著那些討厭的軍方幹部會發出怎樣的慘叫，邊享受著格魯吉亞葡萄酒，打著瞌睡的時候，他突然驚醒過來。

某人向自己說話的聲音。

宛如謳歌、宛如誘惑似的，某人向自己說話的體驗。儘管溫柔，卻會讓聽到的人感到恐懼的聲音。

「……的……造……問題…………，……想……」

像是在控訴某件事的聲音。事到如今才有罪惡感嗎？他最初是把這種感覺一笑置之。

早在很久以前，就會不再對肅清感傷了。約瑟夫殘存的些許人性，已伴隨著深愛的妻子逝去而消失。

事到如今，就算會因為肅清感到煩惱，也不會罷手。畢竟，這是殺還是被殺的問題。一旦罷手，自己就會遭到叛徒的利刃殺害。

「……，……想……，就……簡單……」

是想要我改變主意嗎？

無法拯救自己的聖經，早在少年時期就拋棄了。要教化那些迷信過深的傢伙是很費工夫，但也只要將他們從這世上一掃而空就能解決了吧。羅利亞在這點上實在相當優秀，讓約瑟夫首次感到滿意。

「……能解……」

然而，在腦中呼喚的聲音，完全沒有止歇的跡象。看來就跟所擔憂的一樣，與魔導師有關吧。不同於能夠替換，換句話說就是隨時都能拖去砍頭的士兵，魔導師的管理很困難。留下那些能以個人之力對抗組織的傢伙，將會造成後患。

正因為如此，才會先下手為強，防範動亂分子於未然，儘管如此，他們還是以某種自己難以理解的方式進行干涉了嗎？邊壓抑著煩躁感，邊為了把警備主任找來伸手拿起聽筒。同時想著，視情況，說不定該把負責人給換掉。

然而，拿起聽筒卻是讓他後悔一輩子的決定。就像是直到方才都還類似雜訊的聲音，在變得清晰之後，經由聽筒突然傳入耳中。

「你們的存在造成了問題。很好，那就想看看吧。沒錯，只要想一下，就知道這事很簡單。只要你們不存在，問題就不會發生。」

就像是某人正盯著自己的冰冷恐懼。心臟被揪住的感覺，完全是在指這一瞬間。

「死能夠解決一切。因此，我要向共產的走狗們做出以下宣告：汝，朱加什維利。叛教者，汝將遭受神罰。使徒即將到來。如今，使徒即將從西方到來。肅清汝等東方蠻族。畏懼使徒的神罰吧。」

說什麼使徒啊，他忍不住反駁。

小時候常聽的故事中，說神會為了救濟與審判，派遣使徒下凡。然而……這種事一次也沒有發生過。

神是妄想。

神是不存在的。

這是理所當然的事，他如此說服自己。然而在他心中……卻無意識地注意到，這種恐怖的事態說不定是有可能發生的。

……西方。

沒錯，是西方。沒辦法無視西方的帝國。

遭到三方向圍攻的帝國，在所有戰線上大獲全勝。現在要是不阻止帝國，不論神存不存在，聯邦都要……獨自面對……那個……強大的帝國軍。

儘管不願意去想，但萬一要是……深思至此，他注意到自己被迷惑了。這是誰想出來的主意啊，肯定是那些亂七八糟的傢伙搞的鬼吧。

「哼，我才不會上當。開什麼玩笑啊！」

他隨著這句話打算摔下聽筒，不過卻突然感到困惑。

地面傳來東西破碎的聲響。等回過神來時，就發現格魯吉亞葡萄酒的玻璃杯在不知不覺中掉在地上。說到警備用的聽筒，就連碰過的痕跡都沒有。

「閣下？剛剛的聲音是！」

「啊，沒什麼。就杯子掉地上罷了。」

別在意。用視線暗示部下，不准問剛剛是不是發生了什麼事。在視線相對的另一頭，遭到他瞪視的眼眸中，有著對降職的恐懼。是清楚理解到，一旦開口詢問，人生就會破滅的受過訓練的眼神。

約瑟夫堅信這種恐懼，正是用人的根本。

「不好意思，給我整理乾淨吧。」

要掩飾剛才的事，對他來說絕非難事。沒錯，如果只有剛才的話。

然而，這種事態卻一連持續了好幾晚。就算是擁有鋼鐵般堅定意志的他，也不用多少時間就向惡夢屈服了。

一定要消滅掉。

絕對一定要消滅掉他們。約瑟夫的神經，已經無法再繼續忍受國外的危險因子。

所以……

就算是因為肅清導致將校人數的絕對值不足，才剛剛在農民的憤懣因為集體化農業政策爆發之前完成魔導師肅清的軍隊，也只能出動了。

因為面對帝國這個戰爭機器，約瑟夫不得不派出他不完整的軍隊。

但這沒什麼，畢竟約瑟夫的國家，能在田裡採收到士兵呢。

[chapter]

II

第二章

親善訪問

Goodwill visit

愛正是能讓一切的努力與辛勞
化為芝麻小事的東西。

——摘錄自××××的私人發言　聯邦國家安全委員會指定機密筆記——

統一曆一九二六年三月十五日　帝國軍參謀本部　第一會議室

帝國軍參謀本部的第一會議室，就宛如遭遇颱風的帆船甲板，充斥著將兵們驚慌失措的怒吼與喧囂。

突然收到在東部方面與聯邦軍爆發正規軍事衝突的惡耗。

自從收到告知前兆的第一報後，參謀本部就像領悟到恐怖的暴風雨可能即將到來的船夫一樣做好覺悟，毫不懈怠地進行準備。

過去在萊茵戰線曾犯下放任共和國軍發動奇襲的嚴重失態。軍方藉由將相關人等徹底肅清的粗暴手法向組織內外宣示，過去這種毫無作為，拱手放任情勢爆發的失敗，是無法原諒的。

參謀本部不會再犯下同樣的失態。宛如口號不斷重複的這句話，如實述說著參謀將校們的幹勁，以及他們明確拒絕重蹈前任者覆轍的心態吧。

實際上，他們也沒有空口說大話，確實是沒有掉以輕心。就連非值班人員也一起總動員，為了掌握狀況做出一切可能的安排。這份努力的回報，就在帝國軍前線部隊的活躍下，經由取得控制的東部防衛戰鬥呈現出來。

東部方面軍司令部與參謀本部的緊密合作，也漂亮地展現出調整的成果。

在這種變化不斷的機動戰狀況下，自傑圖亞副戰務參謀長起的主管將校們，將後勤路線徹底維持起來。既然能供給前線的砲彈有限，就將內線戰略的本領盡情發揮出來，成功保有大致上的即時性，處理情勢的變化。

不過，該說即使如此吧。

傳來的情報夾帶著戰爭迷霧，單憑一介凡人之身想要掌握全貌，資訊量未免太過龐大。

各哨戒設施傳來的緊急聯絡，主管方面軍傳來的情勢報告。同時，還有各方面傳來的矛盾詢問。想當然，就算竭盡了人類的一切智慧處理，參謀本部的處理能力也有個極限。就算要將處理能力強化到極限，也總是會有個上限。

宛如激流傳來的情勢報告，輕易就突破演習的推測內容。就連應該是針對推測狀況，以三倍冗餘性部署的分析主管軍官們，也在遠比預期還要早期的階段達到了處理上限。

然而，帝國所自豪的參謀將校的真本事，正是針對意外的處理能力。為了展現被譽為參謀教育精髓的臨機應變能力，參謀本部就在明白處理能力趕不上變化的瞬間將不重要的瑣事割捨掉。帝國軍的中樞部一派，以可怕的明快判斷力認定，優先順序才是一切。

於是，他們將優先度低的情報與詢問擱置一旁，總之先出動所有參謀將校，從優先度高的案件開始處理。

立即著手處理的，是將待命中的大陸軍派往東部的案件。堅信兵貴神速的他們，將全副心力放在迅速展開兵力上。

戰務與鐵路課也早就開始不眠不休地調整時刻表，總之先將能派出的部隊依序送出。

同一時間，後勤主管軍官們也一面詛咒老天，一面強迫自己達成當場修正物資配給日程表的神乎其技。面對這種直到最後一刻才要臨時變更鐵路運行計畫的蠻橫之舉，鐵路課的課員們儘管全都累倒不起，也還是成功達成了。

這是足以讓軍方內部長年流傳「內線戰略的重點，迅速展開部隊與物資的關鍵就在於鐵路課」這句話的豐功偉業。外加上在戰務主導的後勤網整備工作下，預先準備好的倉庫，還有安排參謀飛往當地確認狀況的機票都沒有出錯。

儘管如此，戰場的常理就是凡事都不會按照計畫進行。眼前麻煩的是，當地傳來的報告果不其然是亂成一團。

不管怎麼說，這就是戰場。

行動的結果是吉是凶，有一半接近在賭博。任誰都眼泛血絲到處奔波的景象是隨處可見。

位在這場暴風中心的參謀本部裡——

「就速戰速決吧。各位，我想針對第二〇三航空魔導大隊的譚雅．馮．提古雷查夫少校送來的提案進行審議。」

由應該比誰都還要繁忙的傑圖亞中將親自主持會議，要討論譚雅提案的聯邦首都襲擊計畫。雖說她直屬於參謀本部，但將區區大隊規模的部隊請求列為最優先案件進行檢討，就編制上來看幾乎是異常事態。

「雷魯根上校，我想聽貴官的意見。」

一個大隊竟越過當地方面軍，直接向參謀本部請求指示。就軍隊的組織機構來看，這本應是不受歡迎的事態。

然而，參謀本部不僅容許她這麼做，還招集分秒必爭的繁忙將校們，儼然很重大似的進行議論。因為這個案件就是如此重大……倘若是要對敵國首都，投入第二〇三航空魔導大隊的話。

「是的，下官以為若有可能成功，就值得讓他們一試。」

所謂的首都直擊計畫。

該錯愕的，應該是提古雷查夫少校的腦袋吧。對雷魯根上校來說，這是他在聽到消息時，毫不虛假的想法。

命令她投入東方戰線進行遲滯作戰的答覆，竟然是襲擊敵國首都，對後方造成衝擊？的確，要是能讓聯邦軍受制於戰線後方的警戒，戰略效果可說是極為強大……但正常人實在是有點難以跟上她跳躍性的思考邏輯。

不對，雷魯根上校在心中稍加修正，應該是自己也被她毒害了吧。

請看我用區區一個魔導大隊達成對聯邦首都的襲擊——這話要是出自他人之口，將會因為牛皮吹太大，連正式的審議都不會有吧。

「我老實稟告，姑且不論風險，回報極為龐大。外加上，成算也絕對不低吧。」

然而，別說是叱責她別逞威風，參謀本部甚至迅速審議起她的請求，還要求各部門正忙得團團轉的專家們特地抽出時間來開會。

因為不是別人，正是雷魯根上校自己相信這件事有成功的把握。

「……直擊首都。這作為佯攻，可是完美的一步棋。」

主戰線正在進行遲滯戰鬥，應當從事支援任務的第二〇三航空魔導大隊指揮官，看來似乎是很順利地在正常運作呢，雷魯根上校邊在心裡發著牢騷，邊開口說：就讓她去做吧。

「就這份信文來看，是基於政治要素在尋求許可吧。」

動著疲憊的腦袋，雷魯根上校想起魔導軍官的存在，完全無法理解他們到底在想些什麼。魔導軍官並非各個都跟她一樣難以理解。

所以這項提案，絕對是提古雷查夫少校提出的。

畢竟是那個少校。一般來講，這會是在部下將兵們要求進攻的壓力下，送來這種想請求本部加以制止的迂迴訊息，但這種事絕不可能發生在她身上。

大概是顧慮到不想這麼做的部下，所以姑且尋求一下上級的許可。還要說的話，就是政治上的顧慮吧。謹慎細心到讓人生氣。早在擊沉聯合王國潛艇時，就已充分證明了她擁有能預先避開政治糾紛的能力。

「應該有成算吧。而且還是很好的佯攻，我想就讓她去做吧。」

只要不算政治上的衝擊，作為佯攻，直擊首都可是完美的一步棋。能強迫敵軍抽出戰力防衛首都。這樣一來，想必就能讓敵軍減少前線的兵力吧。

「這難道不是典型的說易行難的事例嗎？雷魯根上校，直擊首都可不是簡單的事。先不論這聽起來很有威勢，實行時應該會碰到堆積如山的難題吧。」

「在達基亞成功襲擊首都的實績，還有在萊茵戰線對共和國軍司令部的襲擊，以及在南方戰線對敵司令部的襲擊。考慮到這是不缺實績的專家提議，成功率是相當高吧？」

像這樣列舉下來，提古雷查夫少校與第二〇三航空魔導大隊，還真是有著傑出的斬首戰術達成經歷。

「假設，就算襲擊本身失敗了，敵軍也不得不分出部隊處理。既然如此，只要能將敵兵力引開，不就能期待減緩聯邦軍對東部主戰場造成的壓力了。」

然而，雷魯根上校的腦海中，也同時閃過提古雷查夫少校那對玻璃珠般的眼眸。光是回想起那對彷彿在窺看虛無一般異於常人的眼神，就能理解事情不會在通常的範圍內結束。

光看外表，她是名可愛的幼女。然而那對眼睛，讓雷魯根上校強烈有種那與其說是人類，更像是殺人人偶的印象。

「……上校，你是認真的嗎？」

「傑圖亞閣下，請你考慮清楚。那可是提古雷查夫喔。」

傑圖亞中將語帶疑惑的詢問讓他反問回去。本來的話，這會是難以置信的無禮行徑。不過，那可是提古雷查夫少校。

她在萊茵似乎是樂得手舞足蹈。是強行突破那個共和國的防空網，將司令部擊毀的超常規格軍人。

這可是她特地跑來懇求許可的作戰。

早在她向本部尋求實行許可時，就已經不是有無「成算」的問題，就像是在確認「政治」容不容許她這麼做一樣。

首先，她是一定能夠做到。

「不過，那可是首都喔。」

「……與其綁上項圈圈養至死，放出去追咬獵物會比較好吧。」

因為她肯定是有成算。再說，即使她失敗了，只要能展現出那狂犬般的攻擊精神，就能創下以伴攻來講過於充分的戰果吧。

這就跟獵犬要是太過凶狠，總之就放出去追咬獵物會比較好是相同的道理。畢竟早已證明，她是只要野放出去，就會靠自己的嗅覺掌握戰機的指揮官。

既然准許後也不會有造成問題的政治要素，就該讓她去做。毫無理由的制止她，應該會更加危險。放走戴・樂高一事，如今已讓他們付出極大的代價。一想到這，就覺得最好還是相信狂犬的嗅覺。

「真是討厭的見解。大致來講，這可不是對前線部隊的態度。」

「中校，你是不了解她才會這麼說。」

以常識性的意見勸諫自己的是一名老邁中校。

記得他是東部方面軍派來的聯絡官吧——一想起這件事，雷魯根上校隨即就對他的反論嗤之以鼻。

一次，只要一次就好。只要接觸過提古雷查夫少校這個異物的本質，就能夠立刻理解。要是派不上用場，就會將魔力刀指向訓練生的戰爭狂犬。只要讓她知道會造成妨礙，肯定就連自己人也會不著痕跡地做掉吧。無能指揮官在前線不經意地意外死亡，絕不是罕見的事。

不過，她應該是會用合理的理由確實地把人做掉。

「提古雷查夫少校是名優秀的野戰將校。不過，讓我們換個角度來看吧。」

「咦？」

「……她是名太過優秀的野戰將校。我勸你看一下她在南方大陸的機動戰報告。就我所知，能在演習時做到如此機動的部隊，就算放眼帝國也數不滿五指，而能夠在實戰中展現的也就只有她了。」

就這層意思上，隆美爾將軍的指揮實在出色，雷魯根上校發出讚賞。不是埋怨她難以使喚，而是丟著不管，放任她去打出最大的戰果。

由於沒有遭到掣肘，提古雷查夫也能好好工作……不對，不該過分低估她吧。

提古雷查夫少校似乎是真的做得很好。

會不得不用似乎這種不確定用語，是因為對雷魯根上校來說，提古雷查夫少校的表現已超乎他的想像範圍。

「啊，關於這件事，其實東部軍有提出疑慮……我們不免懷疑報告書是不是欠缺正確性呢？當然，這並不是在懷疑像提古雷查夫少校這樣的優秀野戰將校會去偽造戰功，但還請考慮到戰果報告往往都會有趨於浮誇的傾向。」

「……恕我失禮，你剛剛是說？」

「也就是東部方面軍對於戰果報告書是否有妥當處理一事存有疑慮。就算本國需要英雄，拿出再稍微實際一點的數字會比較好吧？」

霎時間，雷魯根上校錯愕得啞口無言。欲言又止地朝上司的傑圖亞中將看去，發現他也跟自己同樣一臉困惑。

這也沒辦法呢，雷魯根上校帶著苦笑，反芻起東部軍聯絡官開口說出的那句話。就戰果報告書來說，自提古雷查夫少校起的第二〇三航空魔導大隊，表現確實是有點太過誇張。可以理解他們是認為報告書上所補充的「面對共和國的殖民地防衛軍與本土的殘存部隊，提古雷查夫少校展現出有如猛虎出閘的奮戰之姿」這句評語有問題吧。

「既然有這種疑慮，東部方面軍不妨就派監察官去提古雷查夫少校的大隊吧。」

「……可以嗎？」

「當然可以。不過恕下官僭越，苦口婆心奉勸你一件事。我強烈建議派去的軍官，最好是所屬於長距離偵察部隊，從事過至少一週以上敵地滲透任務的幹練魔導將校。」

所以，雷魯根上校忍不住由衷忠告。

「猛虎出閘」還算是相當譬喻性的表現吧。就算蹙眉認為報告欠缺正確性，但所記載的戰果也確實是很異常。提古雷查夫少校與其第二〇三航空魔導大隊就像是去打野鴨一樣，輕輕鬆鬆拎著擊墜報告歸還。

懷疑戰果報告正確性的監察官聽說曾一度與他們同行過，不過據說是以不幸的軍務官僚遭到悲慘下場作結。好像是在陪同進行為期一週在長距離行軍下的敵地滲透襲擊行程後，緊接著要被拖去緊急起飛迎擊時暈死過去，遭到部隊抗議「要是迎擊戰的擊墜數不被承認可就困擾了」之類的。於是，這件事就在監察官體無完膚地逃回本國後結束的樣子。

到頭來，他們並沒有灌水……而是確實的戰果吧。毫無疑問是該讚賞為英雄的活躍表現。

然而，再稍微仔細想一想吧。

只要走錯一步就會全滅的敵中央滲透襲擊，竟然滿不在乎地持續一個星期，他們肯定是有哪裡不太正常。豈止如此，在正式命名為南方會戰的與自由共和國軍的會戰當中，他們所展現出來的敵中央突破與司令部襲擊的時機，完美到不像是人類所為。

所收到的會戰報告書上，寫滿著幾乎是理論上說不定勉強有可能辦到的理想的戰術機動。在簡直像是以俯瞰視角看穿一切的時機，描繪出適當的機動。

「她是某種優秀的狂人。要是不盡量派優秀的監察主官過去，她很可能會覺得派去的人礙手礙腳就直接殺掉吧。我想，你們應該不會想要這種結果。」

「怎麼會！她可是槲葉銀翼突擊章的持有人耶。」

「所以才會這麼做。」

活著持有槲葉銀翼突擊章的人，是才這點年紀的小孩子。

這句話本來會是個笑話，也可說是絕無可能的事。假如自己是在戰前看到這句話，不是認為這是低劣的謊言，就是不了解軍方人事制度的人在胡言亂語，不屑一顧地一笑置之吧。

愈是去想，就愈是覺得她有著顯著的異常性。譚雅·馮·提古雷查夫少校是個小孩子……但作為軍人卻已經過於完美。

幾乎只能認為她喪失了某種枷鎖。

她效忠於軍隊，還算是能靠至今為止的經歷理解。但她的忠誠會以怎樣的形式呈現，則還是個未知數。真是可怕。

「……就到此為止。現在也沒時間爭論了。既然只有感情面上的反對意見，再討論下去，只是在浪費我們的時間。」

果斷地無視他們的傑圖亞中將臉上帶著苦笑。朝著錯愕的參謀們，傑圖亞中將以話語發出轟炸。這位大人也還是老樣子呢，雷魯根上校苦笑起來。

「我也認為可以准許。」

「「閣下！」」

就連本來在一旁觀望的數人，也不免忍不住打斷傑圖亞中將發言的景象，讓雷魯根上校看得噴笑……看樣子，他們是在擔心吧。

這件事太過缺乏成算？

可能會讓貴重的精銳魔導部隊無意義地折損？

或是，擔心他們會對軍隊的士氣造成不良影響？

所說的每一句話，言外之意全是這些意思的制止話語。

「就是有把握她才會這麼說吧。就算要拿我珍藏的酒來賭也行。」

「是認真的嗎！」

所以，他們才會對傑圖亞輕易就將這些擔憂一腳踢開的表現感到震驚吧。

參謀這種生物，終究只是在常識範疇內思考的秀才，不擅長偏離既存概念的想法。這也不能怪他們呢，雷魯根上校邊這麼想，邊深深體會到第二〇三航空魔導大隊是超乎常規的存在。

一旦跟他們扯上關係，常識會產生動搖也是沒辦法的事。

「是呀。我當然是認真的。趕快去發出許可吧。」

就算要他們去理解也沒用吧，雷魯根上校邊這麼想，邊敬禮離室。為了打電報給如今應該正在「來了嗎？來了嗎？」迫不及待許可下來的她，朝通訊室走去。

……帶著去向聯邦降下災難的心情。

統一曆一九二六年三月十六日　聯邦首都莫斯科

要問到位處莫斯科一隅的內務人民委員部，光是聽到這個名字，就足以讓聯邦市民做好「接下來輪到我」的覺悟了。畢竟，他們有別於怠惰的聯邦機構，不缺實際成績。

在這世上，有種人會莫名熱心地去推動他人不希望有人熱心去做的工作。人人都希望警察與消防員能熱心工作，不過會希望「祕密警察」熱心工作的人鐵定很少。

更何況是聯邦引以為傲的「人民的朋友」內務人民委員部，倒不如是想請他們別這麼勤勞。不對，就連在聯邦屬於特權階級的聯邦黨政官僚，可能的話也都由衷希望內務人民委員部能怠惰一點。畢竟內務人民委員部的惡名，就是經由聯邦黨中央幹部的大刀闊斧所建立起來。

不論是軍幹部也好黨幹部也罷，沒人能在被他們盯上後活得太久……作為可能明天就會讓自己或自己的親朋好友毀滅的人物，他們是全聯邦市民所恐懼的對象，同時也是憎恨的對象。只不過，內務人民委員部的職員們並未理會聯邦市民的這種感情，徹底做好他們作為齒輪的職責。

從農業集體化、肅清反動分子，到揭發破壞行為與取締對外通敵，內務人民委員部實在是相當勤勉。他們毫無忌憚地公然宣稱著「與其害怕十人的冤罪錯放一名犯人，不如無懼百人的冤罪也要取締真凶」這種極為惡劣的信條。

該說內務人民委員部的職員們就彷彿是現代的獵巫人員。不過就算是他們，基本上在頂頭上司的內務人民委員「羅利亞同志」面前，也只能壓抑著恐懼，直打哆嗦地祈禱自己沒有犯錯。

光就外貌，他是名年約四十多歲，看起來平凡不起眼的矮小男人。然而光是聽到這男人的名字，就連身經百戰的軍人也會冒起冷汗，內務人民委員部殘虐無比的職員們也會像借來的貓一樣乖巧。是遭到眾人如此恐懼，同時也遭到暗中厭惡的對象。

只不過，執筆淡淡地處理職務的羅利亞，則是將自己定義為一名只是努力地達成義務的優秀官員。

「唔，就適當處理。」

針對西魯多伯利亞收容所的相關事務手續，在訓誡所長要適當運用（盡可能降低損耗速度）收容的勞動者後，將聽筒緩緩掛起。

儘管知道戰爭開始了，他的工作風格還是跟平時一樣沒有變化。淡淡地將人類看成數字，不論是在前線還是後方，他都會遵照職務，努力將數字填滿。

對他來說，既然已決定開戰，他就只有做好自身職責一途。

然而，就算是這樣的羅利亞，對帝國發出宣戰布告的決定，也毫無疑問是能讓他擺脫最近盤據腦中的惡夢的喜事。不知帝國何時會從旁邊襲來的警戒感，似乎帶來連自己也難以想像的沉重壓力。

上一次為壓力所苦，是多久以前的事啦？

自從計畫向帝國宣戰發動奇襲攻擊以來，他的身體狀況就變得相當良好。拜這所賜，讓他文件審得很順利，能比平時還要處理更多的案件，算是意外之喜吧。

名單上的半數人員已肅清完畢，即使開始進入戰時體制，他也滿懷自信與自負，不會讓國內的反動勢力有任何動作。

短期內，不論是反體制派還是意圖搞破壞的動搖階層，任誰都不允許挑戰聯邦的棟梁。即使是人手再多也不夠用的集中營勞動力，也只要把帝國軍將兵強制送進去，問題就能解決了吧。

「一切順利，那我也……啊，偶爾一次也不錯吧。」

就在前線即將開戰的這一瞬間，羅利亞理解到自己正感到前所未有的興奮……精神略為抖擻起來，難以壓抑想朝某處宣洩衝動的欲求。

一想到這，他沒有特別猶豫就採取了行動。

「是我。對，派車過來。」

之後就只要等前線的政治軍官把報告傳來。就唯獨這件事，需要等上一段時間吧。等待實在是件教人焦急難耐的事。

既然忍不下去，就有必要讓下半身「稍微鬆口氣」。

今天就在市區內隨便逛逛，找看看有沒有什麼新收穫也不錯。而且，俗話不是說了，自古英雄皆好色。

「在我回來之前，給我確實處理完畢。尤其是與帝國相關人士有過接觸的人民，要給我徹底調查清楚。」

這話說得沒錯，那身為英雄的自己，就算性好漁色也是沒辦法的事。羅利亞這個人對於優先滿足自身興趣的決定，不帶有一絲的猶豫。

將剩餘工作交給部下，留話要他們將疑似與帝國有關的人員徹底處理掉後，他就迅速搭上自己的專用車，向明白詳情的駕駛發出簡潔的指示。

「我要視察市內。就跟往常一樣。」

於是，他所搭乘的車輛就朝莫斯科的市中心，在不時受到幾處檢查站與對空防禦陣地的干擾下，緩緩前進。這雖然稍微阻礙了羅利亞的興致，但對於自己親手安排的檢查站，以及親自命令軍方構築的對空防禦陣地，實在是只能忍了。

所幸這沒有耽擱到太多時間。就算在幾處檢查站被稍微攔下，內務人民委員部的職員們也有穿插在步哨之中，只要注意到內務人民委員部的公務車上掛著特定車牌，他們就會幫忙開道。

讓車開到學生眾多的市區中心後，羅利亞就懷著物色獵物的心情，迫不及待地打量起往來的學生們。

畢竟最近很忙，沒什麼時間享樂呢。

真是愈來愈沒耐性了，連他自己也不免苦笑，但也正因為這樣，追求愉悅的他才會為了尋求符合自己嗜好的理想對象，執著凝視起往來的女學生。

「那個還不錯吧？……嗯，有點微妙。」

一名有著美好背影的女學生霎時間吸引住他的視線，不過仔細一看卻不合胃口，讓羅利亞嘆息起來。這是口味的問題，那要是再年幼一點，就符合自己的喜好了。然而，真是可悲。就自己的喜好來看，她已經熟過頭了。

那與其說是青澀的果實，倒不如說是成熟的果實，不太符合自己的興趣。是覺得水準不錯。畢竟也不是沒辦法勾起我的興致。只不過，正因為近乎完美，瑕疵也就更為醒目。

「真可惜……要是再早一點發現到，就是最美味的時候了。」

這讓他忍不住感慨起命運弄人。不論是容貌，還是身高，要是再幾年前遇到，毫無疑問會讓我食指大動，伸手將她摘下。就連半生不熟的階段都還有著一副能吃得下去的容貌，反倒讓人倒盡胃口，真是一場悲劇。

「請問怎麼了嗎？」

「不，下一個。讓車繼續前進。」

對正在眺望走在街上的少女們的羅利亞來說，這是件讓他掃興的事情。就算想找尋堪折的花兒，但在看過理想枯萎的身影後，就覺得眼前盡是一些有點無法讓食指大動的對象。就算背影迷人，實際靠近一看的感覺，就是不太滿意。

或許該換個河岸找找吧，正當他打算轉換心情時——

就在凝視地面的他，失望地望向天空時，注意到西方天空上浮現著一點一點的黑影。這影子還真怪，就在羅利亞這麼想的同時，他注意到那些黑影包覆著跟鳥不太相似的奇妙迷彩花紋。

「嗯？是哪裡的笨蛋啊？」

莫斯科全區早就被指定為禁飛區域，除非是軍事遊行或是典禮儀式，否則莫斯科上空都不許飛機進入。

想當然，這是明確的違規行為。

那群混帳東西——羅利亞湧起彷彿光靠眼神就足以殺人的殺意，同時發誓要讓這些蠢蛋嘗到報應。

大概是違規的空軍或魔導師吧。就是這樣，空軍與魔導師才讓人無法信任。明明都送這麼多人進收容所了，還沒學到教訓嗎？不過一想到這，羅利亞狡猾的腦袋就突然感到一點疑問。

魔導師？

這附近不應該還有魔導師存在啊。主導獵魔導師行動並徹底執行的人，不是別人，正是他自己。會在這種地方犯下違規行為的魔導師，早就物理性地統統消失了。

不應該還有漏網之魚。

「怎麼可能！」

等回過神來時——

他忍不住大叫起來，毫無餘力去顧及形象。心想著怎麼可能會有這種蠢事。

到底是發生了什麼事？

羅利亞腦中甚至冒出這種得不到答案的疑問。然而就在他感到疑問後，眼前疑似魔導師的黑影，就經由行動替他解答了。

魔導師們悠然排出看似對地掃射隊形的隊伍，就連在地面上看來也依舊出色，是一絲不亂到能乾脆說是悠哉的機動。

然後，羅利亞知道。

聯邦軍的魔導師不可能做出這麼有秩序的行動。

這是當然。正是自己下手肅清，把他們弄得分崩離析的。

好讓魔導師這種支持舊體制的階級敵人，再也沒有能力與黨對抗。這些反動分子們如今早已淪落為聯邦軍為數不多的冷遇單位。能做到如此出色機動的部隊根本就沒留下，就算有留下來，也早就送去東部的西魯多伯利亞，假借國境紛爭的名義讓秋津洲皇國殺光了。

所以，那不會是聯邦軍魔導師。所以必然地，能用消去法導出答案吧。是敵人。是與聯邦敵對的國家軍隊。當想到這點時，他這次真的慘叫了。

「帝國軍！該死！這怎麼可能！」

統一曆一九二六年三月十六日　聯邦首都莫斯科上空

一抵達聯邦首都莫斯科的上空，帝國軍第二〇三航空魔導大隊的指揮官譚雅·馮·提古雷查夫魔導少校就知道，這場打賭是自己大獲全勝。

心想著「我就說吧」，臉上甚至還揚起微笑的譚雅，愉快地遠望起代表帝國軍前來拜訪的莫斯科市區。

只要從上空，像是要確實打招呼似的遠望過去，就能看到夢寐以求的「世界上離市中心最近的國際機場」，還有惹人厭的雜亂銅像群。

閃著刺眼光芒的紅星，還有真佩服他們蓋得出來的高聳聯邦人民宮殿，也都很沒品味。

算了，譚雅就寬容地展露微笑。

本來就不對共產主義者的品味抱有期待，也不是會挑剔目標外貌的個性。

要說唯一的堅持，也就只有「好的共匪，就只有死掉的共匪」。

只要能在不受國際條約的束縛下，空襲共產主義者的首都，譚雅就心滿意足了。

『Fairy01 呼叫大隊各員。』

就只是悠哉飛在天上，結果直到敵國首都的上空，不僅一次也沒有遭遇迎擊，就連防空部隊也沒有碰著，這本來是不可能的事。

本來的話……也不是不能說，這是受到剛開戰不久的混亂影響。

但就算是這樣好了——譚雅暗自竊喜。自己等人可是沒做什麼準備，就達成長距離滲透襲擊了。早在他們如此輕易就深入敵地時，就知道聯邦的防空網根本算不了什麼。

『打賭是我贏了呢。就說是連大學生都能突破的防空網了吧？』

『02呼叫01。正如妳所說的。』

看，我就說吧——譚雅微笑看向對襲擊莫斯科一事面露難色的拜斯上尉。面對長官「看吧」的愉快語氣，就算不是拜斯上尉，也只能一副「這還真敵不過妳呢」的態度舉白旗投降了。

『乾脆承認事實的態度不錯。不過，我可不會手下留情。大隊各員，就跟你們聽到的一樣。歸還後，給我盡情喝光02珍藏的好酒吧。』

『副隊長請的客，哎呀，還真是期待呢！』

『既然機會難得，也請算我一個吧。』

會在這種時候接連說笑的格蘭茲中尉與謝列布里亞科夫中尉，個性真是變得膽大包天了。在敵地上空和睦開朗地愉快飛行。幾乎讓人有種不同於共匪的大地，共匪的天空是自由的錯覺。

『既然要請兩名中尉喝，副隊長，可別忘了我們的份啊！』

『這是當然的對吧，上尉！這可是繼去年夏天的沙灘之戰以來的大規模任務呢。我們向你發誓，面對酒精絕對不會退縮半步！』

『02呼叫大隊各員。你們這群傢伙，好大的膽子啊！』

就職場氣氛來說，這真是值得信賴的互動。看著意外有酒喝的格蘭茲中尉等人幹勁十足的模樣，就肯定他們能發揮出大隊團結一致前去勞動的團隊合作精神。

既然如此——

就幹得徹底吧，暗自高興的譚雅，就懷著一面適度放鬆，一面保持警戒飛行的部下們還真是可靠的念頭，發出號令。

『01呼叫大隊各員，期待02請客是沒關係，不過在休閒活動之前，必須要先把工作完成。立刻組成對地掃射隊形。重複一次，立刻組成對地掃射隊形。』

譚雅一聲令下，部隊就同時組成箱型編隊。第二〇三航空魔導大隊的部隊員們所展現的機動相當精美。部隊保持著適當的間隔，同時還開始順利侵入莫斯科的市中心上空。

在這瞬間，譚雅抓到一種就算比原先預定的還要多踏出一步也不壞的感覺。抵達這裡的一路上，遇到的障礙頂多就烏雲或是鳥。雖說是長距離行軍，不過這對魔導師的消耗程度有限，所以還相當有餘力。

保有比預期中最好的狀況還要好的完整戰力抵達莫斯科。就算不貫徹一擊脫離，在都市襲擊戰中盡情大鬧，也依舊能期待保有脫離的餘力。照這情況來看，應該能從北方脫離，逃往舊協約聯合領土的友軍控制區域吧。

喃喃哼了一聲，譚雅向部隊發出「就迅速破壞吧」的指示。

當初的計畫，頂多就是表演性質的示威飛行。具體來講，就是仿效約翰牛在敵國首都上空盤旋繞圈的程度。

該說既然對手是共匪，就是要讓狠狠踐踏他們的面子吧，譚雅早先也就只有「要是能做到這種程度就好了呢」的念頭。然而，現實給了譚雅優於表演性質的選擇。

『修改原定計畫。第一中隊由我親自率領。去將那棟高聳可恨的聯邦人民宮殿上的紅星炸掉吧。除此之外，還要去突襲顯眼的政府設施。』

既然無人迎擊，那就來一場夢寐以求的莫斯科大掃除。

『第二中隊，你們去把莫斯科廣場上的醜陋銅像拆了。可能的話，連木乃伊也一起。』

將約瑟夫的銅像推倒，可也是資本主義者的夢想。

我想在自己的世界裡，恐怕很少有銅像被推倒的次數能比得上那座銅像吧……所以沒道理不能在這邊的世界這麼幹。不如說這是個難得的機會。就將這視為一個好契機，讓我的大隊也在這邊的世界，率先創下破壞共產主義紀念碑的歷史偉業吧——譚雅暗自竊喜。

可能的話，也想將陵墓裡那具成為偶像崇拜對象的木乃伊一起炸掉。想歸想，但還是有可能的話再去做吧。

『第三中隊，負責壓制破壞那棟能遠眺西魯多伯利亞的莫斯科最高建築物，將祕密警察統統幹掉。』

再來，就是去找祕密警察麻煩。還真是快樂得不得了呢。

連待在地底下都能看到西魯多伯利亞的舊保險事務所。把這裡的機密文件燒光，肯定是實質上最能找他們麻煩的事。要率先去做他人討厭的事，這句話說得真好。

『第四中隊，去襲擊克里姆林宮。不用客氣，給我放手去幹。』

再來就是，美軍好像有禁止轟炸皇居，不過我們可沒有特別設下這種限制。德軍也有禁止攻擊英國王室？沒關係，沒關係。

我們是帝國軍。好，就去幹掉克里姆林宮的大熊們，為人類世界做出貢獻吧。

『大隊長呼叫大隊各員。這可是全資本主義者所夢想的情景。就讓後世的資本主義者們，去羨慕在這瞬間的我們吧。』

這對立場堅定的反共主義者來說，肯定是會讓他們在讚嘆之餘，希望自己也能夠親臨現場的光景。

『那麼各位，開始行動！』

『『『遵命！』』』

就在部隊散開，準備襲擊態勢時，儘管是會讓人覺得「終於啊」的時機，不過譚雅等人還是開始遭受到來自地面的防空砲火。

「哎呀，果然還是有防空陣地嗎？」

從地面攻擊的高射砲不免會是個威脅，要是遭到直擊，就算是第二〇三航空魔導大隊的精銳們，可也不是重傷就能了事。

加強對地警戒——部隊之中瞬間傳起這種敦促警戒的警告，但過沒多久，部隊內通訊就滿是掃興的感想。

「……真是零散的迎擊。而且，瞄準也十分粗糙。敵方的防空陣地，就只是胡亂把砲彈打上天的樣子。要乾脆去攻打防衛陣地嗎？」

也不是沒有被靠來的謝列布里亞科夫中尉所提出的誘人提議給吸引，不過譚雅儘管猶豫了瞬間，卻也還是搖頭否決。

「就算是共匪不堪入目的粗糙防空砲火，但防空砲火就是防空砲火。我可想不到去讓部隊白白蒙受損害的理由喔。」

「是我失禮了。」

「要是鬧過頭，忘記回家的時間，我可就困擾了……對了，中尉。貴官因為個人經歷，而對共匪默默懷恨在心，是吧。」

「是的，少校。不過，那是我小時候的事了。」

譚雅想起這件事後，也沒忘記要姑且警告一下部下。

「中尉，妳不用勉強自己隱瞞對共匪的憎恨喔。」

「咦，少校？」

即使謝列布里亞科夫中尉臉上露出努力裝作很錯愕的表情，不過譚雅還是一副「我懂」的態度點點頭。

謝列布里亞科夫中尉有著聯邦出身的經歷。屬於正常人的她，肯定會因為共匪而過得很辛苦吧。所以能輕易想像得到，她當然是想射殺共匪想得難以忍受吧。

「我不會要妳別被憎恨支配。所以只要妳忠於軍務，我就肯定貴官的憎恨。當然，最好是能給我保持自制……但只要貴官忠於交戰規則，貴官的屁股由我來擦。」

看著激動地想說些什麼的副官，譚雅一句「別放在心上」繼續說道。我沒興趣幫部下的失態收拾善後，但要是部下明明沒錯卻遭到批判，我也會毫不遲疑地袒護他。

「我多多少少知道貴官的經歷。我很期待妳對這裡的知識喔。給我好好幹吧。期許妳能達成心願。」

邊拍著謝列布里亞科夫中尉的肩膀，譚雅邊說著「好，開戰啦」邊為了衝到部隊前頭加速前進，向編隊下達準備突擊的命令。

『大隊各員，就根據各中隊長的判斷大鬧一場。撤收時會使用信號彈與廣域通訊，根據我的判斷下達指示。』

『請問戰術目標是？』

『適度地破壞，適度地嘲弄。除此之外就沒有別的了。給我盡情大鬧一場吧。我會期待各位發揮出富有創造性的破壞。』

既然已抵達莫斯科的上空，那我們要做的事情就跟杜立德的空襲東京一樣。這就像是在仿傚美帝的政治宣傳手法。

聯邦這個國家充滿虛偽。對於國家本身是虛構的，僅靠著政治宣傳在支撐國家性的聯邦……動搖黨的全能性是最為有效的手段。要說的話，就是要朝他們的臉上扔泥巴。

不過，正因為這樣的戰略效果不小，所以能用最小的勞力達到最大的衝擊。另一方面，還可期待他們會被這種騷擾攻擊激怒。

畢竟是共匪。比起向主戰線派出增援，應該更會把寶貴的時間浪費在防止復發與互推責任上吧。最好是能給我來一場總括（註：日本聯合赤軍進行的肅清反革命行動）或是自我批判。

就算是為了這個目的——譚雅再次向部下全員清楚告知作戰目的。

『本作戰的目的，是要狠狠踢飛聯邦的面子，就像是要把腐朽的大門踢飛一樣。』

放任帝國軍侵入首都上空？

這肯定能讓相關負責人們顏面盡失。當然，他們應該會試圖隱匿或隱瞞情況……但只要在首

解說

【杜立德】　運用「從航空母艦起飛的陸基轟炸機」轟炸東京的洋基魂集團。會讓陸基機從航空母艦上起飛的人，大概就只有這些傢伙吧。

都上空大鬧一場，將他們充滿威信的建築物與象徵統統炸燬，就算想粉飾太平也會很辛苦吧。

要是這些徒勞無功的隱蔽作為能阻礙聯邦遂行戰爭的努力，雖是次要目標，但也可期待有不錯的效果。

『就讓那些傢伙，後悔出生在這世上吧。』

『『『遵命！』』』

『很好，謹慎去幹吧。攻擊開始！』

在箱型編隊漂亮地分成四隊的過程中，譚雅與中隊緩慢飛向莫斯科的市中心。在聯邦上空，帝國軍就宛如凱旋式一般的反覆著編隊飛行。

同時還特地用手邊的演算寶珠拍下宣傳用的影像。為了讓人看出這裡是莫斯科，邊用鏡頭捕捉市區與部下們的身影，譚雅邊緩緩地盤旋起來。

同時，突然有了個主意。

『第一中隊各員，要不要來唱歌啊。帝國的軍歌。』

『哈哈哈哈哈，好主意。這真是個好主意啊，少校。唱的時候請務必擴音喔！』

部下們的反應也很好。

非常好。雖說沒興趣在團體行動時搞合唱，但如果是要在共匪頭上唱嘲弄他們的歌，我可是大為歡迎。

為了恐怕還搞不清楚狀況的莫斯科眾人，特意展開擴大音量的術式。

心情就像是在指揮管弦樂團一樣。順從這種還不壞的高昂情緒，就像是要讓歌聲響徹雲霄似的，譚雅在莫斯科的上空高唱起帝國軍歌。

這還真愉快至極，不過讓我更加喜悅的卻是接著陸續傳來的好消息。

『Fairy06 呼叫 01。能清楚看到西魯多伯利亞喔！』

『01 呼叫 06。燒得很旺吧？』

『06 呼叫 01。哎呀，這讓我想起小時候想把考卷燒掉的事呢。文件燒得可旺了！』

部下傳來很有精神的報告。只要從空中望去，就能看到一部分熊熊燃燒的景象。

共匪們想必是嚇得屁滾尿流吧。光是這麼想，心情就十分爽快。這種功績肯定能領到勳章。等到歸還後，毫無疑問得要去辦授勳的申請手續吧。

『哈哈哈，幹得好啊！』

『話說回來，還真是愉快的戰鬥音樂呢！我們也想要一起唱。』

『非常好。就讓我們一起吹響文明的號角吧。給我認真唱到連西魯多伯利亞都聽得見！』

就讓我們吹起共產主義者即將毀滅的號角，向他們發出警告吧。就像是代替耶利哥的號角一樣。一面大笑高歌，譚雅一面緩緩接近設為自己等人目標的聯邦人民宮殿。

『01 呼叫各員。顯現術式！目標，糞塊！』

『『目標，糞塊！』』

等差不多來到距離、高度都很夠的位置時，譚雅就喜孜孜地顯現術式，緩緩釋放出去。對付固定目標不可能失誤的爆裂術式，在釋放後筆直擊中鋼筋水泥的大樓。

『哈哈哈哈！這還真愉快！』

不知道是偷工減料還是建材有缺陷，在遭到直擊的同時大幅搖晃的聯邦人民宮殿這棟高樓大廈，竟然一口氣傾斜。原以為有必要齊射數次的譚雅，在看到眼前的大樓一下子就崩坍起來的景象後心想……大概是趕工工程的弊害吧。

『共產主義者自豪的水泥建築物，還真是意外地脆弱呢。』

雖然譚雅「哎呀哎呀」嘲笑起來，不過友軍第四中隊緊接著傳來的報告，頓時潑了她的微笑一盆冷水。

『大概要視場所而定吧。Fairy09 呼叫 01。抱歉，克里姆林宮的防禦太棘手了。外牆異常地堅固。』

『有料想到陣地攻擊嗎？』

『是的。儘管嘗試過了，但那個硬到根本腦子有問題。別說是爆裂術式，就連對據點貫穿攻擊用的鋼鐵術彈都被彈開了。』

『唉。看來水泥的配給相當偏頗的樣子。比起人民，更集中用在克里姆林宮上頭呢。』

要是鋼筋水泥厚到能將格蘭茲中尉所指揮的第四中隊的攻擊彈開，這若是不把要塞砲搬來，想要打穿恐怕是極為困難吧。

是可以考慮將錐形炸藥大量連接起來爆破的方法，但手邊本來就沒有多少炸彈。畢竟是以長距離偵察任務為前提的裝備。即使有攜帶術彈，卻沒有準備太多貫穿據點防壁用的鋼鐵術彈。

如果只是難以突破，或許該勉強進行突襲吧？要是確定史達林公的腦袋就在哪裡，就算賠上格蘭茲中尉與整個第四中隊都還有找……但那可是史達林公。一旦情勢不妙，無論如何都肯定會逃走吧。

既然如此，還是下令轉進，將第四中隊投入其他方面的效果會比較好。想要在有限時間內得到最大戰果，讓他們去破壞脆弱目標將會更具效果。

『09，立刻讓第四中隊轉進。』

『遵命，立刻照辦。』

哎呀，真是掃興——苦笑的譚雅就在下一瞬間收到最棒的好消息。

『04呼叫01。已粉碎約瑟夫叔叔。重複一次，已粉碎約瑟夫叔叔。』

『心情如何，各位？』

『心情是爽快至極啊。』

譚雅迅速盤算起來，為了徹底找麻煩而重新整理起狀況。

克里姆林宮雖只有找麻煩的程度卻也襲擊過了，人民宮殿與祕密警察本部則已燒燬。然後，派去爆破醜惡的個人崇拜銅像的第二中隊，看來也輕鬆達成目的的樣子。

會說心情爽快，就表示他們非常高興。儘管羨慕死了，但既然是把約瑟夫像踢倒，心情確實是會很爽不會錯的。還以為這裡大概會是事關顏面，警備最為森嚴的場所，但既然不是，那稍微冒個險也不錯吧。比方說，試著像硫磺島那樣在廣場正中央高舉著帝國國旗。

覺得仿效陸戰隊有點不太好？

不不不，好東西就是好東西……所謂的「形式美」總歸來講就是一種美學。不需要等哲學家們的議論結果，被打倒的共匪就是一種美好的東西。

在共匪的中心高高舉起隨風飄揚的帝國國旗，具有極大的政治衝擊性。而該冒的危險，在已成功占據廣場的現在是幾乎沒有。

最重要的是，帝國的國旗在聯邦的首都飄揚這件事。共產主義者的傲慢嘴臉，肯定會變得慘白無比吧。為了不再犯下相同的失態，他們肯定會讓莫斯科要塞化。

……就算要盡可能且緊急地從前線抽走必要的物資與人員也在所不辭。因此就支援主戰線的角度來看，沒有比這還要完美的佯攻了。相信傑圖亞閣下肯定也會對此相當滿意。

『非常好。那就在廣場插上國旗後歸還吧。』

『插國旗？就算少校這麼說……但我們手邊並沒有國旗耶。』

部下語帶遺憾的答覆，讓譚雅有點沮喪。不過，完全不用擔心。我的企劃能力可沒差到會沒有腹案就進行提案。

『別擔心，我大概知道可以從哪弄到手。』

只要熟知共匪的習性，就能靈活地採取對策。知識正是力量。知道與不知道時所能做出的選擇可是完全不同。

而在這種情況下，只需要知道共匪最愛搞政治宣傳搞電影，連帶也最愛搞審查的話，事情就簡單了。想當然，共匪的電影會是經由審查的政治正確電影。也就是說，最近這段期間將會是反帝國的政宣電影。

……沒有邪惡帝國軍的邪惡國旗，電影可就拍不起來了。

想當然，用來燒的國旗應該會多到堆積如山吧。他們口中作為正義之師的共匪紅旗應該也很多。就連拿來燒的旗子都不缺，真是太棒了。

要是攝影器材也能從那裡借到就太完美了。

『是哪裡呢？』

『共匪自豪的電影製片廠。他們應該會有拍反帝國政宣電影用的國旗吧。』

『啊！妳說得對，少校！』

然後，讓譚雅像正合我意似的展露竊喜笑容的，是看來心裡有底的謝列布里亞科夫中尉。

這不是能用無線電說的內容，如此解讀的譚雅就揮手做出過來的手勢，把謝列布里亞科夫中尉叫來，直截了當地問。

「副官，知道地點嗎？」

「如果跟以前沒變的話！雖然有點記不太清楚，不過要是事前分發的地圖沒出錯的話，我就知道地點！」

「非常好！我命令妳前去徵用。對了，別忘了留下軍幣與支付憑證喔！」

「……遵命。當然，我絕不會掠奪民物，會確實進行徵收的！」

大概是理解到譚雅的惡質笑話吧。以標準的軍禮受領任務後，謝列布里亞科夫中尉就帶著數人降落到莫斯科市內。

就讓我們代替共匪拍攝政宣影片吧。

用共匪的器材。

雖然要燒的不是帝國的國旗，而是改成聯邦的國旗。共匪的紅旗。一定會很襯火焰吧。光是想像起那個景象，就讓人超乎必要地雀躍不已。

肯定會很愉悅爽快吧。畢竟還會順便在共匪的廣場上高掛起我國的國旗。啊，真後悔沒帶記者一起來。就算再怎麼突然，也不能把這附近的報導相關人員給抓來，真是一點辦法也沒有。

次佳的方法，果然就只能去籌措自己的器材吧。

『……的確，少校說得很對。』

『我去搬運國旗還有攝影器材。在我回來之前，給我順手把陵墓炸了吧。』

『遵命！就等少校回來！』

好啦。就去電影製片廠進行一場罕有的文化交流吧。

你問我共匪有文化嗎？

這是個合理的疑問，不過請儘管放心。就連內陸國也有海軍，所以理論上，就算共匪有文化也沒什麼好奇怪的。

統一曆一九二六年三月十六日　聯邦莫斯科路上

響徹雲霄的是銀鈴般的祈禱聲。就像是長久以來，真的是很漫長的一段歲月內，在這塊土地上遭到彈壓的信徒所唱出的祈禱聲。為了讓聯邦國民理解歌曲的意思，還特意用聯邦官方語言唱出的祈禱聲。

清除罪汙、讚揚天主、頌揚靈魂救贖的歌聲。

然後是，遭受襲擊的莫斯科。

就連信仰不深的人都不免懷疑煉獄是否已誕臨此世的慘劇。

要說悲慘，真的是很悲慘的景象。憲兵與祕密警察的反擊對於軍隊，特別是對魔導師大隊來說，無疑是以卵擊石。自豪是強大勢力的大國面子，僅僅一瞬之間就被粉碎得體無完膚。

直到方才，羅利亞都還在裡頭辦公的建築物前的寬大首都廣場，就這樣遭到帝國的軍靴氣勢高昂地踐踏。

革命指導者們長眠的陵墓遭到爆破，把總書記同志困住的克里姆林宮也幾乎淪陷。一手栽培的軍人們儘管試圖擊退敵軍，所做出的反擊卻是盡數遭到擊潰。要說到對空防禦陣地，就只是胡亂盲射防空砲火，暴露出自己是對敵人構不成任何威脅的紙老虎。

就羅利亞方才的觀察，敵人是不滿五十的少數部隊。以魔導部隊的編制來看大概是大隊吧？就算是這樣，也終究是魔導師組成的大隊，說起人數也就這麼一點罷了。

不過就，這麼一點人數。

然而如今就是讓這麼一點人數的傢伙在為所欲為四處作亂。大致上，倘若是聯邦這個國家的黨統治機關的高層人員，這恐怕是就算嚇到失神也無可奈何的狀況吧。

況且，這裡是聯邦。就連尋常的國家，都無法避免發展成責任問題……在聯邦，這毫無疑問會掀起一場肅清劇。

「啊！我的天呀……」

光是如此，只要以正常的觀點理解事態，羅利亞茫然注視天空的模樣，即是說明事態嚴重性的最好證明吧。

緩緩降落的帝國軍將兵。

他的視線前方，是手持帝國國旗的敵部隊。以帶隊的她為首，他們輕盈地降落地面。帶著凜然表情的敵指揮官……但遠遠看來，怎麼看都像是個小孩子。竟讓這種小孩子蹂躪了首都。

羅利亞眼前所呈現的即是如此失態。而且呈現這種失態的舞台，還是約瑟夫所在的首都。假如羅利亞是作為肅清執行者，無止盡地散布恐怖的人，那約瑟夫就是寫下處刑命令的主使者。

首都就在這樣的約瑟夫與羅利亞眼前遭到直擊，當得知這道消息時，聯邦軍的幹部們全都覺悟到，這將會是讓未來一片黯淡的事態。

假如只有以打計算的軍人被物理性地砍頭的話，在聯邦還算是和平的解決方式。聯邦軍的將校們，會在這瞬間比起前線更加害怕後方的政治情勢，即證明了他們被灌輸的恐怖有多麼地根深柢固吧。

「……太美了，多麼惹人憐愛的人兒呀。」

然而，聯邦軍將校們所恐懼的羅利亞……他的感情卻是與憤怒無緣的喜悅。注視著天空顫抖的他，從口中吐露出的話語是純粹的真摯感情。

臉上總是掛著該稱為共產主義的微笑這種詭異偽善的微笑的他，甚至揭下這張成為他第二張臉的面具，展露出鮮少讓人看過的陶醉表情，如痴如醉地凝視著。

他的視線前方，是一張充滿信念的可愛臉蛋。

光是想像起讓她屈服的過程，羅利亞的自制心就達到極限了。愈是凝視，就愈是為之瘋狂。羅利亞邊受到難以言喻的情感驅使，邊隱約自覺到，自己的精神出現了難以言喻的變化。

啊，這就是一見鍾情吧。

我想要她。我想將那名幼女壓在自己身下。啊啊，好想知道，好想要知道她是誰，想要得幾乎瘋狂。

已經……已經再也看不進其他事物了。對羅利亞來說，其他事情已怎樣都好。

「……我要得到她。我一定要得到她。我無論如何都要得到她。」

我看到她了。我看到了真實，看到讓我熱戀的對象了。

從今以後，其他女孩在我眼中就形同木偶。我能確信，肯定沒人能成為她的替代品吧。

凜然的表情一如畫作般的美麗端正。連身處在戰火連連的莫斯科，她都能綻放光芒。那裡有著無須裝扮，就難以掩飾的美麗。

而且，她就連發出來的聲音都如此迷人！宛如歌唱般祈禱的聲音，一如銀鈴般的悅耳。就算唱得是可恨的帝國國歌，她的聲音也依舊美好。

無論如何，都想讓她用這美麗的聲音發出嬌喘不是嗎？

啊，不，這雖然也不錯，在那之前，先讓她那張標緻的臉蛋痛苦扭曲也不壞。等一下等一下，讓她嘗過愉悅的滋味後，再讓那張姣好臉蛋露出嬌羞表情也很棒不是嗎？

唉，忍不住了。興奮到忍不住了。

我一定要得到她。無論如何我都要得到她。無法說自己不渴望權力，但就連對權力的渴望，在與這股衝動相較之下都顯得是如此地卑微且矮小。

這已經是「愛」了。

「我會得到她的。嗯，沒錯，我一定會得到她的。」

我理想的人偶。啊，真是等不及了。等不及到想從這裡伸手擁抱妳。太美好了，這就是戀愛。都老大不小了，還心兒怦怦跳得不停。不對，是心神不定嗎？不管怎樣，這種坐立不安的心情，一定就是這種心情不會錯的。如果是現在，不論任何困難都有辦法突破，整個人就像是充滿著這種幹勁與決心一樣。

「我會不擇手段的。無論如何都要得到她。沒錯，無論如何。」

為了達成目的，我會不擇手段。也不打算去選擇手段。如果是為了這個目的，不論是怎樣的惡魔都會與他攜手合作。

不論是怎樣的政敵都會與他妥協，甚至不論是怎樣的動亂分子也會有效運用。就算要拯救丟到西魯多伯利亞預定處理掉的魔導師們一條命，我也要得到她。

不對，倒不如說就該這麼做。只要能把她帶來，不論是誰都無所謂。這正是意識形態上的威脅吧。

啊，好想……好想快點摘下那朵花兒。

統一曆一九二六年三月十七日　聯合王國倫迪尼姆

他人的不幸甜如蜜。至少，自身的不幸是苦如砒霜吧。不過，很罕見的，真的是很罕見的，聯合王國的首腦群沒有發自內心對他國的不幸感到幸災樂禍。

不過，也不同情就是了。

「……確定無誤嗎？」

第一海軍卿自肺腑擠出的聲音滿是不堪的疲憊。儘管海軍自開戰以來就在快馬加鞭地整頓態勢，不過通商航道早已開始零星爆發小規模衝突。

通商航道的維持工作，也磨耗著海軍卿的強韌精神。

就在這種時候，收到這種消息。就算想抱著酒瓶倒頭呼呼大睡，也不會是僅止於個人責任的壞消息。

「是的，這是經由大使館傳來的最新紀錄。」

當然，帶來這份報告的情報部，不得不淪為不受歡迎的報告人。畢竟不論是誰，都比較歡迎帶來好消息的人，勝過帶來壞消息的人。所以與其隨便擺出戰戰兢兢的模樣，倒不如保持超然的態度會好一些。

做出這種判斷的對外戰略局的哈伯革蘭少將，就特意壓抑表情淡淡地報告。

莫斯科遭到少數的魔導師部隊滲透襲擊。最初收到的消息，是剛配屬到大使館的情報軍官傳來的緊急報告。

內文是「帝國軍魔導師正在莫斯科上空盤旋」。聽到這第一報時，還判斷這應該是戰略性的政治宣傳作戰。盤旋飛行則是一種示威行為。

這應該是對聯邦的戰果誇示與提振戰意的政治宣傳吧，人人都發出驚嘆。會說出「真虧他們能侵入到交戰國的首都呢」這種風涼話，也是基於這種理由。

「研判莫斯科的主要政府機關已遭到徹底襲擊。」

然而要不了多久，隨著事態漸漸明朗，驚愕也逐漸轉為恐怖與畏懼。應該是少數部隊的魔導師規模變成連隊規模。而且還在複數部隊散開的同時轉為突襲行動，因此研判這是正式的襲擊而非示威行動。

重點在於他們的破壞規模。

根據莫斯科大使館員的說詞，至少祕密警察與革命紀念廣場被粉碎到體無完膚。儘管真偽未定，但據說廣場還被插上帝國的國旗。甚至有收到未確認情報指出，他們同時還毅然向克里姆林宮發動大規模攻勢並幾乎攻陷。

市區內據說呈現極度混亂的狀態，因此就連詳細的受害狀況也不明朗。

唯一能確定的是，引起這種事態的是帝國軍魔導部隊。雖說是連隊規模，但頂多就是一百名不到的戰力。可說是相對少數部隊的滲透奇襲。然而就報告書上所示，其破壞力是超群卓越。

麻煩的是從這裡開始。對防衛負責人來說這簡直是場惡夢，完全無法保證聯合王國不會面臨到聯邦所遭遇到的損害。

「有必要重新檢討防空體制啊。」

事到如今，閣員們才認知到倫迪尼姆的防衛有多麼脆弱。海上的防壁依舊健在，不會容許來自海路的侵略。相信聯合王國艦隊會徹底守住大海吧。

不過，要是無法驅逐來自天空的侵入者，在如今的狀況下是毫無意義。

「至少，有辦法阻止連隊規模的敵部隊吧？」

「……要說到能否阻止侵入，我認為很難講。」

同時，負責處理事態的陸軍參謀們，臉色皆幾乎蒼白。即使有做好首都防空，但防空體制頂多只有推測到遲鈍的轟炸機。儘管構築了以本土南端的雷達站為主的警戒陣地……但並未推測過俊敏的魔導師長驅直入，以大隊規模或連隊規模發動襲擊的狀況。

萬一遭受到聯邦所受到的同等規模攻擊，要阻止敵軍侵入到首都上空，恐怕會極為困難。

這樣一來會怎樣？聯合王國將會呈現與聯邦相同的醜態。這是個光是想像就讓人恐懼的事態吧。而且參謀們還注意到，他們無法排除發生這種事的可能性。

……正因為注意到這點，他們的心情才會無止盡地消沉。

「那麼，我們也可能會呈現像聯邦那樣的醜態嗎？」

「就現況下，未必能排除這種可能性……」

這種事就算不說，眾人也都知道。帶著這種焦慮，首相敲打桌面，打斷眾人的抱怨。需要的是對策。

「夠了。我想聽對策。」

想要什麼東西就儘管說吧。所以，趕快給我提出對策。不然的話，要是出了什麼事，你都要給我負起全責。一旦被這種視線盯上，不論是再怎樣的高階軍人，都會不得不認命地老實說出必要的物資。

「要優先強化防空網。請在本國防衛軍團追加配置戰鬥機部隊與魔導師部隊。」

實際上，陸軍參謀總長見風轉舵的速度，迅速到可說是駕輕就熟。儘管前陣子才展現出某種程度的自信，如今卻一下子就改變判斷了。

不對，該說他在學習教訓這方面上很有才能吧。比起墨守成規、不思進取的將官來得好多了吧——首相姑且給予好評。

「但是這樣一來，能派去南方大陸的戰力就有限了！內海艦隊與當地的南方大陸方面司令部，早已再三發出聯名請求了！」

「直到亞歷為止，都還算戰略緩衝地帶。總不能為了共和國，而叫我們自個兒犧牲吧。」

外務卿連忙抗議，然而陸軍的反應依舊冷淡。雖說就他們的觀點來看，在道義上是有必要顧及外交部的面子。不過這份道義，可不值得讓我們特意去承受會讓自己的面子遭到嚴重蹂躪的危機吧。

通知我們自由共和國在南方大陸不斷請求增援的外交部有他們自己的理由與立場。他們所做的安排是要避免讓同盟國脫離戰線。陸軍明白這件事很重要，但是陸軍也有陸軍的理由與關心的重點。

「我同意，但要有個限度。」

就這點來講，海軍軍令部的意見比陸軍多了些保留。看到他們的這種態度，列席者們隨即回想起來，他們曾高度評價過內海艦隊與共和國殘存艦隊的聯合戰力。

至少為了運河與殖民地的防衛，想要維持某種程度的戰略緩衝地帶。為此，就算只有某種程度，但最好還是讓共和國的殘骸在某種程度內替他們打仗。

……就是因為這種想法，他們才老是被共和國討厭。雖說是彼此彼此。

「反過來說，我們也試著做同樣的事如何？」

就稍微換個話題吧。或許是帶著這種想法，財務卿提出靈活的意見，建議先從其他方向進行檢討。

「……唔，我覺得這個提案不錯。」

這是難得的援手，就好好把握吧。做出這種判斷後，總之先加入討論。

「我認為很難。至少，光就已經查明的帝國軍配備狀況來看，他們似乎在首都配置了三個大隊規模的魔導部隊。」

然而，軍方卻立即做出答覆。看這樣子，他們似乎也曾一度檢討過相同的提案。是因為已有結論，所以才沒有特別提案吧。

「……還真是大手筆呢。」

「是教導隊、技術廠，以及補充大隊的樣子。」

即使是如此，他們還有這麼多剩餘戰力啊？代替不由得差點愣住的眾閣員，第一海軍卿發出嘆息。姑且都是能理解為什麼會待在首都的部隊，但就算是這樣，也依舊讓人想抱怨他們為什麼會在那裡。

「尤其是教導隊，據推測有著貨真價實的實力。姑且不論補充大隊，當受到教導隊迎擊時，在雙方人數相同之下，首先就無法期待突破。」

外加上情報部的警告。就報告書上記載的情報來看，教導隊是一群精銳中的精銳。儘管鮮少有機會上前線作戰，卻是由實戰經驗豐富的軍官們所組成，所以很習慣戰場的樣子。

倒不如說因為未曾損耗，所以甚至有分析指出他們會比尋常的部隊更加精悍。

「所以才要奇襲不是嗎？」

事到如今，聽完說明的財務卿才提出疑問。的確，所以才需要奇襲。既然已大致查明帝國對聯邦的襲擊也近似一種奇襲，不就有這種可能性嗎？

這是帶有這種疑問的發言。

只不過，這是因為他不是軍人才會這麼問。

「在萊茵戰期間，舊萊茵方面的對空警戒線早已經由帝國之手構築完畢。要完全不被他們所運用的迎擊網偵測到並加以突破，恐怕很困難吧。」

只要稍微知道萊茵戰線的話。換句話說，就是考慮到軍人不論是誰都知道那個戰線的防衛陣地的話。不論是誰，都會明白奇襲是很困難的一件事。

說起來，交戰雙方在萊茵戰線架設的警戒網，密集到就連帝國軍都放棄奇襲，不得不考慮強行突破了。就算萊茵戰是帝國贏得勝利，但帝國可沒有義務要一一放棄那裡的防禦陣地。

要說的話，應該是會堅守住警戒線吧。實際上，哈伯革蘭少將也有再三派人調查，但就是找不到缺口。既然如此，就很難在突破防線時不被警戒線偵測到。

甚至不得不判斷，與其這麼做，還不如進行故意觸發警戒線的騷擾攻擊會比較有意義。在海軍支援下，派海陸魔導師突襲的方案也不是不行，但還是得到成算太低的結論。

畢竟不可能在敵空中優勢之下，讓艦隊長期間暴露在敵支配領域之中。何況考慮到海陸魔導師的稀有性，這麼做的風險實在太高了。

而且海軍現在根本離不開前線，所以完全不用去考慮這項方案。

「各軍的結論是，由我方發動奇襲會非常困難。」

到頭來，聯合王國能做的就只有爭取時間。只能靠著爭取來的寶貴時間，累積反攻的力量。儘管不想說出口，但他們甚至認為聯邦要是能與帝國兩敗俱傷，說不定會是當前的好機會。狀況可說是相當艱苦。

「……很好，聯邦的反應呢？」

然而要實現這件事，就絕對需要聯邦與帝國展開消耗戰。但可恨的是，帝國對聯邦的突襲，大幅動搖了這種可能性。可預期聯邦會為了後方防衛，將大批部隊部署在首都，讓對帝國主戰線受到相當大的限制。

實際上，這也是聯合王國無法坦率地對聯邦的不幸感到幸災樂禍的最大理由。

「已經重新部署好首都防衛部隊的樣子。」

也就是說，是從某處調來忠誠心高，能力也還過得去的部隊充當防衛部隊吧。當然，對聯合王國來說，這會是希望他們能務必在主戰線與帝國廝殺的存在。

「參與襲擊的帝國軍部隊已脫離完畢。」

「聯邦雖然語帶含糊，不過追擊部隊看來不是被甩開，就是遭到擊墜的樣子。」

「我這邊也是同樣的看法。情報部判斷是喪失目標。」

而參與襲擊的部隊平安脫離的消息暗示著復發的可能性，帝國軍的精銳說不定會再度襲擊首都的恐怖。

特別是像聯邦這樣的獨裁國家，是絕對不容許這種事再度發生吧。畢竟這是在政治面上與軍事面上，都讓聯邦的權威徹底掃地的事態。

就算搞錯了，也不認為聯邦的軍官會希望自己被物理性地砍頭。當然，這會讓他們在運用軍隊時附加上相當大的限制，導致出現大量的游離部隊。

順道一提，帝國軍在成功襲擊莫斯科後悠哉歸還的報導，肯定會讓帝國的戰意高漲。考慮到我方的戰意不可能因此提升，這就也是無法輕視的情報。

「情報管制呢？」

「做了也沒用啊。莫斯科遭到帝國的軍靴踐踏一事，早就在大大小小各種酒吧成為話題的中心了。」

而且，就算想做情報管制，話題的衝擊性也太過強烈。哈伯革蘭少將早已經由派去各種管道的部下們，收到大量以各式各樣的表現手法描述帝國是如何蹂躪莫斯科的報告。

所謂，帝國軍在莫斯科上空悠哉唱著國歌，並得意洋洋地掛起國旗。

所謂，帝國軍在革命紀念廣場上將紅旗踢倒，改插上帝國的國旗。

所謂，帝國軍襲擊電影發行所，將紅旗盡數燒燬還以顏色。

所謂，帝國軍高喊著反對偶像崇拜，將革命指導者紀念陵墓整座爆破。

所謂，帝國軍在革命性的思考下，毅然決定破壞偶像崇拜與祕密警察。

所謂，帝國軍就一如聯邦的報導聲明，夾著尾巴「向前」撤退了。

所謂，帝國軍還在克里姆林宮拍起紀念影片。

所謂，帝國軍打著文化交流的名義，預定上映紀錄片《他們不相信眼淚》等等。

聽起來，最後的紀錄片是在諷刺聯邦的格言「就算哭泣也沒人會幫你」的樣子。總歸來講，是帝國在嘲笑面子被狠狠踐踏到欲哭無淚的聯邦的一種黑色幽默。

就連哈伯革蘭少將都像是啞巴吃黃蓮一樣，帝國的襲擊似乎就是這麼出色。恐怕從明天起，帝國軍與聯邦軍的笑話就會成為主流了吧。當然，國民絕對不會容許自己等人被捲進這種愚蠢的事態之中。

任誰都很明白。

本土防衛必須要比同盟之間的合作還要優先。

「……聯絡自由共和國的外務。不管怎麼說，都有必要檢討對策。」

開口的人是首相。至少，在自覺這是自己的責任與義務並採取行動這點上，他相當乾脆。他的紳士魂要求他，至少要作為負責人，背負起這項責任。

「儘管對戴．樂高將軍感到抱歉，但很顯然的，我們的本土防衛要最優先處理。既然事態出現變化，這也是沒辦法的事吧。」

要是運河防衛沒問題，那把部隊調回來擔任本土防衛也是不得已的事。這項決定，當然會導致自由共和國的反彈。然而，要是不這麼做，就很可能會讓帝國直擊本土。這樣一來，這場戰爭就結束了。

「是呀。雖然光是想到要派誰去通知這件事，心情就鬱悶起來了。」

……也是，被派去傳達這件事的外交官心情應該會很差。至少對聯合王國的外交官來說，災難的種子已經播下。

不過，也有人冷淡地認為，事到如今兩國美好的信賴關係，才不會因為這種程度的事產生變化。所謂，這種程度早就司空見慣了。

統一曆一九二六年三月十八日　帝國軍參謀本部

愁眉苦臉的男人們。

緊握的拳頭與苦澀的表情，如實述說著他們的內心如今還在為深刻的煩惱所苦，任誰都對引起這種事態的原因感到嚴重頭疼。

他們的模樣，就宛如得知戰敗的愛國者們一般讓人心痛；就像是夢想破滅的士兵們茫然自失一樣，散發著惹人落淚的哀愁感。

然而……

有別於他們的凝重，在他們一同苦惱呻吟的隔壁，人們則是發出狂熱的歡呼聲。

人人都說這是歷史性的偉業，讚美著帝國軍。對於軍方作為單方面宣戰的報復，果敢直擊敵國首都的行動發表支持的言論。

平時總是痛罵軍方的對應太過軟弱的極右是讚不絕口。另一方面，還被評為是自我奉獻的偉業，就連對軍方抱持批判態度的極左都不得不閉上嘴巴。

「莫斯科遭受帝國軍特種部隊直擊」。

這道消息，讓帝國臣民沉醉在狂熱之中。不對，是幾乎所有人都將這視為一大壯舉的陶醉在氣氛之中。

然而，正因為如此。正因為如此，帝國軍參謀本部才會對這種過頭的事態感到茫然苦惱。

「基於政治要素的攻擊許可申請」。

對於這所代表的意思，提古雷查夫少校與參謀本部，在認知上有著決定性的差異。發出許可時，參謀本部的認知最多就是威嚇首都的程度。

畢竟，好歹也是一國的首都。以襲擊行動作為佯攻，是有一定以上的意義。所以，就誘餌來講還算不錯吧。

懷著這種隨便的感覺——雖然這麼說會有語病。總之，就是認為事態頂多就是示威飛行的程度。說起來，就連侵入首都的可行性，參謀本部都有半數的參謀表示質疑。

相對地，提古雷查夫少校實際上的行動，就只能說是毀滅性的。侵入首都上空。光是這樣，就足以讓聯邦內部抱持相當嚴重的政治問題。不過，要是只有這種程度，就單純是一個政治宣傳的好題材。

沒錯，要是只有這種程度的話。

襲擊一國的首都，將其政治中樞、祕密警察本部、政治象徵盡數粉碎或破壞，然後得意揚揚地高掛起國旗，還在敵國首都齊唱國歌並高呼萬歲，用不知從哪弄來的器材拍攝紀錄影像。

還特地為了追求上鏡頭的影像，不斷地重複焚燒紅旗用來拍攝，當聽到報告時，完全聽不懂這到底是在說什麼。

聽說還是提古雷查夫少校親自拿著攝影機在拍攝紀錄影像。這光就外表來看，會因為幼小少女抱著攝影機的模樣感到溫馨也說不定。不過，想當然的，當時參謀本部的眾人是怎樣也不覺得溫馨。

倒不如說，甚至覺得她是拿著攝影機作為武器的某種難以言狀的東西。

「……沒想到她會做到這種地步。不對，該說是讓她做到這種地步吧。」

接獲報告的傑圖亞中將，臉色並不太好。不對，該說是臉色慘白吧。現在想想，她確實一直都是名徹底的聯邦批判論者。

在國家總體戰之際，比誰都還要強力主張共匪的排除與防諜。

豈止如此，還是對兩面作戰發出警告的傳統一派。這一派的論點很明確，就是一旦有機會擊潰一方，就要接著徹底擊潰另一方。內線戰略與提古雷查夫少校所稱的引誘殲滅戰略，對共和國非常有效。

不過，該說正因為如此吧。得到戰略自主權的帝國該怎麼做？要是被問到這種問題，提古雷查夫少校的答案肯定是將聯邦徹底擊潰。該說她姑且有先確認吧。是為了確認可否動手，才向本部確認政治上的顧慮。

拜這所賜，讓她能毅然實行毫無煞車的破壞行動，將聯邦的面子體無完膚地粉碎埋葬掉。這一言以蔽之就是「做過頭了」。

「……這毫無疑問是大功一件。既然是直擊敵方首都，就必須認同參與部隊獲得動一等的榮耀吧。可是，第二〇三航空魔導大隊顯然做過頭了。他們儘管能幹，同時也是毫無節制的麻煩製造者。」

直擊敵國首都。同時，即使是暫時性的，但依舊是將帝國的國旗掛在敵國首都，這毫無疑問是大功一件，而且還特地由大隊長親自拿起攝影機將過程記錄下來，做得相當徹底。

至少可以說，提振戰意與佯攻的初期目的是完全達成了。

「與聯邦的和解案呢？」

「……在這種狀況下，你覺得有辦法試嗎？最高統帥府那邊可是在諷刺，這下恐怕連要跟中立國接觸，外交部都會窒礙難行吧。」

「也是呢。」

這對希望能早期結束的參謀本部來說是天大的惡耗。畢竟，原本是試圖與保有緊密聯繫的聯邦軍交涉來尋求停戰，但雙方的聯繫，就在這短短幾天內完全中斷了。

這是讓把面子看得比什麼都還重要的對手顏面盡失，甚至還踐踏尊嚴的行為。

帝國臣民儘管大聲喝采，但就連這些喝采聲都成為了參謀們的頭痛來源。這不是能提出議和的氛圍，甚至還有聲音要他們明天就去讓聯邦簽下城下之盟。

在這種局面下，本來就很困難的交涉，已變得幾乎沒有可行性了吧。用西洋棋來講，就是打從開局就被將軍了。

「以情報來看，研判當前議和的可能性是零。」

情報部一副「還有必要說嗎？」的態度，以隱約像是已經放棄的語調，對情勢分析做出結論。這就像是在說，他們始終堅持國境防衛，想盡可能透過外交尋求妥協點的努力毫無意義。哪怕在數天前，他們都還在主張要盡可能防衛國境也一樣。

「以作戰來看，研判主戰線會多少輕鬆一點。不過，突破後的抵抗將會極為激烈。」

「以戰務來看，不得不擔心聯邦會對中立國加強施壓。」

在純戰術面上是大成功。的確，作為對主戰線的支援，這是一次充分過頭的佯攻。然而以戰略面來看，這卻造成了讓帝國軍參謀本部被自己所許可的襲擊行動搞得苦不堪言的結果。

聯邦軍將會賭上面子投入戰爭吧。不對，是聯邦這個國家本身將會認真地投入戰爭之中。就某種意思上，這就等同是在與共和國殘黨以及聯合王國為敵時，額外開闢第二戰線一樣。

「情報部也同意這點。同時，由於親帝國派的影響力急速下降的關係，將會對情報收集造成障礙。」

然後，陸陸續續形成的親帝國派，恐怕會因為這次的襲擊被連根拔起一掃而空。

已無法指望與聯邦和睦共存了。

「……那，要怎麼做呢？總不會要計畫攻打那個聯邦吧？」

當然，這樣一來解決對策就會是打擊聯邦，迫使他們投降。可是這究竟該怎麼做啊？聯邦的國土廣大到，只要是正常的將校都會不得不擔心起後勤的程度。

在這種地方上，還有著充滿反帝國情緒的民族主義者在蠢蠢欲動。光是要確保後勤路線，帝國軍就很可能會失血致死。

「絕不可能。光是要打進去，後勤路線就會崩潰了。」

這句話是在座所有參謀的共同意見。正因為如此，他們才不想跟聯邦起衝突。甚至還要求各方面軍自重，盡可能不要做出類似挑釁的舉動。

「……但是，骰子已經擲出了。」

沒錯。如今已被強制推上無法回頭的階段了。帝國將會為了這場小小的勝利，付出極大的犧牲作為代價吧。

「東部也一樣以包圍殲滅讓敵方出血致死，只能這麼做了吧。」

等提古雷查夫回來，再狠狠教訓她一頓。在心中發誓要這麼做的雷魯根上校，就像是要尋求表決似的看向傑圖亞中將。

反正，也別無選擇了。

她果然是頭狂犬。不對，是頭瘋狂的獅子。

帶著這種想法，雷魯根上校不寒而慄地注視起自己獲得通過的提案。

大戰爭。

無止盡擴大的大戰爭，已由自己等人強硬地揭開了第二幕——伴隨著這種惡寒。

[chapter]

III

第參章

完美的勝利

Magnificent victory

Who Dares Wins

「挑戰之人將贏得勝利。」

統一曆一九二六年三月二十五日　帝國軍參謀本部作戰會議室

帝都的參謀本部深處，作戰會議室。

東部與聯邦進入戰爭狀態的第十天。攤在桌面的地圖上記載的戰況，告知著帝國軍在這十天退後了多少距離。

再三加註的修正，如實述說著東部方面軍的防衛線，從國境線上逐漸遭到逼退。當然，帝國軍參謀本部也早有覺悟會遭到聯邦的第一波攻勢壓制。

他們有認知到敵方軍力龐大的事實，也準備了對應策略。儘管如此，前線的報告與戰況的推移，卻顯示出敵方襲來的正面戰力是遠遠超乎想像，不容否認地展現出聯邦軍是個多麼可怕的龐然大物。

所以，制定迎擊計畫的盧提魯德夫中將，才會不得不發起牢騷「真想把更多兵力集中部署在東部。」

「敵方的規模果然是超乎預期。東部方面軍都跑來哭訴了。說方面軍已經把戰略預備部隊統統吐出來了。照這情況下去，全戰線都會陷入慢性的兵力不足。不得不退得比原定計畫的還要後面吧。」

「如果是要批判，當初應該把兵力重點部署在東部的話，我承認。」

抽著手上的雪茄，傑圖亞中將回答：「這也是不得已的事。」

「看來有必要強化情報部門吧。這是那個軍事情報部慌慌張張送來的最新敵情。」

「唉，真不像話。」傑圖亞中將接著說道。看著接過文件的盧提魯德夫中將瞠目結舌的模樣，「是大軍呢。」傑圖亞中將繼續說下去。

「光是東部正面的聯邦軍就約有一百五十個師團，往達基亞南進中的分隊大約有二十五個師團。軍事情報部門的事前推測是一百二十左右，這可比推測多了將近五成的敵兵力。」

對於聯邦軍擁有龐大軍力的認知沒有出錯。傑圖亞自己以後勤相關人員的立場來看，不得不覺得能即時動員如此龐大軍勢的聯邦國力，果然是不容小覷。

最讓人驚訝的是兵力的集中度。聯邦由於國土遼闊，所以不得不比帝國軍更加分散配置兵力在各方面上。儘管如此——傑圖亞中將坦率地驚訝。聯邦軍竟在一個方面上投入一百七十五個師團。是對其他方面的安全保障相當有自信，還是他們還有更多的預備戰力？

「可怕的是，這還沒有正式動員。真是誇張的數字。我方手頭上的兵力呢？」

盧提魯德夫中將抱怨的語氣充滿了苦澀，傑圖亞中將也不得不苦著臉點頭認同。畢竟根據推測，聯邦軍恐怕還有餘力讓兵力再擴張一個階段。

聯邦自意圖發動奇襲攻擊時起，就在盡可能長時間不讓帝國察覺到之下暗中行動。該說是拜這所賜吧。直到最後的安全裝置，金絲雀發出鳴叫為止，帝國軍即使有警戒聯邦軍的動向……卻還是在某處疏忽，沒能掌握到情報。

做得最徹底的是，聯邦軍為了不讓帝國察覺到進入戰時體制這種決定性的戰鬥意志，甚至是直到開戰前夕才開始動員。抱怨地唉了一聲，傑圖亞中將告知同僚帝國軍所面臨到的現實。

「就連東部正面都相當艱辛。雖說西方已平復下來，讓戰力得以增強，但東部方面軍全軍也只有六十個師團。即使投入舊協約聯合方面抽出的五個師團，還有本國戰備後備的三個裝甲師團與三個步兵師團，也還不及半數。」

「要動員一百個師團的大陸軍，才總算是告一段落嗎？」

「關於這件事，我得到最新的報告了。狀況似乎與計畫不同。」

傑圖亞中將從一旁的文件袋中取出文件，一面交給用眼神回問「你說什麼？」的盧提魯德夫中將，一面簡潔地說出結論。

「恐怕難以完全動員。能動的只有六十。」

有別於動員一百個師團的理想，帝國軍能實際運用的只有六成左右。從事戰務的傑圖亞中將儘管甚感遺憾，不過他判斷在這六成當中，還包含了許多用新兵以及動員大後方後備軍人補充的師團。

至於戰鬥力，恐怕沒辦法一如帳面戰力吧。

「六十！傑圖亞，你這小子，這跟事前說的也差太多了吧！」

「三十只要有兩週就能追加動員，但剩下的十就沒辦法了。恐怕是萊茵戰線以來的西方攻勢與其他戰鬥，讓擔任基幹人員的軍官士官來不及補充吧。實在不是能補滿員額的狀況。」

「順道一提——」傑圖亞在這時補上一句。

「即使有三十，能作為二線級的後方警備師團運用就該慶幸了。雖然很抱歉，但火砲就只是將繳獲到的前共和國軍的拿來重新運用。至於機槍的裝備率，甚至比在萊茵進入壕溝戰前的時期還要貧乏。」

「裝備的事我聽你說過很多遍了。這就算了。但傑圖亞中將，人員不足我可是第一次聽到。為什麼沒跟我說？」

「我很不想這麼說，但我也是二十分鐘前才知道的。參謀本部副戰務參謀長的管轄是兵員的裝備與訓練……人員相關人事不是由我負責，而是我們的最高統帥府與人事局的管轄。」

公務人員的效率還真是恐怖呢——兩人只能苦笑，也由衷認為這一點都不好笑。在這種局面下，就算是因為財政吃緊，讓能使用的兵力受限，也依舊讓人無法接受。

「有必要重新檢討吧。」對於做出苦澀決定的盧提魯德夫中將，傑圖亞提出意見：「也不是沒有辦法。」

「這是我的提議……或許該檢討一下，是否要把派往達基亞方面的增援部隊，轉派到東部正面。依我看來，可以把兩三個重裝備師團，重新部署在東部正面。」

「也是呢。要是有辦法靠進駐的十四個師團搞定的話，那就好吧。對我們來說，就算將達基亞全區都當成縱深，在本土防衛上的損失也很有限。」

唔了一聲後，傑圖亞中將就將友軍手邊的兵力與聯邦軍各部隊的進擊預測路線，寫在桌上攤開的地圖上，陷入沉思。

東部方面的正面太廣，兵力不足以靠戰壕構築縱深陣地。就兵員密度來講，就算在東部挖掘戰壕，前線也太過寬廣，沒辦法完全守住。

既然如此，眼前東部軍能做的，就只有以遲滯作戰為主的後退戰。現階段的重點，就是要看準適當的時機迎擊。

「盧提魯德夫中將，我想在徵詢貴官意見之前，先整理一下狀況。我們所面對的敵侵略軍主要分成三群。一是正前往北部諾登的A集團。二是突破東部國境線，擺出要直攻本國態勢的B集團。三是開始前往達基亞方面的C集團。」

「我同意你的判斷。」

「貴官認為哪裡是主攻？」

「就數量來說，B集團是壓倒性的主力吧。約有一百個師團。考慮到展開範圍，這是妥當的數字，但仍舊是比A、C集團合計的七十五個師團還要多。」

聽完盧提魯德夫中將語帶呻吟提出的意見，傑圖亞中將也慎重點頭。將偵察機帶回的照片、前線的報告，還有信號情報所統整起來的敵情，讓人不得不做出有多到讓人傻眼的聯邦軍蜂擁而來的結論。

對於帝國軍的強處，以內線戰略各個擊破的可能性，即使分散兵力也依舊能在數量上與帝國軍主力部隊較量的敵軍，簡直是帝國軍參謀本部恐懼不已的惡夢。

「……憑藉數量的多方面進攻，飽和數量的人海戰術。不論哪一方面都凌駕在帝國軍有限的戰力之上，就強行壓制我方戰線的觀點來看，這毫無疑問是非常有效的戰略。」

緩緩坐到椅子上，傑圖亞抽著雪茄，淡淡說道：「聯邦會採取這種基於雙方戰力差的策略，也不無道理啊。」

「不過該補上一句，就紙上談兵而言吧。」

「你要來一根嗎？」不過，向盧提魯德夫遞出雪茄的傑圖亞中將，不得不喃喃補上一句他的感想。

實際上，如果聯邦軍擁有跟帝國軍相同的訓練水準，與同等程度的裝備狀況，帝國軍東部防衛線早就崩壞了。然而實際上，他們卻是一面抱怨「敵人的數量太多了」一面靠著防衛戰鬥維持住組織性，且戰且退。

這所代表的意思，再次出乎帝國軍的意料……強烈暗示聯邦軍的裝備與訓練狀況，似乎比預測的還要低劣。徒具數量的巨人，對帝國軍來說就算會是個威脅……卻不足以致命。

「說得好啊，傑圖亞中將。」

「過獎了，盧提魯德夫中將。」

兩人互相朝咧嘴回以微笑的壞朋友看了一眼。他們散發著「打得贏」的自信與確信。所謂參謀本部的參謀將校這種人，還真是個性惡劣到無以復加。算是帝國軍的參謀教育，不論是好是壞都只追求人才的典型案例吧。

「好啦，稍微認真一點吧……就某方面來講，這會是我們都很熟悉的預想狀況。就按照內線戰略的推測，將敵方的侵略部隊各個擊破吧。」

然而，此時盧提魯德夫中將充滿自信的言論，卻讓傑圖亞中將聽得有點刺耳。正因為他說得強而有力，才足以讓傑圖亞中將蹙起眉頭。

儘管有隱約感受到，但參謀本部的作戰負責人員……看來有著太過拘泥一擊解決的傾向。雖不是無法理解，但他們太過於用「作戰自由度」的要素，去判斷「長期性觀點」的習慣，已成為傑圖亞煩惱的來源。

「首先是殲滅東北部的A集團。先從能打的地方下手，再來是B集團。C集團則是想在達基亞方面，兼作為牽制地加以擊破。」

「我同意。首先由大陸軍擊潰A集團，再順勢以東部軍與大陸軍殲滅B集團。不過，達基亞方面的C集團，應該要暫且擱置，然後把這部分的戰力也挪到東部方面軍才對吧？戰力集中可是大原則。」

「傑圖亞，你瘋了嗎？以兵力比來說，達基亞方面會是最為勉強的。要他們靠手邊的半數兵力努力也就算了，但要是把那邊的兵力抽走，達基亞方面的戰線可是會停滯下來喔。」

「要把增援轉給東部中央，倒還無所謂。」盧提魯德夫中將表示反對意見。他的言外之意，果然還是想一擊將敵人打倒。對於讓戰線停滯這種耗費時間的做法，抱持否定的態度。

「我知道你想說什麼，但達基亞方面本來就應該沒有轉守為攻的餘力。就算置之不理，也沒問題吧。」

「就算鐵路有限，我們也有辦法在達基亞做戰區機動，這件事在我們帝國軍占領達基亞時，就已經獲得證明了吧。」

「當時用的馬匹，大半都在共和國的某處被你折騰掉了。」

「你懂吧，已經無馬可用了。」傑圖亞中將再次提醒。就跟在萊茵戰線發動攻勢之際，傑圖亞提醒盧提魯德夫的事情一樣。

當時是嚴厲使喚著從各方面徵用、準備的馬匹，才勉強維持住後勤。如今不論上哪去找，都沒有剩餘的馬匹可用了。

「……這樣一來，是那麼一回事吧。」

「達基亞方面的基礎建設非常有限，無法與本國相提並論。這種狀況下，我贊成在帝國東部國境線採取機動游擊戰，但達基亞方面要不要以遲滯作戰為主？只要靠陣地防衛帶入壕溝戰，應該就能爭取到時間了。」

對於以發揮內線戰略的意圖進行編制的帝國軍來說，長距離進攻戰等同是重大負荷。如今，要在鐵路不完善的地區發揮機動力，對帝國軍來說會是個過重的負擔。

正因為如此，傑圖亞中將明知會受到作戰負責人員厭惡，也不得不這麼說。

「傑圖亞，你是認真的嗎？」

「當然。」

除此之外，別無他法。

以充滿意志的話語，傑圖亞中將斷然地把話說下去。

「遲滯作戰、抑制消耗、維持戰線——我相信這是我們在達基亞所能採取的，現實且唯一的選擇。」

「恕我反對。讓我以負責作戰的立場斷言，要作戰負責人員認同這種選擇，是絕對不可能的事情。」

「……理由是？」

傑圖亞中將嘆了口氣，為了等他說出早已明白的反駁，特意以緩慢的語調，看著盧提魯德夫中將詢問。

「傑圖亞，我就看在你我的關係上，把話說清楚了！」

「喔。」

「內線戰略的關鍵，就在於盡可能讓兵力靈活移動的戰略充裕性！是否該讓一部分兵力，持續守在達基亞牽制聯邦軍？答案是不、不、不！我們是不會容許這種兵力的白白浪費！」

你也應該懂吧——儘管認同他接著說出的這句話，傑圖亞中將依舊是不得不開口反駁。

他自己本來也是置籍在作戰領域的人。不論是盧提魯德夫中將的言外之意，還是他擔憂的無效率的兵力配置，甚至在作戰之際確保主導權的必要性，他全都理解。

所謂的內線戰略，總歸來講就是為了盡可能在薄冰上安全奔跑，費盡各種心思的專家技術，至少也要避免不確定要素與浪費的效率化作業。這種參謀軍官不論是誰都徹底灌輸在腦子裡的大原則，傑圖亞中將是痛切理解，宛如自身的血肉。

但是，他也知道後勤。

「你太過輕視基礎設施的不完善。就連一條鐵路，都未整備到讓鐵路課抓狂。倘若是推測以航空戰力與魔導戰力，徹底實行焦土戰的話，達基亞所需要的戰力，應該是意外地少。」

「把航空戰力分到焦土戰上？我反對。我想集中運用航空艦隊。特別是用來持續牽制逼向東部正面的Ｂ集團。考慮到戰力差，要是不把航空戰力集中投入到東部正面，東部的防備很可能會瞬間瓦解。」

「達基亞方面所需要的航空戰力絕不是浪費。我不是輕視東部的防空，但難道就連護衛轟炸部隊的航空戰力也無法確保嗎？」

東部防空與達基亞經由焦土戰的戰線停滯策略。雙方掌握關鍵的都是航空部隊……由於各方面軍都迫切渴望，所以在分配上也讓參謀本部煞費苦心。

麻煩的是，他們所煩惱的不單純是對兵力多寡的爭論。古今中外，軍事相關人員都對新兵器感到苦惱。換句話說，就是會對運用方針感到迷惘。

就像連傑圖亞與盧提魯德夫兩人都沒辦法意見一致一樣，針對航空戰力該如何運用，這種方針上的爭論，是個棘手的要素。

「我不吝於顧及戰務的請求，但在各個擊破上拖延太久，你知道會讓戰局全面惡化多少嗎？是時間，傑圖亞。我們可沒有太多時間啊。」

「東部國境早在當初就有準備好進行遲滯作戰的縱深吧。國防計畫與國境管制，就是為了這個。經由航空戰力的運用牽制敵軍，並非不可能的事。」

「傑圖亞，我不否認你提出的這項見解。但以我們所擔任的作戰觀點來講，這種做法果然還是太艱苦了。就算在國境線上讓全軍進行遲滯作戰，數量差距畢竟還是很大。差太大了。」

相信應該讓航空機擔任防空任務並確保制空權，支援地面部隊迅速展開作戰行動的盧提魯德夫中將的意見，就意圖最佳化決戰的觀點來看很正確。

但提出反駁的傑圖亞中將的見解也沒有錯。畢竟，航空戰力不論是與地面部隊合作，還是空軍單獨作戰，都能得到一定的成果，並不是沒有這種能力。特別是在阻礙敵軍進軍這點上。

雖是接近平行線的爭論，但這也不是一天兩天的事了。正因為如此，盧提魯德夫中將才會長嘆一聲，說出他們作戰負責人的心聲。

「不禁覺得，要是對手有達基亞的一半外行就好了。要是能蠢到這種地步，就算是正面對決，也能把他們打回去吧……」

「沒辦法吧。聯邦軍的訓練水準確實不高，但好歹也是列強的軍隊。可沒辦法靠國境警備隊等級的裝備與人員趕走。」

「這我知道。果然還是只能抽出大陸軍與各單位的戰力進行包圍殲滅，讓他們喪失戰鬥能力吧。既然如此，就需要能成為即戰力的部隊。老實說吧，不論從哪裡都好，我都想再抽出更多的戰力。」

「應該已提出最大極限的名單了吧。」

「我可拿不出更多戰力喔。」傑圖亞中將警告著。然而不加理會，假裝沒聽到這句話的盧提魯德夫中將，就突然自顧自地說起來。

「就再擠一點出來吧。傑圖亞中將，在你的管轄之下，還有預備兵力以及待在兵力池裡的部隊吧。」

「別開玩笑了！算得上一線級的部隊就只有測試隊與教導隊喔！本來就連用在帝都防衛上都很不情願了！你這是要我把從事培訓與研究的部隊投入前線嗎！還是你是說其他部隊？其他的剩餘部隊可全是學兵喔！你是要我把這些提前徵召，甚至還沒完成訓練的小孩子送往前線嗎！」

「是該以本國防衛為重吧。不過我相信，應該要替面臨危機的東部方面，盡可能地尋求增援才是。」

「盧提魯德夫，我對以本國的防衛為重沒有意見。只不過。我就把話直說了，你把擊退本國的敵人這件事看得太重了。這讓本國喪失了戰略的靈活性。聯合王國向西方占領地區發動反攻的可能性，也不是完全沒有啊！」

「你應該知道吧。」傑圖亞中將不得不板著一張臉，說起西方發生的情勢變化。

「聯合王國陸軍已不再是隻紙老虎了！光是軍事情報部那些老是看漏情報的蠢蛋，就確認到他們已徵召了五十個師團在接受訓練！倘若再加上逃走的共和國軍殘黨，還有聯合王國殖民地／各自治領的志願兵，少說也會追加二十個師團到這裡來！」

無視急速推動戰力化的聯合王國軍，太危險了。駐紮在西方的帝國軍，雖是有過萊茵戰線經驗的一群猛將，但也受到重新編制與增援東部等要素影響，所以並不一定是精悍無比到足以高枕無憂。

再加上敵我在西方的海軍戰力差，帝國軍有必要準備好被動性的防禦體制。在這種狀況下，就讓人不得不對將全戰力投入東部戰線的決定，感到遲疑。

「西方的兵力情況我也清楚。儘管吃緊，但會留下最低限度的必要兵力。不過這個最低限度的必要兵力，就是需要這麼多。」

「不可能！」

「你給我聽好。」傑圖亞中將滔滔說起理論。「但是……」盧提魯德夫基於現場的見解，不斷提出反駁。

他們的爭論，極端來講也帶有立場不同的要素在。身在前線，刻不容緩地追求勝利的作戰負責人盧提魯德夫中將；相對的是身在後方，想保留選項的戰務負責人傑圖亞中將。

儘管雙方都能理解對方的主張，但隨著沒完沒了的爭論不斷持續下去，盧提魯德夫中將就像是終於忍無可忍似的丟下一句話。

「傑圖亞中將，貴官似乎忘記一件事了。」

「什麼事？」

「啊，那就是——」在起身指著一旁的窗戶，催促他看好後，盧提魯德夫中將就握緊拳頭，使盡全力打在窗戶玻璃上。

雖是強化玻璃，但玻璃終究是玻璃。

「戰爭是要這樣打的！」

啪哩一聲清脆響亮的聲音後，玻璃應聲碎裂。

甚至不在乎碎片刺傷了拳頭，盧提魯德夫中將把拳頭伸到了傑圖亞中將眼前，斷言道：「就是這個！」

「是衝擊力！討厭讓拳頭受傷，怎麼打得了勝仗！」

「像你這樣蠻幹到手臂廢掉，誰受得了。帝國軍早就像你的拳頭一樣，破破爛爛了。」

面對傑圖亞中將始終淡然的眼神，盧提魯德夫中將依舊是哼了一聲反駁。

「哈，既然如此，那就完全沒問題。就算是這隻手，打起拳擊來也能充分勝任。」

「唉，還是老樣子的蠻族思考。」

「傑圖亞教授不也一樣。還是早早退役，躲回你的研究室如何？」

過去在軍官學校，他們老被調侃是冷靜沉著與嚴謹耿直的傑圖亞，以及立即行動與不惜獨斷獨行的盧提魯德夫。只不過，正因為交往夠久，所以很清楚彼此肚子裡的想法。

「老交情還真是麻煩。好吧，看你把自己搞成這樣，我也很難再提出異議了。」

「既然你都說到這種地步了。」傑圖亞中將總算是屈服了。

「不過，盧提魯德夫，即使我答應你，我也要基於自身的職務警告你。」

「我不會吝於提供協助的。」補上這句話後，傑圖亞中將就大略針對艱困的後勤情況，重新做出警告。

「我理解作戰的意圖，但有限度。身為後勤負責人，唯有這件事我一定要跟你說清楚。倘若無法確保空中優勢的話，達基亞的後勤將會岌岌可危。這就會像第二〇三航空魔導大隊所實踐的那樣，一旦被抓到破綻，我方的後勤倉庫，就很可能會被聯邦空軍炸成粉碎！」

「聯邦的空軍戰力應該還是老樣子。特別是在包含航空魔導師在內的舊帝政軍官遭到大量肅清後，就沒有高度的作戰能力了。」

「你是把後勤倉庫誤解成要塞了嗎？那裡包含砲彈與燃料在內，可燃物可是堆積如山。面對轟炸，可是脆弱到讓人傻眼喔。」

看著用眼神詢問「我能理解，但就沒辦法對應嗎？」的盧提魯德夫，傑圖亞回了一句「我知道」後，補充說道。

「這已經是全力配合的結果了。聽好，盧提魯德夫中將，我理解作戰的意圖。我們也會盡全力建立支援體制。就跟過去一樣。不過正因為這樣，我才一定得說。我們沒有辦法，請理解這句話的意思。」

唯獨後勤路線的維持，帝國軍是打從最初，就按照內線戰略理論在國內進行了最佳化。換句話說，就是唯獨在國內防衛戰上，他們耗費了相當久的歲月，打造了能承受相當負荷的根基。

不過，這是在具備了投入經費與漫長時間，在東部國境上建設的基礎建設之後的事。達基亞方面的基礎建設網路，完全沒有經過整備。

就本質上來講，帝國軍太過依賴鐵路。對這種實際情況感受最深的人，就莫過於負責人傑圖亞了吧。就算想改良，陸路能取代鐵路的手段，頂多就是馬匹或車輛。

就算想增加車輛也缺乏石油，製造輪胎的橡膠也不夠。

即使是本國能確保的馬匹，也要與農業等其他領域互搶。這種狀況究竟是要人怎麼改善啊！會讓人想這樣大聲咆哮吧。

「我能理解，既然你這麼說，事情大概就是這樣了吧。」

「那麼？」

「但，不行。帝國已幾乎沒有政治本錢，能再繼續放任敵人先發制人了。」

啊，原來如此，傑圖亞中將這時才理解到自己等人所面臨到的問題在哪裡了。

「……儘管諾登與達基亞的時候有順利反擊，但這是在萊茵戰線一度讓敵人趁虛而入所造成的影響吧。」

「你說得沒錯。」點頭同意的盧提魯德夫中將臉上，隱隱露出不耐煩的表情，但這也無可奈何。參謀本部現在的人員，好不容易才收拾好前任者的失態，打破萊茵戰線的危機局面。

然而直到現在，前任者搞出來的無益且無價值的前例，依舊在扯他們的後腿。過去失敗過的參謀本部，不容許再犯下相同的失敗……這換句話說，就是政治不會容許他們讓國土失陷。

「唉。」只是嘆口氣的話，應該會被原諒吧。

「聯邦軍似乎就連品行也很差。在國境線上的表現，應該也差不多吧。結果讓逃遲的難民傳來的誇大謠言，成為目前宮中的話題主流了。」

「宮中？我想確認，你這話是真的嗎？」

「以東部出身的人員為中心，還傳到政府高官耳中的樣子。傑圖亞，多虧這些謠言，讓我們被當成連人民都保護不好的無能之輩呢。」

「可不能無視政治的狀況。」相對於這麼說的盧提魯德夫中將，傑圖亞中將儘管表示理解，卻也回答他：「只不過，戰爭的事要歸戰爭來講。」

「別去理會就好，我們不是為了評價而戰的吧。」

「我們判斷，最好是在政治介入之前，適當地行使軍事力。」

「政治判斷不是軍人該做的事吧。反之亦然。我認為不該去胡亂插手彼此擅長的領域。」

這終究是身為軍務官僚，長年以來重視與官僚之間的互信關係的傑圖亞，才會如此斷言。畢竟他也是一名相信理性與合理性的軍人。換句話說，就是犯下合理的人特有的一點小失誤……這種蠢事，腦袋正常的人就連想都不會去想吧——天真地相信著這一點。

「……有件事我想跟你講。」

「什麼事？」

「政府內部有不少人在批評，你那裡的第二〇三航空魔導大隊，在莫斯科『做得太過分了』。當心來自後方的責難。」

所以傑圖亞中將在這瞬間，不太理解盧提魯德夫中將這句話的意思有多麼嚴重。

「啊，是這樣啊。」

「嗯？你有注意到嗎？」

「不，是你那邊的雷魯根上校，也跟我說過類似的話。」

雖是有點優秀過頭的魔導將校，卻難以被他人理解。傑圖亞中將一面點頭一面苦笑答道：「也不是無法理解，認為她很危險的想法呢。」

「我不否認她的行動看起來是很偏激。」

實際上，她對他人會如何看待自己的言行，是有點漫不經心——傑圖亞在這時候想起這件事情來。

提古雷查夫少校不論是好是壞，都太過習慣軍人的作風。在那種年齡下，就只有過軍中的人生經驗，想法會稍微讓他人難以理解，也是沒辦法的事吧。

「我那裡的提古雷查夫少校，本質上是有能的魔導將校，同時也是天生的參謀將校。只要她判斷『這是必要的行為』，我就毫不懷疑地相信她是在『行使適當的軍事力』。她的實力，盧提魯德夫，你也是知道吧？」

「如果是軍事領域的話。」

「哈哈哈……哈哈哈哈哈哈哈哈。」

「你突然間是怎麼啦，傑圖亞？」

「我也有類似的看法喔。她是隻狂犬。不過現在想想，她所擅長的是戰略。就專業領域來講，她不僅懂得政治，還能合理地行使軍事力，該算是某種參謀將校的理想型態吧？」

邊喃喃自語，傑圖亞中將邊補上一句話：「稍微不太對呢。」

「倒不如說，以作為參謀將校徹底忠於國家理性，並基於正確的行使方式施展暴力的觀點來說，提古雷查夫少校是完美無缺。要是再年長十歲左右，我現在就得幫她在戰務準備一個課長職位，免得被參謀本部作戰局搶走了吧。」

實際上，以只知道軍旅生活的小孩子來說，她有著驚人的知性。倘若是她的話，應該就具備著即使接手自己的位置，也能讓我安心入睡的才幹吧。最主要的是，她不僅實戰經驗豐富，而且相較於戰術層面，會嚴重拘泥於戰略層面的勝敗，這種性質對參謀將校來說是十分理想。

「是我將來，想讓她走上參謀將校主流的人物。」他說出這句話的語氣相當認真。

「你相當看好她呢。」

「因為她展現出了足以讓我看好的才能。你在軍大學審議時，不也強力推薦過提古雷查夫少校嗎？」

「我只認為她是名能幹的軍人。然後，現在也知道貴官對她有著如此高的評價了……對了，就讓第二〇三航空魔導大隊，負責一個解開誤會的任務吧。」

「啊，是這樣子啊——」傑圖亞中將也點頭表示認同：「是要讓她作為戰力，再次專注在戰鬥上吧。」

「我想讓她負責機動游擊任務。不用說，是作為先鋒。」

「我沒意見，不過依照理論，應該是要選擇熟悉當地狀況的部隊。在這種狀況下，不是該交由長年駐紮東部國境的東部方面軍負責選拔嗎？」

「東部方面軍往往缺乏實戰經驗，特別是面對突發狀況的處理能力讓人不安。」

對於他所吐露的這句話，傑圖亞中將也表示同意：「確實如此。」

「這樣，第二〇三航空魔導大隊就達成全方面參戰了吧？真是感激不盡呢，傑圖亞中將。雖是參謀本部直轄的機動兵力，但你斡旋編成的這批部隊，還真是太好用了。」

「能靈活抽出戰力的喜悅，是戰務的夙願。不過將來還想要確保，能作為戰略預備部隊使用的參謀本部預備兵力集團。」

「這也會是今後的課題吧。」

「你說得沒錯。那麼，接連攻打A集團與B集團敵人的方法如何？」

「不會有差錯的。就某方面來講，這是在發揮本領。以內線戰略為主的計畫，已詳細地制定完畢。就連對鐵路時刻表的要求也弄好了喔。」

「就交給我吧。」面對一口攬下任務的盧提魯德夫，傑圖亞輕輕點頭：「我會期待的。」兩人是在「如果是他，就辦得到吧」的信賴之下建立起的老交情，不需要再有更多的話語。

「工作要講求速度。我要去鐵路課強人所難，你就去幫我準備一下賠罪的禮品吧。」

統一曆一九二六年三月二十六日　帝國軍東部方面軍第二十一臨時基地

成功襲擊莫斯科後，第二〇三航空魔導大隊花費將近十天的時間，一面毫無疏失地從事游擊戰鬥任務，一面凱旋返回友軍的支配地區。這是英雄的歸來。

一降落基地，迎接他們的後方人員，就扯開喉嚨大喊乾杯，舉杯慶祝。

盛況空前到就連基地司令官也說著「這是慰勞品」送來他珍藏美酒的慶功宴。不過，最讓部隊員們欣喜若狂的，還是直屬長官默認今天能狂歡一場吧。

平時就像活生生的軍規一樣，講求遵守秩序的提古雷查夫少校，在儀式性地帶頭乾杯後，就宣稱「突有不適」，要不了多久就離開會場了。

還語氣平穩地宣稱「這肯定是二十四小時內絕對治不好的病」，並且囑咐「除非是軍務，不然別把我叫醒」。

感到慶幸的他們，就乾杯紀念起大隊長的健康……一瓶接著一瓶地痛飲美酒。

拜斯上尉到底還保留著身為指揮官的自制心擔任起值班軍官……至於其餘的將兵，老實說，全都發自內心地享受著與心愛啤酒的再會。

於是乎，他們就在幸福的床鋪上，品味著安穩的夢境……本來的話。躺在溫暖床鋪上的安穩睡眠。然而靜謐的夢境，不到半天就被打破了。

「全員起床！」

就在這一瞬間，喇叭的聲音與只要是第二〇三航空魔導大隊的人員，都會在入隊數天內聽慣的，莫名可愛卻教人恐懼的聲音打斷了睡眠。

就這樣，當與提古雷查夫少校交往多時的拜斯上尉，與謝列布里亞科夫中尉從床上跳起，扛著全副武裝急忙趕到大隊司令部時，管他有沒有宿醉，大隊開始準備起戰鬥態勢。

「大隊集合！大隊集合！」

「拜斯上尉？……這是在吵什麼啊？」

「來得正好，格蘭茲中尉！立刻去招集大隊全員。」

「可是……」

一看到似乎是剛睡醒，腦袋還轉不過來的格蘭茲中尉，還有似乎是一腳把他踹醒的拜斯上尉這對組合，譚雅就咆哮大怒：「將校這樣是成何體統！」

確實是說過，要讓士兵們自由飲酒。

不過，格蘭茲中尉似乎是太散漫了。看來他是以將校的身分，悠悠哉哉地抱著酒瓶躺在地上呼呼大睡吧。就算是在昨晚的慶功宴上盡情享樂後直接倒頭就睡……他還真有膽子就這樣睡到現在啊。

「格蘭茲中尉！我還以為貴官在萊茵戰線受過鍛鍊了，但看來是鍛鍊得還不夠呢！我會再重新教育你的。」

「那個，少……少校！」

「去把人給我叫醒。給你十五分鐘。十五分鐘後進行簡報。」

「遵……遵命！」

是看到譚雅不由分說的眼神，理解到事態非比尋常吧。儘管是睡昏頭的腦袋，格蘭茲中尉還是連忙爬起，展現出能答覆命令的知性。

「就交給你了，中尉。」

「遵命！」

「謝列布里亞科夫中尉，是本國的急報。我想跟東部方面軍負責人申請相關資料。妳只要拿這個去司令部，就可以拿到手了。」
「我立刻就去！先失禮了！」
連滾帶爬跑走的格蘭茲中尉，以及機敏跑開的謝列布里亞科夫中尉。算了，畢竟他們也成長到能派上用場了。
人才的培育不是一朝一夕的事。
所以眼前的危機，就只能靠自己這些人來處理。
不缺對象強塞工作過來的自己，還真是不走運。
這是有關東部方面情勢的軍一般通報，以及參謀本部的待命命令。
邊在第二〇三航空魔導大隊司令部，一臉不太高興地喝著假咖啡，邊與拜斯上尉一起盯著地圖的譚雅，心情就跟她的表情一樣。
開戰至今，東部的情勢已從遲滯防禦，改為伺機反擊的後退戰。正因為如此，所以就算前線後退……也能充分獲得容許。
但問題就在於，速度與步調。要問前線退後到讓敵軍大舉入侵的程度是否正確，也讓人非常質疑。
「……東部國境打得相當激烈呢。」
「這也是沒辦法的事。在這種數量差距下，東部方面軍就算被逼退，也是情有可原。就某種程度上是可以理解，但聯邦軍的數量實在是……」

「會讓人懷疑起，共產主義者該不會是能從田裡採收到的數量。但就算真能採收到好了，也真虧他們能收集到如此讓人傻眼的兵力。」

與拜斯上尉一同發出的牢騷，是在抱怨剛剛才收到的戰局情報。就所知情報看來，帝國與聯邦在東部方面的師團比例，實際上似乎有著一比二的差距。

「以名為數量的戰略壓垮戰術，即是這麼一回事。看來聯邦軍的準備，比我們想像的還要完善。真是棘手。」

然而，拜斯上尉板著臉喃喃說出的一句話，卻讓譚雅突然笑起。要她說的話，就是擔心過頭了，會想對自己的杞憂一笑置之，即是指這種心情吧。

「……哈哈哈，拜斯上尉。貴官是名優秀的軍人，但正因為是名優秀的軍人，所以似乎讓你忘記了一件很重要的事。」

看拜斯上尉一臉錯愕，譚雅就接著答道：「你不清楚也很正常呢。」

「你要知道，上尉。會把後方的糾紛帶進戰爭中的傢伙，是不會有勝算的。帝國的參謀本部與政府保持著友好關係。所以我軍常常會忘記，所謂的軍人是沒辦法與國內政治無緣的。」

「下官自認是知道這點……」

「聯邦軍是個被綁住雙手雙腳的巨人。要戳瞎眼睛，想必是易如反掌吧。」

他們的指揮系統受到政治軍官監督，隸屬於後方的莫斯科，最後還具備著讓所有人都不敢承認敗北的可怕結構。要說到惡劣程度，就跟在舊日本軍的辻底下作戰差不多殘酷，簡直就是在鬼畜口將軍管轄之下的部隊。

……只要去掉數量與火力，他們就沒什麼好怕的。當然，光是這兩點就十分需要警戒了。

「然後等巨人看不見後，再殺掉被綁住雙手雙腳的巨人嗎？」

「在巨人鬆綁之前，一定得要殺掉。」

這時，聽到部下請求入室的聲音後，譚雅就喔了一聲，抬起頭。

一朝入口看去，就回了一句「進來！」然後從現身的傳令士兵手中，收下格蘭茲中尉已集結部隊的報告。譚雅回覆「很好」後，就要傳令回去轉達待命出擊的命令，喃喃唸起「儘管順利是好事……」

目送傳令轉身離室的譚雅心境，是打算在參謀本部下達命令之前，努力理解情勢。心想，不論是好是壞，既然對手是共產主義者，最好還是做好萬全的準備。

「……提古雷查夫少校！東部軍傳來急報。」

然而，當譚雅正在檢討手邊資料時，她的思考卻被臉色大變歸來的謝列布里亞科夫中尉語帶悲鳴的報告打斷。

「什麼事？」

「東部軍在遲滯作戰中殿後的第三、第三十二兩師團，在迪根霍夫市逐漸遭到包圍，說是需要打通解圍！」

「給我地圖，我要判斷戰局。」

不過，軍司令部的傳令兵也在這時衝進室內。

「提古雷查夫少校！是參謀本部的軍令！要妳準備機動游擊戰，第二〇三航空魔導大隊立即準備長距離出擊態勢！」

「辛苦了！我確實收到了。」

簡單回話後，譚雅就搶過信文，一看完大略內容就頭痛起來。「左右為難的立場呢。」

「等我一下，謝列布里亞科夫中尉。」

在回答遵命後就不發一語的部下面前，譚雅暫時思考起目前的狀況與手牌。

儘管想拒絕救援委託，但既然參謀本部希望我們從事機動游擊任務，不論拒絕與否，想必都會遭到狠狠使喚，那麼重點就會是，能不能把這當成藉口避開游擊任務。反正都是要東奔西跑，遭到狠狠使喚，就該盡可能以最小的勞力完成工作吧。

不過，問題就在這裡。只要有拯救受困於迪根霍夫的友軍的正當理由，就能夠避開機動游擊戰嗎？

即使瞬間有點心動……但考慮到最後，譚雅還是搖了搖頭。就結論來講，恐怕是沒辦法。為了拯救軍隊全體，即使友軍師團多少受到一點損害，也肯定會為了拯救全軍，連下數道命令要我們返回。

「拯救受困於迪根霍夫的友軍，儘管也很重要……」

「是的，少校。可是參謀本部的命令，是要我們準備作戰，迅速做好出擊準備。」

不論是傑圖亞中將還是盧提魯德夫中將，參謀本部的參謀將校即使忌諱損害最小化的概念，卻不是會避免實行的個性。他們即使有遲疑去做停損的道德理由，卻不是會流於感情，把道德與現實的請求混為一談的類型。應該要高興，他們不是會將必要事物的優先順序搞混的長官吧。

只是在這種情況下，也沒辦法以救援友軍的藉口辭退任務了。

「儘管很遺憾……但迪根霍夫的友軍是……」

正當拜斯上尉語帶惋惜，但也難以啟齒地準備勸她放棄友軍時，譚雅指示他先等一下。

既然本國參謀本部命令他們這麼做，無視或謝絕東部方面軍所屬師團的救援請求，果然才是對的吧。照常理來講的話。

只不過，有件事讓我很在意。那就是迪根霍夫的位置。就地圖上的配置來看，遭到包圍的兩個師團所困守的迪根霍夫，占據了一個有趣的位置。愈看愈覺得，這裡可說是重要地形吧。

「不，這裡是個有趣的位置。」

「……可是，這裡是個陸上孤島。」

「迪根霍夫的位置，確實是有點孤立。」

拜斯上尉的提醒是對的。迪根霍夫是從東部國境後退的友軍部隊偶然受困其中的後方都市。外加上前線退得比當初的防衛計畫還要後面，所以也沒辦法期待友軍部隊會機靈到在這附近構築物資預置據點吧。

「不過，位置並不壞。副官，幫我找詳細的市區地圖過來。也別忘了通知格蘭茲中尉，要他過來。」

趁留下一句遵命就飛奔而出的謝列布里亞科夫中尉去找所交代的東西時，譚雅就看起地圖，想稍微清查一下狀況。

「如你所見，拜斯上尉。只要參謀本部沒有遲滯後退戰的意圖，迪根霍夫就是個攸關生死的位置吧？」

「……誠如少校所言。可是，既已在敵軍的重圍之下，救援恐怕會很困難。」

迪根霍夫市雖是易守難攻的河岸都市……但有著離海岸很近的優點。外加上離東部國境有些距離，距離交通要衝也非常近。以前大概是基於海港都市，發展成貿易據點的城市吧。

如果是這裡，地形也方便從海上支援……而且，還能對機動戰中成為主要爭奪目標的交通要衝造成威脅。

「可別忘了我們的同胞正困守在這裡。待在這座城市裡的人，是帝國軍與各位市民同胞。迪根霍夫可不是聯邦的城市喔。」

「是我失禮了。」

「就現實層面來講，拜斯上尉，貴官的提醒是對的吧。實際上，這裡毫無疑問受到了重重包圍。不過，我就提醒你另一個事實。那就是，迪根霍夫現在還沒有淪陷。」

既然有兩個師團固守在自國的城市裡，就多少能期待獲得後勤支援。城市裡的市民在面臨城鎮戰時，也多少具備著抵抗能力。不對，如果是打算派重砲兵，連同城市市區一起轟炸殆盡的話，這會是無用的抵抗吧……

不過，就連在傑圖亞中將的安排下，都沒辦法在對共和國戰中，帶著重砲兵一起進攻。攻城用的重砲兵，看來無論如何都得等到戰況平穩後，才有辦法運送的樣子。

「久……久等了。」

「辛苦了，維夏……那是？」

解說

【重要地形】 指在軍事地理學上，無論如何都必須奪下的要地。比方說，山崎之戰的天王山，旅順會戰的二〇三高地。一旦被奪走就會輸。

不過在戰史上，也存在著以這種重要地形作誘餌，讓敵軍上鉤的拿破崙這名變態。放棄普拉欽高地這個要衝，趁敵人掉以輕心地現身時，再狠狠地一網打盡……一般人可做不到啊。

「是的，上尉。我從東部軍那裡，連同地圖一起領取了航空攝影的資料。說是希望我們能理解尋求救援的部隊狀況。」

答覆拜斯上尉疑問的謝列布里亞科夫中尉，所交出來的是貼滿便條並分類整理好的航空攝影照片。

……在應該人手不足的狀況下，把這些資料送來的東部軍，意圖相當明顯。想必是忙得不可開交，希望有人能幫忙救援吧。

「辛苦了。格蘭茲中尉呢？」

「目前正被東部軍的聯絡軍官纏上，苦苦哀求我們接受救援請求……有必要的話，要讓他進來嗎？」

「叫他先稍等我一下。」

救援友軍這種事，本來的話……可不是我的工作。然而，對於並肩對抗邪惡共產主義者的自由鬥士，我們應該要真誠相待。會對為了自由與市場奮戰的鬥士們見死不救的自由主義者，才不是自由主義者。

面對共產主義，要是喪失絕不退縮的覺悟與態度，可沒辦法保護世界。

既然如此——譚雅下定決心。

「拜斯上尉，把航空攝影與空中偵察的結果全部排開。第三、第三十二兩師團送來的詳細報告也看過一遍吧。」

要是有救援的成算，迪根霍夫就該獲得救援。譚雅催促起謝列布里亞科夫中尉與拜斯上尉兩位看向地圖。

「以救援為前提，讓我們檢討一下迪根霍夫周邊的狀況。」

至少，譚雅所相信的自由主義陣營會這麼做吧。沒有核彈威脅的現在，正是善良的人民拿起武器，為了阻止共產主義者挺身而戰的瞬間。當然，要譚雅挺身與他們並肩作戰的理由，要說有限也確實有限。待在後方支援，還比較有道理。

然而，身處在能伸出援手的位置，卻選擇袖手旁觀，是無法原諒的行為。既然如此，只要有辦法協助，伸出援手就是義務。

「少校，妳在找什麼？」

「重砲，上尉。我們在萊茵有學到經驗……要將重砲從後方陣地運往前線，往往都會慢上一步。我期待聯邦軍也沒有例外。」

「恕下官僭越，提古雷查夫少校。作戰行動之際，不該太過指望敵人的失態吧。」

「有道理。」對於拜斯上尉這句非常正確的勸說，譚雅笑了起來。的確，愚昧的敵人和期待敵人愚昧的意思是截然不同。就算看似相同，過分低估假想敵的風險卻是極大。

「當然，我沒有輕視悲觀準備、樂觀行動的大原則。這算是死馬當活馬醫吧。」

「不過——」譚雅就在這時，略帶確信地把話說下去。

「在令人懷念的共和國占領戰中，我們不是被嚴格下令，要當作沒有重砲這種東西嗎？由於戰爭勝利的關係，所以就連帝國軍都常常忘記……重砲的移動速度，是無可救藥的慢。總是趕不上關鍵的時刻。」

腳程緩慢的砲兵，總是趕不上決定性的局面。既是防禦的榮耀，對攻擊也有貢獻……但在關鍵的進攻局面時，火力卻老是搔不到癢處。

「就連在傑圖亞中將的苦心安排之下，都還老是不足喔。要問步兵部隊能否帶著重砲前進，還得先問問聯邦軍的狀況如何吧。」

暫時盯著資料一會兒後，譚雅一副自滿得意的模樣開口。

「敵重砲看來是慢了一步。判斷材料有兩項。一是空中偵察並未確認到重砲的存在，二是友軍也沒有遭受砲擊的報告。」

樂觀推測敵方沒有重砲。

不過在這種狀況下，實際上真的沒有的或然率也不低。至少未確認到的事實可以信賴吧。

「不是推測包圍戰的進軍呢。」

「行得通呢。」就在與譚雅盯著同一張地圖的拜斯上尉點頭的瞬間，譚雅一副正合我意似的喃喃說道。

共產主義者或許是偏好火力主義的軍隊，但如今，他們自豪的火砲可不在場。在戰爭中，要是他們擅長的火砲不在，我方擅長的機動戰還有發揮的餘地，事情就簡單了。只要將自己擅長的事情，強迫不擅長的對手去做就好。

「既然如此，拜斯上尉，迪根霍夫對我們來說，會是遠比預期還要好用的前進陣地吧？」

「是指在機動游擊戰之際的前進陣地吧。誠如少校所說，在敵重砲尚未抵達的狀況下，確實是……」

無視喃喃說著「能打吧」的譚雅與拜斯，默默凝視地圖的謝列布里亞科夫中尉，就在這時首次開口，說出慎重的意見。

「請稍等一下。裝備狀況看起來確實是這樣也說不定，但真的該排除重砲存在的可能性嗎？比方說，聯邦國境線上有出現一些動作。請考慮他們在此展開，包含列車砲在內的長射程部隊的可能性。」

「謝列布里亞科夫中尉。難以考慮列車砲會移動到這裡來。敵人也不是會在無法確保空中優勢的戰區，運用這種龐然大物的蠢蛋吧？」

「不是意圖的問題，請考慮能力的問題。」

聯邦軍已在國境線上展開了大量的列車砲。開戰前，第二〇三航空魔導大隊與其說是交戰，更像是蹂躪的聯邦軍部隊，也是裝備有列車砲的砲兵部隊。謝列布里亞科夫中尉臉色凝重地把話說下去：「而且……」

「在後方展開的敵列車砲，連在萊茵戰線都是個嚴重威脅。請考慮到就連水泥建築的砲兵陣地和交通壕，都無法承受列車砲直擊的事實。」

「的確。」不論譚雅還是拜斯上尉，這都是難以否認的事實。回想起萊茵戰線經驗的拜斯上尉，露出苦澀表情，譚雅也想起「這麼說來，朵拉砲確實是在華沙肆虐了一番」的事實。

「少校。迪根霍夫的防備遠比萊茵戰線貧弱。反過來說，要是敵列車砲的配置預測圖正確，我們位在敵射程圈內的可能性很大。」

雖說長距離移動到這裡的重砲不足，但列車砲具有長射程。謝列布里亞科夫中尉這句「這裡可能勉強落在射程圈內不是嗎？」的提醒很正確。

就在瞬間擔心起，作為救援前提的敵火砲尚未抵達的推測落空時，譚雅才總算啊了一聲，想起一件事。

「就像謝列布里亞科夫中尉提醒的一樣，確實是該考慮敵重砲存在的可能性，但我可不認為敵重砲會是個嚴重的威脅。中尉，貴官受萊茵的影響太深了。」

「恕下官失禮，少校。妳說謝列布里亞科夫中尉被影響太深了？」

「拜斯上尉，貴官也一樣呀。」

「被經驗影響太深了呢。」譚雅就在這時苦笑起來。

「很簡單，各位。間接射擊實際上要說的話，是需要無與倫比的合作，才有可能實現的。回想一下吧。在萊茵戰線，不論帝國還是共和國，雙方都在最前線附近配置了砲兵觀測員，或是由我們航空魔導師擔任觀測員，一面遭受敵方攻擊，一面收集資料，才總算是有辦法打出效力射的事實。」

大砲即使隨便亂射一通……也打不中目標。要是沒有幫忙一一調整瞄準然後確認彈著的觀測員，實際上就等於在浪費砲彈。即使有例外，也頂多就是朝巴黎這種能靠地圖精準定位大城市，乾脆地認為「只要大略擊中這邊附近就好」發射巴黎砲的時候吧。

「嗯，這麼說來也對。由於太過理所當然，讓我覺得間接射擊是隨時都有的東西了。」

「就是這樣，拜斯上尉。只要仔細看過前線報告，就知道目前還尚未確認到地面部隊最害怕的觀測魔導師。」

「聽說聯邦軍的砲兵是以集團運用……反過來講，就讓人質疑起前線部隊究竟具不具備觀測手段了。」

拜斯上尉點頭表示「誠如少校所說」，謝列布里亞科夫中尉則是露出理解神色。而譚雅自己也因為重新確認到「萬一敵觀測魔導師出現，就必須舉大隊全力加以排除」的優先順序，感到心滿意足。

……機動游擊任務與去救援東部方面軍的第三師團、第三十二師團之間沒有矛盾。兩師團儘管遭敵人的波狀攻擊吞沒，陷入孤立……但這換句話說，就是能作為跳台，擔任襲擊敵後勤路線的中繼站。

「我判斷救援兩師團，對參謀本部意圖的機動游擊戰有相當大的幫助。我們就去向本國發出申請吧。」

要是考慮過風險與回報之後，仍舊是做出希望這麼做的決定，就沒有不去做的道理。

「去救援吧。」譚雅鏗鏘有力地斷言。

對此，拜斯上尉與謝列布里亞科夫中尉都一臉歡喜地表示贊同，這看在譚雅眼中，是部隊全員的意志都沒有動搖的可喜徵兆。

軍官部下們依舊戰意高昂，同時他們就連在艱難局面下也一樣可靠，這種讓人安心的條件，讓譚雅感到喜悅。

「對了。」譚雅就像是順口提到一樣，指示謝列布里亞科夫中尉去準備醫藥品。

「謝列布里亞科夫中尉，要部隊盡可能地攜帶醫療物資。雖是以長距離進軍為前提，不過空投也是一種辦法，所以記得綁上降落傘。」

「也就是說——」譚雅喃喃自語起來。

「是救人……嗎？」

「少校？」

朝著詢問「怎麼了嗎？」的謝列布里亞科夫中尉，譚雅回：「雖不像我會做的事……」

「沒什麼，只是在想，身陷困境的友軍會缺什麼東西。想說送威士忌與香菸過去，他們應該會很高興，但最前線所必要的還是醫藥品吧。」

「首先，我們手邊既沒酒也沒香菸呢。」不過譚雅就在這麼說之後，因為拜斯上尉意外的一句話，蹙起眉頭。

「這是不會錯的，不過大隊公庫裡，應該還存放著南方大陸的土產酒。」

「拜斯上尉，你說什麼？我怎麼不知道這件事。」

假如是數量不多的土產品，大隊成員是能在歸還時各自帶回，或是利用軍郵局寄送……但大隊公庫裡有酒？不記得有答應過這筆支出，也不記得有批准過的酒，存放在大隊公庫裡這件事，讓譚雅甚至有點困惑。

「是大隊成員從南方大陸遠征軍的幕僚本部那裡用撲克牌席捲一空，交給我保管的。哎呀，真不愧是司令部，全是高級品呢。」

「真讓我失望，上尉。我還以為貴官不是會去沾染這類賭博的認真軍官呢。」

「我要求詳細說明。」在譚雅嚴厲的目光注視之下，拜斯上尉連忙開口辯解道：「啊，這其實是……」

「老實說，是謝列布里亞科夫中尉贏來的。」

「什麼？真的嗎？」

「那個，只是打算玩玩而已……」

「想說玩一下就好，沒想到會大贏特贏，結果就順著現場的氣氛收下來，就只是想說用不著，才放進大隊公庫裡的。」謝列布里亞科夫中尉低頭解釋起來。由於還有事要做，譚雅就決定不再追究，不過也在心中的備忘錄記上「必須找時間跟部下談談」這件事。

不過，也是等到救援友軍的作戰目的達成之後的事了。譚雅的提案，很快就伴隨「可速去救援友軍」的主旨，獲得參謀本部的承認。既是正式的軍事行動，各方面的調整，也會是由參謀本部負責。

至於武器彈藥，由於也受到東部方面軍的協助，讓謝列布里亞科夫中尉將武器彈藥準備得一應俱全。即使格蘭茲中尉等人，已在事前從東部的參謀們那邊得知當地的相關資料，譚雅還是向部隊說明起，有關作戰目的與行程的詳細內容。

「簡單來說，就是去宅配希望。」聽到譚雅用這一句話結束說明後，就連老兵也不免群起激昂。人人都一副「既然友軍有難，就速去救援吧，這可是魔導師的本願啊！」的模樣，隨聲附和起「去宅配希望吧！」部隊的戰意可說是十分旺盛。

一般來講，由於會大幅加重魔導師的負擔，所以遭到眾人厭惡的運輸任務，他們也當作是理所當然的任務，二話不說就將醫藥品與補給物資揹到身上。

而就在部隊準備出發，在跑道上列隊排好的瞬間，譚雅等人突然收到該說是出乎意料，他們完全沒預期過的追加物資。東部方面軍的參謀們，就在前來送別聽從譚雅指示，背負起大量醫藥品的第二〇三航空魔導大隊時，像是突然想到似的拿出酒瓶與香菸等物資。「可能的話，希望送給前線的同伴們。」對於他們的請求，譚雅在官方紀錄上是以重量過重為由拒絕，不過也宣稱會尊重將兵們的自由意志。

在將兵們將官方紀錄上視為私人物品的酒瓶與香菸，當作一點帳外物資裝進行李裡頭後，第二〇三航空魔導大隊就在比往常還要盛大一點的送別聲之下起飛，一路飛往遭到包圍的迪根霍夫方面。

目的，當然是解圍。

以遭遇戰為前提維持戰鬥隊形全速侵入敵支配領域的行動，對第二〇三航空魔導大隊來說，是將過去在萊茵與南方大陸，累積大量經驗磨練技術的搜索殲滅戰，發揮本分的機會。

加強魔導大隊這個鐵鎚，就這麼順著帝國軍這名使用者使盡全力揮下的衝擊，敲擊在聯邦軍身上。

就結論來講，第二〇三航空魔導大隊在完美的最佳時機下，成功突襲了展開包圍的聯邦軍部隊側翼。

「前進、前進！衝過去！」

譚雅在部隊前方怒吼，並以要展開蹂躪戰的氣勢，從側面開始向襲擊友軍的聯邦軍進行對地掃射。

「準備制壓射擊！目標任意！」

就彷彿絕不允許組織戰鬥一般，在譚雅的一聲令下，部隊就在朝周遭散布的爆裂術式之中，夾帶著光學狙擊術式無情射往地面，將看似指揮官的軍官們一一剷除。

面對地面的回擊，只要不是組織性反擊，就特意無視的第二〇三航空魔導大隊，就這樣旁若無人地肆虐戰場。

子彈交錯的戰場上，覆蓋防禦殼的魔導師，一旦掉以輕心就會遭到擊墜，這儘管是事實，但是不具組織性的攻擊，光是能以天文數字般的機率擊中，就算很好了。

要將組織戰鬥能力遭到瓦解的聯邦軍擊潰，對於在萊茵戰線與共和國軍一同嬉戲過來的精兵們來說，就如同兒戲一樣簡單。

「少校，妳看！」

接著，在謝列布里亞科夫中尉的催促下，朝崩潰的敵軍一角看去的譚雅點點頭，說道：「來得正好。」

「是友軍嗎！好機會！」

雖說是遭到包圍，但友軍的戰鬥力依舊健在。既然如此，會在敵軍瓦解時發動攻擊，也是當然的事。當看似根據戰況衝出的友軍魔導師們，開始在聯邦軍頭上發射術式時，譚雅就確信了聯邦軍的敗走。

「呼應攻擊！打通！突破包圍！」

集中火力，一面支援友軍突破，一面展開會合行動的譚雅等第二〇三航空魔導大隊，以及機靈地理解我方意圖，立即進行合作的友軍部隊。

兩批部隊就這樣，輕而易舉地達成突破與會合。

對雙方都是專家才能達成的合作感到滿意，譚雅露出滿面笑容，走向看似指揮官的將校與他問候。

「我是第三師團所屬第二十三魔導大隊的霍芬少校！來得太好了！真是九死一生呢！」

「抱歉這麼晚到。我是參謀本部直屬第二〇三航空魔導大隊的提古雷查夫少校。在反攻作戰發令後，能懷著焦急難耐的心情趕上，真讓我鬆了一口氣。話說回來，真虧你們能在如此重圍之下平安無事呢。」

譚雅邊與自稱霍芬的少校握手，邊與他讚賞起彼此的善戰。當然，儘管形式上是禮貌性的問候，但感謝與讚賞可都是真心話。有別於徒具形式的禮儀，前線的共同經驗，讓將校的心團結在一起。

「是在敵重砲抵達前撿回一條小命。」

「能趕上真是太好了。身為在軍官學校被狠狠教導過嚴禁遲到的人，光是聽到遲到兩字，就讓我怕得要死呢。」

笑說「讓我捏了一把冷汗呢」的霍芬少校，與回說「要是遲到，還不知道會被怎麼叱責呢」的譚雅。彼此之間也身為一名將校，互相試探著對方的本事，結果是雙方都很滿意。

「請問師團司令部往哪走？」

譚雅一副該辦正事的模樣，單刀直入向霍芬少校告知自己等人的狀況。他們確實是受軍令前來救援，但除此之外還必須準備接下來的作戰。

「讓我帶路吧。我們還要再牽制一下殘留敵軍，貴官們呢？」

「受參謀本部的命令要繼續深入。這也是為了後續戰況，恐怕會受命擔任先鋒吧。」

「如果是方才那場戰鬥中所拜見到貴隊水準，該說是實至名歸吧。提古雷查夫少校，我要感謝貴官與貴官的大隊。真虧你們能突破包圍，趕來救援。很遺憾沒辦法請貴官喝一杯，不過等作戰到一段落後，就讓我請妳的部下喝酒吧。」

就連保證會徹底守住這裡，直到自己等人的機動游擊戰達成為止的話語，也說得相當瀟灑，讓譚雅看著霍芬少校的笑臉苦起笑起來。

「恕我僭越，我的部下可是大酒鬼。而且糟糕的是，由於平時會加以節制，所以能喝的時候就會喝得徹底喔。是嗜酒如命到在南方戰線，會只為了想喝啤酒，就跑去襲擊敵運輸部隊的一群傢伙……我擔心會害霍芬少校破產。」

「哈哈，還真是愉快的酒鬼。很好，就由我大隊全體軍官一起出錢請客吧。會讓你們喝到盡興的！」

率性的一舉一動之間，皆富有身為行家的體貼與機智的同僚，是工作時無可替代的好夥伴。還真是只要有一名經驗豐富的將校在場，事情就會進行得如此順利。

「似乎會很愉快呢。對了，這是一點小心意。」

這種讓人帶有好感，會想與他好好合作的同伴，是譚雅會想要主動親近的對象。譚雅就作為友好的證明，不造作地將參謀們託付給她，裡頭裝滿酒瓶與香菸的袋子交給霍芬少校。

「哈哈哈，沒辦法與貴官喝一杯真是遺憾。就一起活下來，等貴官長大後，再讓我請妳喝一杯吧。」

「真是教人期待呢。那麼，下官就先告辭了。」

「辛苦了。希望這不會讓我破產呢。」

就在雙方以專家風範，滿懷敬意地向對方敬禮告別後，譚雅就「好啦，繼續工作吧」帶領著部下一起颯爽離開戰場。

目送她的背影離去的霍芬少校，一臉受不了地鬆懈表情後，隨即仰望起天空，喃喃自語：「原來傳言是真的啊。」

「大隊長，怎麼了嗎？」

「……參謀本部存在著一位年齡不詳的將校，這種可疑的傳聞居然會是真的，還真是作夢也想不到。」

他朝著一臉錯愕的部下說：「這麼說來，你沒跟趕來救援的提古雷查夫少校與旗下第二〇三航空魔導大隊的各位戰友碰到面呢。」

霍芬少校帶著苦笑，向部下說明自己親眼目睹的事情。

是一名小孩子將校喔。

「咦？」

「沒有啦，我跟剛剛趕來救援的指揮官見過面了……該怎麼說好呢？看起來就跟我女兒差不多年紀喔。」

「不不不，是在開玩笑的吧？那可是參謀本部的參謀將校喔。既然是軍大學畢業，再怎麼想，都肯定有二十多歲快三十歲了吧。」

「是在開玩笑的吧。」看著一臉錯愕回話的部下，霍芬少校儘管不知道該怎麼向他說明，但最後還是只能回答：「我是真的看到了。」

的確，就跟部下說得一樣。就讀過軍官學校與軍大學，擔任參謀將校配戴著參謀徽章的人，不論再怎麼年輕，就算有三十多歲也不稀奇。

就算說「她看起來跟自己十歲的女孩差不多年紀」，究竟會有幾個人相信呢？

「唉，戰場傳說也意外地藏著真相呢。」

「喔……」

「算了，與其談這些還不如去工作。就趁辛苦趕跑的敵人重整態勢前，展開追擊吧。」

統一曆一九二六年三月二十八日　帝國軍參謀本部作戰會議室

「成功打通了！成功打通了！」

是第二〇三航空魔導大隊組成的先遣部隊，已抵達迪根霍夫的報告。一時之間做好全滅覺悟的第三、第三十二兩師團，應該獲救了吧。

真的是深深感謝上帝的保佑。

「敵人的重砲呢？」

「尚未確認到！據第二〇三航空魔導大隊回報，接觸到的敵軍除了少數的機械化部隊外，全是標準程度的步兵裝備。」

「太棒了！這下能贏了！」

即使如此，肯定也很少人會有如參謀本部的盧提魯德夫副作戰參謀長這樣感謝吧。

畢竟他完全認為，不論聯邦軍有多少火力支援，都很可能會讓他們同時失去第三、第三十二兩師團以及迪根霍夫市區。

只不過，看來命運往往就在做好最壞覺悟時，向帝國展露微笑。掀開蓋子一看，卻發現聯邦軍強大的對地砲擊能力徹底發潮了。

「拜託傑圖亞準備的砲彈相當充裕，鐵路也隨我們盡情使用……哎呀，這下收拾勝利後的殘局，似乎還比較麻煩呢。」

「盧提魯德夫中將閣下？」

第二〇三航空魔導大隊漂亮達成的友軍救援任務，雖然就只是救援了遭敵軍包圍的城市，但這下子……意圖侵略帝國的聯邦軍可就動脈硬化了。補給線遭受後方襲擊的威脅，會是將兵們的惡夢吧。

遭到包圍的據點，只要能與其他部隊聯繫上，就足以成為反攻的攻擊據點。在戰區遼闊的東部，這意外會是個重要教訓。

既然是幾乎能看見勝機的狀況，是人都會變得有點饒舌。要補充的話，就是還想起以前稍微跟傑圖亞中將討論過的，將砲兵機動運用的想法。

「只要能在敵砲兵展開前，先行打擊敵步兵部隊的話……該死，果然是會想要能自由自在移動的自走型大砲。移動緩慢這個大砲的唯一缺點，就是沒辦法搞定啊……」

沉重的大砲與優秀的火力。就算沒辦法解決，該以何者為重這個永遠的兩難抉擇……盧提魯德夫中將就在這時苦笑起來。

……就在煩惱這種事的時候，聽到這為數不多的好消息。盧提魯德夫中將正是最為感謝上帝的一個人。

鬆懈往往會將勝仗導向悲慘的結果……不對，這句話應該要用過去式來說吧。至少，盧提魯德夫自己有足夠的理由相信這點。

這是一場帝國軍參謀本部推測至今，早已備妥對應計畫，活用內線機動優秀的防衛戰。而且，還在某種程度內，事前掌握到敵軍所呈現的攻擊徵兆。

「……參謀將校在打勝仗時意外地沒事幹呢，真是驚訝。老實說，我還真坐不住桌上的英雄這種位置。雖說不論在諾登或萊茵都是這樣，還是跟前線的將兵們待在一起要輕鬆多了。」

有備而無患。

這雖是至理名言，但自己同時也是必須相信準備時的努力，等待結果出爐的身分。要對將兵的生命負責，可不是件輕鬆的事。這會讓不愛書寫的人，也會寫慣寄給部下遺族的書信，經歷到這種不愉快的習慣。

「就但願能夠成功，而且友軍的損害也很少吧。」

「是的，中將閣下。」

「不過……」幾個人就在這時，接著說出聰明的判斷。

「幸好友軍能在某種程度內受到重砲支援，而且空中優勢毫無疑問掌握在友軍航空艦隊手上。這樣一來，也不是沒辦法借助迪根霍夫方面的增援夾擊敵軍。不過，這樣就必須要有更多的戰力。敵我的火力差距，相信很明顯吧。」

在壓制空中、火力充足、地理條件站在我方這裡之下，對抗壓倒性數量的敵軍。雖是王道的展開，不過王道之所以會被用到老，也有其道理在。

「問題就在於，聯邦軍正展開分散進攻這點上。我想主要理由恐怕是想兼顧進攻路線與補給，不過也有報告指出，他們有出現一些，無法排除是偽裝可能性的可疑舉動。」

「哼，真是麻煩。要是能聚在一塊的話，我們這邊也方便對付啊。真是群專搞無聊小把戲的傢伙。」

「盧提魯德夫閣下，請恕下官萬分僭越地向您稟告。聯邦軍的攻擊計畫本身，絕對稱不上是無能。」

「是這樣沒錯。」盧提魯德夫中將自己也一面苦笑，一面說出他未說出口的言外之意。

「計畫本身確實是很棘手。」

開戰以來，地圖上所呈現的聯邦軍進攻路線不僅精緻，同時也看得出來經過相當熱心的準備。實際上的問題，是他們沿著討厭的路線前進。由奇襲攻擊轉為大規模侵略的盛大攻勢自然不在話下，就連在運用面上也非常穩健。

「不過，卻沒考慮到最關鍵的聯邦軍訓練程度呢……說也奇怪，感覺就像是一流的知性，不知為何地制定出與自軍實際情況無緣的計畫。」

問題就在於，基於這點所感受到的微妙不協調感。儘管懷疑是重視奇襲效果，所以挪用既有的攻擊計畫……但再怎麼說，也應該是有掌握到，在國境附近展開的自軍部隊狀況。

既然如此，這假如不是相當注重隱密性的計畫，就是沒有其他可用的計畫，只好挪用既有的計畫吧。不過，更進一步的判斷，可不是他們的工作。之後的事，是傑圖亞那邊該做的工作。

「唉。」盧提魯德夫叼著香菸，看起攤在桌面上寫滿戰情狀況的地圖，將注意力重新集中到自己的專業上。

「意外的點活下來了啊……作為抵抗據點，城市竟然能如此有用。」

口中說出的話語，是對於向未受國際條約限制的城市，進行正面攻擊竟會如此棘手的事實，發出的讚嘆。

「……除了亞雷努外，我們帝國軍算是缺乏城鎮戰的經驗吧。敵人儘管也一樣，但真想不到，他們竟會無視國際條約，打從一開始就對市區發動攻擊。」

「不過就法律上來講，聯邦軍並沒有簽屬陸戰公約。」

「那麼，這下可麻煩了。」

看參謀一臉「為什麼？」露出疑惑表情，盧提魯德夫就像傻眼似的，忍不住開口提醒。

「俘虜該怎麼辦？」

「咦？俘虜怎麼了嗎？」

「這是場沒有規則的戰爭喔。」盧提魯德夫簡單明瞭地向參謀說明……既然公約已經淪為廢紙，明文規定的規範與基準，就無法適用在東部的戰爭上。

「在國際法上，聯邦軍與我們帝國軍之間的交戰，不受任何規範限制。戰務那邊姑且是表示為了小心起見，這次就比照『國際法』的規定。但真懷疑對方懂不懂什麼叫作互惠原則。」

「只能祈禱聯邦的共產黨會是進步主義者了。」

「……還是別期待槍斃與內部暴力的專家，對心理衛生似乎會比較好喔。」

統一曆一九二六年三月二十八日　主攻集團司令部

帝國軍命名為B集團的聯邦軍集團，在聯邦軍方面的稱呼是主攻集團。這個主攻集團自開戰以來，就以占領帝國領土並殲滅帝國軍作為目標，一副衝鋒陷陣是我等夙願的氣勢，突破了帝國的東部國境。

他們以數量打破展開遲滯作戰的帝國軍東部方面軍的抵抗，不顧損害地一路勇往直前。只不過，將校們臉上所浮現的情緒卻與亢奮無緣，帶著一種難以形容的奇妙緊張感。

而且，正因為集團前進……讓他們難看的臉色，不得不變得愈來愈難看。在該稱為聯邦軍主攻集團腦袋的司令部，舉辦的作戰會議上，要說到與會列席的將軍與參謀們的表情，則是瀕臨崩潰的邊緣。

「因此，我軍就目前為止，儘管會在前進之際遭遇到相當的抵抗，但另一方面，帝國軍各部隊也在逐漸後退，所以我軍依然有著前進的空間。」

「等待重砲抵達是理想的做法，但另一方面，我們的將兵也富有在必要時為革命犧牲的覺悟與熱誠。不用說，為了掩護像他們這樣忠勇的將兵，最好還是希望能有重砲支援。」

既然是作戰會議，就該針對戰爭進行報告。

不過，這裡要提醒一件事。

雖是理所當然的事，但為了不導致誤解，報告時絕對不可缺少簡潔適當的措詞。就連大多數臨時培訓分發的聯邦軍軍官，都會徹底貫徹這項原則（能不能實踐是另一回事）。

「各位將軍同志。恕我失禮，請問現在的戰局如何？」

「政治委員同志，就如報告所述的一樣吧？」

實際上，聯邦軍也沒有外行到會讓愛說廢話的人，作為高級軍官或政治軍官參與這場會議。要說真有什麼問題的話，應該就是他們既不是外行，也不是笨蛋這點吧。

「那麼，關於戰局，各位將軍同志有何見解嗎？」

「政治軍官同志，對於黨的指示，我想各位同志才是專家吧。」

「對於有關軍事的政治面，當然是屬於我們的擔當。」

以話中有話的迂迴措詞進行的對話。

「……作戰會議也進行得相當激烈了。各位，就稍微放鬆一下吧。」

就在斷斷續續的對話，突然中斷的尷尬瞬間，主席機靈地說出這句話。全體參加者都像是獲救似的站起身，互相帶著真受不了的表情聚在一起，說起悄悄話。

眾人竊竊私語。只不過，在明顯比剛剛有生氣的作戰會議室裡，人人都在偷偷張望，理解到其他人也跟自己等人一樣在互相刺探，心情沉重地對話。

……不對，是人人都在心中嘆息苦惱。

壓制住帝國軍的本國發表，恐怕完全是誤認事實吧。

沒錯，在初期攻勢之下越過國境是事實。

帝國軍部隊後退也是事實。

可是，聯邦軍中只要是有正常軍事知識的人，都會對送往本國莫斯科的報告文件中，加油添醋的詞句感到恐懼。

以個人的層面來看，該說是保身之舉吧。把戰局寫得振奮人心一點的程度。

前線人員是懷著怎樣的心情寫下這種報告的，只要考慮到「聯邦軍所置身的特殊政治環境」，就能輕易理解。但是，正因為能理解……所以才能輕易想像得到，傳到後方的報告會變質成怎樣的意思！

大致就是「帝國軍大部分的士氣已瓦解，如今正在排除狂信般的抵抗，向前推進」吧。

換句話說，就是帝國軍潰敗逃走，聯邦軍一面稍微擊退冥頑不靈的敵軍狂信徒，一面順利地向前推進。

這只能說是偏離現實。

「……那，『實態』呢？」

「跟你那邊差不了多少。帝國軍那些傢伙，動作比預期的還要迅速。」

無法粉碎組織抵抗的狀況，而且敵人還只有帝國軍的東部方面軍。考慮到帝國軍的軍事準則與地理狀況，一旦等到大陸軍的增援抵達，就將無法避免極為棘手的事態。

而且，最糟的恐怕是……數人懷著黯然的想法，將無法說出口的一句話吞了回去。

能從這裡看出「敵大陸軍的增援，會遠比事前推測的還要迅速」的徵兆。

「打不贏空戰也很辛苦……儘管能理解在這種狀況下，會基於迫不得已的事由（莫斯科的防空目的），調走為數不多的魔導部隊，也是無可奈何的事，但打得很吃力啊。」

「……魔導部隊啊。」

「儘管知道是棘手的傢伙，但百聞終究是不如一見。政治軍官那些傢伙，居然說什麼火力比砲兵弱、速度比航空機慢、人數比步兵少，所以不足為懼這種鬼話。」

「你說過頭了，稍微……謹慎一點……不過，我也同意貴官的意見。拜魔導部隊在後方肆虐所賜，讓本來就很艱苦的補給情況就快崩潰了。」

而一直向莫斯科報告「損害輕微」的空戰損害，正在逐漸蠶食著聯邦軍的戰力。

以精悍自豪的帝國軍航空艦隊，以及被迫處於劣勢的聯邦軍空軍戰力。不對，儘管很勉強，但光是還能提供空中掩護，聯邦的空軍部隊就算是努力奮戰了。

魔導戰力該說是究極的報應吧。過去所造成的阻礙絕不算小，讓聯邦的魔導戰力整備，無論如何就是慢人一步。因此，少數運用故態依舊的部隊，已是聯邦軍的極限。

「啊，對了。有件事我想問你……政治軍官跑去申請將魔導部隊調回我們這裡來的傳聞，是真的嗎？」

「如果是指喬巴尼可夫政治軍官的話，似乎是事實……拜這所賜，讓他被帶去內務人民委員部，接受本國調查了。」

當這批真的很有限的部隊被拿走之時，就真的是達到極限了。有某人跑去抗議，要讓所剩不多的部隊留在戰場上的傳聞，並非傳聞。

可悲的是，現實比傳聞還要殘酷。提出反對的人被帶回本國，之後恐怕會再補上一名聽著偏離現實報告的新政治軍官到這裡來吧。

「……啊，原來如此。」

語帶嘆息說出的話語，感嘆著這個具備正常感覺的人，會在鼓起勇氣指出事實的瞬間，遭到毀滅的現況。

他們是受過現代教育的職業軍人。雖說是偏重意識形態教育，但只要站在前線戰鬥，再怎麼不願意，也會理解到自己等人的裝備比敵人低劣的事實。問題在於，只要看會議室內的氣氛，就能知道一件事。

對於黨的決定，他們無法提出異議……豈止如此，甚至不該質疑黨的認知。這對偷偷摸摸躲在會議室各角落，就像是顧忌負責監視的政治軍官一樣對話的將校們來說，實在是令人著急……但這就是聯邦軍的現實。

「那些留下來的政治軍官，有理解到狀況吧？」

「怎麼會沒理解到。就算那些傢伙再怎麼蠢到會去信奉意識形態，也不至於蠢到無法理解這個狀況吧。」

「……只要他們肯說撤退的話，只要他們肯說不要深入，停留在這裡的話。」

就跟共和國軍潰敗當時一樣，帝國軍的後退往往會是戰術性後退的觀點，是所有將軍的一致見解。

照他們的講法，這只要看地圖就能一目了然。

聯邦軍儘管蜂擁攻進有如弦月一般漂亮凹陷下去的中央部，但在該稱為右端與左端的點上，帝國軍防衛線部隊卻自豪地展現出異常強固的抵抗。特別是一時之間應該完全包圍的迪根霍夫，還有新來的魔導部隊作為增援抵達。

如今仍舊是由我方發動攻勢，這儘管是事實……但最近甚至感到一種，自己等人正逐漸闖入帝國軍包圍網之中的惡寒。

如果是身為軍人的心聲，真想現在就停止進軍，重新做好防備。但是，他們無論如何，就是難以開口說出這種想法。

畢竟他們很清楚，一旦開口，一旦第一個開口說要停止進軍，共產黨就絕對不會原諒這種反叛者吧！

況且，還是在莫斯科遭到帝國軍魔導部隊襲擊之後。莫斯科的黨幹部們，肯定很渴望能有一個用來推卸責任的祭品吧。這讓他們不由得感到害怕，不想在這種時候遭到盯上。

所以，任誰都像是在尋求依靠一樣，偷偷看著政治軍官。

心想著，只要代表黨的意思的他們，能率先說出一句對我方的艱苦現狀表示體諒的話，就能得救了。

只不過，當一方懷著某種想法時，另一方也會懷著相同的想法。

所謂的人類，大致都是相似的生物，思考也大多會經過相似的過程。對於打從方才，就不時受到默默注視的政治軍官們來說，聯邦軍將校們心裡在打什麼主意，他們是看得一清二楚。

「……狀況如何？」

「非常危險。儘管前線盡是送來一些很有威勢的報告，但只要去視察一趟就一目了然了。帝國軍不是瓦解……恐怕，單純是想在增援抵達之前，把我們引誘過去才退後的。」

有別於送往莫斯科的報告，前線的狀況背離「莫斯科想看到的現實」這項事實。

政治軍官們受過軍事教育。

只要多少到現場走走看看，在將兵們的厭惡下問幾句話……就會知道聯邦軍所置身的狀況，毫無誤解的餘地。

解說

【意識形態教育】 為了建立正確的社會主義，大家來學習黨的政治理論吧！咦？你說這跟我們軍隊無關？造反啦！——這種愉快的課程。

此外，士兵們對這種「室內訓練」的評價意外地不錯。畢竟只要坐著就能結束了。

「只要看地圖，就能一目了然吧。我們想去的地方受到頑強的防備，敵人想要我們去的地方卻是破綻百出。」

苦澀吐出的話語，以及默默抽著的無數香菸。就在難以言喻的焦慮，伴隨著煙霧在空中飄散當中，他們不由得對這絕望的狀況感到苦惱。

「……這樣，只要將軍們肯宣布撤退的話……」

「能不能說服莫斯科，還是個未知數。不過，只要先造成既成事實的話……」

「很難吧。那些該死的將軍，我們可是已經先起頭一次了耶。」

責任，將戰敗報告帶給莫斯科的責任，究竟該由誰來扛。

聯邦軍的主攻集團司令部分裂的理由，總歸來講，全都是基於他們不想被莫斯科盯上的心聲與恐懼。只要回報實情，莫斯科或許會改變主意也說不定。但是，莫斯科才剛被帝國軍魔導部隊，以堪稱蹂躪的旁若無人態度大舉肆虐過，而且還讓他們給逃走了。

「喬巴尼可夫政治軍官已經帶頭開出第一槍了吧！接下來該輪到聯邦軍的傢伙擔起責任了！首先第一點，有關軍事戰略的事，全是他們的問題吧？」

在這種狀況下，光是對黨要將魔導部隊調去防衛莫斯科的意思提出異議，對政治軍官們來說就算是對前線盡到最大的責任了……至少他們是打著將自己人作為祭品送出的主意這麼做的。

接下來，該輪到你們了。

就立場上，這是他們無法說出口的禁語，卻也是政治軍官們迫切的心聲。

「……只不過，必須要想一個解決對策。這是為了軍隊，同時也是為了我們自己。」

雖是不經意發出的苦吟，但也如實述說了他們的艱苦立場。

對政治軍官們來說，在現況下提出意見的危險性是顯而易見，但同時，他們也害怕被批評是毫無作為。

再繼續讓聯邦軍部隊無謀的攻擊下去，可能會發生什麼事？

一旦被內務人民委員部盯上，自己就完蛋了；但要是戰敗，只要想像起等在前方的處分，就沒有比這還要讓人幹不下去的事了。畢竟他們十分清楚，待在莫斯科的黨政官僚與黨幹部的思考邏輯，並且不得不感到恐懼。

就在死命掙扎之下，他們發現到唯一的一條生路。

「有個好消息。有報告指出，在迪根霍夫展開的部隊，是帝國軍參謀本部的直屬部隊。」

一名翻閱手邊資料，試圖找出方法解決他們目前困境的夥伴，發現到的報告。就在調查敵軍所屬單位的報告書記載事項中，他們發現到了一條生路。

「參謀本部直屬部隊？」

「就是那批部隊。說是搞出『那件事』的部隊，就懂了吧？」

直擊莫斯科，絲毫不留情面，盛大粉碎聯邦與共產黨的面子與權威的帝國軍魔導部隊。那批實行犯進駐到迪根霍夫了嗎？他們就在聽到這件事時，想到了一個藉口。

「……提案攻擊迪根霍夫吧。順利的話，就能遠離遭到包圍的危機，還能用來作為我們能指揮軍隊去做必要事情的證明。」

同日　迪根霍夫市內

「少……少校！」

當天晚上，借宿在迪根霍夫市內分配到的民宅裡的譚雅，被借宿同一間民宅的謝列布里亞科夫中尉，一如字面意思的搖醒。

「謝列布里亞科夫中尉？什麼事。」

「是攻擊！聯邦軍有動作了！」

只要看謝列布里亞科夫中尉臉色大變的模樣，就能一眼看出事態危急。

察覺到危機的譚雅，當場拋開薄毯跳起。不知該說是幸運還是不幸，既然沒有小孩子穿的睡衣，那麼她就連睡衣也是軍服。剛睡醒的低血壓程度儘管也很可恨，但現在可沒閒功夫悠悠哉哉抱怨了。

拿起杯子，將睡前準備好的涼咖啡灌進喉嚨裡後，譚雅就向謝列布里亞科夫中尉簡單詢問了狀況。

「敵軍的規模？」

「……據航空艦隊表示，可能最低也有八個師團以上。」

「什麼？最低也有八？」

針對我方固守兩個師團的地區，最樂觀的估計，也有四倍的敵師團攻勢。是將規模達到某種程度的攻勢誤判了吧，儘管譚雅如此推測，但在聽到答覆的瞬間，還是忍不住反問。再怎麼說，數量也太多了。

瞬間，譚雅懷疑起帝國航空艦隊偵察機所送回來的報告真偽，不過隨即搖頭表示不對。

「大規模攻勢？在這種局面下，聯邦軍要是將如此龐大的戰力調到我們這邊來，確實是有可能防禦住側面……我們的機動作戰被看穿了嗎？」

敵軍的動向會出現變化，應該是發生了什麼非比尋常的事。就譚雅所知，共產主義者的思考與指揮系統的僵硬性，可是傳說級的。

那些傢伙會將至今不顧一切想要突破的中央戰線丟到一旁，向位在戰線側面的迪根霍夫展開大規模攻勢，完全是出乎意料。

「明明就連中央部分的攻勢都停滯不前了……會做出如此大膽的兵力配置轉換，該解讀成是情報外洩了嗎？不對，就算是這樣，動作也太慢了。果然還是敵人看穿我方意圖，所採取的對應手段吧？」

帝國軍打算以機動游擊戰包圍殲滅聯邦軍之心是路人皆知。就傳統上，帝國軍參謀本部可說是坎尼會戰的崇拜者，包圍殲滅戰的信徒。既然如此，認為聯邦軍是在警戒會比較妥當吧。

即使是情報外洩，但他們會以迪根霍夫作為基點進行機動游擊戰，可是在譚雅呈報之後，才剛剛做出的決定。

……恐怕，敵人是看出在遭到包圍後，哪裡會是最危險的地方吧。

即使如此，認定聯邦軍就跟紅軍一樣，是在作戰行動之際，聽從僵硬的指揮系統，一個口令一個動作的小鬼頭而瞧不起他們，完全是失策。

要是共產主義者能夠臨機應變採取對策……今後的戰爭，與共產主義者交戰的戰爭，也不能照常理來對付了。

「呃，現在不是想這些的時候了。友軍對敵情的反應是？」

「是，兩師團的師團司令部判斷這是大規模攻勢的徵兆。還有拜斯上尉正在外頭等候。」

「……讓他操心了。」

戰爭販子的部下會具備顧慮性別的纖細，讓我有點驚訝。但可不能忘記，要在該行動的時期採取行動。

「抱歉，來遲了！」

衝出大門，一看到在戶外全副武裝的拜斯上尉，譚雅就徹底理解到自己的職責。

「我知道狀況了。我要先去聯合師團司令部一趟。畢竟是這種狀況，得去確認一下師團長閣下他們的方針。」

自己等人是剛抵達沒多久的增援部隊。對於迪根霍夫的防衛，本來就只有推測在後續的增援部隊抵達前，從旁支援兩師團的程度。

所以要是不先確認行動方針可就打不了仗了。儘管焦急，但這是判斷敵軍不可能這麼快就有動作的譚雅犯下的失誤。讓她對自己嘲笑共產主義者往往都很愚蠢的天真，懊悔得咬牙切齒。

「拜斯上尉，這段期間部隊就交給你了！準備即時出擊，趕在敵前衛抵達前，做好防空戰鬥的準備。」

「是的，我立刻去著手緊急起飛的準備！」

「只要貴官認為有必要就直接迎擊，不用等我的指示。不過，移動距離要以都市防衛為主。

解說

【戰爭販子】

即是指戰爭狂。就是島津家的那種感覺。

就算要搶奪制空權，也不能超出攔截的範圍。我不想讓大隊白白損耗。」

「遵命，少校！」

「就交給你了。」譚雅在留下這句話後，隨即趕往第三、第三十二聯合師團司令部，然後在抵達的瞬間，再次聽到讓她錯愕的消息。

就空中偵察所示，敵步兵師團組成的複數部隊，顯示出正在逼近的跡象。讓人傻眼的是，聯邦軍打從一開始就放棄重裝備，毅然決然地打著要靠輕裝備部隊攻打市區的主意。

嚴重的是，防衛方的防衛狀況就只有兩個師團。而且還是員額不足，正在後退當中的師團。只要想到在自己的第二〇三航空魔導大隊運來醫藥品之前，他們幾乎處於孤立狀態的事實，狀況就極為嚴酷。

首先，是難以期待有辦法防住全方面入侵的兵力密度。

這樣一來，就要在市區內進行防衛戰鬥吧。雖說已疏散大多數的市民，但如果要一面保護剩下來的市民，一面抵擋聯邦軍的波狀攻擊，情況就非常棘手。

況且，聯邦本來就沒有簽屬一部分的國際條約。他們不是能用國際法溝通的對手。

「……換句話說，我們大隊要為了防衛城市前進，去特意引誘敵人注意，在迪根霍夫的郊外毅然實行遲滯作戰。」

因此，返回部隊的譚雅儘管氣憤，依舊是將這視為不得已的辦法，向拜斯上尉與謝列布里亞科夫／格蘭茲兩中尉，說明起迎擊對策。說是這麼說，但所掌握到的敵情，也不足以進行高度的作戰機動。

要一面前進把握敵軍的狀況，一面在某種程度內爭取時間。這該說是將傳統的輕騎兵職責，交由現在的魔導大隊去擔任，這種順理成章的結論吧。

「這樣好嗎？參謀本部指定我們擔任機動戰的前衛。在這裡把能量耗費在遲滯作戰上，會讓當初的預定完全崩潰吧。」

「現在別說突破，連側面的前進據點都快被打下。只能迎戰了。參謀本部也會體諒我們的狀況吧。」

「而且——」譚雅乾脆以半覺悟的氣勢微笑起來。

「這也能解釋成，敵軍的預備兵力全都來到這裡了。只要撐過這一波，就只需要好好料理這些無路可退的聯邦軍了。」

「少校真是堅強呢。可是，情況實在太嚴峻了。」

「喂喂喂，格蘭茲中尉，你該不會把萊茵戰線給忘了吧？那時候別說是師團，你可是以軍團為對手恣意欲為喔。不可能辦不到吧。如果是想偷懶才說情況嚴峻，要我放你一個人好好努力也行喔。」

「上尉，請別在這種時候玩我啦。」

「唉，格蘭茲中尉。怕麻煩的精神，還請在戰場之外的地方發揮吧。看來貴官需要稍微學習一下勤勉精神喔。」

多虧了在被拍打肩膀後，顯得一臉憂鬱的格蘭茲中尉之福，讓部隊明明是要與壓倒性多數的聯邦軍交戰，卻還有餘力讓現場充滿些許笑聲。讓心情擁有餘力是件好事。特別是在執行困難工作時，最好要維持著適度的緊張感與適度的從容感。

焦急，一直都是失誤的原因。

「很好，我大隊的各位隊員。就像往常一樣，去襲擾敵軍吧。就像學校所教的，要積極去做別人討厭的事。」

「畢竟……」譚雅竊笑著把話說下去。

「我可是個好孩子呢。當然會率先去做別人討厭的事嘍。」

「哈哈哈哈，少校說得真對。」

「沒錯吧？很好，拜斯上尉，開始行動。敵人是比我們想像得還要靈活的聯邦軍，就讓我們去領教一下，他們有多大本事吧。」

共產主義者是優秀的敵人。

既然如此，就必須要謹慎專心地，讓他們再也無法搗亂，讓我們能安心迎接明天早晨地，將他們徹底殺光。

對手是會用意識形態殺人的傢伙，怎麼可以輸給這群連傷害原則都不知道的蠢蛋們啊。

滿懷幹勁地再度飛上天際的第二〇三航空魔導大隊，就為了接觸正在一路進軍的聯邦軍部隊而向前進。不過在不久後，當他們在視野範圍內，目視到看似敵軍前衛的部隊時，卻讓譚雅深深感到困惑。

「怎麼可能，都逼近到這種距離了，敵航空魔導部隊還沒有展開？」

這句牢騷道盡了一切的理由。

就算看向擔任警戒的副官謝列布里亞科夫中尉，她也一副沒發現到的模樣搖起頭來。

「中尉，這裡可不是達基亞上空喔！」

「我很清楚少校的意思。可是，少校……完全沒有反應。少校那邊也沒有偵測到嗎？」

「沒有。」譚雅雖是這麼答，卻因為太過錯愕，讓話說得有氣無力。

但不論是一臉困惑報告的謝列布里亞科夫中尉還是譚雅，都是相同的心情吧。如果是滲透敵地後方也就算了，但這可是在敵正面附近預先展開的武裝偵察。

既然是武裝偵察，工作就是試探敵軍的反應，換言之就是早已做好與聯邦軍魔導部隊一戰的覺悟，結果卻是這種情況。居然會沒有人迎擊——就連對譚雅來說，都是出乎意料的事態。

「雖然同樣是要警戒伏擊……但目的會是想引誘我們深入嗎？那可是聯邦軍喔。有可能會跟沒有航空兵力與魔導戰力的達基亞一樣，毫無防備地承受對地攻擊嗎？」

畢竟，這是敵軍主動攻打過來。既然缺乏重砲，就只能推測他們會盡可能投入航空魔導戰力作為彌補。畢竟這可是常理，而且喪失制空權的戰鬥，毫無疑問會遭到單方面的蹂躪。

譚雅會想先會戰一次試探敵人的戰力，也完全是為了判斷敵戰力的規模與決心。然而卻撲空了。現在就算想去理解對方的想法，還是以譚雅的角度做出判斷，未曾有過與聯邦軍魔導部隊交戰的經驗可是致命傷。

沒辦法預測他們的戰術。

「我們這邊可是飛得這麼顯眼喔。沒人攔截究竟是……一面警戒伏擊，一面準備對地攻擊。將敵人埋伏的可能性擊潰。」

只能夠慎重，但毫不畏懼地攻擊了。

譚雅檢討起數種敵人可能採取的對應，做好不論敵人存不存在，都能做出對應的覺悟。

『Fairy01通知大隊全員！各中隊準備對地掃射！別忘記注意側面。中隊之間要相互支援，隨時保持對空警戒！』

這要說的話，就像是在雙手拿槌子的打地鼠遊戲中，只使用一隻手來打一樣。「上吧。」大喊一聲後，譚雅就拿著步槍，用手勢指示眾人準備突擊。

『組成突襲隊列！中隊全員，跟我前進！』

緩緩聚在一起的部隊，伴隨著號令開始急速俯衝。為了防備俯衝後最危險的脫離時段，在後方安排了肉盾——擔任掩護的隊員們。「指揮官先行，還真是個好習慣啊。」譚雅帶著笑容，猛烈地降低高度，在足以看見敵人眼睛的極近距離下，掌握到她所盼望的好機會。

驚慌失措的敵地面部隊做出的回擊有限。不過，只需要看陷入混亂的敵人動向，就能輕易鎖定指揮官的所在位置。

就在親自率領的中隊各員一齊讓槍口發光，迫不及待要釋放術彈當中，譚雅就彷彿這是天賜良機似的大喊。

『爆裂術式，跟我一起顯現！對地攻擊，發射！』

透過九七式演算術式，在適當的座標顯現。

以絕佳時機釋放的術式，不偏不倚地將敵步兵群的正中央，勉強維持住秩序的一個區塊，一如字面意思的炸飛。

譚雅顯現的術式，所產生的閃光與爆炸聲，還有隨行中隊呼應釋放的爆裂術式，以堪稱對地掃射精髓的模範密度，一口氣襲來。誘爆碎片飛散的地面狀況，連問都不問去問，戰果確認人員就會承認這有達到戰果吧……輕而易舉地粉碎了敵人。

驚慌逃竄的地面敵兵看起來就像是陷入混亂，落荒而逃的達基亞兵。還真是會讓人回想起達基亞那場令人懷念的一面倒戰爭。

不過，譚雅就在這時加以自制，接連地用無線電下令停止攻擊。

『脫離！脫離！』

『08呼叫01。防空砲火、密度皆有限！申請反覆攻擊！』

『否決，08！擴張戰果並非我們的目的！準備脫離！』

無線電傳來部下想要擴張戰果的申請。

作戰時，沉浸在擊潰共匪的喜悅之中並不是件壞事。只不過，戰場可沒幸福到，能讓人只顧著去做自己喜歡做的事。

「少校？」

「讓我們盡可能打擊地面部隊吧！請求再度攻擊！」

「我能理解你們的心情，但可別把目的與手段搞混了。」譚雅甚至還有餘力苦笑。

不管怎麼說，第二〇三航空魔導大隊的士兵們，本質上可是戰爭販子。一看到敵人，就想要衝上去打。

能激發起戰意是不錯……但要是不能適當地行使戰意，就毫無意義了。

『Fairy01 呼叫大隊各員！準備脫離！準備脫離！各中隊依序脫離。等重新集結後，就去試探敵戰線。以搜索殲滅敵航空魔導戰力為最優先目標！』

「不准回頭！」一面發出怒吼，譚雅一面維持著警戒追擊的態勢，在空域集結並確認各員的裝備。

儘管很快就重新集結完畢，不過譚雅就在這時，眼尖地發現到拜斯上尉一臉看似眷戀地面的表情。看來，他也認為該趁現在打擊共匪。

該說他戰意過剩，還是出色的奮戰精神呢？不過，拜斯上尉是個有常識的人，應該很難開口向長官提出疑義。這種時候，身為上司的人就必須要表示關心吧。真沒辦法呢，譚雅聳了聳肩，精明地把拜斯上尉叫了過來。

「副隊長，你也認為該重新展開對地攻擊嗎？」

「……這樣可以嗎？少校。沒有空中掩護的部隊，恐怕就只有這一批。要是不趁現在攻擊，之後友軍會很辛苦吧。」

對於直截了當地詢問「你對脫離不滿嗎？」的譚雅，拜斯上尉說出反對意見。他說得也很有道理。實際上，譚雅自己也不是沒有想過，這是敵人疏失的可能性。不過，正因為想過同一件事，譚雅才會選擇撤退。

讓她在意的是，帝國與聯邦對於損害的感覺差距。

「那個說不定是個陷阱吧。畢竟是共產主義者，無法否定他們會趁我們在與受害擔當師團嬉鬧遊玩時，投入主力部隊的可能性。」

真實的戰場，就連美國海軍都會運用將雷達哨戒艦作為受害擔當艦的運用方法來防衛本隊。

既然對手是共產主義者，就無法否定他們會將適當的部隊作為誘餌，然後趁機派主力部隊去襲擊帝國軍部隊的可能性。

「就繼續搜索殲滅行程吧。但願一切順利。」

在如此告知後，譚雅就高喊「跟我前進！」沿著疑似聯邦軍進攻路線的街道，不斷重複著地面襲擊。

戰果極大，只不過敵軍也可說是大軍雲集吧。

在地上確認到新的敵師團，已經是第七次了。但不論是哪一次，第二〇三航空魔導大隊，都沒有接觸到敵航空戰力以及魔導戰力。就算打著搜索殲滅戰的意圖，作為引誘敵戰力的誘蟲燈大舉肆虐，朝地面施展淫威，也依舊不見敵蹤。

就在將這種情況告知固守迪根霍夫市的第三、第三十二兩師團時，譚雅在地上目視到一批疑似新確認到的軍隊。幾乎是不太耐煩地想著：究竟是有完沒完啊？

「是新的師團吧。聯邦軍那群傢伙，到底是在打什麼主意？居然讓如此龐大的戰力，白白淪為對地攻擊的標靶？簡直是難以置信。」

要是他們真的認為八個師團是不足為惜的兵力，就讓人在意起他們有多少預備兵力了。光是在自己等人的負責區域內，到底有多少聯邦軍啊？

算了——譚雅就在這時切換思考，鞭策著疲憊不堪的身體，組成對地掃射隊列。就像要貫徹初衷似的，為了繼續以地面襲擊引出敵魔導戰力，毅然決然地向師團實行本日第八次的對地掃射作戰。

一成不變的戰果。

第二〇三航空魔導大隊也習慣聯邦軍的對空迎擊了吧。還開始有餘力貼在射程邊緣外巡航好幾分鐘，趁敵射擊陣地耐不住性子開砲時觀察目標。

會是習慣嗎？

看來聯邦軍意外地會在目標進入射程之前避免盲射，另一方面，卻有著一旦靠近射程邊緣，就會選擇全力射擊的傾向。這種敵軍的習慣，一旦記住後就意外地有幫助。譚雅一面將這件事全力記在心中的筆記本上，一面點頭回應謝列布里亞科夫中尉精疲力盡報告「部隊集結完畢，無人脫隊」的報告聲。

「辛苦妳了，謝列布里亞科夫中尉。雖說沒有損耗，不過疲勞狀況如何？」

「……少校，說實話真的是累了。」

很少開口示弱的謝列布里亞科夫中尉，坦承自己累了。該撤退了吧，譚雅不得不承認第二〇三航空魔導大隊強韌的續戰能力，已瀕臨極限的事實。

這既然算是某種武裝偵察，所背負的武器彈藥就是以戰鬥為前提。外加上部隊本來就是航空魔導大隊，就算不消耗術彈，光靠寶珠就有好幾種對地攻擊模式可以採用。硬撐著延長攻擊時間的上限戰鬥至今……部下的疲勞與彈藥消耗，實在是達到危險領域了。

「剛剛的師團如何？」

「果然跟之前確認到的七個師團是不同的部隊……航空艦隊的偵察也不能小覷呢。」

「這樣就八個師團了吧。」

譚雅邊與謝列布里亞科夫中尉對話，邊對敵戰力果然不低於八個師團的事實發起牢騷：「所以才讓人搞不懂。」

「敵軍的航空戰力究竟會在哪裡啊，真是讓人頭痛。」

「……恕我失禮，少校。那個……要是攻擊到這種地步都沒有出現，我想這會不會是。會不會是……根本就不在這裡啊？」

謝列布里亞科夫中尉的話語，讓譚雅瞬間錯愕了一下。聯邦軍沒有航空魔導戰力？

譚雅一副這怎麼可能的態度，把她的話一笑置之。

「謝列布里亞科夫中尉，很難想像會有這種事吧。發動攻勢的，可是聯邦軍喔。」

「而且——」譚雅接著說道。不同於軍隊全體都還停留在前現代之前的達基亞軍，聯邦軍雖是共產主義者的軍隊，但好歹也是列強之一。他們姑且不論品質，也是有在運用航空戰力，實際上也有報告指出，他們的航空戰力有與帝國軍各部隊交戰，並展現出還不錯的戰力。

「妳看過東部方面展開的航空艦隊的戰鬥報告了嗎？根據他們的說法，友軍航空艦隊目前可是在與包含敵魔導部隊在內的敵航空戰力交戰，爭奪空中優勢喔！」

「是的，少校。可是照這個道理來看，聯邦軍也應該懂得空中優勢的意思才對。」

「這——確實是這樣沒錯。」譚雅也承認這點。雖說戰局是往優勢的方向發展，但聽說空戰的狀況也相當嚴峻。特別是在大部分的航空戰力都集中部署在聯合王國覬覦的西方的狀況之下。東部方面軍的戰力絕對稱不上少……但要將聯邦的正面戰力全部擋下，就顯得相當嚴峻。

「會對我們置之不理到這種程度……那個，我也從聯邦的立場做了許多假設，不過還是完全想不到，戰力不在這裡之外的其他理由。」

「……有道理。但是……不對，貴官是對的。」

「要是這樣的話，這下可搞砸了。」譚雅對自己的天真判斷，懊悔不已。早知道是這樣，就不該拘泥在搜索上，而是傾注全力進行對地襲擊了。

無法否認這是結果論，但錯失這種好機會，還真教人悔恨。

就算現在毅然決定再次攻擊，部隊的戰力說得再保守也是疲憊不堪。要是嚴厲驅使他們，或許有可能再次攻擊吧，但可不是能發揮實力的狀態。

讓第二〇三航空魔導大隊這種精銳部隊，無意義地在疲憊狀況下攻擊敵軍這種事，在譚雅合理的利害計算下，認定是無益的犧牲，所以她斷然拒絕這麼做。儘管遺憾至極，但還是需要休養與補給吧。

「脫離……去委託迪根霍夫協助補給與休養吧。地面戰力的襲擊任務，就全權委託友軍魔導部隊了。」

「對了。」譚雅就在這時接著說道。

「幫我向第二十三魔導大隊的霍芬少校謝絕他請喝的酒。」

「遵命。」苦笑答覆的謝列布里亞科夫中尉，以及一臉失望答覆的格蘭茲中尉。

格蘭茲看來是完全呈現出嗜酒症狀的樣子。譚雅不經意地想，這可不是個好現象。過度飲酒可是違反道德的行為，就算說是個人嗜好，也還是該為健康著想一下吧——她注意到自己打算插話規勸的舉動，震驚不已。

我……居然想……干涉他人的自由？

……而且……還是用道德……這種可疑的判斷基準？

統一曆一九二六年三月二十九日　帝國軍參謀本部

正當譚雅．馮．提古雷查夫魔導少校，邊煩惱著自己的精神狀況，邊帶領著部隊返回迪根霍夫時，幾乎同一時間……

待在參謀本部待命的盧提魯德夫中將，就被聯邦軍逐漸逼近迪根霍夫的急報叫醒，接著在後續報告中，對敵戰力已遭受第二〇三航空魔導大隊充分迎擊的報告，暗自竊喜。

遭到第二〇三航空魔導大隊縱橫馳騁痛擊的敵師團，足足有八個。如果只有當初困守在迪根霍夫的兩個師團，這會是讓人擔心城市淪陷的戰力差……哎呀，光就結果來看，提古雷查夫少校似乎是發揮出了機動防禦的精髓呢。

至於當事人，則還在報告書上謝罪，說是採取了意圖引出敵魔導戰力的行動，等察覺到不在時，已經太遲了……這該說是完美主義的弊害吧。真是莫名其妙的謝罪，讓盧提魯德夫中將不得不苦笑起來。

與龐大質量的敵軍交戰，擾亂到他們連進軍都岌岌可危，而且還證實了敵魔導戰力不在的事實。最後，還讓聯邦軍意圖動作的預備戰力，進退維谷到這種地步。

「太棒了！幹得太好了！」

他就在這瞬間，確信會贏得勝利。

我贏了。

該做的事，就只有一件。

就是讓兵力的奔流衝進去。將帝國所能動用的兵力，衝向一直疲憊不堪的聯邦軍，早已變得脆弱的弱點。

[chapter]

IV

第肆章

重新編制

Reorganization

目標，共產主義！

——聯邦軍砲兵隊射擊演習場標語。

目標，官僚主義！

——帝國軍參謀本部射擊演習場標語。

統一曆一九二六年四月十日　參謀本部

雷魯根上校對自己身為參謀將校的職務為榮。身為軍人，身為軍官，更重要的是身為一個人，他深信誠實善盡自身的義務，正是負責任的作為。該說，正因為如此吧。

雷魯根上校懷著黯然的心情，在心中嘆出今天不知道是第幾次的嘆息。如果可以的話，真想現在就逃向酒精與香菸的心情，應該就是這種感受吧。會這麼想的人，不只有自己而已。

真是愚蠢至極的始末。

軍方竟被政治要求扯了後腿。明知道是場鬧劇，自己的立場卻不得不讓好幾名高級軍官上場扮演丑角。

審訊會還真容易被濫用呢——帶著深深嘆息，雷魯根上校坐到事前安排好的自己的座位上。就坐後偷偷環顧起會場，發現到左右並排的臉孔上，全都掛著微微抽筋的表情。就表情上看來，一眼就能看出所有人都很不情願地坐在這裡。

參謀本部的高級將官，還有擔任實務的參謀將校們。雖說東方戰線維持著穩定狀態，他們的時間依舊有限。自己過於寶貴的時間，竟被浪費在這種意義不明的愚蠢行為上，他們心中的煩躁，雷魯根上校非常能夠體會。

所以才會這樣吧。讓他甚至把宣告開庭的木槌聲，聽成趕快結束這場鬧劇吧的呼喚聲。

「到齊了？很好，就開始吧。」

不過，宣告開庭的人可是傑圖亞中將。或許這正是中將閣下的心聲也說不定。

「那麼，提古雷查夫少校。即刻起，本審訊會將基於最高統帥府提出的疑義，對貴官的軍事行動進行審訊。」

會有這種錯覺，也是沒辦法的事。這將會是場史無前例的審訊會吧。畢竟，這是要對一般來講，應該要視為功績加以審議的聯邦首都直擊作戰的實行人，迂迴地追究她的責任。

照軍方的道理來看，這是不可原諒的行為。正因為如此，當初參謀本部才會連成一氣，猛烈反對這項決定。最後會遭到通過，全是因為後方那些文官根本不懂什麼叫作戰爭吧。

就從審訊會的會議主持人是由傑圖亞中將擔任來看，結論就像是注定無罪一樣。儘管如此，卻將這種無關緊要的案件視為問題，最後雖說是為了證明事件與她無關，但早在必須召開審訊會時，參謀本部與政府、政治家之間，就有著一道難以跨越的鴻溝了吧。

不對，這是在所難免的吧？雷魯根上校抱持著保留態度，接受這個事態。

這個問題的原因，全在於提古雷查夫少校的行動看來太過偏激。

就軍事角度來看，直擊敵首都是合理的行動。只要是參謀將校，任誰都會同意，她做出了非常重要的貢獻。然而，要是以政治角度來看，倘若要說她的行動存在著不得不導致爭論的部分，雷魯根上校也能理解政治上的理由。

從踐踏敵人面子的意圖來看，攻擊敵國的象徵是在所難免。看在政治家眼中，會認為這是在刺激聯邦吧……只能說是本末倒置，但要是他們如此指責，我們也無法否定。

「提古雷查夫少校，本審訊會對貴官提出的質疑，是『在市區進行過度的軍事作戰』與『獨斷獨行的軍事行動』。此外，貴官是否承認這是事實？」

恰好就像傑圖亞中將現在以平板語調唸出來的話語一樣，「過度」不僅是言過其實，「獨斷獨行」的批判，照理說也是在強詞奪理。

不過，在場列席的將校們，大半都會認為這是牽強附會的指控，不會當成一回事吧。雷魯根上校自己，則是有自信達成，直屬上司盧提魯德夫中將嚴格下令的「讓提古雷查夫少校與其他人等免除責任」這件事。

直擊聯邦首都莫斯科，是必要的軍事行動。這是雷魯根深信不疑的結論。

「中將閣下，下官對於剛剛所提出的兩項質疑，在深感驚訝的同時，願以名譽發誓，這絕非事實。」

「很好。那麼，提古雷查夫少校。就先來處理，對貴官提出的獨斷獨行的質疑。」

不論是誰，都認為第二〇三航空魔導大隊以威嚇目的或佯攻目的進行的作戰行動，確實是符合預期，以威嚇與佯攻作為目的的長距離襲擊作戰，本質上甚至可說是一種騷擾攻擊，並沒有超出這個範圍。

即使說她獨斷獨行，只要詢問參謀本部的將校，他們也會眾口一致宣稱「這在命令的範圍之內」吧。至於要說為什麼，則是她達成了所下達的命令目的。這些行動是現場的裁決，沒有違反任何命令。

正因為如此，擔任會議主持人傑圖亞中將，才會一副我很明白的模樣點頭吧。

「檢察官，開始吧。」

一改方才像是在對自家人說話的平穩語調，嚴厲催促著。

算了，這也沒什麼好隱瞞的。當傑圖亞中將向軍司法官厲聲嚴詞時，他的意思就很清楚了。畢竟設立第二〇三航空魔導大隊的人，不是別人，正是傑圖亞中將自己。即使召開了審訊會，但要不是參謀本部以監督者責任的名義，硬是把人安插進來，他是無論如何都沒辦法擔任會議主持人吧。

「對了，檢察官。在我忘記前先警告你一件事，我不許旁聽人中途退席。既然是對將校的名譽提出質疑，身為帝國軍將校，我希望能當著所有將校的面，審議提古雷查夫少校的名譽。」

「聽明白了吧。」傑圖亞中將接著說出的話，對置身帝國軍的軍司法官來說，是讓他非常為難的一句話。

「就我個人來說，只要有必要，或是各位當中任何一個人希望，將不惜公開審訊紀錄內容。很好。那就開始吧。」

徹底到天衣無縫的手法。在聽從最高統帥府意思的軍司法官開口之前，先做出了強而有力的牽制。

傑圖亞中將與其他帝國軍參謀本部的參謀將校們，曾一齊反對過審訊會的行動，就是他會說到做到的依據吧。不過另一方面，他們儘管做出了如此強烈的反抗與反對，卻還是強行召開了這場審訊會。

這是為了洗刷提古雷查夫少校的嫌疑，要從他人的批判之中，保護她往後的名譽。最終來講，儘管是以這種目的，克服了參謀本部內部與東部方面軍的強烈反對，於最高統帥府對提古雷查夫少校提出的處置，反應算是太過激烈了吧。

「那麼，就容我針對獨斷獨行一事，開始進行審議……」

然後，軍司法官一一列舉的各項質疑，讓雷魯根上校看得不得不長嘆「我就知道」。審訊會的會議場上，充滿著將校們的憤怒。可輕易地以此類推，作為遭受審訊的當事人，保持嚴謹耿直態度的提古雷查夫少校，內心應該也是類似的情緒。

「……真是讓人頭疼的問題。」

對雷魯根上校來說，這場審訊會不會得出譴責提古雷查夫少校的結論，是顯而易見的事。究竟能有幾個人，能克服擔任會議主持人的傑圖亞中將，還有在座將校們的視線，認定提古雷查夫少校不具備身為將校的名譽與資質，做出這種結論呢？

這可是就連審訊委員長，雖說只是名目上，卻是由參謀總長擔任的情況。至於掌管實際職務，擔任會議主持人的傑圖亞中將，也是被評為參謀本部支柱的人物。

這些人，顯然全都發自內心地認為，這場審訊會是一場鬧劇吧。要說到傑圖亞中將，或許是想表示抗議，還在擔任檢察官的軍司法官發言時，看起手邊的雪茄盒，向鄰座的人借起火來。

主張這場審訊會是一場鬧劇的將校們，絕大多數都對檢察官的發言，毫不客氣地逐一發出冷笑，對辯護人的發言，逐一點頭表示認同，甚至還有人輕率地拍起手來。

「肅靜。」就連敲響木槌的傑圖亞中將，也只是義務性地敲著木槌時，整場會議就無法避免地凸顯著滑稽感。

正因為如此。雷魯根上校果然還是發起牢騷。

「……這場審訊會，沒能夠避免呢。」

雷魯根上校羞愧地深感後悔。

畢竟，早已有過好幾次跡象，暗示著這種危險性。軍方與後方的意識，背離得極為嚴重。正因為如此，自己才會打算特別留意這一點。

盡量與後方人員交換對於戰局的意見，努力關注軍方的立場與大後方的情況。這對負責作戰指導的參謀將校來說，是有點超出職責的行為也說不定，但我相信，圓滑的軍事行動，必須要有團結一心的後方支援。然後，在以機動游擊戰殲滅進犯的聯邦軍時，就認為前線與大後方的合作關係，無庸置疑地發揮了機能，自豪地舉杯慶祝。

結果，卻是這種始末。眼前猛然反駁的辯護人，與被他的氣勢壓倒的軍司法官，到底是為什麼會演變成這種關係？沒辦法避免這場針鋒相對的審訊會，只能說是深感遺憾。

畢竟，這件事光看就知道結論了。淡然地壓抑感情，逐一答覆侮辱般的質問的提古雷查夫少校；只在名目上是中立，叨叨絮絮地不斷挑檢察官毛病的會議主持人；還有，面對這種對於軍官與參謀將校的名譽做出的不當攻擊，不掩決心要堅決反抗到底的辯護人。

對於獨斷獨行的指控，參謀將校眾口一致，在官方紀錄留下沒有問題的宣言；對於過度攻擊的指控，辯護方引用軍方的通告，與攻擊軍事相關設施的相關判例，反過來猛烈抨擊檢察方。

宣稱「她避開民間設施，只限定攻擊黨以及軍事相關設施的努力，應該給予正式的讚賞吧」甚至還留下正式的發言紀錄。

就在汗如雨下的檢察官扶在桌上，反駁也說得斷斷續續時，傑圖亞中將總算是讓這場鬧劇拉下閉幕了。

「好，我看審議得差不多了。」

「我想，各員已討論得相當清楚了。」說出這句場面話後，傑圖亞中將說出主題。

「本次審訊會，得到以下結論。譚雅．馮．提古雷查夫少校，本會基於上述的反駁，認定對貴官的質疑並不成立。」

一副鬧劇結束了的語氣，做出判決的傑圖亞中將，還有理所當然似的點頭的將校們……許多將校會一齊在軍服上配戴象徵實戰經驗的野戰從軍章，是在默默表示前線的憤慨吧。

「譚雅．馮．提古雷查夫少校，本會在此免除對貴官名譽的質疑。基於上述理由，本審訊會到此為止。期待妳更進一步的奮戰與貢獻。以上。」

結果，姑且該說是平安落幕的案件。

不過，離室前去處理下一件工作的雷魯根上校，心境相當沉重。畢竟，不知道自己究竟誤判了多少。

「最高統帥府」，特別是「外交部門」與「內閣」對於莫斯科襲擊，以及更主要的是對提古雷查夫少校所進行的軍事行動，不僅是表示憤慨，甚至還要求審訊，與軍方的感覺竟然背離到這種地步。

……聽到第一報時，還驚呼這怎麼可能。等恢復冷靜後，雷魯根上校才總算是逐漸掌握到問題的本質。他自己也很清楚，提古雷查夫少校往往會為了達成戰果，毫不猶豫採取強硬的策略，也會對此感到擔憂。但是，這不一樣。

即使就連雷魯根上校自己也會擔憂，但他就算會恐懼提古雷查夫少校的手段，也不太會去譴責她想達成的目的。實際上，譚雅．馮．提古雷查夫少校只要除去人格上的疑慮，是優秀到足以稱為帝國軍將校楷模的人物。

「……我也在不知不覺中，習慣提古雷查夫少校的思考方式了嗎？要是這樣的話……她會是對的嗎？」

認為只要能對莫斯科造成打擊，就必然會導致在東部國境線展開的一部分聯邦軍部隊，被調離前線的結果吧。

「就某種意思上，她是想重現萊茵戰線的局面嗎？……實際上，只能說她做得相當好。多虧了她的襲擊，讓東部正面的敵航空戰力，被大幅調離前線了。正因為是大功一件，才沒有任何該視為問題的理由。」

……不過得要補充一句，以軍人的觀點來看的話。

長驅直入敵國的重要設施與重要據點，展開襲擊，強迫敵人加強後方防備，最終導致有限的軍事資源無法分配到最前線，這次的襲擊就類似這種騷擾攻擊。

對帝國軍來說，這是展示出自己隨時都能攻擊莫斯科的事實，讓聯邦軍的兵力固守在莫斯科方面。

准許提古雷查夫少校的莫斯科攻擊作戰，竟會導致如此麻煩的事態，就連雷魯根上校自己也是出乎意料。所以，他才不得不對這場內部糾紛感到困惑。

然後一從困惑中恢復過來，就在理解到原因之餘，感到頭疼。這恐怕是因為帝國的後方，至今仍受到戰前的觀念所控制。不是因為報紙或廣播的報導改變想法，而是他們在用戰前的觀念判斷事物啊！

還真是一場搞錯重點的爭論啊。

戰爭是軍人要靠著大後方的支援戰鬥到底的事。然而，最近卻把戰爭歸為軍方的管轄，後方對軍方置身的狀況漠不關心。

說好聽點，是信賴軍方吧……說難聽點，就是沒有去理解軍方。

「要是不找機會處理，似乎會演變成麻煩的事態……」

「不對。」他在這時接著說。

「首先是提古雷查夫少校的處置吧。」

雷魯根上校默默切換心情，把心思重新放在眼前的事態上。

目前審訊委員會已確認過提古雷查夫的經歷，證明她沒有問題了。根據這項裁決，現在要將各項資料分發給委員，同時還要通知提古雷查夫，她已在正式紀錄上獲得赦免的消息。

這樣在官方紀錄上，就會留下提古雷查夫少校並無問題行動的紀錄。軍方這個組織，將拒絕兩字，狠狠甩在後方，以及最高統帥府的威望上。這就算是大後方與前線因為感覺差異所導致的衝突，要是能以再柔和一點形式落幕就好了，雷魯根上校深深反省。

只不過，同時還要基於「顧慮」之類的理由，不得不考慮提古雷查夫少校與第二〇三航空魔導大隊的新執勤地點，進而因為雙方認識的理由，委託自己去詢問她的希望。好吧，這是個不錯的機會。至少毫無疑問會是個能掌握、理解她真正心意的好機會。

踏進提古雷查夫少校等候的參謀本部房間後，他才注意到，要是有帶烏卡少校過來就好了也說不定。要是有軍大學的同學在場，不甘遭受審訊，氣急敗壞的人，也會稍微冷靜一點吧。

不過，也太遲了。

提古雷查夫少校站起身，一如往常一板一眼地行了個模範軍禮；雷魯根上校則是帶著苦笑答禮：「辛苦妳了。」

「一會兒沒見。讓妳久等了，少校。」

「不，沒等很久。」答話的提古雷查夫少校，與預期的不同，意外地冷靜。

「很好。那麼，稍微談一下貴官的配屬地點吧。有什麼希望嗎？」

然而，提古雷查夫少校所告知的希望，卻讓雷魯根上校大吃一驚，忍不住向後仰去。

「希望是最前線勤務以外的地點……以上，確定無誤嗎？」

「是的，確定無誤。」

淡然回答的提古雷查夫少校，眼中沒有一絲遲疑與別有用心的感覺。那個提古雷查夫少校，在這種狀況下……不希望最前線勤務？這要是新兵或其他人的話，還可以譴責對方是不是害怕前線了，但要是在萊茵方面突擊共和國軍司令部的猛將逃避的話，情況就截然不同了。

所以意願的確認，終究只是事務手續。要說的話，就只是個開場。

「很好。那麼，少校。我有個疑問，想請貴官回答。」

「是的，請說。」

「就當作私人談話就好。提古雷查夫少校，像貴官這樣的軍人，為何會嫌棄最前線？」

想知道的，就只有一點。那就是理由。雷魯根自己也很在意這點。不對，可以說在意的就只有這點吧。

正因為如此，儘管困惑，雷魯根上校還是不得不問。

『為何受眾人畏懼為鏽銀的她，居然偏偏希望後方勤務？』問出他這極為認真的疑問。

「是的，上校。簡明扼要地說，就是最前線勤務讓下官憂傷。會希望後方勤務，完全是基於個人的理由。還有方才忘記提到，就是有關這件事的繼任人選推薦。關於第二〇三航空魔導大隊的指揮官人事，請容我推薦副指揮官的拜斯上尉，擔任繼任指揮官。」

這個消息，瞬間就傳遍整個參謀本部。第二〇三航空魔導大隊的大隊長，譚雅・馮・提古雷查夫少校，迫切希望後方勤務。理由是針對戰功的審訊會，已幾乎讓她心灰意冷。

瞬間，任誰會都點頭覺得這也難怪的消息，不過對相關人員來說，這可不是開玩笑的。首當其衝的人，則是他——傑圖亞中將。

一收到雷魯根送去的報告，就衝進雷魯根的勤務室裡找譚雅的傑圖亞中將，凝重地說出第一句話。

「……我就直說了。這算什麼？」

他拿在手上的是剛剛雷魯根上校急忙寫下，從提古雷查夫少校口中問出的配屬希望地點。

就在提古雷查夫少校淡然注視起，寫著希望去後方這一句話的報告時，傑圖亞中將當場就將手中整疊的報告書甩在地上。

變臉之快，足以讓任何一位感覺正常的將校，嚇得面無血色。整疊甩在地上的報告，就像呈現出傑圖亞中將的憤怒一般，散成一張張的紙片飛舞開來。散發出大概是從軍以來，首次看到如此程度的暴怒。

就連訓練小隊的隨隊中士，也不曾有過這麼顯著的憤怒表情吧。老實說，甚至讓我感慨起，原來人類可以暴怒到這種程度。

不過……

有注意到的人，會更加驚嘆吧……提古雷查夫少校驚訝地看著這一切。不是從容，也不是遭到否定的盛怒，而是驚訝。

那個……那個戰鬥人偶，有著人類外型的怪物，竟露出了簡直像是受到驚嚇的表情。

「回答我，少校。貴官究竟是基於怎樣的理由要放棄軍務？」

「閣下，下官難以理解質問的意圖。」

質問的意圖很清楚。說穿了。就是即使有受到後方的干涉，但她的言行還是深深跨越了可容許的界線。

究竟是基於什麼樣的意圖，讓她說出這種否定軍方與參謀本部的面子，並加以蹂躪的言語暴力啊？

「我就再問一次。貴官不僅不希望東部勤務，甚至還希望擔任本土，或是西方的非戰鬥任務是嗎？」

「是的，中將閣下。下官是打算在執行軍務之際繼續全力以赴。閣下所謂放棄軍務的疑慮，請容下官表示驚訝之意。」

「抱歉，妳是說，妳無法理解嗎？」

「是的，閣下，就誠如你所說。下官無法理解。」

不對她有如半放棄軍務的申請做抗辯嗎？就連雷魯根都能清楚理解到，傑圖亞中將話中暗指的質問意圖。

儘管如此……

儘管如此——

她卻說難以理解質問的意圖？

提古雷查夫少校意想不到的回答，讓在場眾人還有他，都不由得在這瞬間僵住了。這傢伙，提古雷查夫少校，她剛剛說了什麼？突然強烈覺得，眼前的存在是個難以理解的怪物。她剛剛，到底說了什麼？

「……什麼？難以理解？就是字面上的意思，少校。像妳這樣掛有別名的精銳，為何會希望從事後方勤務？」

沒錯。

問題就在這裡。

譚雅・馮・提古雷查夫少校這一名魔導師的軍歷，對她來說，也等同是大半的人生。她才這點年紀，就已在軍中度過了半生，而且大多數的時間，還是待在最前線的戰場之中。

然而，她卻開始逃避最前線勤務了？

與其說是在詢問她究竟有何心境變化，有一半更像是在逼問的傑圖亞中將不停地追問之下，所以才會這樣吧。

就像是終於放棄似的，提古雷查夫少校喃喃吐露出她的心情。

「閣下，下官收到的命令，是去直擊聯邦首都。下官就只是遵從參謀本部的命令。在這種遵從命令卻遭到審訊的狀況下，下官的理解是，自己服從戰鬥任務的資質，遭到了質疑。」

「……妳這話是認真的嗎？」

「當然，閣下。」

然而，關於這點，提古雷查夫少校的回答就某種意思上來講，就像是個小孩子一樣，頑固堅持著自己的正確性，就軍人來說，也吐露了極為深刻的不信感。

光看外表，她就像是第一次跑腿回來的小孩子，自信滿滿地昂首挺胸，散發著一種「我把拜託的馬鈴薯買回來了，而且沒有買錯喔」的氛圍。

……簡直就跟現場完全不合的氛圍。

「那麼，妳的這些言論，是因為遵照參謀本部的命令行動所導致的結果，讓妳遭受到審訊會審訊，才會這麼說的嗎？」

仔細一看發現傑圖亞中將的額角正在抽搐。不對，這不用看就知道吧，雷魯根苦笑起來。應該不論是誰都不會想站在現在的閣下面前。畢竟那個傑圖亞閣下正用全身散發著暴怒之意。

「是的，閣下。為了支援東方主戰線，下官遂行了所命令的佯攻任務。可是，既然下官是個就連基本的軍務行動都會遭到質疑的將校，那麼下官大概是欠缺從事作戰行動的適性吧。」

「……妳難道沒注意到自己的主張，意味著怎樣的意思嗎？還是說，妳實際上根本就懂，只是在玩火而已嗎？」

看人在火藥庫裡玩火，肯定就是這種心情。提心吊膽著，不知道何時會爆炸。比起心跳加速，更有種胃部絞痛的感覺。

今天剛好在場的雷魯根上校，只能感慨自身的不幸。運氣好的話，就去喝瓶比葡萄酒更烈的威士忌，把這件事忘掉吧。

……如果忘得掉的話。

「是的，並不是這樣的，閣下。下官身為軍人，認為自己就只能遵從軍人的行動規範行事，也如此相信著。」

所聽到的，是少校就像是無法理解質問意圖的答覆。儘管一副問心無愧的態度。臉上卻掛著，完全無法理解自己為何會被長官逼問的困惑表情。

「少校，對於我的質問，妳還有什麼話要說嗎？」

相對地，中將——

他渾身充滿的憤怒，已達到一個人不可能在臉上露出比這還要憤怒的表情的水準。

是如果可以的話，絕對不想靠近他半徑一百公尺內的狀況。

就連這種時候，腦中都還在想這種事啊。

……雷魯根上校儘管有隱約感受到，腦子裡的某一部分正在逃避思考，卻無法阻止。

「閣下，就如同方才所說的，下官沒有其他回答了。」

「……少校，我對貴官的戰略眼光，有著很高的評價。」

靠著幾乎……幾乎是讓人嘆為觀止的自制心，傑圖亞中將勉強抑制住情緒的爆發。

即使懷著連鋼鐵般的精神都會熔解的暴怒。後世的史學家，恐怕將會因為這項事蹟，認定他是個值得讚嘆的人物。

「這是我的榮幸，閣下。」

而不以為意回話的少校，看在後世的史學家眼中，也是個值得大書特書的對象吧。

老實說吧。從未想過語言互通竟會讓人如此毛骨悚然。眼前少校所說的話究竟是什麼意思，已超出所能理解的範圍了。

簡直就像是小孩子在鬧彆扭，正當雷魯根上校想發起牢騷時，他突然注意到這點。

……小孩子在鬧彆扭？

不對，不可能吧——雷魯根上校才剛有這種念頭，就在偷偷看向提古雷查夫少校後，發現她鼓起的臉頰。提古雷查夫少校沉著地面對傑圖亞中將，但由於體格差距，讓她是抬頭望向傑圖亞中將。

儘管很容易遺忘，但她，提古雷查夫少校……還很小。

所以才缺乏人生經驗，要是在軍中的經驗是她大半的人生，要是自己的適性受到再三的審訊質疑……不對，應該還稱不上是反抗期。

開玩笑的吧——雷魯根上校突然感到強烈的困惑。

「我問妳，有關襲擊莫斯科的軍事意義，貴官是怎麼想的，給我詳細稟報。」

「是的，作為東方主戰線的支援，這是最適當的行動。同時，我自負這會是強迫聯邦消耗的第一步。」

以抑制住情緒的答覆，還有堪稱完美的撲克臉面對傑圖亞中將的提古雷查夫少校，她的心境不是能輕易想像的東西。

實際上，她斷言說出的自負二字，就是她的心聲吧。然而，正因為如此，雷魯根上校才不由得瞬間想吃一包胃藥止痛。

她該不會是因為自負的行動遭到貶低，所以心生不滿吧。

這是……偏偏擁有這種精神性的軍人，是率領著一個魔導大隊的怪物，要真是這樣，未免也太諷刺了。持有柏葉銀翼的傢伙。只能說是英雄的戰果。

只不過，白銀的別名，恐怕與實際情況嚴重背離。她與其說是優雅的白銀，更該說是被敵人鮮血鏽蝕的鏽銀，這類可怕的存在。

然而，骨子裡卻是個被罵了就鬧彆扭，不想去前線的小孩子嗎？

「很好。我能理解貴官的想法。」

「這是我的榮幸。」

對雷魯根來說，這已是不知道該說什麼的對談。不過，眼前看似理解了什麼的傑圖亞中將，不知為何突然改變了話題。

讀不出脈絡，困惑不已的雷魯根，如今只能在一旁默默守候。

「那麼，有關貴官希望的後方勤務……在這之前，有幾點我想先確認一下貴官的意思。」

「是的。」看著答話的譚雅，傑圖亞中將露出和藹老爺爺的表情，點了點頭。

「那我就問了。」他就在這時投下炸彈。

「我想問貴官，早期議和的可能性。」

「絕無可能。說到底，就連檢討都只是在浪費時間吧。」

「咦？」雷魯根上校忍不住脫口發出疑問。

「貴官如此相信的理由是？」

「首先，有一個前提。聯邦會決定對我國開戰，就我們所知，並不存在一個合理的理由。可以嗎？」

「繼續吧。」

把看不出話題走向，困惑的雷魯根上校丟在一旁，提古雷查夫少校與傑圖亞中將就像是明白了什麼事一樣，進行對話。

如同提古雷查夫少校指出的，就連在一旁旁聽的雷魯根，也無法理解聯邦決定開戰的理由。聯邦若是想攻打帝國，應該要在更早的階段發動攻勢。要是具有戰意……就無法說明，他們為何會冷眼旁觀帝國將共和國打敗。

就連偶發性的國境衝突，雙方都很努力在避免，這點也值得特別一提吧。所以，包含雷魯根上校在內，參謀本部的參謀將校們，全都在聽到第一報時，困惑得大喊：「怎麼會！」

「不存在一個合理的理由。閣下，至少是『就我們所知』。」

「就我們所知？」

「沒錯，閣下。縱使調查有所進展，也會是我們無法理解的理由吧。」

實際上，就雷魯根上校所知，調查沒有任何進展。這也無可厚非，畢竟在現況下，對付侵略行動比理解意圖還要重要。就連帝國軍參謀本部也由於人手不足，決定暫且擱下全面性的調查。一旦面臨到敵軍逼近，十萬火急的情勢，與其悠哉地進行分析，還不如傾全力擊退來犯的敵軍，這也是不得已的選擇。

「因此，我們不該以過去的典範進行交涉。既然無法掌握典範，我們就連能否與那個國家交涉，都不明瞭。」

「也有著只要撐過第一波攻勢，就有辦法找出活路的見解。」

「……恕下官失禮，對聯邦來說，停戰就意味著死亡。這是因為，在聯邦的政治制度下，統治機構沒辦法承認這種失敗。」

因此，認為他們只是稍微閒聊一下的雷魯根上校，就因為對話的發展，蹙起眉頭……這與其說是閒聊，更像是戰略對談。而且還是以帶有卓越真實性的，現實的戰略層面在進行對談。

提古雷查夫少校導出了一個簡單明瞭的回答。既然理由不明，我們就不可能靠過去的方式與他們交涉。最重要的是，既然不知道根本的原因，我們就連查明理由都沒辦法。

而傑圖亞中將就像是完全理解似的，點頭說「也是呢」。

「因此，早期停戰的交涉，完全是幻想。恐怕，就連前線層級的小規模停戰交涉，都極為困難吧。」

「這個可能會極為困難的說法，是相當正確的意見。事實上，讓聯邦礙於面子，不可能早期議和的，不就是妳的莫斯科直擊嗎？」

幾乎只靠著一波攻勢，就葬送掉這些努力的，正是那場首都直擊。

嚴格來講，這在軍事上是必要的一手，可說是東部防衛所不可欠缺的行動吧。但是，代價是不是太高了？

面子遭到痛打、踐踏、粉碎的聯邦，已經沒辦法收手了吧。我國慷慨激昂的戰意，也不容許輕易地收回矛頭。高漲的輿論，要求著勝利，要求著更大的戰果。

造成這種事態的，不正是提古雷查夫少校的行動嗎？至少，也有一部分的責任吧。

「是的，並不是這樣的，閣下。」

傑圖亞中將的詢問，姑且不論合不合理，就感情面上來講，也是雷魯根上校對提古雷查夫少校，隱約抱持的疑問。

然而，這該說是知道提古雷查夫這名異常者的本能，所發出的警告吧？她準備脫口而出的回答，總覺得不會是什麼好事。就唯有這件事，雷魯根上校不可思議地能夠預想得到。

「嗯……那麼，少校。我想聽聽妳的意見。」

瞬間，強烈覺得傑圖亞中將發出的詢問，就像是把手伸向了潘朵拉的盒子。這幾乎是未知的情感。想聽回答的念頭，與就像慘叫似的不想聽回答的情感。還以為自己打從入伍的那一刻起，就已經做好為國家奮戰的覺悟了。

「閣下，聯邦是用跟我們不同的觀點在看世界。本質上，是個排他性強，並具有強烈被害妄想傾向的國家。」

「……所以呢？」

「因此，他們的行動原理，會將重點放在生存上吧。對於帝國的恐懼。或是說，被帝國攻擊的恐懼。所以，只要假定他們是為了生存，做出先制攻擊的話，就能發現到一定的合理性。」

然而，這是什麼？這個在眼前淡然回答的提古雷查夫少校，到底是什麼？

靠著混亂的腦袋，雷魯根上校拚命地想整理錯亂的思緒。她是譚雅·馮·提古雷查夫少校。是一名魔導軍官，修完參謀將校課程的參謀將校。

然後，是個小孩子。

……有那裡不太對勁。儘管不對勁，但她的存在，就彷彿這很自然似的存在於那裡。這就是國家所希望的，軍人的最終形態嗎？

分析的觀點很清楚。至少，關於聯邦獨特的世界觀，她早已作為專家，在參謀本部內確立起一定的名聲。

不對，該說是作為戰略家吧。總體戰與隨之而來的後勤新概念，將參謀本部打得潰不成軍。透過消耗戰力，讓敵國失血致死，這種將名譽與人性統統拋開的戰略，是有效得驚人。

共和國軍野戰軍的全滅，以及伴隨失血致死的軍隊崩壞，讓我們甚至是看到啞口無言。斬首戰術的成功與萊茵戰線的活躍，不僅證明了她作為戰略家的本領，也證明了她是一名卓越的野戰將校。

「追根究柢，就是感情。閣下，他們之所以行動的最大理由，是『恐懼』。就連軍事行動也不例外。」

那個最能理解戰場氣氛的將校。以敏銳的戰略眼光，凌駕在場軍方俊傑之上的才能。

假使她接近了真實，我們又該如何是好？

「總而言之，妳的意思是？」

「閣下，帝國的存在，對聯邦早已是種『難以忍受的恐懼』。既然是恐懼，想要聯邦收回矛頭，就只能是我們毀滅了。」

「原來如此。」傑圖亞中將苦笑起來。「是恐懼啊。」說出這句話的他，就像是在細細思索話中含意似的沉默了片刻，並問出一個問題。

「我大致理解了，但還有一個疑問。」

「請問是什麼事呢？」

「很簡單。少校，聯邦為何不在我們與共和國交戰時，從背後偷襲？如果帝國是他們恐懼的對象，他們應該會第一個做出行動吧。」

「有道理。」這是雷魯根上校也認同的疑問。然而，提古雷查夫少校卻揚起微笑：「這確實是個合理至極的疑問。」

「誠如閣下所言。只不過，這是在軍事行動上的合理判斷吧。閣下，假設聯邦所恐懼的，是強大的帝國就連共和國都能擊敗的姿態，你意下如何？」

……這所代表的意思，也就是──

當思考導出一個無法否定的恐怖可能性時，雷魯根上校中終於忍不住開口了。

「傑圖亞閣下，請恕我從旁插話的失禮之舉。」

「沒關係，說吧。」把長官催促視為幸運，雷魯根上校說出疑問。

「妳說聯邦那些傢伙害怕跟我們交戰，所以對共和國見死不救，最後則是難以忍受要單獨對抗強大的帝國？怎麼可能會有這種……這種愚蠢的道理啊！」

「雷魯根上校，這全是假設。不過就下官所見，這算是某種必然。他們也是在拚命求生存吧。

恐怕得要做好覺悟，這場戰爭將會持續到，我們與他們其中一方徹底滅絕為止。」

「不管怎樣，都不可能和平解決嗎？」

大戰爭。無止境擴大的大戰爭。

閃過腦海的，是眼前的少校為什麼能笑得如此天真無邪的疑問。

為什麼她還笑得出來？為什麼能這麼平靜地對自己微笑？

「是的，上校。」

就彷彿這一切正合我意的語調，編織出肯定的答覆。

真想認為這並非事實。但另一方面，也不知為何有種這就是事實的想法。

可怕的大戰爭。還要、還要再造就一次萊茵那樣的地獄嗎？

「達成議和的可能性，是近乎絕望。不是我們毀滅，就是他們毀滅。已只剩下這個二選一的選擇了。」

「妳是說殲滅戰爭？」

「總體戰本來不就是這樣嗎？」

別說是迷惘，甚至是毫不遲疑的回答。

充滿自信，毫不懷疑的語調，是人在闡述顯而易見的道理時，特有的態度。會對這種事態，滿懷自信地回答……是我看錯她了。

她要不是個不顧將來，無可救藥的笨蛋，就是個符合這瘋狂現實的狂人。想到這裡，雷魯根上校漸漸感受到真正的恐懼。

現實瘋了。倘若是這樣，在這瘋狂的現實之中，存在著她。

合理的一方，難道不是瘋狂的提古雷查夫少校嗎？換句話說，就是這個瘋狂的世界，難道不是要用瘋狂的道理去理解嗎？

或許，正是因為考慮到這種可能性，傑圖亞中將才壓抑住憤怒也說不定。做出這種判斷的雷魯根上校，隨即繃緊精神，取回能檢討合理性的精神狀態。擺出捨棄了刻板印象，單純去理解的姿態。

當然，他是個堅定的個人，不認為自己可以完全理解這種事實與現象。

儘管如此，也能努力去理解這個有著截然不同典範的世界。這至少能說是將帝國高階軍人的靈活知性，毫無設限地以良好的形式表現出來。

喔……喔喔，神呀。祢為何……為何會容許這種事態啊？

「提古雷查夫少校，貴官在理解這是個危險狀況之餘，依舊希望從事後方勤務。我就老實問吧……妳想做什麼？」

「戰力必須要適當地受到運用。我一心只想在需要適當運用戰力的時期到來之前，準備好能做出貢獻的方法。」

「……給妳兩個月。」

「咦？」

「以我的權限，把妳調到西方戰線。不能說是完全的後方單位，但如果是西方戰線，就能在努力進行戰技研究的同時，致力於戰訓調查了吧。兩個月後把妳的想法歸納成報告，提交到戰略研究室。我會根據報告的內容，對貴官的配屬做出裁決。」

啊，該死——雷魯根上校看出長官的意圖了。提古雷查夫少校的戰略眼光儘管瘋狂，卻是貨真價實。既然如此，就來弄清楚吧——他是打著這種意圖吧。等看過以瘋狂分析這個瘋狂世界的那個後，再來決定那個的用途——他肯定是這個意思。

統一曆一九二六年四月三日　聯邦首都莫斯科某處

莫斯科的地下壕溝，昏暗的地底會議場。聚集在此的各個黨員，全是名副其實的黨的樞要，響噹噹的大人物們。該說儘管如此吧，身懷如此的權力與權威，在職官名錄上登錄有名的他們，除了一人之外全都臉色蒼白，幾乎就像是嚇得魂飛魄散似的，只是坐在位置上一味地害怕。

在一黨獨裁的國家，讓偉大獨裁者與黨的面子遭到踐踏的大慘事。一旦發生莫斯科遭到直擊的事件，區區掀起風暴的程度……實在是難以收拾局面吧。

況且，朝西方進攻的聯邦軍，主攻集團還偏偏面臨到帝國軍的反擊，承受到極大的損害，逐步遭到殲滅。在這種聯邦軍被帝國軍恣意欺凌到這種地步的狀況之下，想要以穩便的政治方式解決，可說是近乎絕望。

眾人都還記得。就在不過數年前的那場大肅清中，在這個黨中央擁有席位的同僚與前任者，有好幾人「被招認」了「反革命罪」，而遭到肅清。

一旦是如此嚴重的大慘事，就確實會要某人負起責任。不論他究竟有沒有過失。至於聯邦軍與國防相關的負責人，是在與家人訣別後來到現場的人，也不只有一兩人而已。

對於懷著悲壯的覺悟與無奈出席的參加者來說，發自內心對事態感到憤怒的約瑟夫總書記同志的存在，足以讓他們充分想起，這確實是惡夢的再臨。然而，最讓人恐怖的，還是面帶微笑的肅清執行官——羅利亞的存在。

只要看到這一對嗜血的組合，就算早早認定自己今天將會死在這裡也不奇怪，讓現場的氣氛為之凍結。

「總書記同志，請求發言。」

「嗯，什麼事？」

「以眼還眼，以牙還牙。必須要讓使我們面臨這種事態的傢伙見識一下人民的憤怒。」

啊啊——在場眾人皆感慨起自身命運的瞬間……

接下來，應該是要彈劾背叛者與負責人了吧，正當眾人做好覺悟時，羅利亞說出了讓所有人都出乎意料的一句話。

「正因為如此，我們才需要人民的團結吧。」

「……羅利亞同志，你是說，團結嗎？」

「是的，總書記同志。母親般的祖國，正面臨著危機。因此，我們必須要團結一致。是西方大攻勢的頓挫，與帝國軍對莫斯科的攻擊，使我們團結起來了吧。我們必須要為了追求一個祖國、一個黨、一個勝利而戰。」

還以為他絕對會說出肅清、處分、處刑、處理之類的話語。就在人人都害怕淪為負責人，害怕得全身僵硬的那一刻——

羅利亞同志接著說出，出乎所有人意料之外的話語。就連對約瑟夫總書記同志來說，也是出乎意料的話語。

解說

【職官名錄制度】 共產黨的人事名冊。假如沒有登錄在上頭，就無法使用重要人物專用的外幣商店，也沒辦法出人頭地。不過還請各位相信，共產黨可是建立了沒有階級的平等社會喔！

「我們追求著理念。既然如此，就應該給喪失共同追求這項理念的名譽的諸位前同志們，一個將功贖罪的機會吧。我們如今應該要跨越大同小異，為了母親般的祖國、母親般的黨，以及黨的勝利，面對這一次的危機。」

持續發言的羅利亞內務人民委員，就在這瞬間，說出讓錯愕的眾人出乎意料之外的話語。

「以眼還眼，以牙還牙。因此，為了我們的目的，我提案運用因為支持舊體制的罪過，受到收容的魔導師。而遭到收監的將校，也要重新起用，並恢復他們的指揮權。」

就連總書記也不由得瞬間傻住的發言。不是肅清，也不是處分負責人，而是非常有建設性的提議。偏偏是出自於那個羅利亞之口！

就連同僚的政治委員都私下認為殘虐無情的他。偏偏是那個羅利亞。他居然會做出有建設性的提議，這種事怎麼可能發生啊！讓好幾個人儘管是在他人面前，也依舊忍不住出現動搖。

要不是……要不是，這是在光是別開視線，就會認定你有反叛意思的約瑟夫總書記同志面前的話，任誰都會與鄰座的人面面相覷，用眼神互問「他瘋了嗎？」程度的不對勁。他的態度就是如此震撼。

「……羅利亞同志，這話……同志是認真的嗎？那些傢伙，不是反革命分子嗎！」

勉強將精神上的動搖，控制在某種程度內的黨員，發出基於意識形態的言論。這是至少不要讓自己被懷疑是在不發一語默默策劃陰謀，所做出的發言。讓列席者感謝的是，至少這句發言，成為了讓全員的腦袋重新啟動的契機。

「反過來想吧。就讓反革命分子去自相殘殺不就好了。省得我們浪費彈藥，這些可是人民的財產啊。」

然而，羅利亞同志的回答很清楚。毫無瞬間的遲疑，非常明確的想法。

話語之中，甚至讓人完全感受不到猶豫。這該不會是總書記同志的意思吧？在這裡，這個獨裁國家之中，有可能光憑自己的意志，做出這種程度的發言嗎？

讓所有人不由得疑神疑鬼，自信滿滿的態度。

「他們可是不知道什麼時候會背叛的傢伙喔！」

「政治軍官不就是為了監督這點的存在？我認為各位政治軍官同志，會果敢並且積極地對抗這種反動的陰謀活動。」

這是——

這是直到前陣子為止，都讓自己監督的政治軍官率先進行告發，將大半魔導師送去西魯多伯利亞收容所或槍決的男人的發言嗎？看他簡直就像是被問到自明之理一樣反問的態度，真是難以想像。

「……不，我反對。太危險了。」

就像一名列席者喃喃說出的一樣……這種讓時鐘倒轉的行為，對聯邦與共產黨來說，風險實在是太大了。

該怎麼回答才對？

話題發展至此，已演變成全員不得不考慮，該選擇哪一邊支持才對的問題。只不過，這可不能選錯邊。

要是在這裡引起約瑟夫總書記同志的不悅，人生很可能會當場完蛋。至少，會無可避免地破滅吧。該怎麼回答？不對，說到底，還必須要揣測羅利亞同志的真正用意。他，不對，總書記的想法究竟是？

「太危險？你剛剛說太危險，那麼下一次的襲擊，應該能阻止得了吧？」

「……什麼？」

「我們的負責人同志是認為，光靠現有戰力就足夠了對吧？既然如此，我就必須要追究，這次沒辦法阻止的責任了。」

然而，能夠慢慢思考的時間空檔，就在羅利亞不太高興的一句話之下，瞬間消失。

……如果反對，就要被迫以現有戰力防衛莫斯科。雖是被迫，但要是說有辦法防衛，這次防衛失敗的原因就會是怠慢了吧。這樣一來，儘管宣稱有辦法卻做不到的表現，將會被視為怠慢。這樣等在後頭的，好一點也會是收容所。

「約瑟夫總書記同志，你意下如何？這種時候，我想聽聽各位同志的意見。」

「就這麼做吧，同志……這是為了戰勝帝國。要不擇手段。」

事已至此，列席的政治委員們已做好覺悟，也可以說是別無選擇吧。

自己等人作為叛徒肅清的那些人、斷定是國家之敵的那些人。為了讓他們與外敵交戰，就只能同意釋放他們的決定了。如果不這麼做，我們之中的某人，恐怕……不對，是肯定會被當作破壞國軍的動亂分子，遭到肅清。

……或許，早就被被盯上了也說不定。

『一致同意。』

那一天——

聯邦的政治局一致同意釋放被斷定是國家之敵的魔導軍官與軍人，並決定將他們編入軍中。

他們毫不遲疑地決定，並做出行動。

為了對抗帝國，他們就連作為行動原理的「政治」都能扭曲。雖說，所謂的原理原則，就是去遵從最優先事項。

在聯邦，這是極為單純明瞭的事。不是肅清，就是服從。除了這兩種選擇外，聯邦不存在著其他選擇。

不對，豈止如此，就連能有兩種選擇，都還算是幸福的吧。

畢竟，大半的聯邦國民，就只能聽從上頭的決定。

chapter IV

統一曆一九二六年四月某日　某國某處

某國的某間工廠。

在符合資本主義的大本營這個稱呼的國家，約翰叔叔在工廠裡勤奮享受著愉快的購物時間。當然，錢不是從約翰叔叔的錢包裡付。

是由約翰叔叔的朋友費城先生請客。雖說帳單會寄回國去，所以嚴禁買太多東西。不過，必要的東西，就有買下來的必要了。

好比說，「新型拖拉機」。四一．九噸卻有著五百匹馬力，還算是過得去。雖說再快一點的拖拉機也有列為檢討候補，不過防衛戰較多的聯合王國，比起速度，更加需要堅固性。

「Mr.約翰遜，這要求實在是有點過分呢。」

不過，果然也不是說想買，合州國的庫存就有這麼多量能統統賣過來。畢竟「新型拖拉機」是好不容易才剛開始生產。外加上所謂的新型，也存在著許多商業機密。

進行交涉的負責人會面有難色，也可說是當然的事。

「喔，想買貴社的新型拖拉機，有這麼強人所難嗎？」

「你想買的是『新型拖拉機』吧？在『國內需求』都尚未滿足的情況下，大量『外銷』實在是有點……」

這跟把剩餘品賣給國民警衛隊的情況不同，就連陸軍的需求都尚未滿足。在這種時候，要把「拖拉機」賣給「中立國」，實在是很困難。

「我是不會吝嗇的。看要多少錢，都會確實付清。這可是費城先生請客喔。沒有比這還要確實的付款吧。」

「至少，『舊型拖拉機』就不行嗎？如果是舊型，就還有許多庫存。」

當然，商人是不會輕言放棄的。畢竟約翰叔叔的錢包很厚。只要有需求，就一定會想賣，這就算不是資本主義，也會是當然的想法。

作為掙錢的話題，他提出的替代方案，是提議要不要改買稍微舊款一點的拖拉機。

所幸，庫存的量還相當豐富。生產力也良好，因此還能追加生產。只要能讓生產線動起來，這可說是個令人高興的消息。

至少對賣家來說。

「喔，真是令人難過。我聽說舊式沒辦法在沙漠或高溫潮濕的地區使用。最重要的是，太脆弱了。」

然而，約翰叔叔手上的型錄，寫著一份不能買的品項名單。畢竟行家對舊型的評價可是不僅

脆弱，還沒什麼威力，

一部分的人還嚴厲批評，說這種「拖拉機」才不算是「拖拉機」。的確，機械的信賴性高是能博得好評，但四百匹馬力也是拉低評價的原因之一。

「……這對敝公司來說，還真是遺憾。」

總之，再問看看別款吧。約翰叔叔是懂得變通的紳士。

當下改變主意，倘若有必要的話，總之在最壞的情況下，就考慮改買不是「重型拖拉機」的「中型拖拉機」作為妥協吧。

同時，他也有心要一起解決其他的課題。譬如說，由於迫切需要比主力戰車與主力航空機還要昂貴的「精密懷錶」，所以就先商談這件事之類的。

「嗯，真傷腦筋。貴公司沒有經手『精密懷錶』吧？」

「是的，那是我們史坎庫工會經手的商品呢。」

接著，由於競爭對手的史坎庫工會的工程師帶著微笑出面，約翰叔叔就心情愉快地與他討論起來。同時心想，果然還是親切又懂技術的賣家，比較好說話。

客戶服務做得很好呢，約翰叔叔在心中給了史坎庫工會很高的評價。

約翰叔叔已在心中決定，要在送回本國的報告書上給他們一個高評價。

「我就坦白問了，你們能經手多少件『６F型耐水精密懷錶』？」

搭船的傢伙們說非要不可的６F型。這似乎是熱門商品。

不僅不會因為海風生鏽，動作信賴性也高，讓搭船的傢伙們跑來說，他們無論如何都想要把這弄到手。

也是希望購買名單上的第一名。

「你要買『６F型』？那個才剛剛上生產線。老實說，還要再等一段時間才能賣。」

然而可悲的是，那個國家果然也還沒有這麼多量的樣子。哎呀，這個也不行、那個也不行。這樣能好好派上用場的東西，到底要等到什麼時候才能買啊？約翰叔叔大失所望。

只不過，令人高興的是，史坎庫工會對於推銷的熱誠可不一樣。

「不過，『４U型通用精密懷錶』你看怎麼樣呢？」

這是個有點不受歡迎的款式。但有別於市場的評價，在約翰叔叔的名單上，意外有著很高的評價。

不用說，是沒有針對海上或惡劣氣候進行特別強化，性能也馬馬虎虎。但同時也能在大致上的情況下使用，作為緊急進口用品，４U也不算太壞吧。

「喔，有庫存嗎？」

「是呀，約有五百件。有需要的話，明天就可以交貨。」

所幸史坎庫工會因為這款「精密懷錶」有點不受歡迎，所以抱持著大量的庫存。

真是天無絕人之路。約翰叔叔毫不遲疑，當場就決定購買。同時，他這闊氣的買法，也讓史坎庫工會萌生起售後服務的意思。

「真是太棒了。話說回來，其他還有什麼推薦的商品嗎？」

「如不介意落選品的話，還有幾件『G-58型試製精密懷錶』。性能比起正式採用品，可是毫不遜色喔。」

作為售後服務，他們決定拿出匹敵新型的商品。約翰叔叔是買東西絕不吝嗇的個性。

而史坎庫工會是一群技術人員。他們的個性是一有想法，就會去試著製造出來。因此，史坎庫工會的代理人，想說就先賣看看的想法，對雙方來說都是個幸運。

「有意思。不同在哪？」

「重視穩定性，缺乏擴充性，而且還大幅增加了製造成本。」

是作為新型，試著製造出來的。結果算馬馬虎虎。只不過，在對成本與擴充性進行徹底驗證的結果，讓史坎庫工會的試製品沒能獲得採用。

所以每當正式採用品的穩定性不足時，都會讓史坎庫工會暗中懷著「這就是擴充性啊」的不滿，這點也有很大的影響。簡單來說，就是想爭回一口氣。

就這樣，讓約翰叔叔很幸運地，被推薦了預期以上的好東西。這就像是被百貨公司的店員，私下介紹了珍藏商品一樣吧。不拘泥品牌的他，就十分闊氣地決定購買。

「這種性能居然有這種穩定性。嗯，能把庫存全包了嗎？」

「如果不介意試製樣品的話，明天就能提交二十件。只要提供運用資料，就算成本價出售也沒關係。」

他一定能成為老主顧的。做出這種判斷後，就當場提議打折。就以商人來說，史坎庫工會的代理人也非常精明。

他打的主意，是想藉此知道實際使用的感覺。這樣不僅不用花錢測試，還能回收一部分的開發成本。基於這種遠矚性的想法，史坎庫工會成功求得了資料，約翰叔叔成功削減了經費。

「喔，這還真是感謝。」

「不不不，我會期待各位的使用感想的。」

就給本國寫一篇有著最高級讚賞的報告吧。約翰叔叔邊這麼決定，邊對滿面笑容遞出契約書的史坎庫工會代理人和善微笑，拿起筆來。

然後以熟練的筆跡簽上「約翰遜」的名字。據說他在這之後，感謝著這份美好的友情表示「這真是份不錯的契約」。

chapter IV

統一曆一九二六年四月十八日　聯合王國荷頓巴德訓練基地

闊別許久的自由時間，在被長官催促給家人寫封信的訓練兵之中，也有著她——瑪麗．蘇的身影。

儘管受到數人調侃，大家還是闊別已久地寫信給各自想念的對象，稍微喘口氣的休息時間。平時就連瑣碎小事都會嚴加管教的教官們，就唯獨在這種時候，不會囉哩囉嗦。

在分配到的兵舍一隅，瑪麗在好不容易搶到一張勉強能確保自己隱私權的角落書桌上，一面抱怨軍方提供的軍用信紙還真小，一面慎重地在信紙上寫下圓潤字跡。

『母親、外婆膝前：我現在在聯合王國的土地上過得很健康。妳們那邊過得還好嗎？請二位好好保重身體。

呃，好像說得有點死板，在軍中，連遣詞用語都受到很嚴厲的管教。不過，這裡的生活比想像中的還要充實。

要說有什麼煩惱的話，就是飲食吧。最近是有點習慣了，但還是老樣子。因為是軍隊，所以份量很多，但真是懷念與外婆一起烤的蘋果派。』

寫到這裡，嗯——的低吟一聲後，停筆的瑪麗苦笑起來。心想，是不是該老實寫上，不只是懷念，其實這段期間就連作夢都會夢到蘋果派呢。

實際上，自從來到聯合王國，瑪麗也作為軍人，在各式各樣的訓練下，痛苦過、難受過……但最需要忍受的，老實說不是訓練，是飲食。

這要說是喜好的問題也沒錯，瑪麗也很清楚不可以挑食。在許多人正因為戰爭所苦時，你們能夠三餐溫飽，全是為了國防等等，不用聽帶隊教官們的這種說教，瑪麗打從一開始就懷著愧疚的心情。

「可是，就不好吃啊……到底是為什麼不讓我們自己下廚啊？」

還在合州國時，就算因為飲食文化與協約聯合不同，所以有著讓人困惑的部分，但外婆的料理有著溫柔的味道，瑪麗很喜歡那種味道。因為是從鄰居那邊拿到水果，然後懷著想讓母親享用的心情，與外婆一起下廚煮出來的料理。

會覺得這已經是很久以前的事了，也是沒辦法的吧，瑪麗回想著至今以來的菜單苦笑。

「自從來到這裡之後，三餐還真的都是些差不多的東西……不用擔心體重是很好，但其他方面就……」

也不是沒想過，軍隊或許就是這樣的地方，但是早中晚三餐每天都吃一樣的東西，真的是有點膩呢。

訓練要說累，也確實很累……但該怎麼說好呢，毫無疑問是具有充實感的疲累。反觀——瑪麗想起不太想想起來的燉豆子。好想吃甜食喔，雖然只是稍微，只是稍微有著這種念頭，不過還真是懷念甜食呢。

再說，瑪麗也沒喝到她期待的紅茶。這是因為在聯合王國展開的自己這群「派遣義勇軍」，是舊協約聯合或合州國出身的人，所以就以應該喝得比較習慣為由，特別提供了咖啡。聽說是有某人把體貼用在奇怪的地方上。

「該說是搞錯了，還是有點不太對呢……」

瑪麗邊覺得比起被當成麻煩，光是能得到關心就算很好了也說不定，但同時也夢想著要是有機會，真想嘗試看看紅茶配餅乾的滋味呢。

不過這種念頭，瞬間就被拋諸腦後了。

平淡無奇的一天過去，隔天開始又是無止境的訓練生活。特別是最近這段期間，在徹底進行射擊的訓練。

進行射擊訓練之際，教官們耳提面命教導她們的重點，是用槍確實瞄準目標的重要性，還有要牢牢記住目測距離這兩點。

至於理由，瑪麗也在領到槍枝的瞬間就明白了。

道理似乎很簡單，就是槍枝意外地重。而且，就算從課本上學到一百公尺射擊的瞄準方法，想要加以實踐，只要沒記住一百公尺實際上的距離，就算自己想好好瞄準一百公尺，也會瞄到五十公尺或兩百公尺的靶。

在接連失敗後，被教官冷冷指責，妳剛剛瞄的全是兩百公尺靶喔，更是常有的事。有關教官們為了讓我們記住靶的距離感，會頻繁地偷偷把靶從一百公尺處移開的謠言，瑪麗在聽到時，也覺得難怪會有這種謠言。

一個接著一個被催促走進作為測驗會場設置的射擊場裡，從依序傳來的實彈槍聲猜來，這是實彈射擊。

課堂上有教過，待命也是軍人的工作，不過這種閒著沒事的時間，讓瑪麗有點不習慣。

不過她心想，光是今天還沒有下令要背著重沉沉的步槍待命，就算是不錯了吧——同時露出苦笑。

要是坐不住地東張西望起來，一旁眼尖的指導教官就會當場發飆。在兩三次的失敗下學到教訓，所以就只是偷偷在不顯眼的程度下移動視線，不過這也不是能聊天的氣氛。

知道這會等上不少時間，於是覺悟地認為待命的姿態或許也是測驗之一，然後瑪麗就抬頭恨恨地瞪向今天依舊陰沉的天空。

一旦下起毛毛雨，射擊的條件就會惡化……而且就算淋得一身濕，演習也依舊會照常下去。唯獨這點，是在合州國募兵事務所帥氣做出忠誠宣誓時，就連想都沒有想過的一面。

在離開整潔的外婆家時，心裡雖然想著應該會遇到很多辛苦的事，但情況似乎往往都跟想像的完全不同。

「……瑪麗，快輪到妳了。」

被訓練生同伴輕輕拍打肩膀的瑪麗，就在這時愣了一下。還想說測驗應該會拖很久的瑪麗，在連忙確認起隊列後，發現待測人員似乎在不知不覺中順遂地減少。

「謝謝。」瑪麗將思考切換過來。

把懷念故鄉的悠哉念頭收進心裡，回想起魔導師用的操典。確認完反覆苦讀，一到聯合王國就在不斷的演習下記在腦中的操典後，讓她湧現出一點自己能確實做好的自信。

儘管依舊會對操作步槍時的重量感到些許負擔，但有自信能做出正確的動作。

「下一位！瑪麗．蘇訓練生！」

「有。」俐落答覆後，瑪麗就小跑步前往作為測驗會場準備的射擊場，同時在途中朝放置的槍枝與標靶瞥了一眼。

跟平時一樣的射擊場，跟平時一樣的步槍。雖然教官不知為何收走自己等人平時使用的步槍，還說要使用射擊演習專用的步槍……但看起來很普通。

也不能太過東張西望，到處亂看，於是瑪麗就來到指導教官的面前站好。

「很好。那麼，蘇訓練兵！開始射擊考核演習。」

該說是幸運吧。沒有因為搞不清楚的理由遭到斥責，教官就像在催人趕快上靶位一樣，朝射擊靶位的方向看去。雖然受到影響，跟著教官一起朝靶位看去，不過瑪麗也在這時想起打靶的步驟與細則。

「是的！瑪麗・蘇訓練兵，請求使用射擊靶位。」

「准許。」

這裡是軍隊。這個步驟是在表示，未經准許不可射擊的意思吧。「態度嚴肅、口令流暢，可是高評價喔。」喃喃自語的教官，就一臉得意地准許踏上靶位。

「這是技能測驗，要用目測判斷槍靶的距離。當然，我會期待貴官修正誤差的。」

當然，希望妳不會辜負我們的期待——像這樣若無其事地施加壓力是教官的常用手段。對瑪麗來說，只要被施壓過好幾次，這種程度的壓力就實在不算什麼。

「希望妳能充分發揮至今以來的訓練成果。很好，開始隨意射擊！」

看著瑪麗氣勢十足地答覆「遵命」的模樣，教官就像是有點無趣似的宣告開始。

踏上射擊靶位的瑪麗，就在靶位上依規定確認安全。地上沒有空彈殼，也沒有明顯就是陷阱的東西。所配給的實彈，看起來也全都正常。

瑪麗就在為了瞄準，持槍想要目測與目標之間的距離時，突然注意到一件事。

測驗是一個人一個人依序進行射擊，應該沒時間挪動槍靶。

這樣一來，大家打從一開始就是在同一個條件下進行射擊。既然如此，這就是針對能否發揮日常訓練的成果，展現出射擊技術的測驗吧。

奇怪——瑪麗就在這時，注意到另一個不對勁的地方。

這把槍的清潔，是誰在做的啊？

教官說的「修正誤差」，自己一開始還以為是在指測量距離。但是——瑪麗思索起來。該不會……是在說槍上也有「誤差」吧？不對，距離才一百公尺，要說會有什麼深刻的誤差，也實在是讓人有點懷疑。然而，教官卻要我修正誤差……

「報……報告教官！」

「什麼事，蘇訓練生？」

儘管畏懼著教官就像是在說「廢話少說，趕快給我射擊」的眼神，瑪麗還是下定決心說出那句話。

「可……可以借我分解保養的道具嗎！」

「分解保養？」

「是的，我想調整步槍的誤差！」

被教官默默注視了數秒。儘管時間短暫，瑪麗卻覺得有數小時之久。表情緊張到僵硬，苦待難熬的時間過去。

妳在天兵什麼啊——甚至預期到教官會發出這種怒吼，懷疑自己究竟為什麼要提出這種要求的瑪麗，甚至後悔起來了。

不過，就在她準備開口道歉的時候，教官那甚至能感到物理性壓力的眼神卻變得柔和，笑了起來。

「沒問題……雖想這麼說，但是不需要。」

看瑪麗一臉驚訝地「咦！」了一聲，教官臉上的笑容隨即轉變成苦笑，並喃喃說：「妳好好想想吧。」

「聽好，蘇訓練生。讓注意到的訓練生一一進行分解保養，不僅耗費時間，也會給之後的待測人員提示，要在這裡頭做些耗費時間的事情吧。」

「因此——」教官若無其事地指著放在一旁的木箱。基於被教導的習慣，不由得順著教官指尖看去的瑪麗，就在這時總算是發現，木箱就跟平時收納步槍的箱子一樣大小。走進射擊場時，心思全放在槍跟槍靶上，完全沒有注意到這點。

「不要怠慢觀察。這雖說是新兵共同的缺點，不過一旦視野狹隘，就只會看到自己想看到的事物，而看不到放在那裡的東西。」

「這算是測驗前的一點指導呢。」教官邊這麼誇口，邊確認起槍上印著的編號。

「能理解嗎？是這把對吧。」看教官微笑遞來自己的步槍，瑪麗連忙接下。

「只要平時有按照教範整備自己的步槍，妳就合格了。」

瞄準目標，就跟往常一樣地射擊。雖然難以說是射得很好，但結果還算是過得去吧。「還過得去呢。」從滿意點頭的教官口中，瑪麗聽到跟自己預期一樣的評價，讓她就這樣可喜可賀的合格了。

待在能進入下一階段課程的人員之中，瑪麗與眾人一起分享起通過演習的些許喜悅。曾擔心自己撐不撐得下去的軍旅生活，直到現在都還有許多擔心不完的事。然而，只要努力，就能持續下去。

就連最不擅長的射擊……就算成績只是還過得去，但測驗依舊是合格了。

「嗯──稍微鬆了一口氣了吧？」

瑪麗鬆懈下來的一句話，引來同伴們孩子氣的種種冷嘲熱諷。

「喂喂喂，瑪麗，妳的成績需要鬆一口氣，我豈不是要提心吊膽了？」

「哈哈哈，就是說啊。瑪麗，瞧妳一臉呆樣，槍用得意外地好耶。」

年輕人們以複習先前訓練的名目，獲得了半天休假。在宿舍內愉快聊得不停的他們，就唯有此時能暫時忘掉嚴格的訓練，符合年紀地談笑風生。

畢竟最近這些日子，每天都穿梭在演習場與兵舍之間。成天就是訓練、訓練，還是訓練。每天都過著讓人覺得，這世上該不會只剩下訓練的嚴酷生活。

就在從嚴格的訓練中解脫，鬆懈下來的瞬間，他們就為了補回之前欠缺的時光，一起聊了起來。然而，不論是好是壞，在狹隘環境裡一起生活的夥伴之間，能聊的也都是類似的話題。所以基於這種理由，他們渴求著外界的風言風語。

就在這種時候——

「喂，你們有聽說了嗎？是個天大的壞消息。鄰近的聯合王國軍魔導中隊，似乎被狠狠幹掉了耶。」

突然冒出來的訓練生夥伴告知的外部消息，由於也是切身的戰局相關消息，所以強烈引起在場訓練生們的興趣。對於從哪聽來的詢問，他回答是在通訊室與軍官之間傳開的消息喔！

「說是萊茵的惡魔幹的。」

「啊？那是什麼？」

「我想想喔……對了，是那個啦。但那個不是戰場傳說嗎？再怎麼厲害，那種戰績也吹太大了吧？」

「那可是 Named 喔。說不準真的有可能辦到吧？」

一副我可不能錯過這種話題的模樣，聚集起來的訓練生們，就當場穿插著從老兵與教官們那邊道聽塗說來的故事談笑起來，看得一旁的瑪麗是一面苦笑，一面悠哉啜飲著馬克杯裡的茶。

「瑪麗？怎麼了？」

「嗯，該怎麼說好呢，總覺得，那就像是另一個世界的存在，完全跟不上話題呢。哪像我，光是飛在空中攻擊就費盡全力了。」

飛行訓練時就只是盡量飛在空中，等到要顯現術式時就已經精疲力盡了。即使是用槍射擊，就瑪麗自己的感覺來講，也有點困難。

雖然聽很多人說過，妳的父親是名優秀的魔導軍官，但不論聽得再多遍，瑪麗都不得不感到錯愕，那個在家裡連個家事都做不好的父親，居然能一面飛在空中，一面精巧地展開術式。

「哈哈哈，光是能辦到這點，就已經相當優秀了啦。」

「對呀對呀，瑪麗意外地會飛呢。」

「會嗎？」一面應聲，瑪麗一面回想起與夥伴們一同翱翔天際的瞬間。輕盈翱翔在天際時，有種能恣意飛往任何地方的爽快感。然而，在試著與教官進行過一次模擬戰後，就算再不甘願，也只能承認自己的動作慢得像烏龜一樣。

「不過，我不太想遇到這麼可怕的人呢。」

「喂喂喂，妳還真是膽小。只要打倒他，就毫無疑問是擊墜Named的英雄吧？這種時候就該積極一點，讓大夥一起想想解決他的辦法吧。」

「我們也是辦得到的。」某人傳來的笑聲。

「是想領到勳章，向大家炫耀嗎？」

「大家也實在太小看危險了吧。這可是要與敵方的 Named 交戰，大家就來想看看要怎麼活下來吧。」

「瑪麗，該說是妳好孩子呢……好啦，男孩子們，你們也給我好好學學。」

「就是說呀。」不知是誰應的話，讓大夥爆笑起來的小小空間。身處異地，由協約聯合裔的志願兵組成的他們，享受著這段因為不知戰場為何物而得來的幸福瞬間。

即使暴風雨即將來到。

但唯有這一瞬間，他們／她們獲得了極度接近日常的非日常。年輕人就像個年輕人一樣，毫無忌憚地作著美夢、吹著牛皮、懷著幻想，讓他們能夠夢想的空間。

實戰的洗禮，至今還尚未降臨在他們身上。

第伍章

渡渡巴德空戰

Battle of Dodobird

高層全是笨蛋嗎？

速成教育畢業的新兵，沒道理不被當成野鴨打。

帝國軍可是有如惡魔般狡猾啊。

然後等死了一大堆新兵後，

再叫我們交出更多速成畢業的新兵？

我們的高層，是不是有如惡魔般愚蠢啊？

——匿名教官的抱怨

chapter 

統一曆一九二六年四月二十八日　海峽上空

晴時多雲偶魔導師的天氣。

對於從軍事統治下的舊共和國軍基地起飛，經由千里迢迢的空路，前往倫迪尼姆觀光的帝國軍魔導部隊來說，夾雜血漿的雨早已司空見慣。若在敵地上空中彈墜落，好一點就是淪為俘虜。要是墜落得不夠好，不是被處以私刑，就是在墜落的衝擊下，可喜可賀地晉升兩級。

魔導戰力更因為就算墜落也能算上「戰力」，所以要是投降得不好，就會遭到急忙趕來的民兵圍毆致死。自從確認到這個可悲的事實之後，帝國軍魔導部隊就變得極度討厭在敵地墜落。

這即使是在西方的帝國軍魔導部隊之中，眾所公認的最精銳部隊，參謀本部直屬第二〇三航空魔導大隊也不出例外。

「我判斷空域掃蕩完畢！大隊各員，集合！集合！」

與敵部隊交戰完之後，身為大隊長，同時自己也作為卓越的航空魔導師，名列 Named 的譚雅・馮・提古雷查夫少校，就為了統整自己的大隊，朝空域發出吶喊。

「Fairy01 呼叫大隊各員！報告損害！」

「少校，大隊已集結完畢。無人脫隊，損害有數人輕微中彈，不妨礙繼續戰鬥。」

「很好。」聽完副隊長拜斯上尉的報告，譚雅就點頭說：「去確保回程的安全。」

「趁還有餘力回家的時候回去吧。要嚴加戒備大野狼跟上來喔。」

「遵命。」

「如果是萊茵的壕溝線，只要飛幾分鐘就能讓友軍收容……但這下頭可是渡渡巴德海峽。我既不擅長長泳，也不想在有敵機與敵艦徘徊的海裡游泳回家。」

拜斯上尉就像感同身受似的點頭。就在他飛去直接監督最後衛時，譚雅朝部下的格蘭茲／謝列布里亞科夫兩中尉看了一眼，思考起來。論實力，格蘭茲中尉也不差……但遺憾的是，萊茵戰線的補充人員，缺乏對艦戰鬥的經驗。

把副官留在身邊會比較方便。不過，譚雅必須承認這個事實。回程時的安全，要比些許的不方便重要多了。

「謝列布里亞科夫中尉，妳帶領一隊在回程路上開路。」

「是……是的。遵命！」

「副隊長！你負責最尾端！別給追擊捅了屁眼喔。」

「請儘管放心，我可是過激的異性戀基本教義派，並早已做好為信仰殉教的覺悟了。」

「信仰虔誠是不錯，但我們乃是神之戰士……啊，不，當我沒說。」

「妳累了嗎？少校。」

「別在意，謝列布里亞科夫中尉。回去吧。我可不要在航空殲滅戰的武裝偵察後留下來加班，也不想被隨後跟來的大野狼尾隨回家。」

「遵命。」

「……居然說出這種違心之論。」

吐出的這句話中，滿是憎恨之情。對譚雅・馮・提古雷查夫來說，這個世界太過蠻橫無理。所以就唯有自己的心，想毅然地保持高潔。

這是最低的底線。就連自己的心都無法聽從自己的意思。心靈受人控制就是這麼難以承受的痛苦。我就是我。自己存在於此的意志，就只屬於自己，絕不能受到自己以外的他人左右。

「居然是我，偏偏居然是我……差點讚揚起存在X？該死，究竟是想侵蝕人類到何種地步才肯罷休啊？」

所以才無法原諒。這種一旦放鬆警戒，就很可能會將存在X視為神來讚揚的精神汙染。置身在戰爭這種非日常化為日常的戰場上，譚雅不容拒絕地遭到艾連穆姆九五式逐漸侵蝕心靈。

不過譚雅的這種憂鬱，就在聽到拜斯上尉突然傳來的無線電後，不由分說地從她的思考之中剔除出去。

「Fairy02 呼叫 Fairy01！六點鐘方向有多數機影接近！從速度高度研判，恐怕是戰鬥機！以全速衝過來了！」

脫離中的第二〇三航空魔導大隊，以及從他們後方急速逼近的航空部隊。就像謎題的拼圖完全拼湊起一樣，譚雅的思考被塗改成對航空部隊戰的模式。

航空魔導師就算使盡全力也依舊比航空機慢。即使想加速甩開，即使想提升高度，基本上人類就是沒辦法在速度、高度上贏過飛機。唯一能勝過航空機的，就是變化多端三次元機動。

「01呼叫大隊各員。降低高度！貼緊海面！給我貫徹三次元機動！最壞就算要潛進海中伏擊敵戰鬥機也沒關係！準備拋棄重裝備……」

「大……大隊長！請等一下！」

譚雅準備發出下降命令與拋棄重裝備命令的聲音，被拜斯上尉傳來的焦急叫喚給打斷了。

「取得確認了。六點鐘方向接近的編隊，是歸還中的友軍航空艦隊。」

「Fairy01收到。各位，就像你們聽到的，停止拋棄裝備。讓友軍陪我們一起回家吧。」

對於譚雅催問什麼事的確認，得到的答覆卻是出乎意料的好消息。只要朝著能漸漸瞥見到的編隊看去，就會發現對方也在辨識我方吧。

差點以最高戰鬥速度衝來交戰的戰鬥機編隊，就像是要展現在空戰迷彩下不太顯眼的機翼上的識別牌，傾斜著機身，開始緩緩地與我方並列飛行。

「是友軍啊。在看到識別信號前，還在想該不會是巡邏中的敵海陸魔導部隊，嚇得要死呢。

這對心臟可不太好喔，別讓我們留下太討厭的回憶啦。」

「這裡是Fairy01，瞧你說得這麼無情，我都快要哭出來了。我們可也是在害怕，你們該不會是尾隨過來的餓狼喔。」

「哈哈哈，你們會怕？這笑話還真不好笑呢，Fairy01。這裡是Mosquito01，很榮幸能與貴隊這樣的精銳同行。」

經由無線電進行著，指揮官之間講求道義的戰場禮儀。不過，譚雅中途就想起，自己對自稱Mosquito01的對方部隊有印象。

譚雅原本就是萊茵戰線最資深的將校。基於這種緣分，即使只是任務區域重疊的程度，也還是很熟悉西方的部隊。特別是在對應共和國軍的奇襲時，遭到徹底動員的部隊之間，有著強烈的同胞情誼。

「Mosquito01？哎呀，這不是自萊茵以來的鄰居嘛。」

記得是西方方面軍的第一〇三航空戰鬥群。作為當時被迫擔任快速反應的一員，即使只有名字，譚雅也還是幾乎記得當時處在戰場上的所有部隊。是在帝國與共和國意圖確保空中優勢，一同展開死鬥的戰況中，作為屢屢受到讚賞的部隊記住的。

實際上，就從他們假定自己等人是敵人衝過來時，傑出的速度以及編隊來看，他們依舊維持著一如過去評價的訓練水準吧。留在西方方面的部隊，看來確實是有著許多具備實戰經驗的沙場老將。

「真是巧遇呢。只不過，這個高度差……啊，貴隊在此高度下也能飛呢。本來還在猶豫，要不要降低高度組成支援態勢。」

「無須擔心。」

航空魔導師稍微加快點速度，就是戰鬥機部隊的巡航速度。就像是對趕路回家的決定毫無異議，譚雅在重新整頓好隊列後，開始返回基地。在這之後，並沒有特別值得一提的狀況。結束返回基地後的簡報會議，催促部隊員們要確實寫好戰鬥後報告後，譚雅就朝掛在牆上的時鐘看了一眼，點了點頭。

當格蘭茲中尉還在抱頭呻吟，對文書作業傷透腦筋時，一旁的拜斯上尉與謝列布里亞科夫中尉，早已俐落完成自己負責的部分。既然如此，就讓閒下來的兩人去做其他工作吧。

「拜斯上尉，謝列布里亞科夫中尉！去向本日一起愉快散步的朋友們答謝吧。你們兩個去西方方面軍的第一〇三航空戰鬥群那邊露個面。最好從大隊公庫哪裡，帶點小禮物送過去。」

「遵命。少校呢？」

「抱歉，我接下來要去參加指揮官集會。看樣子，似乎是確認到合州國體系的魔導部隊了。所以要緊急召開有關戰鬥教範的聯合會議。」

「誰叫我們是派來兼做戰技研究的部隊呢。」譚雅露出苦笑。只要出現新部隊，就必須重新審視戰鬥方式。這種時候，在各方面都有過經驗的人可是個寶貝。

既然深受好評與期待，就只能做出符合評價與期待的貢獻了。

「我們是兼任教導部隊與實戰部隊的特殊檢證部隊。第二〇三航空魔導大隊直屬於參謀本部，會被任意使喚也是沒辦法的事。」

「確實是這樣。那麼，下官就負責與謝列布里亞科夫中尉一起前往第一〇三航空戰鬥群進行交涉。應該也能向他們聽取一些有關戰鬥的資料。」

「很好。啊，那剩下的工作呢？」

不論是拜斯上尉，還是謝列布里亞科夫中尉，都在譚雅的底下，十分習慣處理戰鬥後的繁雜文書。雖說只要增加單純依照形式把文件格式填滿的做法，就有辦法將適當的文件適當地大量生產出來。

「有關剩下來的工作，既然格蘭茲還在，就交給他來處理吧。」

「……遵命。」

聽到拜斯上尉這麼說，格蘭茲中尉就一臉黯然，彷彿是受領到絕望般的戰鬥命令的將校一樣答話，還真有年輕人的感覺。就譚雅看來，格蘭茲中尉也不是完全沒有能力……但就是不會去想該怎麼有效率地處理工作。

該稱讚他是認真的年輕人，還是該罵他太過死腦筋。不對，就單純是他沒有處理事務工作的天分，對譚雅來說，如果能獲得准許，真希望能安排一名資深職員幫忙……但人手寶貴。

既然只能動用現有的人員，就只能好好勉勵格蘭茲中尉了。

「高興吧，你身為軍官，已成長到足以讓人將後方託付給你的程度了喔。」

「多……多謝少校稱讚！」

也不是不覺得領到的薪水，是有點不足以讓人扮演一名嚴厲中不失溫情的長官。然而，為了不增加自己的工作，眼前也只能把格蘭茲中尉訓練成有用的人才了，譚雅就不負責任地隨口說句「我很期待你喔」，替格蘭茲注入幹勁。

「我去參加指揮官集會了。」譚雅在這麼說之後，就隨手將軍帽戴在自己頭上，一面調整位置讓軍帽戴起來好看點，一面與一旁以副官身分遞上公事包的謝列布里亞科夫中尉，簡單地說幾句話。

「謝列布里亞科夫中尉，有些事要跟妳交代。」

「是的。」

「格蘭茲中尉對於這類的事務，沒有妳那麼擅長。宴會後也別幫他喔。」

譚雅指示她「妳也要適度放鬆一下，等向航空戰鬥群打過招呼後，就給我好好休息吧」。

「遵命，少校。只不過，可以詢問理由嗎？我想……要是沒有拜斯上尉與下官幫忙，格蘭茲中尉很可能會寫到通宵吧。」

「這點程度還好。謝列布里亞科夫中尉，我是不太喜歡像個老人家似的說教……但我認為，必須要讓年輕人吃苦。」

「咦？」

「妳……妳是說，要讓年輕人吃苦……嗎？」當謝列布里亞科夫中尉一臉錯愕地反問時，譚雅就點頭答道「沒錯」。認為部下肯定誤會自己是會用毅力論強迫部下的那種人，所以才會嚇到的譚雅，注意到有必要向她說明的開口說道。

「……別這樣看我，這可不是什麼毅力論喔。」

「正因為我們是一如字面意思的調查研究部隊，所以才有餘地容許失敗。」像是要讓謝列布里亞科夫中尉安心下來似的，譚雅就在這時揚起微笑。

「為了提升對應能力，失敗經驗是不得已的過程。要是不趁這個有行有餘力的狀況，把格蘭茲踢下山谷磨練一下，下次說不定還會遇到相同的事吧。」

「啊，是的，就誠如少校所言。」

「有餘力培養部下，可是件幸福的事。對了，我話說在前頭，中尉，妳與第一〇三航空戰鬥群之間的聯誼活動，也不是件簡單的工作喔。不管怎麼說，我們是直屬於參謀本部，在體系上有著很大的差異。正因為如此，我很重視橫向交流。」

一面感慨著要在各方面之間東奔西跑的立場，譚雅一面補充說「因為知己是戰場上最值得信賴的緣分」。

「的確，在萊茵戰線時，周遭全是我們的知己呢。」

「就像在諾登時經歷過的一樣，我們是空降組。我既不想抽到下下籤，也不想因為配合失當，把工作給搞砸了。」

「是的，請交給我吧。」

「就拜託妳了。」輕輕拍打謝列布里亞科夫中尉的肩膀後，隨即向在一旁等候的拜斯上尉咬起耳朵。

「拜斯上尉，就把謝列布里亞科夫中尉當成伴手禮，在對面好好幹吧。儘管聽取調查很不受到歡迎，但她可是自萊茵戰線以來的老手，外加上長得也很可愛。」

所謂的調查部隊，往往都會被當成在百忙之際進行無用調查的集團，遭到討厭。這也是當然的事。諮詢人員往往大都是些混水摸魚的傢伙。雖不是沒有真正會做事的人，但靠說著合理的空泛理論領錢的官方諮詢人員，是壓倒性的多。

要是提供協助的調查結果，會被銜接上自私的詞句，作為扭曲的結論公開的話，任誰也不想提供協助吧。

然而，譚雅不得不認真調查。

「我們身負著戰技研究的大任。上尉，我要資料，無論如何都要從現場得到資料。」

實際上的問題是，儘管拿自己的審訊會作為藉口，拜託傑圖亞中將讓自己擔任後方勤務，不過後方配置的要求本身卻遭到拒絕了。即使如此，譚雅也沒有太悲觀。很難調去後方單位是一如預期。

作為妥協方案，則是讓我調過去沒這麼嚴酷的西方戰線一段期間。這個位置我大致上算是滿意。畢竟讓人高興的是，在這裡的任務是戰技研究。還取得期間過後，會根據實績考慮配屬單位的口實。

正因為如此，譚雅認真向拜斯上尉慎重交代——現場就千萬拜託你了。

「去讓他們知道，我們跟後方那些蠢蛋的聽取調查不同。我們是為了要基於現實加以分析，才必須要問到這些資料的。」

實際上，現場往往都有著懷疑後方調查能力的傾向。

這也是沒辦法的事。以前曾看過一些評論，指出推崇顧問的經營模式所具備的傾向與缺陷，這些評論說得還真是對極了。大半的顧問，都像是在對流行的經營模式，不加批判地進行傳教的存在。即使是軍方的調查，也避不掉這種惡習。

要順道解釋的話，就是不懂現場的人，沒辦法理解現場的意見。在分析戰爭時，一口咬定「這種事不可能發生」的廢物，很可悲地是不勝枚舉。

「當然，我很期待貴官的機智喔。」

「哈哈，這是在誇獎我吧。那我就承蒙誇獎了。」

「我是認真的。期待你的報告。」

懷著敬意並擁有身為專業能力的人與只懂得紙上談兵的人，有些事情就只有前者才能理解。正因為如此，才會在將兩名萊茵戰線以來的實戰經驗者送去聯誼的同時，順便交換情報。

如果是拜斯上尉就沒問題，譚雅對他的信賴是真心的。相信如果是他與謝列布里亞科夫中尉的話，就能適當地做好聽取調查吧。

沒有人比實戰指揮官還要珍惜時間，單刀直入地進入本題。

一旦時間有限，就會捨棄社交辭令開始進行的指揮官集會。這次的議題，是關於確認到的新部隊。

「綜合情報來看，恐怕有一個連隊規模的魔導師，正以義勇軍的身分緊急展開部署。」

「國籍是？」

在要求說明的眼神催促下，軍法官滔滔不絕說起各種拐彎抹角的法律論述，儘管譚雅聽得是津津有味，不過現場軍官們的評價卻是差到極點。

「給我說結論。」遭到催促的軍法官，在顯露出兩三次意圖規避責任的人特有的遲疑後，開口說道。

「相當於是受到聯合王國軍指揮的合州國國民。」

「所以呢？現在對我們來說重要的是，他們的所屬軍籍。他們是合州國軍嗎？還是聯合王國軍呢？」

身為軍人，指揮官們最關切的是，交戰規則是否有明確指出這批新部隊是敵人。

「……依照判例與法理，我認為可視他們為編入一國正規軍的軍人。因此，只要他們遵從聯合王國的命令，就無法視為合州國所屬的軍隊。」

突然受到眾人注目的軍法官，戰戰兢兢地開口答覆。

就在他指出服從「聯合王國」的軍令，就可解釋成是聯合王國軍之後，實戰指揮官們就喃喃說道「這下就沒問題了」。

看到指揮官們這種態度，軍法官們顯得一副侷促不安，像是有什麼話難以啟齒的樣子。注意到這點的譚雅，就像是覺得漏聽專家的擔憂會很不妙似的問「有什麼要補充說明的事嗎？」做球給他們回答。

感激不盡似的不斷點頭的軍官，隨後說出的，卻是連譚雅都大感意外，有關俘虜待遇的微妙規定。

所謂，他們並非我國的交戰國國民，所以俘虜的規定尚不完備。

然而就譚雅所知，軍人不是依「個人的國籍」，而是根據「所屬的軍隊」作為判斷。

就像法國外籍兵團一樣，即使士兵並非國民也依舊是法國軍人。或是說美國的綠卡士兵們，他們在法律上也視為美軍。

「由於作為俘虜時的規定條件尚不明確，所以要我們注意對待方式嗎？有關為何不能視為聯合王國軍士兵處置這點，可以麻煩說明一下嗎？」

譚雅一心不想被捲進戰爭罪的糾葛中，所以會盡可能讓自身行動符合戰爭法的規範。

正因為如此，譚雅才無法釋懷。

國籍造成問題的事例不是沒有……但老實說，就目前的狀況來講，譚雅看不出任何該視國籍為問題的理由。

「就我所知，只要符合戰爭法認定的戰鬥員資格的四項條件，士兵的國籍就不是問題。雖說他們若是非正規兵的話，就有可能會產生國籍問題……」

譚雅的疑問，是關於戰時法規，極為認真的提問。在譚雅期待法律問題專家答覆的凝視下，軍法官瞬間像是想求救似的游移視線，最後就彷彿認命似的嘆了口氣。

然後，他就一副坐立不安的模樣回答「純粹是政治上的考量」。

「根據合州國的官方看法……合州國雖然未與我們進入交戰狀態，但為了保護自國市民，希望雙方能將俘虜與傷患送往人權觀察團，讓他們收集相關情報。」

就算在場列席者忍不住譏笑起來，也只能說是當然的藉口。

「真是厚顏無恥。還是說，合州國的人是認真的？」

「呵呵，天知道。」

夾帶在對話之中的是簡直就是胡鬧的苦笑。就連譚雅也不由得開口譏諷，毫無道理的理由。為了保護在未處於「戰爭狀態」的兩國之間的自國國民，希望把人送往「人權觀察團」？

保護自國國民是大使館的工作吧。

或是說，派遣人員參與戰爭，等人員遭到交戰對手囚禁後，就立刻厚著臉皮跑出來說，那是自國國民所以要求保護的中立國，還真是「公正」的中立姿態啊。

他們肯定是媲美史達林的「親切」、俾斯麥的「誠實中介人」、並有如富歇那樣「善良」的中立國吧。該死的混帳東西。

「看來是參謀本部，我們親愛的參謀將校們，咬牙切齒提出來的提案呢。這可是實質上的介入宣言。真是愈來愈可疑了。」

「有敵人來了。我們的工作，只需要知道這點就夠了吧？」

「說得沒錯。」

「只要殲滅掉就好。」對於苦笑的將校們來說，事情是愈單純愈好。所以他們就無視一旁垂頭喪氣的軍法官，簡單地熱烈討論起，只要視為敵人殲滅就好的話題。

實際上，譚雅承認他們的想法有著一定的道理。去殲滅敵人，不需要有更多的理由，也不該有理由的姿態，是他們忠於自身職務的最佳證明吧。

他們是士兵，也是戰士。

「好啦，政治是高層與政府的工作。儘管不清楚最高統帥會議何時會得出結論，但總之都必須要處理眼前的敵人。」

「你說得對。」周遭發出贊同的聲音，不過譚雅卻蹙起眉頭。

在西方展開部署的帝國軍實戰指揮官們的共同見解，以現場人員來說是正確的判斷。但問題是，就譚雅所知，要是讓合州國覺醒過來，事情可就麻煩了。就算再不願意，也很能理解參謀本部為什麼會採取這種「想避免刺激他們」的微妙態度。

不對，即使可以理解，心情也不會好受到哪裡去。是不可能容忍他們把政治上的糾紛，帶到現場上來。

解說

【史達林】　鋼鐵男子，史達林同志。蘇維埃的指導者。恐怕是世界上消滅掉最多蘇維埃人民與蘇維埃將軍的人。

【俾斯麥】　普魯士製的外交機器。建立德國的手腕，稍微有點腦子不正常。分成三階段說明的話，首先是以巧妙的外交努力，將奧地利扯進他們與丹麥之間的戰爭，排除英國的介入。然後再順便以從丹麥搶來的領地管理權為由引發爭執，一面攻打奧地利，一面讓法國與俄羅斯保持中立。最後再讓奧地利保持善意的中立，攻打法國，在法國的王宮裡進行德意志皇帝的加冕儀式！

【富歇】　法國引以為傲的風向雞。他可是打從一開始就參與那場法國革命直到最後，別說是活下來，甚至自始至終都站在勝利陣營那邊的「祕密警察首長」！……到底是為什麼能活下來的啊？

「能斷言他們是敵人嗎?在輕易與他們交戰的情況下,難道不會讓敵人基於反帝國的目的,將我們發動攻擊的事實作為中立諸國或合州國的輿論攻擊對象,運用在政治宣傳上面嗎?」

譚雅忍不住以警告的語氣發出提醒。只要想到邱吉爾期盼珍珠港事件發生的心情,就能輕易理解了。聯合王國以及協約聯合、大公國、共和國等與帝國交戰的諸國,各個都殷切期盼著合州國的介入。

可以說正因為如此,他們才渴望著一個能夠介入的藉口吧。

「傷腦筋的問題呢。」

「反過來說,我們這邊也用這招如何?只要那些該死的傢伙擊墜任何一名我們的人,就能向大使館強烈譴責這起不幸的犧牲。」

會有數人說出「既然敵人這麼做,我們也照樣反擊回去」這種話,是很自然的發展。該說即使如此吧。

至少正常指揮官具備的精神構造,是不可能認同「不幸的犧牲」這種話。

……至少,就現在而言。

「到此為止,這種不恰當的說法有點越界了。」

「不能將部下當成統計數字計算。」部分人的這種言論,說明了支配這個現場的意見。

「這不是現場指揮官該考慮的事吧。我們需要知道的,就只有那裡存在著受聯合王國指揮的魔導連隊，並且還企圖妨礙我們確保空中優勢這件事。」

「那麼？」

「往後的行程依舊不變。就按既定方針，繼續航空殲滅戰。不過，對敵戰力的評估要向上修正。在最壞的情況下，合州國有可能會增派義勇軍，這點也必須要納入考量。」

結論就是，要根據出現新部隊的情況來採取對策——這種極為事務通知的性質，枯燥乏味的結果。

「大致上沒有異議，但可容我提出一件事嗎？」

「提古雷查夫少校，還有什麼事嗎？」

「這是基於我們是參謀本部直屬的調查研究部隊，所提出的提案，為了防備最壞的情況，要不要優先打擊合州國的義勇軍？」

「……妳的意思是，要我們主動攻擊合州國的義勇軍嗎？」

「是的。」譚雅點頭說道。

「我們尚不熟悉那個國家的戰鬥準則。希望也能藉由攻擊，收集到敵人的相關情報。」

實際上，有關魔導部隊的運用，各國皆有著相當大的差異。帝國軍的運用方針自萊茵戰線之後，就從原本的步兵支援，改傾向於獨立運用的方向發展，不過共和國軍打從一開始，就認為應該要作為特種部隊進行襲擊運用。

而不太能作為參考的協約聯合軍，則由於是混編部隊的關係，所以會受到指揮官的能力與個性左右。不過值得一提的是，他們的運用大多偏向於航空作戰吧。這也能看作是因為航空戰力不足，所以打從一開始就用來補強航空戰力。

「我們想知道的是，聯合王國的魔導部隊會受到怎樣的運用，以怎樣的方式戰鬥。希望至少要確認到，義勇軍部隊的運用方式，是否就跟我們所知的聯合王國部隊一樣。」

而在西方和南方與帝國軍交戰的聯合王國……帝國軍很慢才注意到，他們海軍與陸軍的運用方式，有著很大的差異。

聯合王國陸軍，是以讓魔導師與其他兵科共同作戰為前提，作為會飛的步兵運用，然而聯合王國海軍，卻顯示出打從最初就作為獨立兵科運用的姿態。

就像是從潛艇的突擊起飛，從艦艇出擊的靠舷突擊人員，或是對付海軍陸戰隊的海軍近程空中支援等等，有著許多運用方式。個別戰鬥力也很高的聯合王國海陸魔導師，對帝國軍來說也是個不想交戰的對手。

「有道理，但在眼前的狀況下，在聯合王國展開的義勇軍部隊，究竟會不會依照合州國的正規準則運用，還是個問題吧。」

「誠如閣下所言。只不過，這麼做還可以期待次要的效果。」

在要求具體說明的眼神下，譚雅明確地開口斷言。

「就眼前的狀況來看，這並不是一個合州國能夠向帝國宣戰的狀況。另一方面，有人想逐漸累積既成事實，讓合州國參與對帝國戰爭，也是顯而易見的事吧。」

合州國總有一天會攻打過來吧。

「因此——」譚雅接著說下去。

「既然如此，我認為在某種程度內，將衝突擴大的後果，作為一個強烈的事實，讓合州國徹底明白，也是一種權宜之計。」

「這是個值得檢討的意見。各位意下如何？」

被問到的將校們，大概是難以立刻回答吧，稍微深思了片刻。

「我認為這項提案的政治意圖太過強烈。戰略目的是要確保渡渡巴德海峽的空中優勢。我不希望偏離這個範圍。最重要的是，這項提案很可能會在長期間內，讓聯合王國部隊獲得休養時間，與本來的戰略目的互相矛盾。」

「不，這是該以大戰略層級思考的提案。只要能排除合州國的多管閒事，提古雷查夫少校的提案可說是獨具慧眼吧。」

而反對與贊成提案的雙方都各有道理。西方部隊收到的指示，終究只是確保渡渡巴德海峽上空的空中優勢。既已下達了明確的軍令，就不允許偏離目的。

只要事關戰略，確保空中優勢就是勢在必行。問題就在於，提古雷查夫少校的提案，很可能會對西方空戰有利。對於西方的航空戰力來說，能排除合州國搗亂的好處絕對不小，因此讓爭論自然而然地逐漸白熱化。

「我非常同意她獨具慧眼的說法。只要能在適當的時機，讓他們一介入就大受挫敗，我就非常歡迎這麼做。最終來講，這項提案會有利於確保渡渡巴德海峽上空的空中優勢吧。」

「我反對！你們對效果影響的評價太一廂情願了。過度輕視我們大量擊墜合州國市民的行動，有可能導致合州國的輿論加強批判力道的一面。」

「就算你這麼說，但沒有任何證據顯示，合州國的輿論會出現這種動向吧。要說的話，他們應該是會譴責做出這種無謀派遣的現政權才對。」

所說的每句對話皆是真摯的知性交流。雙方的意見都很正確，所以難以討論出結論。

「既然如此，不是該作為中立國工作，經由外交部進行扇動嗎？」

「嗯——這樣一來，這也是該由政治層面去處理的議題吧？」

「恕我失禮，可否插句話嗎？」

一獲得許可，盡可能假裝平靜，不讓聲音高亢的譚雅就站起身，一一注視著會議場上的每一位參加者，開口述說。

「這是政治問題，同時也是託付給現場的裁量權問題。在可能攻擊的區域裡，存在著應該攻擊的目標。我認為比起隨便將後方捲入，讓這件事成為政治問題，更應該偽裝成是偶發交戰的結果吧。」

一副「所以就放棄這麼做吧」的態度，譚雅從旁插話，尋求雙方的妥協點。提出最佳的解決辦法，就是根據現場的判斷決定的提案。不論是好是壞，譚雅．馮．提古雷查夫都深愛著法律漏洞。灰色地帶萬歲。既然一步也沒有踏進黑色地帶，只要不是黑的，這件事就是白的。

「這確實是個有趣的提案，但我們終究只是現場指揮官。參謀本部的戰爭指導，不就是要我們遵從統一的決定嗎？」

「如果是參謀本部的參謀將校的話，應該會像提古雷查夫少校所提出的一樣，要我們發動攻擊吧？」

「請盡量克制臆測性的發言。」

意見再度一分為二，到最後還是決定交由資深將校們進行仲裁。

「就到此為止了。我們是軍人。身為軍人，即使有機會做出超乎本分的事，這也比起戰理，更講求法理的世界。」

「這就是結論。」隨後說出的話語，對譚雅來說是可以預期的常識性答覆。儘管有些遺憾，但即使是譚雅，想在這裡強硬通過自己的意見，也是非常困難的事。雖然不討厭遊走在灰色地帶，但假如不是共犯行為，也不知道會不會被某人一腳踢進黑色地帶裡。

「提古雷查夫少校。貴官的提案也很有意思，但還是想等參謀本部的見解。我們只要命令不變，就繼續穩重地進行航空殲滅戰。有異議嗎？」

「知道了，下官毫無異議。耽擱到各位的時間，實感非常抱歉。那麼，就回到航空殲滅戰與戰技相關的話題吧。」

沒辦法。邊默默這麼想，譚雅邊作為一名懂分寸的軍官，對自己不知趣的提案道歉，讓話題回到原本的主題上。

統一曆一九二六年四月二十九日　譚雅・馮・提古雷查夫私室

漫長到日期變更的指揮官集會。討論內容頻繁白熱化的會議也安然結束，返回個人房間的譚雅，陷入以她來說很罕見的內心糾葛。

「……乾脆就由我的部隊單獨來……不，可是……這樣一來也會遭到怨恨吧？就報酬與風險來講……」

仍然無法死心的譚雅，對於是否該攻擊在聯合王國展開部署的「自稱義勇軍」的疑問，感到前所未有的煎熬。

「真難抉擇。不過，還是想先做好面臨遭遇戰的準備。畢竟只要一有機會，先下手為強是不會錯的。」

合州國沒有介入是最為理想的情況，但這種大戰有可能發生嗎？答案非常簡單明瞭吧。「這是不可能的事」……既然如此，就該稍微教訓一下，讓他們知道隨便出手是會燙傷的。

「不對，該考慮到，這麼做會刺激合州國的輿論吧？……唉，我到底在幹什麼啊？」

自嘲不斷兜圈子的思考，譚雅拿起放在桌上的咖啡杯遞到嘴邊。涼掉的咖啡讓腦袋沁涼的感覺很舒服。只要稍微冷靜，就會知道資深將校們認為不該太過刺激合州國的道理是正確的。

由於在參謀本部裡有著半吊子的門路，所以經常忘記，自己只不過是一介少校，終究只是組織方便利用的齒輪。

……就算貴重，也只是可替換零件的員工。打從最初就知道軍隊是這種組織，所以偶爾才會猛烈地想要逃兵。

光看帝國的現況，對聯邦戰應該是打得下去。至少東方戰線，已在運用堪稱戰爭藝術的機動力與包圍運動，達成內線戰略之後，讓情勢有了急遽變化。儘管還要看敵方的後備戰力，但第一線展開的聯邦軍，已在撞擊到帝國軍這面堅硬的防壁後，有如臭雞蛋一般的毀滅殆盡了。

南方大陸戰則在優秀的指揮官率領下，由少數帝國軍逐漸壓制共和國殘黨。而在西方戰線，為了箝制聯合王國，自己等人則是日復一日每天致力進行航空殲滅戰。說到底對於帝國來說，就算不登岸逼迫聯合王國簽訂城下之盟，只要聯合王國願意投降接受和平條約，問題就解決了。

……樂觀看來，帝國的現況就算嚴厲，也還沒絕望到讓人想舉雙手投降吧。

「這只是連自己也騙不了的樂觀期望吧……」

問題就只有一點。

在「所有的戰線」上都相當勉強的帝國，國力早已經達到極限中的極限。現在的狀況是已在各方面上展開了遠遠超出攻勢極限的軍隊。儘管發布了總動員體制讓士兵人數膨脹，但實際上，帝國軍就等於是隻鼓滿肚皮的青蛙。只要挨上一針，想必就難逃開腸破肚的結局吧。

「只要不解決西方，帝國就無法向東方投注全力。」

在背後受敵的狀況下，要是在對聯邦戰中傾注全力，就會重現過去在萊茵戰線，讓共和國從背後偷襲的情況。就連在大陸地區確保住空中優勢的現況下，都聽說會對零星的擾亂轟炸傷透腦筋了。

一旦露出破綻，就結束了。

即使合州國沒有參戰，聯合王國也會悠悠哉哉地，讓成功動員的地面部隊從西方登陸吧。

「但是，只要東部戰線存在著巨大的壓力，帝國就不可能在西方確保足以讓聯合王國屈服的戰力。」

東部希望盡可能將更多師團投入東部正面的要求極為妥當。就算動員了大陸軍，大量殲滅了敵侵略軍……也只是終於確保了人數的抗衡狀態。

而且，譚雅知道。經由另一個世界的歷史，知道對聯邦戰將會陷入泥沼。在這種狀況下，帝國想尋求活路，就只有解決在東方的諸多問題一途。譚雅所知的地球歷史中，史實上的德意志帝國就成功辦到了這件事。殲滅東方戰線的俄羅斯帝國軍，隨後俄羅斯帝國就因為政局不穩而脫離戰線。

……只不過，譚雅不得不苦惱。

首先，將導致俄羅斯帝國瓦解的激進革命分子送進國內這招禁忌手段，在共產黨已在聯邦建立穩固權力的現況下是希望渺茫。

再來，就連戰勝俄羅斯帝國的德意志帝國……面對美國的大量物資，也沒成功發現到勝算。即使在戰場上維持抗衡……許多的紀錄也顯示出後方早已疲憊不堪了。

「……縱使能收拾東方，但有可能確保西方的安全嗎？」

譚雅不經意說出的疑問，反過來說也是不安。將多方面作戰視為禁忌的軍事戰略，反過來說，就是戰力不足以維持這麼多戰線。

這是當然的事。要是具備能在多方面上以優勢戰鬥的軍事力，就根本不需要戰略了。應該能靠著以人海戰術消磨敵戰力的單純作業，蹂躪比自軍還要渺小的敵軍吧。

帝國軍即使精悍無比，但也沒有無窮無盡到足以用軍靴蹂躪世界。在這種狀況下，帝國想生存下來，就無論如何都必須要排除聯合王國的妨礙、殲滅聯邦，然後搶在合州國介入之前早期結束戰爭。

然而，聯合王國海軍太強大了。即使有不太能信賴的義魯朵雅海軍助陣，敵我的戰力差也過於巨大。集結我方全部艦隊的大洋艦隊，與不過是聯合王國一方面戰力的本國艦隊勢均力敵。考慮到這種現況，期待艦隊決戰就等同是痴人說夢吧。

只要聯合王國海軍願意，他們就還能出動內海艦隊與外海艦隊，或是諾登方面封鎖艦隊參戰。即使帝國海軍挑起決戰，也會以「奮戰過了」作結吧。如今帝國海軍能期待的，就只有他們要用怎樣的方式死去，這種層次的問題了。

在這種狀況下，譚雅能做到的就只有一件事。

「垂死掙扎，也就是毫無意義的抵抗吧。」

伴隨著嘆息，獨自對著個人房間的書桌抱怨，還真是毫無救贖的心境啊……救贖？哎呀，當想要依賴名為神的妄想之時，自己的心理衛生就毫無疑問已經衰弱、惡化到無藥可救的地步。既然是人，就會在某種程度下達到極限，這是早有預期的事。自己終究也只是個名為人類的生物個體吧。

「……就算是這樣，我也是個有教養的市民。難道要唯唯諾諾，像個命運論者一樣，認為這就是命運而放棄自己的未來？」

這種事，坦白講……

「絕無可能。」

人類，名為人的種族，沒有理由要唯唯諾諾地自殺，也沒有理由要去扮演為了命運殉身的悲情人物。

只要是為了開創未來，我會去做一切所能做到的事。

緩緩放開桌面上緊握的拳頭，譚雅默默凝視起自己嬌小的手掌。

外表看來相當不可靠的幼女指頭上，長著軍隊訓練所留下的怪繭，所幸不會在戰鬥時造成任何障礙。

……很好──譚雅暗自竊笑。

當拿到手牌時，是要看著手牌哀聲嘆氣，還是去思考該如何運用，全在個人的一念之間。用自己的手，去掌握未來。

這也是人類的特權。是「身為人類的條件」。既然如此就垂死掙扎下去，直到掌握機會為止。想要享受幸福平穩的未來，就唯有勞動一途。

儘管這毫無疑問地是件艱辛無比的工作，但這要是有尊嚴地活下去的必要條件，又有誰會嫌辛苦呢？

即使只有自己一人，也要抗爭到底。

就在譚雅下定決心，準備點頭決定時，她想起自己軍服上佩帶的階級章。「啊。」就在這時，譚雅才總算注意到自己犯下的粗心錯誤。

不是有嗎？

而且還是最棒最好的夥伴們。這還真是絕佳的好消息啊，譚雅忍不住將手中的瓶裝碳酸飲料一飲而盡，笑了出來。

該說，正因為如此吧。

隔天早上，站在所指揮的第二〇三航空魔導大隊的部隊員面前，譚雅以帶著前所未有的壯烈決心的眼神，一一注視著眾人的眼睛。不打算為帝國殉身。不過也還不是需要逃命的泥船。

既然不想要充滿共產主義色彩的世界，也不甘願自己作為和平世界的基礎死去，那譚雅能做到的事情就只有一件。就是用帝國的軍靴，去蹂躪這個世界。雖說是最壞之中的最好選擇，但譚雅不後悔走上自己所選擇的道路。

「全員注意！」

拜斯上尉的一聲令下後，一絲不亂的部隊秩序。第二〇三航空魔導大隊的隊員們依舊是只要關係到戰爭，就會以態度證明，他們是值得寄予無限信賴的將兵。

「大隊長訓示！」

「稍息。大隊各員，戰局稍微起了點變化。有新的部隊介入了航空殲滅戰。這些不懂得照順序來的雜碎，肯定是誤解了自由的意思。」

就算聽到譚雅說有新部隊參戰，也毫無動搖的沉默。光是懂得安靜聽人說話，就相當優秀了

……面對壞消息也不會動搖的表現，只能說讚。他們還真是一群值得信賴的傢伙。

「司令部的意思，是要我們迅速遂行航空殲滅戰，奪取空中優勢。不能再給外部更多考慮介入這場戰爭的時間了。不過，這並不是我們的主要任務。我們的任務依舊是評估實驗。作為戰技研究的一環，要讓各位執行地面襲擊的戰鬥任務。」

「有什麼疑問嗎？」譚雅話一說完就立刻提問的人，是一如往常的格蘭茲中尉。

「大隊長，請求發問！」

「說吧，格蘭茲中尉。」

「就方才所聽，我認為西方方面軍的戰況將會愈演愈烈。儘管如此，我們的任務依舊要變更為地面襲擊嗎？」

「你的判斷沒錯，但我們的任務變更，也包含聯合王國領空下的對地攻擊任務。這實際上是作為戰技研究的一環，因此對地攻擊並非我們的本分，請注意這點。」

「少校，在這種狀況下，我們大隊不去協助友軍的支援工作嗎？」

「很簡單。我親愛的第二〇三航空魔導大隊的各位戰友。制空權的確保，也包含地面設施的破壞。我們的任務，是要驗證在確保制空權時，隨同進行地面襲擊的可能性。」

就在眾人露出理解的表情時，拜斯上尉恰好發出大喊。

「以上，是大隊長訓示。全員，就地面襲擊裝備。迅速整裝，準備出擊。跑起來！」

「集合時著全副武裝！」拜斯上尉隨後俐落下達指示的表現，以副指揮官來說相當優秀。不對，格蘭茲中尉與謝列布里亞科夫中尉的配合也不差。一面婉轉地解答將兵的疑問，一面讓眾人專注在眼前任務上的手腕，值得讚賞吧。

「不過，少校……實際上預定變更的很突然。是發生了什麼事嗎？」

「這件事別讓士兵們知道，拜斯上尉。本來的話，就連讓你知情也是在鑽規則上的漏洞……不過這事非同小可。」

對譚雅來說，正因為隊上有拜斯上尉在，她才確信自己有辦法推薦繼任人選。部隊的氛圍也不壞。這樣的話，就算自己離開，也不會發展成自己的責任問題吧，而感到安心。

所以在朝周遭瞥了一眼後，譚雅就將數張資料遞給拜斯上尉。

「……這是？義勇軍的詳細資料嗎？」

他是值得信賴的副隊長，或是為了讓自己在後方做著悠哉勤務的祭品。譚雅抱持著要盡可能將交給自己的情報「交接」給拜斯上尉的心態，詳細地告訴他實情。

「他們是作為聯合王國所屬的合州國市民，阻擋在我們面前的樣子。不過，是敵人。而我們今後，恐怕也要不斷驅趕這種傢伙吧。」

他們使用了這種狡猾到讓人傻眼的手段。

「正因為如此，拜斯上尉。在現況下，慢條斯理地確保空中優勢，對聯合王國施壓，是百害而無一利。必須要以擊潰他們的意志，毅然實行擊潰他們的辦法吧。」

「我知道了。少校，距離我們的勝利，還有一條很漫長的路要走呢。」

拜斯上尉的說詞，讓譚雅覺得有必要稍微補充說明，於是就讓拜斯上尉蹲下，在他耳邊偷偷告知事實。

「勝利嗎？拜斯上尉，貴官不論好壞，都是名有常識的軍人呢。我們所需要的就只有存活到最後一刻的事實，除此之外什麼也不需要。」

因為存活下來的人，最後還站著的人很偉大。譚雅不亢不卑地提醒他這個事實。

「我會努力成為最後的勝利者的。」

「你沒有錯……但比起勝利，我更想讓大隊生存下來。」

對於副隊長坦率認同這句話的答覆，譚雅點頭表示他沒有說錯，同時補上一句話。如果能辦到，就要這麼做。畢竟自己等人的生存，比勝利還要重要。

「少校？」

站起身的拜斯上尉以疑惑的語調問道，譚雅笑著敷衍過去。

「沒有，只是發發牢騷。拜斯上尉，出擊時的準備就跟往常一樣。讓隊員們確實整裝。這次的任務是地面襲擊喔。」

作為戰技研究的一環，第二〇三航空魔導大隊分配到的新指示是關於對地攻擊的調查研究，要求執行襲擊基地與攻擊港灣設施等複數的作戰行動。上頭應該是想重新審視複數的推測狀況，摸索出有效率的對地攻擊準則吧。

「這是在敵地的戰鬥任務。就算子彈不夠用，也沒辦法回來拿喔。」

就去做好自己該做的事。嘴上說著「很好，準備出擊吧」的譚雅，自己也伸手拿起裝備。只不過，有別於她說話的語調，譚雅臉上不得不露出超乎些許程度的厭惡表情。

「少……少校……那是反戰車狙擊砲嗎？」

「似乎是叫作反裝甲狙擊步槍，姑且是聽說能期待貫穿防禦殼就是了。」

一瞥見到譚雅分配到的裝備，拜斯上尉就像傻眼似的發出疑問。也是啦，只要看到那一根比負責揹這玩意的譚雅身高還要高出許多的槍管，不論是誰都會有相同的感想吧。

「……如果是壕溝戰或陣地戰，就確實能派上用場也說不定……不過，這還真是……」

「我也有同感，拜斯上尉。」

「本國那些人，是不是把航空魔導戰誤解成要塞攻略戰了啊？」

譚雅自己也有一點類似的疑問。

「拜斯上尉，我反倒是有種被強迫推銷庫存的感覺。這把大而無當的步槍……雖說用的是十四・五ｍｍ彈，卻只能單發耶。即使號稱能夠一擊貫穿防禦殼，但在高機動戰當中，是要我怎麼用啊？」

不對，自己的工作就是要調查這件事呢，譚雅也只能在心中抱怨。

不管怎麼說，戰技研究也包含著試驗任務。就連裝備之類，魔導部隊平時不會使用的東西，也在「於航空魔導戰時的實戰評估」的名目下，被要求進行評估。

經常在想，雖說是要進攻敵地，但也不是沒有一種，他們是將平時派不太上用場的兵器，打著重新評估的名目，強迫推銷庫存的感覺。

掛上彈鏈，穿著各種裝備。

就像是低俗的美國諷刺漫畫一樣的模樣，有點超現實感。

不過這是現實。亂來的是，這身裝備的總重量，就像穿了套全身鎧甲在身上一樣沉重。

不過，現實比這更加亂來。

就算是這麼多的武器彈藥，在戰場上也會在轉眼間射光耗盡……但總比在敵地缺武器彈藥來得好上百億倍吧，包含譚雅在內的全體隊員，都因此不得不努力將彈鏈盡量往身上掛。

正因為如此，譚雅才總是殷切希望，拜託不要丟這種連派不派得上用場都不知道的兵器過來，要人去做評估實驗了。

不過，就唯有一點算是救贖。跟以前擔任艾連穆姆九五式的實驗人員時不同的救贖。那就是受命評估的武器種類，是既有的兵器吧。

光是准許中途丟棄，實際上就很感激了。不過，譚雅也覺得這麼做有點浪費。她相信，就算在這裡派不上用場，也應該能在其他地方派上用場。

「……這是稅金與國力的無端浪費。看來是該向本國稍微報告一下運用方式。這算是今後的檢討課題吧。」

不過，這種事在任務結束後，等要提交戰技研究報告書時，再寫在備註欄上就好。現在最優先的，是要進行地面襲擊的評價。

「少校，全員已做好出擊準備！待命令後，全員即可出發。」

「辛苦了！謝列布里亞科夫中尉！去向管制確認詳細的氣象狀況！」

譚雅俐落地指派部下去做出擊前的例行工作，同時半抱怨地嘲笑自己這副模樣，活像是諷刺漫畫裡的人物。滿口袋的武器彈藥，配上比自己身高還長的反裝甲狙擊步槍。從手榴彈到破壞地面設施用的炸彈，就連最新的錐形炸藥都有少量供給的大手筆。想必能打一場奢侈的戰爭吧。即使也不是不覺得，沒有比這還要浪費資源的事。

反過來說，這也表示自己能用的手牌很多。儘管會讓全體的效率不良，看在現場人員眼中卻很感謝，這算是一種兩難困境吧，苦笑的譚雅，就暫且接受這件事，飛去執行任務。

帶領的部下，是一如往常的精銳們。第二〇三航空魔導大隊一路按照事前計畫，經由空路前

往聯合王國，執行地面襲擊任務的評估實驗。不過才剛出擊沒多久，天氣就開始變壞。

譚雅很快就開始後悔揹著重裝備過來了。

是天氣預報的資料不足嗎？軍方對於渡渡巴德上空的天氣預報，有著很明顯的誤差。儘管可以理解，但要是雲量、風速、濕度都比預報來得大幅惡化，也會讓人想抱怨幾句。

「Fairy01 呼叫加爾巴控制塔。Fairy01 呼叫加爾巴控制塔。聽到請回答！」

為了尋求氣象情報，朝充滿雜訊的無線電呼叫，不過卻無人答應。

「不行……是天電嗎？即使是天電干擾，電波也幾乎是最差的狀況。」

譚雅再重複數次無用的呼叫，直到她不甘願地承認狀況複雜，恐怕就連要與地面管制官取得聯繫，都很困難。

「Fairy02 呼叫 Fairy01。有聽到嗎？」

「勉強聽得見。」譚雅一邊回話，一邊與靠近到可直接對話距離的拜斯上尉，討論善後對策。

這與其說是無線電的狀況不佳，更像是空域的干擾。不僅雲量多，雨量也有點多。是對通訊來講最糟糕的天氣。

「短距離用的部隊內通訊，居然是這種音質啊。雜訊太嚴重了。很難說是個適合長距離通訊的狀況。」

「要返回嗎？這種天候狀況，即使還不至於中止飛行，但就算下達作戰中止的勸告，也不奇怪吧。」

「有道理……但並未確認到中止命令。再加上，我們大隊在無線電靜默環境下的作戰經驗豐富，地面管制官假設我們會繼續作戰行動的可能性很大。現在脫離戰場的話，很可能會讓友軍產生混亂。」

不是想否定現場的判斷，不過現場擅自判斷，結果把事情搞得一團糟的事例，譚雅可是知道到厭煩的程度。

「考慮到就只是要混在友軍的波狀攻擊之中進行地面襲擊，我們還是照我們自己的步調來進行吧。」

「遵命。考慮到視野惡劣的情況，要不要緊縮隊形，保持密切通訊呢？」

瞬間差點就要點頭的譚雅，隨即插話：「等等。」

「……不，別這麼做。這會大幅增加遭到奇襲時的風險。」

保持緊密隊形確實是比較好指揮，但如果是地面設備充實的監視據點，哪怕是在這種惡劣氣候下，也有辦法捕捉到自己等人的行蹤吧。

畢竟關於無線電監聽技術的精度，聯合王國擁有非常高的評價。相信很少會有人願意在進行地面襲擊時，背負著反被守株待兔的敵軍取得制高點的風險吧。

「也是呢，就嚴格下令維持隊形，加強偵查警戒。想想與協約聯合艦隊的那場意外遭遇吧。

可不准再犯下同樣的錯誤了。嚴加警戒，保持戰鬥隊形，完成襲擊行程。」

「遵命，少校。」

「啊，對了。畢竟是這種電波狀況，在遇敵之前，就保持無線電靜默吧。這種天候，敵人的雷達站群應該也會充滿雜訊……但我想盡量輕鬆點。」

「是為了輕鬆的努力呢。遵命！」

是要付出辛勞，避開已知的風險，還是要貪圖輕鬆，背負著能夠避免的風險，如果要從中選擇，就當然是前者了。這麼做所需要的訓練水準與經驗，第二〇三航空魔導大隊全都具備著。

統一曆一九二六年四月二十九日　聯合王國

瑪麗等人在完成初期訓練的同時，開始接受部隊訓練。不論是好是壞，他們都漸漸感受到實戰將近的氛圍。不論是誰都隱約覺得，該來的日子終究會到來吧。

然而，對她來說……那一天來得未免太過突然了。

「現在開始說明狀況！兩分鐘前，南方雷達站群與偵測線，偵測到帝國軍航空魔導部隊，以及大規模航空編隊，正在接近南端防空線！」

平時總是冷靜沉著的部隊長，表情僵硬地唸出最新情勢。當腦袋理解到兩分鐘前、南端防空線等單字意思的瞬間，瑪麗不由得全身僵住。作為防空線，每天死背下來的空域圖。

要是記得沒錯……現在能趕上迎擊的部隊，就只有自己等人這種在後方待命的部隊。就算本土的防空部隊要進行組織性迎擊，敵方也已經太過深入了。

「沒時間了！糟糕的是，根據敵魔導部隊的反應，很可能是帝國軍最精銳部隊！」

就連指揮官將校們都感到動搖的噩耗。本來應該要再鎮定一點進行的簡報會，也有點鎮定不下來。

這是為什麼呢——忐忑不安的瑪麗，就在這時忽然對牆邊一名似乎正在觀察自己等人的軍官身影，感到不太對勁。是一名不認識的將校，掛著中校的階級章。就服裝看來，是聯合王國的海陸魔導軍官吧？

「部隊長，有敵人情報嗎？」

「雖是暫定的識別結果，但據說是萊茵的惡魔。」

「萊茵的惡魔？」

有別於一臉狐疑，不知道這是什麼的一名軍官，瑪麗曾經聽聞過這個名字。是前陣子成為聊天話題，大夥討論起要不要去打倒他的帝國軍 Named。然而想不到的是，討論的對象會這樣突然朝自己等人的區域攻來。

「聯合王國的主管軍官表示，他是連在 Named 之中，也算是有著極度高危險性的 Named。首次確認是在諾登方面。此後，接連參與萊茵戰線、達基亞方面，以及南方大陸，儘管未經確認，但據傳也有投入對聯邦戰爭，是一名沙場老將的樣子。」

「傳聞嗎？」指揮官們蹙起眉頭。在這種凝重的場合上，牆邊悠哉抽著菸的聯合王國軍海陸魔導軍官，一派瀟灑地開口。

「失禮了，能插句話嗎？」

「貴官是？」

聽到將校們提出這句理所當然的疑問，部隊長隨即答道「對了。」

「忘記介紹了。這位是聯合王國海陸魔導部隊的德瑞克中校。當前的作戰行動，需要與聯合王國海陸魔導部隊進行聯合作戰的機會也不少吧。一旦有狀況，他都會盡量密切提供協助。」

部隊長就像終於想起來似的，把場地讓給方才介紹的德瑞克中校。就連那個辦事俐落的部隊長，今天都顯得有點手忙腳亂。

……是因為實戰將近吧，瑪麗直到這時，才總算意識到自己也緊張得心跳加速。

「我是方才介紹的聯絡主管軍官——德瑞克中校。對於合州國的諸位，我有件事想請你們留意……萊茵的惡魔是在『萊茵戰線』，讓共和國軍將兵們嚇得膽顫心驚，貨真價實的 Named。希望諸位不要把他當作戰場上常有的謠言，要認為是深刻重大的威脅來對付。」

「……德瑞克中校，你會說到這種程度，就表示他真有這麼厲害嗎？」

部隊長疑惑地詢問。如果要用臉色表示「這是在誇大其辭吧」，大概就會是這種表情吧。

「恕我失禮，上校。請認為他比你想像的還要厲害。他是不論指揮能力、個人戰鬥力，都達到卓越水準的魔導將校。儘管如此，卻連部隊也相當能幹。」

「你說他連指揮能力也很卓越？」

「坦白說，是都很卓越吧。確認到的那批魔導部隊也極為棘手。要是人數相當，我強烈建議你們退避。在交戰高度八〇〇〇英尺下，一個大隊一絲不亂地作為一個完整的有機體襲擊而來，這種戰術威脅幾乎是場惡夢。」

然而，德瑞克中校的答覆卻是明確到不能再明確了。他敦促警戒帝國軍 Named 的語氣相當認真。沒有浮誇，也不是開玩笑，這個人害怕警戒著萊茵的惡魔。

「德瑞克中校，請求發問！」

「好的，嗯，貴官是？」

「下官是瑪麗．蘇少尉！」

「沒關係，少尉。有什麼問題嗎？」

所以對瑪麗來說，這個疑問幾乎是自然而然地脫口而出。

「當無法逃離時，我們該如何是好？」

「這是個好問題。就被擊墜吧。」

咦？正當瑪麗準備發出疑問時，德瑞克就接著說「這說來簡單」。

「幸好，我們打的是本土防衛戰。與在敵地不同，會有友軍幫忙回收。只要活下來，把傷養好，就能再度參與戰鬥吧。正因為如此，重點就是不要死，給我乾脆地被擊墜吧。」

「知道了吧。」等到詳細解說完後，瑪麗才總算是理解他的意思。聯合王國的上空，是聯合王國軍的主場。只要活下來，就算贏了。即使墜落，只要活下來，就能挑戰下一次的戰場。

「有聽到德瑞克中校是怎麼說的吧！各位，迎擊戰對我們有利。」

點頭認同他說得沒錯的部隊長，大聲激勵起瑪麗等人。

「千萬別忘了。在我們的背後，居住著聯合王國的人們。我們已失去過一次故鄉，不想再失去第二次了。這裡是我們應當守護的人們與友邦的國土。為了不讓聯合王國的人們看笑話，就讓我們一起努力吧。」

「「「遵命！」」」

「加爾巴控制塔呼叫 Fairy 大隊，加爾巴控制塔呼叫 Fairy 大隊，緊急情況。聽到請回答。重複一次，這是緊急情況。聽到請回答。」

「Fairy01 呼叫加爾巴控制塔。已收到。通訊狀況惡劣，但不影響對話。」

電波狀況一復活，就立刻收到管制官的呼叫。雖是充滿雜訊的對話，不過在地面管制官與我方取得聯繫的瞬間，譚雅確實聽到他鬆了口氣。

「加爾巴控制塔收到。這裡是加爾巴15。」

「Fairy01收到。加爾巴15請說。」

「基於惡劣氣候與通訊狀況的惡化，讓各隊無法統一行動。既定的作戰計畫已經中止。再重複一次，既定的作戰計畫已經中止。」

啊，原來如此——譚雅就在這時候，大致把握到地面管制官不斷呼叫他們的理由。是因為氣象條件的惡化，導致統一的作戰行動幾乎崩潰，所以想要重整態勢吧。

「Fairy01呼叫加爾巴15。了解作戰中止，請准許返回。」

返回基地的許可會輕易發下來吧。懷著這種預期的譚雅心願，卻是一下子就破裂了。

「加爾巴15呼叫Fairy01。抱歉，無法准許貴隊返回。已向Fairy大隊發布了新任務。」

在向友軍部隊發布作戰中止命令的狀況下，收到追加命令？肯定不會是什麼好事，儘管譚雅暗自做好心理準備，但是就算是她，也不禁因為管制官隨後說出的話語，全身僵住。

「第一一四航空轟炸團的指揮官機遭到擊墜，迫降在東南α13管區內。貴隊已侵入該地區，算是不幸中的大幸。請從事五名乘員的戰鬥搜救任務。」

管制官想將詳細情報用無線電傳達過來的口吻，是深信命令不會改變的語氣。但要譚雅說的話，她可沒有理由必須要接受這種無理要求。

「Fairy01 呼叫加爾巴15。我要警告貴官，我的大隊與第一一四航空轟炸團用的是不同的通訊碼！在無法通訊的狀況下，而且還是位在敵地的救援任務，成算是相當渺茫。」

如果是友軍控制區域內的搜救任務也就算了。在聯合王國本土上，為了搜尋墜機的友軍駕駛員們四處徘徊，簡直是無謀之舉。

「首先，我大隊的任務可是地面襲擊的評估喔！我能理解救助的必要性。但是，我的大隊就連戰鬥搜救任務的裝備都沒有！」

最重要的，就是沒有關鍵的搜救裝備。在這種狀況下搜救友軍，是無謀至極的行為，正想這樣抱怨的譚雅，被地面管制官焦急搶話，打斷她接下來的話。

「加爾巴15呼叫 Fairy01。已了解情況。不過，鄰近的魔導部隊，皆缺乏在敵地的作戰行動經驗。該空域最幹練的部隊，則是貴隊。」

該說很不巧吧。在大半的航空魔導師已調往東部，西方航空艦隊的戰力不完全的狀況下，地面司令部幾乎是別無選擇吧。

「Fairy01 收到。隨即ＲＴＢ（註：返回基地），待調整裝備後，從事戰鬥搜救任務。」

「加爾巴15呼叫 Fairy01。抱歉，這是軍令。請盡速從事戰鬥搜救任務。」

「Fairy01 呼叫加爾巴15。這是在理解我隊的行動權後，所下達的軍令嗎？」

「這是正式的軍令。參謀本部也發出許可了……抱歉，但就拜託妳了。」

……怎麼會——差點回嘴的譚雅，就在這時把反駁吞了回去。就算無法確認真假，但既然是以正式的通訊，告知這是獲得參謀本部許可的指示……也就只能遵從了。

雖然不是沒有鑽漏洞敷衍過去的辦法……但現在捨棄友軍返回，要是惹到參謀本部不悅，自己也沒辦法全身而退。不對，光是在西方方面軍裡的評價下降，就會相當難以獲得戰技研究的協助吧。

「Fairy01收到。現在開始執行救援任務。等歸還後，我可要加爾巴控制塔好好請一頓。請做好覺悟。」

工作上的應酬真讓人不愉快。會像這樣迂迴運用社會壓力，強迫他人去做他不想做的事情。不過既然要做，就要全力以赴。

最多就是等活著回來之後，再去狠狠敲詐他們一頓。

「上尉，有聽到吧？要去回收大人物了。」

「收到。只是，這又是……很棘手呢。」

讓身邊的拜斯上尉發起牢騷，一旁警戒的謝列布里亞科夫中尉與格蘭茲中尉一起抱頭苦惱的不可能的任務。下令去救援友軍是很簡單，但這可是要從敵地裡頭，找出連掉在哪裡都不清楚的友軍。

是讓人想要求他們派專門部隊去幹的任務。就算是精銳，這也不是戰鬥任務部隊，第二〇三航空魔導大隊適合執行的任務吧。

「立刻拋棄重裝備。評估機材也拿來做地面搜索。無法挪用的機材，就跟重裝備一起做爆破處理。」

「是的，少校。只是，一旦要在敵地進行戰鬥搜救任務……」

「我率領一隊擔任直接掩護。就把格蘭茲或謝列布里亞科夫借給你。拜斯上尉，貴官立刻給我去挑選搜索人員。」

「但是，可以嗎？」

「想跟我換嗎？區區部下的背後，我會好好守給你看的。」

為什麼要這麼可悲地，讓自己不得不降落到無處可逃的地面上啊。不是不相信拜斯上尉的掩護，但要是有什麼萬一，與其捨棄有辦法逃跑的位置，還不如背負會喪失能幹副隊長的風險。

……這不是值得稱讚的想法呢，最近也不是沒有在反省。

「遵命。那我想跟妳借格蘭茲中尉。」

「不挑謝列布里亞科夫中尉好嗎？這方面的事，她在萊茵戰線的經驗豐富。應該會比格蘭茲中尉還要熟悉。」

「可是，她是少校的搭檔。我認為現在最好是維持編組。」

「……很好，就分成兩隊。拜斯上尉，搜索就交給你了。謝列布里亞科夫中尉，貴官就作為我的副官，一起負責直接掩護，我們要去做空中掩護。」

「遵命！」

於是，拜斯上尉與格蘭茲中尉就懷著壯烈的覺悟，擔任起棘手的地面搜索任務，卻突然收到狀況正在一分一秒惡化的通知。

「拜斯上尉，友軍管制傳來壞消息。聯合王國軍有兩個航空魔導大隊，正朝這裡急速接近當中。此外，還確認到地面部隊的移動。」

格蘭茲中尉沉重的告知讓拜斯上尉忍不住仰望天空。巡航中的提古雷查夫少校的兩個中隊，讓人非常安心。

不過，這也讓他重新意識到，時間並未站在自己等人這邊。要說理所當然，也很理所當然。畢竟，這裡是敵地。要是慢吞吞地悠哉待著，會冒出敵人增援是自明之理。

「還真是個壞消息……大隊長呢？」

「看來是打算迎戰的樣子。說是謝列布里亞科夫中尉與提古雷查夫少校的中隊會負責誘敵，所以要我們繼續從事搜索。」

「找得到嗎？」

接到這種不可能任務的拜斯上尉，痛苦地說道，一面嘆氣，一面將自己險些脫口而出的更多抱怨吞了回去。勉強在地面上發現到了墜落的機體殘骸，但也就只有這樣。

「殘骸附近有人員移動的痕跡，但沒有軍犬，很難找到吧。格蘭茲中尉，足跡呢？」

「是有發現到沒錯，但要追蹤足跡嗎？這種追蹤任務，我們大隊是……」

辦不到的吧——差點這麼說的格蘭茲中尉，因為這是不允許的發言而沉默下來。拜斯上尉默默輕拍起他的肩膀，在心中長嘆一聲，就唯有這點沒辦法啊。

大隊指揮官的譚雅·馮·提古雷查夫少校，一直以來都靠著實力，強行解決掉各種不可能的任務。跟隨在她底下的拜斯自己，也隱約期待著，如果是提古雷查夫少校，說不定就有辦法達成這項任務。

友軍的救援……是軍人的榮耀，也是對同伴的義務。

不過這種感傷的想法，也讓現實主義者的拜斯上尉感到矛盾。拜斯上尉至今累積的經驗與戰鬥教訓，也教導了他，果斷放棄辦不到的事情有多麼重要。再繼續地面搜索，只會讓風險增加。這對大隊來說，很可能會招致無法忽視的損耗吧。

格蘭茲中尉儘管說不出口，但應該也隱隱約約感受到了。只要考慮到他尷尬地不發一語，就像是想述說什麼事情似的注視自己的舉動，就能輕易察覺到這點。

實際上，拜斯自己也判斷，差不多是該考慮中斷搜索的時候了。

「Fairy01 呼叫大隊各員。立刻集合。重複一次，立刻集合。」

「喊集合了，上去吧。」

或許是要講有關撤退的事吧，兩人就這樣擅自認定，前往提古雷查夫少校身邊。所以他們，拜斯上尉與格蘭茲中尉，才會在下一瞬間由衷感到驚訝。

「「咦？」」

拜斯上尉與格蘭茲中尉的愚蠢表情，就像是在反問「妳剛剛說什麼？」一樣。該說他們缺乏理解力吧，但或許是實戰經驗阻礙了他們理解也說不定。

既然如此，不說得淺顯易懂一點，他們應該是聽不懂，譚雅做出判斷後，再度說明起剛才成功監聽到的警察無線電的存在。

「是聯合王國的警察無線電。他們似乎是抓到了墜機的帝國軍機乘員。還真是不小心。內容這麼重要的警察無線電，居然沒有加密就發送出去。」

「不，那個……我想他們也沒料到警察無線電會遭到監聽，這也是無可奈何的事吧。」

「嗯，拜斯上尉說得也對……儘管出乎意料，但這毫無疑問是個好消息。不僅省下我們搜索的工夫，就連所在位置與移送目的地都弄清楚了。」

這樣的話，就辦得到吧。伴隨著這種確信，譚雅做出決定。

「謝列布里亞科夫中尉，除我之外，貴官的經驗最為豐富了。就妳在萊茵戰線救援友軍的經驗，妳怎麼看？說出貴官推斷的敵戰力與所需戰力。」

「下官推斷會是民兵或是維持治安程度的警察戰力。只要一個小隊，就有可能壓制。」

「妥當的分析，但太過期待敵人的失態。考慮到還要護送貨物，有投入一個中隊的價值。謝列布里亞科夫中尉。給妳一個中隊，由貴官親自率領。無論如何都要把人保住。」

「是的，少校，就交給我吧。」

她立刻欣然答應。謝列布里亞科夫中尉已成長為一名能理解自己該做什麼，把握到該怎麼去做的指揮官。對於知道她以前會被老兵們調侃是維夏小姑娘的譚雅來說，這是個讓人欣然歡迎，人力資本的出色成長。

……人類果然是會學習的生物。以自己的力量，靠自己去思考。

身處在這種戰場上，還能懷著私人感情的自己，果然不適合當軍人吧。不經意思考起本性的事情，不過譚雅隨即就將這些雜念拋諸腦後，將注意力集中在眼前的課題上。

「格蘭茲中尉，你去掩護謝列布里亞科夫中尉的部隊，可千萬別給我誤射到貨物啊。」

「遵命。」

前去救援發現到的俘虜。儘管對聯合王國的警察們很不好意思……但他們要擊退第二〇三航空魔導大隊的將兵，是不可能的事吧。

「很好。拜斯上尉，貴官就與我還有其他人員，一起對接近中的敵航空魔導部隊展開迎擊戰。我們要確保住相關空域。不過，貴官是地面掩護的負責人。迎擊就交給我吧。」

譚雅儘管俐落地陸續發出指示，卻無法根絕煩惱的來源。

現況下最大的問題，其實是在確保住貨物之後。更正確地來說……就是該如何把貨物後送這一點。

如果是負傷的魔導將校，還能讓同為魔導師的人員抱著後送吧。

然而，第一一四航空轟炸團的高級軍官們，儘管習慣天空，但他們可是駕駛員。他們應該很習慣作為駕駛員在天空飛行。不過這得加上一個但書，就是要待在航空機的內部環境裡。

要背著他們用肉身在空中飛行？要是他們有傷在身怎麼辦？不對，說到底就算沒有受傷，也會有非常大的風險吧。抱著肉身的高級軍官飛行，對雙方來說都是一種懲罰遊戲。

考慮到萬一發生事故，就有必要做好最壞的覺悟。

或是說，辦不到吧。但就算這麼說，既然命令是要救援，就不容許失敗。這樣一來，就得想辦法讓他們搭上飛機。該申請救援機嗎？不，實在是不覺得救援機會過來。

侵入敵地上空著陸這種事……一想到這，譚雅就破顏微笑。啊，什麼嘛。這事很簡單啊，還有前例呢。

「副隊長！」

「是的！」

「第一〇三航空戰鬥群在附近嗎？告訴我無線電頻率！」

「是要做什麼呢？」對於浮現這種疑問的拜斯上尉，譚雅笑道「到時候你就懂了」。

「Fairy01，這裡是Mosquito01。電波狀況只能說糟糕，不過勉強還聽得見，請說。」

「感謝，Mosquito01。我就直說了，想請你協助特別任務，要跟貴隊商借三架燃料充足，本領高超的飛機。」

於是，在用無線電呼叫Mosquito01後，譚雅就單刀直入地提出要求。

瞬間就得到他欣然允諾的答覆。在這件事上，帝國自豪的現場指揮官之間的合作關係，完美發揮了機能。

「收到，Fairy01。我就相信貴官的技術與評價吧。但三架？是能用三機編隊戰術……但既然是特別任務，就該用四機編隊戰術挑戰呢。我出四架。就借妳一個小隊，回去記得請客啊。」

「Fairy01呼叫Mosquito01。我也非常想請，不過帳單還請記在下達特別任務命令的加爾巴控制塔主管軍官名上吧。我相信下達這種過分命令的他，才不會心胸狹窄到拒絕我這小小的支付請求呢。」

「哈，說得好啊！」

雖是輕佻的對話，不過彼此都在戰場上待得夠久，足以互相信賴對方的本領。就譚雅所見，這正是帝國軍這個軍事機構的偉大之處。認同現場的裁量權之餘，全體還能共同為了一個大目標攜手合作的奇蹟。一旦喪失這種一體感，帝國軍就很可能會淪為名副其實的紙老虎。

「Fairy02 呼叫 Fairy01。友軍戰鬥機自四點鐘方向接近而來。跟事情通知的一樣，有四架正在接近。」

「Fairy01 收到。這下在 Mosquito 面前可抬不起頭來了。」

過沒多久，譚雅就聽到拜斯上尉報告請求的友軍機正在接近，笑逐顏開。

雖是偏向特技表演的做法，不過在這世上，甚至還有開戰鬥機降落敵機場，再放火襲擊敵機場的駕駛員。所以在敵地降落，回收友軍駕駛員，不是不可能的事吧。

「Fairy 大隊，聽到請回答。這裡是 Mosquito06，這裡是 Mosquito06。」

「這裡是 Fairy01。通訊正常。判斷通訊狀況無礙。Mosquito06，感謝你的協助。」

「沒有啦，誰叫軍令要我為了免錢的酒努力工作呢。請儘管吩咐吧。」

駕駛員的燃料難道是酒精嗎？正當譚雅苦笑著想開口說明狀況時，就被響徹整片空域的警報打斷話語。

「緊急狀況！大隊各員請保持警戒！我偵測到兩個大隊的敵魔導部隊！是先前警告過的部隊！跟事前情報一致，高度六〇〇〇英尺！正在急速接近我方當中！」

警戒中的部下大聲發出警報。只要專心偵察一下，就會發現反應確實很多。跟事前情報一致，是兩個魔導大隊。而且麻煩的是，來的還是主場的傢伙。

「準備迎擊！攔截部隊立刻前往迎擊！Mosquito06 請退避！我希望貴隊極力避免戰鬥！」

「這是為什麼！」

「現在來不及說明，請等我一下！」

「大隊長，謝列布里亞科夫中尉保住貨物了！」

「……居然在這種時候。該死，慢了一步！貨物的狀況如何？」

「沒有嚴重的負傷，不過有些許碰撞傷與腳部挫傷的樣子。」

就在譚雅準備大聲下令提升高度時，拜斯上尉報告起好消息……坦白講，光是能回收到就很好了。不過要是能再快一點，就能避開這場交戰，是讓人心情有點複雜的消息吧。

「雖是個好消息，但是，該死，這裡可是敵地啊。長時間下來……」

逼近過來的，是敵方的兩個航空魔導大隊。手邊只有一個航空魔導大隊，而且還附帶礙手礙腳的貨物。在這種狀況下，下令要人想辦法回收貨物帶回去，會頭痛到想乾脆放棄任務，也是情有可原的事。

只不過，譚雅可沒辦法放棄。

無論如何都要度過這個難關。不僅如此，要是不伴隨著實際成績到各單位提出抗議，完成讓他們再也無法下達這種愚蠢任務的工作，我可吞不下這口氣啊。

……既然如此，為了逃出生天，也必須要確定事情的優先順序。就眼前的情況，只能認為將貨物後送，是最優先的事吧。

「副隊長，帶你的部隊去確保『短跑道』。只要是能讓航空機降落的，不論是廣場還是公園都隨便你。有必要的話，這附近的田地也行！格蘭茲、謝列布里亞科夫兩中尉也隨便你用。」

「是的！但……但是，可以嗎！」

對於譚雅在大敵當前，將三個中隊分派去執行其他任務的判斷，夾帶著容許限度內的制止，對命令提出異議的拜斯上尉，做出的判斷非常有常識。的確，對自負為精銳的第二〇三航空魔導大隊來說……用一個中隊與兩個大隊交戰，這要是教範內容，將會是在「指揮官適性」上打個大叉的失誤吧。

這很亂來是早就知道的事。不過在這個世上，有些事情就算不合道理，也無論如何都必須要達成。

「我知道用一個中隊與敵兩個魔導大隊交戰很蠢！但是，既然本國指示我們保住貨物，就沒辦法無視命令！」

「……儘管有想過該不會是這樣……難道少校叫友軍機來的目的是……？」

「是要讓他們在敵地著陸！我的大隊要是不提供掩護，豈不是有違道義！無論如何都要確保安全的著陸地點，支援到他們起飛為止！」

你的感覺很敏銳嘛，譚雅露出微笑，相對地，拜斯上尉則是板起臉，露出「這樣太亂來了」的表情。他想說的事，就算不是譚雅也能輕易想像得到。你臉上寫著「請問妳剛剛是說要在敵地著陸嗎？」的疑問喔——會讓人想這樣提醒他一下吧。

然而，兩人的對話卻因為突然插入的無線電通訊，暫時擱置下來。

「Mosquito06 呼叫 Fairy01。我可以認為妳是希望我們在敵地突擊著陸嗎？」

「Fairy01 呼叫 Mosquito06。就跟你所聽到的一樣。我們必須回收墜機的第一一四航空轟炸團的人員。」

大概會被抗議吧，已有覺悟的譚雅，做好不惜打出軍權這張最後王牌的準備。就算要打壓他的反駁，也要他遵從命令，懷著這種想法的她，卻因此亂了步調。

「就儘管交給我吧！」

透過無線電傳來的，是引以為傲地欣然允諾的可靠話語。

「既然駕駛員已由魔導師的各位撿到，這裡就讓我們……就讓我們也貢獻一己之力吧！感謝妳！肯拜託我們來做這件工作！」

譚雅一面為航空戰鬥群的人員富有這種冒險精神感到高興，一面重新確信到自己做出了正確判斷。

「Mosquito06 呼叫 Fairy01。非常感激妳無微不至的安排。但既然要回收同伴，就不必勞駕貴隊幫忙鋪上紅地毯！只要跟我講位置就好，我們等下就去處理！請將支援控制在最低限度！」

「Fairy01 呼叫 Mosquito06。感謝你的提議，但也要確保貨物的安全。為了避免貴隊的二度遇難，我們也應該要盡到最大限度的支援吧。還請各位盡速脫離戰區。」

「……Mosquito06 收到！」

滿懷感激的答覆，聽起來非常有幹勁，真是太好了。能理解自己工作職責的出色熱忱，簡直就是勞動者的楷模。在這瞬間，譚雅也忍不住微笑起來。理解力強，極富挑戰心的同僚，以及不會胡亂抱怨的部下。

這就叫作能幹。是在工作時，讓人最想要的工作環境。

「就跟你聽到的一樣，副隊長。給我盡快確保著陸地點。」

「遵命！」

聽到譚雅下令催促他趕快動作，簡單答覆後就隨即飛走的拜斯上尉，想必能達成命令吧。保住貨物的謝列布里亞科夫中尉大概能夠趕上，格蘭茲中尉也應該能做好兩人的掩護。

之後只要 Mosquito 他們能好好著陸，就萬事俱備了。

簡單來說，譚雅的工作就是在她滿懷信賴送出去的部下與夥伴做出成果之前，替他們爭取時間。是不論是誰，都能做到的簡單工作。

「好啦，用一個中隊對付兩個大隊啊。如果高度差有二〇〇〇英尺的話……就從上方擊潰他們吧。」

簡單來講就是去找人麻煩。只是牽制程度的話，又不是要認真打仗，所以是有可能辦到的。所幸，帶領的中隊士兵們也各個都是老兵。幾乎無人員損耗的第二〇三航空魔導大隊的沙場老將們，將能在這種局面下大放異彩。

「……哈哈哈，這還真是簡單的工作對吧。各位，就稍微當一下搗蛋鬼，去陪客人好好玩一場吧！」

要是有第三者聽到這段無線通訊，想必只會認為當中拚命呼叫的聲音，是在竭盡全力地進行懇求吧。

「Pirates01 呼叫 Yankee 大隊司令。這是緊急狀況！請立刻提升高度。再重複一次，請立刻提升高度。」

實際上也確實是如此，呼叫 Yankee 大隊的德瑞克中校不吝於承認這點。

「Yankee01 呼叫 Pirates01。不好意思，請麻煩說明情況。突破實用升限，恐怕會對戰鬥持續時間造成重大障礙。」

「Pirates01 呼叫 Yankee01！請警戒敵魔導中隊的接近。據反應判斷，是 Named。高度是八〇〇〇英尺！」

「我了解貴官的意思。不過，對方只是區區一個中隊。這應該是敵方想讓我方全體提升高度，進而感到疲憊的遲滯戰術吧？」

啊，該死——德瑞克中校就在這時，對說出這種悠哉發言的友軍編隊，發自內心感到頭疼。半吊子的尊重合州國方想讓義勇軍獨立運用的要求……結果就是只能與兩個魔導大隊的指揮官，不斷展開無用的爭論，這只能說是種折磨。

但就算這麼說，也沒辦法強迫他們。

本來的話……應該會有聯合王國魔導部隊跟隨支援，結果卻沒有配合好，手邊也沒有能理解自己意思的部隊。

這就像玩牌時被迫拿一手爛牌一樣，誰玩得下去啊。

「大隊長！我再重新請求一次。至少為了戒備高度八〇〇〇英尺的敵人，讓兩個中隊提升高度防禦！」

「……Yankee01 呼叫 Pirates01。貴官的忠告就到此為止吧。用兩個大隊的統一射擊迎擊，遠比勉強兩個中隊提升高度，來得有意義吧。」

聽到對方語帶苦澀地暗中警告他適可而止，德瑞克中校也只能放棄了。是夢想著 Yankee 大隊的隊員們，能帥氣地擊潰在高度八〇〇〇英尺嘗試遲滯作戰的敵人嗎？

儘管對部隊長感到抱歉，但面對就連自己原部隊的海陸魔導部隊都會遭到玩弄的「萊茵的惡魔」，想靠 Yankee 大隊挑起戰爭的想法，簡直就是荒謬。

然而，只能不斷請求對方回心轉意的德瑞克中校，立場相當為難。最致命的就是，這是在緊急到任後的攔截任務。讓德瑞克中校切身感受到，在尚未建立信賴關係，全員初次見面的階段時，囉哩囉嗦地不斷提出反駁，是多麼沒有意義的行為。

「Pirates01，我尊重你的意見，但請理解我們也有我們的戰鬥準則，並希望你尊重。」

這就是所謂的叫天天不應，叫地地不靈吧。被派來輔佐缺乏實戰經驗的指揮官的自己，看來完全被解讀成是多餘的監督人員了。

德瑞克中校壓抑著內心想要抱怨的心情，拚命考慮起狀況。自己的工作，是讓 Yankee 大隊的損害最小化。這種時候，只要「萊茵的惡魔」肯回去的話，就別無所求了。

……對德瑞克中校來說，問題就在於「萊茵的惡魔」別說是企圖脫離，還率領著中隊朝這裡突擊，挑起反航戰的現狀。

Yankee 大隊他們判斷，這是遲滯作戰這種防衛行動。為什麼就是不懂，這是在主動前來狩獵我們啊？

面對萊茵的惡魔正在高速逼近的事態，為何能如此樂觀地發出豪語，說要把人趕回去？

「Pirates01 收到。請原諒我的無禮，但為了以防萬一，當貴官無法擔任指揮時，請准許下官能在這種緊急情況下發出指示，代為處理狀況。」

「還請務必准許。」繼續發出請求的德瑞克中校，知道這是很失禮的要求。即使在名目上屬於同一個指揮系統，但義勇軍實際上可是合州國的正規軍。要是由自己行使指揮權的話，大人物們肯定會鬧得沸沸揚揚。

「……要是我被擊墜了，就這麼做吧。」

「感謝協助，Yankee01。」

「沒必要謝。不過，我必須記錄下你曾提出這種要求的舉動……我不是在質疑貴官的資質，但應該會留下你不太適合擔任聯絡官的紀錄吧。」

「收到。」

不過對德瑞克中校來說，必要的是明確的安排。以在這個最壞的狀況下，最沒有那麼糟糕的未來的意思而言。

德瑞克中校已經盡力了。

他忠於自己的良心，不畏懼譴責與處分，基於他的立場做出了最好的選擇，努力讓損害最小化了。

然而，正因為如此——

「敵……敵中隊，繼續提升高度！」

「什麼！高度九五〇〇英尺！」

「正……正在組成突擊隊列！」

「準備迎擊！冷靜點！別被對方的小手段騙了，想想敵我的戰力差吧！我們在人數上占了優勢啊！」

懷著羞愧的心情，德瑞克中校不得不陪同合州國的人們，一起衝向破滅性的戰鬥之中。沒辦法開口叫他們別幹蠢事，是自己太沒有用了。

無法阻止悲劇發生，原來是這麼讓人無力的事嗎？

「準備統一射擊！用彈幕把他們打成蜂窩！」

「準備射擊！」

合州國的魔導部隊，展現出一如訓練與教範般，一絲不亂的出色對應。就缺乏實戰經驗的人員來講，這種表現堪稱是最好的反應。

然而，朝敵人動向看了一眼的德瑞克中校，卻嘆了口氣。

「……來不及啊。」

筆直爬升後發動俯衝突襲的敵魔導部隊，實力一如字面意思的在我方之上。乍看之下像是各自散開的突襲，卻頑強維持著兩人編組。從高度九五〇〇英尺處，以最高戰鬥速度俯衝突襲的同時，還能如此輕易地維持彼此之間的掩護？

光靠統一射擊，究竟能對抗到何種程度啊……當想到這裡時，德瑞克中校突然瞪大眼睛，總算注意到 Yankee 大隊犯下的根本性失策。

……一旦採取統一射擊，部隊員就無法自由機動。如果是海陸魔導大隊，士兵們還有可能自行調整適當的距離。

然而……剛從訓練生畢業的他們，將會為了「保持統一的射擊」而「保持在自己的位置上」。對 Yankee 大隊來說，這會是致命性的失誤。

保持在自己的位置上，也就是保持著緊密的距離……

「不好！」

霎時間，德瑞克中校不惜越權也要下令散開，卻已經來不及了。

「開始射擊！」

伴隨著部隊長的命令，伸展出去的射擊線。傻眼的是，射擊火力貧弱稀疏到，讓人不覺得這是兩個大隊規模的射擊線……這下子，可讓敵人看穿我方的訓練程度了，就在德瑞克中校做好覺悟的瞬間。

敵中隊維持著突擊隊型回擊。只不過……擊發的不是假定高機動戰的光學系術式，而是單純特別強化破壞力與衝擊力的爆裂術式三連發。原本應該能置之不理，嘲笑這根本不可能打中，但對密集飛行的 Yankee 大隊來說，情況可就不同了。

部隊內通訊此起彼落的悲鳴以及急速擴大的恐慌。就連應該要保持冷靜的指揮官與士官們，都很明顯地失去鎮定。

「該死！一擊就帶走一個中隊了！這裡是Pirates01！緊急狀況。Yankee01、Yankee01，聽到請回答！」

為了讓狀況沉靜下來，向無線電發出呼叫的德瑞克中校，卻因此確信了一件事。

「……這些作祟到底的傢伙！居然幹得這麼徹底，第一擊就把腦袋砍掉了！」

擊潰指揮系統，將局面帶入混戰的亂鬥。是連在帝國軍的眾魔導部隊之中，萊茵的惡魔所率領的部隊也是最為擅長的斬首戰術。

該死的是，就算知道手法，也缺乏對抗手段，所以才凶惡至極。只要瞥一眼，就會發現敵魔導中隊正在逐步撕裂 Yankee 大隊的指揮系統。簡直就像是開玩笑似的，逆轉了雙方在人數上的戰力差。

硬要形容的話，敵人就彷彿是作為一個群體集結起來的衝擊力，展開行動的中隊。哪怕是敵人，也教人佩服不已。突襲而來的帝國軍魔導中隊一面自由自在地撒出術式，一面就彷彿具備有機性連結一樣，將衝擊力凝聚在單一方向上的表現。

輕易展現出就連同樣是魔導部隊，自己原部隊的海陸魔導部隊都懷疑能不能做到的技術。不過，也不能光是佩服。

畢竟，自己等人是以現在進行式遭到殲滅的那一方。德瑞克中校可沒有餘力，從容地讚賞對方幹得漂亮。

「Yankee 大隊的各位！這裡是 Pirates01 ！我判斷 Yankee01 已無法行使指揮權！所以現在要對大隊的指揮權下達緊急指示！」

「Yankee05 呼叫 Pirates01，貴官的指揮權對我們是……」

就在對方挑起麻煩爭論的瞬間，德瑞克中校差點就要用所知的一切話語，向不講理的神飆出抗議，不過他卻在下一瞬間回心轉意。

「勞埃德，你這笨蛋！快給我閃開！」

還有合理的人活著，而且那個人的年資還比死腦袋的傢伙高。這是不幸中的大幸，在這瞬間真是感謝上帝保佑。

「Yankee03 呼叫 Pirates01，收到。請問貴官有何對策？」

「要是被帶入混戰，將會遭受過大的損害！立刻準備脫離！」

「遵命！聽到了吧！全員，要脫離了！暫時脫離！拉開距離，重組隊形！不能再白白遭受損害了！」

七零八散的狀況，外加上指揮系統崩潰導致的混亂。但是……最起碼人數占有優勢。只顧逃跑的話，姑且還辦得到吧。

「各軍官讓部下退後！新兵們，要逃了！老兵們，眾指揮官準備進行後衛戰鬥！讓新兵們逃離戰場！」

這是德瑞克中校在現狀下所能要求的最大限度的期待。

不過，對峙方可不會讓他們稱心如意。

「大隊長，敵人試圖拉開距離！」

「……還以為是弱兵，打算玩弄一下，沒想到切換得還真快。對應比預期的還要機敏。我居然判斷失誤了嗎？」

會咂嘴抱怨，是因為敵人很快就重整態勢了。

就譚雅看來，他們以聯合王國的部隊來說，訓練程度很罕見地不怎麼高，所以推測他們應該是訓練部隊或二線級部隊。然而實際上，雖是弱兵，指揮系統的判斷卻快得驚人……或許意外地有老兵或教官群隨隊輔佐吧？

「少校，該怎麼辦？」

「事到如今還能退嗎！只能繼續把局面帶入混戰了。給我持續咬住他們！要是被拉開距離，可就不知道我們是為什麼要衝進來了！」

「把局面帶入混戰！」就連在大吼後率先衝入敵陣，敵人的反應也明顯有著相當大的改善。已幾乎沒有不知道該怎麼做的敵人了……就算單純是讓訓練程度低的傢伙們逃跑，由妥當的傢伙們負責殿後，這種單純的職責分配，也是平息混亂的最佳解答。

這樣就很難期待靠衝擊與恐懼瓦解敵人。不過，依舊決定盡可能擴大混亂的第二〇三航空魔導大隊的精銳們，就即興地開始集中射擊逃跑中的新兵。

這是不錯的判斷……只要除去擔任先鋒的譚雅，必須要負責對付最為棘手的敵人，這個大問題的話。

「還真難纏！」

一面咂嘴，一面以反航戰敵我相互交錯的形式，不斷用術式直擊對手，譚雅才在緊追不捨之下，讓射程勉強捕捉到背對自己，企圖逃亡的敵魔導師。

鎖定沒注意到自己的粗心敵魔導師，為了用衝鋒槍從堪稱死角的斜上方進行掃射，將術式封入術彈之中。這麼近的距離，不可能會射偏吧，然而這種想法，卻是譚雅一連串不幸的開端。

突然阻擋在射線上的，是將防禦殼強化到最大限度的敵魔導軍官。想保護部下的氣魄值得嘉許，甚至讓那名部下有機會朝掃射結束的譚雅，就像是要報一箭之仇似的也發出數發術式。

所幸是未經仔細瞄準的盲射，儘管不需要採取什麼特別的對應，但沒能幹掉最初的目標可是個失敗。

「啊——————！」

目標驚恐地瞪大雙眼，看著魔導將校緩緩墜落，隨後一朝自己望來，就顯露出憤怒情緒，以可形容是渾然忘我的速度衝來。

手上握的是已射完術彈的衝鋒鎗；相對地，衝過來的是怪吼怪叫，朝自己舉起魔導刀的敵魔導師。

雖是讓人傻眼的突擊，但困擾的是，這對譚雅來說也很危險。就算想尋求支援，熟悉自己的戰鬥機動，負責掩護自己的謝列布里亞科夫中尉，目前正在地上支援貨物。

部下他們也正在分頭追擊，難以期待能立刻獲得身邊人的掩護。這樣一來，就必須要獨自對付討厭的纏鬥了。譚雅儘管真的很不情願，也只能勉勉強強地準備顯現出魔導刀，然後突然注意到一件事。

「還真是讓人回想起以前的不愉快經驗。」

是什麼時候的事呢，此時在譚雅腦海中閃過的是，被疑似協約聯合海陸魔導師的直接掩護，在海上將局面帶入近身戰鬥的不愉快經驗。在這種狀況下，要是被帶入刺刀格鬥的局面，光是被纏上就會動彈不得。

當時是用刺刀解決，但太過拘泥經驗可是下下策。不僅是衝鋒鎗沒辦法上刺刀，就算能上，也不太喜歡與敵兵認真對砍。

既然如此，就乾脆這麼做吧，重新做出判斷的譚雅，動作相當機敏。當場拔下衝鋒鎗的空彈匣，朝敵魔導師投擲過去。就在不知道她投出什麼東西的敵人瞬間做出警戒，被動地連忙想加強守備時，譚雅竊笑起來。

朝著似乎因為什麼事都沒有發生，就很不謹慎地愣住的敵魔導師，譚雅在緊急加速之後，以刺槍術的訣竅架起木製槍托，筆直衝了過去。

伴隨著加速過的速度，將木製槍托招呼在敵人的腹部上。

「唔……」

就呻吟聲與手上的反作用力來看，確實是打斷了不只一兩根的骨頭。一般人大概會當場死亡吧……不愧是展開防禦殼的魔導師，威力似乎稍嫌不足。果然，近身戰就是……正當譚雅想著這種事時，她總算是看清楚敵兵的長相。

就像是在渴求氧氣一般痛苦喘息的呻吟聲，意外地高。

仔細一看，對方是名看似尚未成年的年輕女孩。雖說是木製的，但毫不客氣地用槍托攻擊女孩子的腹部，可不是件好事啊，譚雅基於善意做出反省。

不過，就唯有這點是戰場的常態。

所謂別參戰就沒事了。

當全副武裝出現在戰場上時，男女之分就已無意義。不是殺掉敵人，就是被敵人殺掉。

不對，作為譚雅個人毫不掩飾私心的見解，要是存在著需要保護女性與小孩的交戰規則，希望也能適用在自己身上就是了。

好啦，雖是麻煩的纏鬥，但總算是能拉開距離……直到想到這裡時，譚雅才總算是注意到剛剛那一擊，不知為何讓敵兵受到了極大的震撼。

敵兵一臉茫然地注視著自己刺出去的衝鋒鎗。

無法想像她直到剛剛都還戰意激昂的改變。過大的變化，讓譚雅自己在這瞬間，無法理解敵人的動作。不過，經驗果然是不會背叛自己。有別於困惑的腦袋，受過軍紀教練的譚雅身體，清楚記得該在敵人停止動作的瞬間做什麼事。

譚雅慣於戰鬥的手腳，就無視著腦袋的混亂，認定要做的事情很單純的，替衝鋒鎗裝上新的彈匣，俐落地裝填上第一發子彈。

對集彈率有問題的衝鋒鎗來說，只要在如此緊貼的距離下擊發，不論是動搖也好混亂也罷，都絕對不可能射偏。

「該說永別了吧？」

「妳……妳……妳是……！」

對準不知道是在吠些什麼的敵兵，扣下扳機。輕快的動作聲與擊發聲在空中響起，遲了片刻擊中目標的子彈，貫穿了敵魔導師的防禦膜。不僅直擊防禦殼，從身體各處飛散的血肉，還在空中開出鮮紅的花朵，但是，不夠深。

基於經驗法則，一眼就看出這不是致命傷。

打光一個彈匣都沒辦法造成致命傷，是太過小看對手的防禦殼，還是衝鋒鎗的威力不足呢？

「嘖，真硬。」

譚雅咂著嘴拉開距離。

「01，右下！」

同時，聽從部下的叫喊在空中扭轉身體後，發現到企圖朝自己顯現光學狙擊術式的敵魔導師身影。譚雅幾乎是靠著條件反射，一邊做出迴避機動，一邊確認起周遭狀況。

「到此為止了！我是不會讓她們死的！絕不！」

敵人一面大喊，一面獨自接近。是想引開我方的注意，支援脫離行動的氣魄吧？術式的展開速度算普通，但準度與密度都非常精密，證明對方具有相當高的射手資質。在這種狀況下選用光學狙擊術式的判斷力，也很值得嘉獎吧。的確，在混戰狀態下，當敵我混雜在一起時，擔心誤射是很正確的戰術。只是——譚雅就在這時暗自竊笑。

只是，前提條件可不同啊。譚雅只要擊墜敵人就好。相對地，他們卻被迫要一面保護累贅，一面交戰。

簡直就是教科書上所描寫的模範的軍官形象。

輕盈避開攻擊後隨即反擊。毫不遲疑地形成爆裂術式，顯現。在確認到意圖掩護的敵兵遭到衝擊波吞沒後，譚雅就確信擊墜了。喪失反應加上從頭部墜落，毫無疑問是喪失戰鬥能力了。

就在譚雅為了給剛剛沒殺成的魔導師補上最後一擊，準備進行瞄準時，才注意到目標已失去行蹤。

是自行降落了，還是本來就被擊墜了……沒有殺掉的手感。也就是說，她比想像中的還要優秀吧。

「不僅頑強，逃得也很快。真該先殺掉她的。」

能在戰場存活下來的「本領不錯的魔導師」，一大前提就是要能活著回來累積經驗，做到這種理所當然的事的人種。

那條溜掉的魚，或許意外地會成為一名高手吧。真是浪費，譚雅必須要承認，自己就各種意思上感到非常後悔。

不過，後悔就到此為止了。譚雅一邊咂嘴覺得「沒能解決掉啊」，一邊搖頭歎息「讓擊墜數溜走了」。

「退後！再打下去會陷入泥沼。準備撤退！」

此時，譚雅腦中已將獵物逃走的事擱在一旁，拋諸腦後。

看開是很重要的。

譚雅的思考很快就作為一名指揮官，切換到部隊的狀況上。就瞥見到的情況，部隊仍在繼續奮戰……但這畢竟是空戰。在空中的戰鬥，只要持續數分鐘，就會產生地面戰鬥所無法想像的疲勞。而疲勞會讓失誤的發生機率，以加速度增加。

「注意極限！要是有人脫隊，會極難提供掩護。各小隊保持緊密支援，準備脫離！」

由於是這種狀況，所以不能輕易撤退，但要堅守下去也是個麻煩的狀況。不過遲滯作戰本來就是這種東西。

「讓妳久等了。01！部隊已成功讓貨物平安起飛了！貨物正在以全速脫離！」

「很好！我們也撤吧！迅速會合，各小隊互相掩護，脫離戰區！」

「遵命！」

正因為如此，一收到盼望已久的任務成功報告，譚雅就同時決定脫離戰區。

「任務達成！再繼續戰鬥下去的風險太高！中隊各員，最後就來份餞別禮吧！最大輸出，爆裂術式二連發！」

在號令的同時，與其說是要擊潰敵人，更像是為了削減追擊速度的拋出煙霧與雜訊，一溜煙地開始脫離戰區。

「要脫離了！脫隊的人，可不會有人去撿啊！」

「在我們大隊員之中，才沒有會在這裡墜落的蠢蛋呢！」

「沒有啦，這是在叫我們別撿寵物回家吧？」

「是呀，肯定是要我們把撿來的傢伙放回原地吧！」

開著玩笑的部隊有著高昂的士氣。就狀況來講，則是毫無損耗。頂多就是要對拋棄重裝備，或是說對地攻擊武器的事，寫悔過書吧？

這方面的糾紛，應該只要統統推給加爾巴控制塔去處理就好了。畢竟這本來就是配合他們的強人所難做出的任務變更。

……算了，既然累積了一次有關在敵地執行戰鬥搜救任務的知識，就當作是件好事吧，譚雅做出正面思考。

如果是魔導部隊，就有可能在地面襲擊時，兼任被擊墜者的搜救行動。這就某種意思上，也不是不能說開創出了新領域的運用方式。

「各位，覺得開心是不錯，但別給我閒聊！要脫離啦！」

「「「遵命！」」」

瑪麗．蘇就在那一天，第一次由衷地感到憎恨。

墜落地面的感覺很痛。

「……父親的……」

被槍擊中的感覺，更痛。

「……那是父親的槍。」

然而，跟心中的痛比起來，跟自己壓抑不住的這份憎恨比起來。

「……父親的……我父親的仇人！」

她——瑪麗・蘇是不會忘記的。自己送給父親的那把槍。在父親戰死的那一天，以為就此遺失的那把槍。

……還有父親溫暖的手。

那把槍，那把應該握在父親手上的槍。

偏偏是遭到帝國軍人，遭到那個惡魔恣意使用。

「妳開槍了啊！竟然……竟然！妳竟然用我送給父親的槍，對我開槍！」

神呀，這是為什麼？

「絕不原諒……我絕對……絕對不會原諒她的！」

神呀，請賜予我力量。

……請賜予我殺死那個惡魔的力量。

[chapter]

VI

第陸章

門環作戰

Operation Door Knocker

去踹破聯邦軍這扇腐爛的大門吧。

——帝國軍參謀本部

chapter VI

統一曆一九二六年六月二十五日　帝都郊外參謀本部休養設施

帝都郊外，某座參謀本部管理的軍事設施。在這閑靜平穩的角落，譚雅・馮・提古雷查夫中校正一如她所盼望的，作為後方人員從事著辦公室工作。

目前正在處理的，是基於前陣子從事的西方空戰，編寫的戰技研究報告書。「適才適所正是這世間的道理，自己好想在後方從事分析工作呀～」則是譚雅的願望。

想要實現這個願望，不論是在怎樣的組織裡，首先都必須要有足以受到重視的實績在背後支持吧。

要建立實績，逐步地在後方取得自己的位子。作為第一步，就需要在戰略研究室做出成績，譚雅帶著神采飛揚的表情，今天也在分配到的臨時勤務室裡整理資料。

就譚雅所見，帝國軍的現況一言以蔽之就是四面楚歌。

看在諸位親愛的帝國臣民，以及帝國榮耀的最高統帥府的偉大知性眼中，戰局似乎是維持著每日一進一退的狀況……或許該換副眼鏡了吧。譚雅真想強烈奉勸他們，最好連同那雙無法正視現實的眼球一起換掉。

帝國軍極為意氣軒昂地維持住了戰線，這是事實沒錯。

但是，能維持戰線與打贏戰爭完全是不同次元的問題，難道就沒有人有足夠的良知，指出這件事嗎？

夾帶著嘆息，拿起放在一旁的杯子，邊喝下冷掉的咖啡，譚雅邊露出苦澀的表情，就連咖啡的狀況也在日益惡化。

如今所在的設施，是參謀本部的休養設施。不論是好是壞，仍舊殘留著貴族興趣的帝國軍參謀本部，也很注重咖啡的品質，沒有在這裡擺放假咖啡。

只不過，大概是受到斷斷續續的進口狀況影響吧。在聯合王國海軍與共和國海軍等殘黨確保住制海權的狀況下，這或許是無可奈何的事……但只能弄到這種沒有香氣的老豆，也如實述說了帝國的咖啡因事態。

入手的咖啡品質自開戰以來逐年惡化。作為戰局的氣壓計，這正是勝過各種雄辯的事實吧。實際上，敵人的戰力也在逐年增強。

比方說，合州國在西方的簡報資料，就以著無法忽視的速度在增長吧。咖啡豆會變得難以入手，全是他們害的其中一項證據，就是派遣到聯合王國，該稱為合州國先遣部隊的那一票，自稱義勇軍的正規軍部隊。

譚雅自己就曾像是要發洩咖啡的怨恨一般，與他們交戰過一次，結果卻意外發現他們比想像中的還要精悍，而不得不抱持著危機感。

然而，姑且不論帝國軍參謀本部，最高統帥府就像是沒能夠理解事情的嚴重性一樣。儘管在參謀本部的委託下，將記載事件始末與詳情的正式報告書，緊急送往最高統帥府，但反應卻相當遲鈍。

看來是過度小看對方的樣子，譚雅也對他們的遲鈍感到傷透腦筋。

鈍感力也是要看場合發揮的吧。帝國的國家狀況相當不妙。再甘願忍受這種狀況下去，就是溫水煮青蛙的下場。

「唉。」譚雅不得不嘆氣。

光看個人的情況，譚雅儘管想高興自己可喜可賀獲得了升遷，卻實在沒辦法由衷高興起來，有種搔不到癢處的感覺。

不對，要說高興也確實是很高興，這點是不會錯的。

基於在南方的機動游擊戰、東方戰線的早期對應行動、西方空戰的調查研究活動等實績，譚雅製作的《本次大戰的部隊運用與作戰機動》平安獲得受理，讓她確定晉升為魔導中校，勞動的成果得到回報，讓她整個人充滿喜悅。

雖是內部通知，但也已事先收到傑圖亞中將的聯絡，他在讚賞之餘，還期許我加入戰務作戰雙方聯合新設的戰略研究室。

這下子，只要能打贏戰爭，或是避免致命性的戰敗就行了——譚雅由衷希望著。戰敗國家的高階軍人與軍歷，除非是當傭兵，要不然沒多大的用途。我可是花費了寶貴的時間，擦亮了自己的軍歷。為了不讓人力資本投資血本無歸，也希望帝國軍千萬要好好加油，譚雅如此期待著。

而說到期待，譚雅對於接手自己的位置，負責指揮第二〇三航空魔導大隊的將校，也懷有相當大的期待。到目前為止，上頭還沒有特別針對第二〇三航空魔導大隊的繼任人選做出指示……不過應該會跟上次推薦的一樣，由拜斯上尉繼任吧。唯一的問題，頂多是他的階級。

畢竟他的升遷速度也相當快。就帝國軍的軍制來看，應該會以晉升少校為前提，安排拜斯上尉擔任大隊指揮官……但這需要一點時間。

譚雅當時的狀況，就跟傑圖亞閣下假借大隊編成的名義，鑽制度漏洞讓她從上尉特別晉升為少校一樣。這種密技實在是沒辦法一直使用吧。

還真是不知變通呢——譚雅對自己的辦公桌嘆氣，把想抱怨「扯人後腿的傢伙未免太多了」的心情，勉強壓了下去。

不過，為了不讓後方的辦公桌人員對晉升速度多說閒話，自己短期間內，也只能繼續擔任名目上的大隊指揮官，讓副隊長去累積經驗了。

譚雅儘管嫌麻煩，也不會怠慢留意必要的事前安排。

說是這麼說，但這份工作也不壞。

在西方空戰建立起一定戰果的譚雅等第二〇三航空魔導大隊的人員，目前正依照定期輪調的安排，在帝都的參謀本部管轄宿舍裡休養。

直屬參謀本部的好處，就是能讓部下們盡情享受本來只有參謀將校才能使用的休養設施。

至於說到我，則是要在參謀本部審查完自己的精心傑作《本次大戰的部隊運用與作戰機動》之前，整理戰略研究室送來的資料，做著只要摒除掉機密閱覽資格，不論是誰都能做到的辦公室工作。

當然，信賴是任何人都無法輕視的要素，可也是事實。只要看一眼攤在桌面上的文件，就會發現這些全是蓋有機密章，限制人員閱覽的機密文件。

能閱覽這種機密概要，真是讓人感激。

能經由帝國軍參謀本部從各方面收集的情報與分析，加深對帝國軍狀況與對外情勢的見解，就這層意思上，這算是相當有意思的工作，譚雅十分中意。最讓人高興的是，這裡有別於最前線勤務，能夠定時上下班。

從夜間攔截警戒任務，以及不規則滲透部隊的迎擊任務中解脫的譚雅，每晚都充分享受著毫無危險的安穩睡眠。規律的生活對譚雅來說，正是象徵她回歸日常的第一步。

而依照適當的生活節奏進行的事務工作，順利獲得了成果。

比方說到最近的工作，就是《聯邦對外行動的根源》這本針對專家撰寫的小冊子吧？內容是在告發這些沾染共產主義與共產黨意識形態的人們，實際上比起意識形態，更加信奉強權政治，這種看在外人眼中備感意外的一面。就性質上來看，不太能期待專家與外交人員會去翻閱，不過包括帝國軍相關人員在內，似乎在各方面上都有獲得很好的回響。

看來是順利讓自己的才能獲得認同了吧，這也讓譚雅鬆了口氣。儘管對辦公室工作與情報分析懷有自信，但能夠累積實績，依舊是教人高興的一件事。

沒錯，我是打算幹一輩子的辦公室工作。適才適所果然是這世間的道理。不論是在怎樣的組織裡，人才管理都是最該受到重視的部分。

自西方戰線歸來，目前這段期間就像是半休假一樣……作為自發性勤務的一環，譚雅孜孜不倦地閱覽文件。同時也一面想著，要是沒辦法處理破綻局面，就只能累積財產防備最壞的局面，考慮在戰敗後直接逃亡了。

只不過——或許該怎麼說吧。所幸根據前線的報告，主戰線似乎勉強維持著抗衡狀態。

這可說是相當不錯的狀況，根據分析顯示，敵我雙方在前線的損耗比率，我方保持著壓倒性的優勢。

損耗比率實際上維持著七比一。

而且要附帶一提的是，這個損耗比率有別於台灣空戰（註：一九四四年十月，台灣日軍航空部隊與美國海軍之間的戰役）浮誇愚蠢的報告，是以與那粗糙至極的統計完全不同次元的嚴謹度，所進行的測量。

參謀本部的將校們親自走訪現場，姑且不論自軍部隊的損耗，就連敵軍的損耗都是根據俘虜與實際確認到的屍體估算。

就算是能從田裡採收士兵的聯邦，這種損耗比率也肯定是個重大打擊。

正因為如此，譚雅才會認為只要現況持續下去，也不是沒辦法贏，但至少不會輸吧，而安心下來。

需要擔心的，果然還是世界最大的武器庫——合州國從背後偷襲。

不知是幸還是不幸，儘管帝國的產業界與合州國維持著良好關係，不過在包含尖端領域的複數產業上，卻也保持著競爭關係。要是對面的產業界反對戰爭就好了，但軍工複合體對政治的影響力，並沒有一般世間上想像的那麼強烈。

外加上，軍需產業能靠戰爭賺錢……這種印象儘管有一半是誤解，但也必須要正視，這就另一方面來講也是事實。具體來說，就是以作為軍需產業母體的企業整體來看，這會是讓人笑不出來的虧損，但員工個人與軍方的交易對象應該會大賺一筆，而問題就出在這裡。必須預期這些人會拚命煽動參戰的情況，光是想到這點，譚雅的心情就黯淡下來。

一面維持著對聯邦的東方戰線，一面又維持著與無法徹底擊潰的聯合王國對峙的西方戰線。

在維持著這兩個正面戰線的狀態下，倘若再與以號稱兵工廠的工業生產力自豪的合州國為敵，就只能絕望了。

帝國的外交課題，恐怕就是要安撫那個國家，不讓他們進入戰時工業體制吧。就算要做叩首外交也無所謂。真想提議他們要不擇手段安撫那個國家的民意，在面臨毀滅之前爭取時間。

畢竟合州國的政治體制，就像理所當然似的是民主主義。民主國家就只會在他們真正憤怒的時候才會開戰。換句話說，一旦惹惱合州國，就真的完蛋了。但這反過來說，只要不激怒那個國家的諸位選民，就有可能避免戰爭。

這次的論文就打算以這為重點，闡述帝國的戰略外交。

只不過，譚雅針對這點撰寫筆記的作業，卻遭到意料之外的訪客打斷。

「提古雷查夫中校，請問現在方便嗎？」

「不礙事。進來吧，拜斯上尉。」

是在前幾天，就應該委託他擔任實質上的實戰部隊指揮官的拜斯上尉。

解說

【台灣空戰】 誤判戰果的事例之一。大本營根據現場部隊報告的統計結果，認定是「擊沉、擊傷航空母艦十九艘、戰艦四艘、巡洋艦七艘、不明艦十五」的大勝利而大肆慶祝，不過實際上就只有重創兩艘巡洋艦的程度。說實在的，只要是知道現場的人，都會質疑這是不可能的戰果，不過人只要被逼到絕境，也會去相信自己想要相信的報告。

被譚雅連同部隊一起，將麻煩事統統推到身上來的副隊長，儘管官方上還是在譚雅的指揮之下，但也被託付了相當大的裁量權。

他原本就是這批部隊的副指揮官。

由於交接得很圓滿，所以依照人事輪調在後方地區休假的譚雅，想不到拜斯上尉匆匆來訪的理由。

當時有交代拜斯上尉，要當作自己是指揮官的指揮部隊。

譚雅表面上是向參謀本部說明，這是要在部隊休養、重新編制時，讓部下學習擔任指揮官，而委託他自主管理，並獲得准許，算是某種官方上的試用時期。

為了讓他早日作為繼任指揮官受到承認，譚雅不惜大費周章，他會出現在自己這裡……到底是有什麼事啊？

「是的，下官失禮了。本日到此，是有件事情想請求中校。」

「求我？如果是能給的方便，我是不惜提供協助啦。還是說，是想請我不要帶走人手？謝列布里亞科夫中尉畢竟是我的副官，除此之外，我不打算從部隊裡帶走任何人喔。」

不是我在自誇，第二〇三航空魔導大隊可是一批精銳。是譚雅如此鍛鍊起來的。

經過實戰歷練的他們，不論到哪裡去，都能作為身經百戰的精銳驍勇作戰，不負帝國軍參謀本部直屬之名吧。

就連對這種部隊來說，最為棘手的內部對立與個人反目的問題，就譚雅所知也近乎沒有。要說的話，整個大隊就像是一個大家庭。

「真的很感謝提古雷查夫中校做出的種種安排，不過中校，下官的請求儘管與這些事情有關，不過是完全不同的事情。」

「那今天是怎麼了？事到如今，你的本領也不至於會跑來請求教導隊的指導。貴官的本領，我可以保證。」

拜斯上尉自己是一名實戰經驗豐富的尉官，同時也是帝國軍當中很罕見地，歷經過東西南北所有戰線的沙場老將。此外，雖是待在自己底下，但部隊的運用經驗可也是掛保證的。

「多謝誇獎。」拜斯上尉低頭致謝，不過就表情看來，他就像是有話難以啟齒，煩惱著該如何開口一樣。

「拜斯上尉，就我跟貴官的交情，只要是我有權做到的安排，我是不會吝嗇的。倘若難以啟齒，我也不會強迫你說……但希望你能對我敞開心胸。」

正因為如此，譚雅就作為一名好上司，擺出真摯面對部下煩惱的姿態。

覺得如果是能幫的事情，就算幫他一把也無所謂的譚雅，態度相當從容。

只不過，正是因為信任，才會費這種心思。

看在上司眼中，部下可分為兩種，一種是不惜耗費時間在他身上的部下，另一種是一秒也不想理會的部下。前者就像拜斯上尉這樣，會自己思考，而且還懂得與人討論的有為人才；後者則是連說明書上的內容都不會去看，自己擅作判斷的蠢蛋。

「承蒙中校厚愛，真是感激不盡。」

「貴官是名優秀的副隊長，應該是發生了什麼事吧？」

譚雅．馮．提古雷查夫因此會對在機能性一事上中意的部下相當親切。雖說是不想成為聽不進正常部下深思熟慮意見的愚者，這種意思上的親切就是了。

然而，就意外的親切這點上，譚雅說的可是肺腑之言。所以拜斯上尉也在這時，像是下定決心似的開口。

「中校的戰鬥群，請務必帶上二〇三。我們全體隊員一致殷切期盼，能繼續在中校的指揮下作戰。」

「請妳務必答應。」拜斯上尉注視譚雅的雙眼，充滿真摯，而且認真。譚雅不覺得這是在開玩笑，只不過……她困惑反問。

「戰鬥群？抱歉，上尉。我聽不懂你的意思。貴官所說的志願加入戰鬥群……是在指什麼事情啊？」

他到底是在說什麼啊？譚雅就像是完全無法理解似的歪著頭。自己應該是要配屬到「後方」的「戰略研究室」。想志願在自己的指揮下作戰，是很榮幸。

可是，譚雅自己並不打算上前線，也對率領戰鬥群這種事完全沒有一個底。就算志願加入，也只能很抱歉地回一句，我聽不懂你在說什麼。

老實說，譚雅自己將來要走的道路，與第二〇三航空魔導大隊的道路，應該是不會在實戰領域上有所交集才對。

「倒不如是我想問你，上尉。戰鬥群是指我在報告書上提議的戰鬥群吧？那個應該還在參謀本部審查，而且只是眾多提案中的其中一項。你是不是有什麼誤會啊？」

「請放心，中校。我保證不會洩露出去的。」

不過拜斯上尉似乎是認定，譚雅徹底否定的態度，是因為她重視「保密」的嚴格個性。「下官是軍人，這話儘管失禮，但我能體諒中校的立場。」看他自顧自的點頭，讓譚雅一時之間不知道該怎樣回答。

一方是點頭認為對軍務嚴格的中校，會想隱瞞這件事是早有預期的拜斯上尉，一方是不知道該怎麼跟認為這是在保密的部下解釋清楚的譚雅。

這種莫名的消息，到底是從哪裡傳開的……就在譚雅準備逼問拜斯的瞬間——

在這瞬間，神開了一個玩笑。

伴隨著敲門聲，一名從參謀本部配屬到休養設施的保安人員來找譚雅。「什麼事？」在催促對方入內後，年輕士兵就動作俐落地向譚雅報告，有人找譚雅一事。

「中校，參謀本部的傑圖亞中將閣下有電話找妳。」

「什麼？我立刻就去。抱歉，上尉，有話待會再說。」

譚雅發揮與生俱來的隨傳隨到精神，立刻飛奔而去。跟拜斯上尉說完話，離開房間的譚雅，在小跑步地衝進通訊室後，隨即拿起聽筒。

「你好，我是提古雷查夫中校。」

由於遭到監聽的危險性不高，所以參謀本部也有使用設施間的聯絡電話。

雖說沒辦法人人桌上都擺上一台，但這仍然是企業戰士非常熟悉的聽筒。「讓你久等了，真是非常抱歉。」對於道歉的譚雅，傑圖亞中將則是笑著回道「沒關係」。

「辛苦了，中校。我就單刀直入說了。貴官的報告已獲得認可。參謀本部戰略研究室應該會全面採用貴官的提議吧。」

「下官真是備感榮耀。」答覆的譚雅心境，就在這瞬間感到心花怒放。受到善解人意的上司給予正當的好評，感覺還真是難為情。

「因此，提古雷查夫中校。參謀本部的戰務與作戰兩局一致同意，貴官應該要如同貴官所提案的去進行研究。」

這正是自己的心願。這就是能專職從事調查研究的喜悅啊，譚雅一面在心中擺出勝利姿勢，一面也在表面上保持自重，只是點頭回應。努力做出的事前準備，是有價值的呢。

「提古雷查夫中校，我接下來要說的是內部通知……參謀本部認同讓貴官專職從事調查研究活動。」

「感謝傑圖亞閣下的賞識，下官也會盡最大的努力從事軍務。」

「很好。對於貴官提倡的《本次大戰的部隊運用與作戰機動》，我也懷有相當大的期待。只要能做到更加嚴密的調查驗證，我也不吝於將成果反映在全軍之上。提古雷查夫中校，就請妳好好努力了。」

「這是當然的。」隔著話筒展現幹勁的譚雅，因此在聽到傑圖亞接下來的話後，一如字面意思的全身僵住。

「至於舞台，我想設在東方戰線。畢竟是貴官。應該很想去妳十分熟悉的南方大陸吧……這件事我們會再去向隆美爾將軍謝罪。畢竟東部的情況危急，急需在當地運用戰鬥群的實績，所以要讓貴官回去東部。」

在這瞬間，譚雅很快就開始深深後悔自己為什麼要接電話了。

有哪裡出了差錯。自己的希望與參謀本部的構想，存在著致命性的歧異。儘管以前也曾有過這種感覺，但自己應該有向傑圖亞閣下再三傳達過，希望能作為調查研究活動的一環，讓自己在後方擔任勤務。

結果……卻是在前線做實戰驗證？可以的話，一輩子都不想聽到這種命令。就連轉調工作地點的行政命令，都不會帶來如此大的衝擊吧。

度過麻煩的審訊會，在西方進行約兩個月的實地考察。從這個月起，總算是如願以償得到後方勤務的工作。才僅僅不過兩週，就下令重新部署？

朝令夕改的人事會被視為禁忌的理由，參謀本部該不會想說他們不知道吧？

心中湧現出不能化作語言的憤怒。然而，就算是譚雅，想要在這種時候保持自制，也是極為艱難的一件事。

但是，譚雅還是勉強忍住了朝話筒大聲咆哮的衝動。雖然緊握住聽筒的手，莫名地愈來愈用力，表面上還是作為一名儘管不甘願，但還是接受轉調命令的軍人，完美地自制下來。

「……既然是命令，我當然沒有異議。所屬單位是？」

儘管不想去，但要是收到這種命令，軍人是沒有否決權的。

這就跟沒辦法大聲抗議「只是調查的話，在後方也能進行吧」或「別把我當成雜工」是一樣的道理。

然而就算是這樣，譚雅還是太小看自己所面臨到的危機了。

就算是譚雅，也因為聽到要回去東部這句話，讓思考變得不太靈光。

譚雅自己沒能理解到，傑圖亞中將若無其事說出「急需運用戰鬥群的實績」這句恐怖話語的意思。

只要上頭命令要去，軍人的否決權就原則上不會受到認可。儘管不是緘默的海軍，譚雅作為緘默的陸軍，依舊只能服從指揮。

而在電話另一頭的傑圖亞中將，就像是覺得她應該會高興似的繼續說道。對於最近有點猜不透中將閣下在想什麼的譚雅來說，這讓她難以做出判斷。

「高興吧。是讓妳新編一個戰鬥群。」

就算你要我高興，我也高興不起來啊——這是譚雅由衷的心聲。

說起來，她根本就不想被送回前線。

對譚雅．馮．提古雷查夫中校來說，她完全沒有自願投入最前線的理由。一步也不想離開具有文化性並比較安全的後方，是她迫切的心願。

不對，從事反共抗戰可是善良市民的義務，所以還不至於不願意。只不過。也讓人懷疑有必要積極地去承受風險嗎？……在這瞬間，譚雅很難得的逃避了現實。

這是因為——或許該怎麼說吧。消滅共匪是很愉快，但希望是由其他人去冒險犯難。

就算要依靠他人，也打算在不受到批判的程度內，為國家做出奉獻。

「是指戰鬥群那件事嗎？」

然而，既是軍人，也是組織人的譚雅，將不滿完全吞了下去。哪怕要抱怨的話，她可以說上整天也一樣。但這樣是無法讓命令撤回的。既然如此，就該從中找出有建設性的要素，譚雅擁有這種智慧。

總之，「新編」與「戰鬥群」的要素，應該可以作為爭取時間的藉口吧？譚雅回想起以前受命編成大隊時的事情，勉強保持住積極進取的態度。

「是呀。妳在報告書中提案的戰鬥群準則，我們想讓提案人實際到現場嘗試。就幹出成果來吧。只要是為了讓部隊適當運用的要求，我都會極力尊重貴官的獨自裁量權。」

啊——譚雅就在這時，終於理解歧異的原因了。

傑圖亞閣下會放我到西方遊玩兩個多月，不是為了讓我配屬到後方……而是要我奠定好以實戰進行調查研究活動的基礎。

就在這種時候，想說帝國也應該要編成戰鬥群的譚雅，就藉由提出的《本次大戰的部隊運用與作戰機動》，做出了這項提議。過去在第二次世界大戰時，德軍所展示出的聯合作戰事例，富有許多教導我們該如何確實運用兵力的教訓。

哎呀呀，這下子傑圖亞中將與盧提魯德夫中將兩位閣下肯定會很高興吧。畢竟他們兩位很優秀。在意識到這是項優秀的提案後，應該就會想在現場，以實戰方式進行實驗吧。

該死的混帳。

早知道會這樣，就應該再慢一點提交報告書吧？

後悔也無濟於事，這句話說得還真好。果然，最近可說老是誤判傑圖亞中將閣下的意圖，注意力太散漫了，譚雅切實做出反省。

……希望今後能做出正確判斷。

「基幹部隊就用妳的老巢第二〇三航空魔導大隊。雖然很理所當然，不會把他們搶走的，儘管放心吧。再加上步兵大隊與砲兵中隊，會多少給予妳一些人事裁量權。候補名單稍後就會跟正式命令一起送過去。」

總之，這下就很清楚拜斯上尉是在說什麼了，譚雅露出理解的表情，向傑圖亞中將回了一句：

「了解。」

既然無法拒絕配屬到前線，能使用自己的老巢且熟知的部隊，可是件值得歡迎的事。上頭會幫忙做出這種安排，也算是有在替我著想。姑且是該感謝一下吧。總之目前得先調查清楚，他們的體貼到何種程度。

「恕我失禮，請問編成期限是？是要給我幾個月的時間呢？」

「抱歉，中校。這是電話。我也想向貴官說明，但根據規定，無法用電話做詳細說明。」

「那……那麼？」

「我就講明白了。我必須說，沒辦法替貴官爭取到時間。不接受任何反駁、異議、抗議。給我理解這點。」

「既然是為了保密，這也是沒辦法的事。」如此答覆的譚雅，卻因為傑圖亞中將接著說出的一句話，渾身僵住。

「五天。」

闖入耳中的聲音，讓譚雅瞬間僵住。

無法理解。不想理解。就連去理解的意願，也完全生不出來。

「咦？實在是非常抱歉，中將閣下。請問閣下，你剛剛……是說幾天？」

「我說五天。我們對貴官的本領有著相當大的期待。五天之內在帝都編成部隊，自本日起，十天之內抵達東部戰區就任。該何時將戰鬥群投入戰線，會受到前線的情況左右，不過最遲也預定會在自今日起的三週後，七月十六日前後投入。」

瞬間，考慮到聽錯的可能性反問，答案卻依舊不變。

現在要是有人待在這裡，應該就能敘述出目瞪口呆的「鏽銀」這種極為罕見的情景吧。

不過要說會不會因此感到高興，就人性而言，應該會是個極為微妙的問題就是了。

……畢竟要以心理學的觀點，去解釋怪物目瞪口呆的情景，不論是對誰來說，都不會是一件愉快的事吧。

不管怎麼說，這種不合理的要求，讓譚雅的腦袋感受到強烈衝擊。

五天……才五天？

然後還要在三週內投入實戰，這幾乎是痴人說夢。不對，最遲的意思，就是在最壞的情況之下，也很有可能會在抵達當地後沒多久，就要擔任最前線勤務。要是這樣，就一如字面意思，十天後就要實戰了吧。這豈不是只有短短不到幾天的準備期間嗎？

從招集兵力，移動部隊，然後到投入實戰的期間，短到幾乎是不可能的水準。可說是無論如何都看不到一絲可行性的蠻橫命令。要是收到這種命令，不論是誰都會懷疑起自己的耳朵吧。

不對，是不得不懷疑。

帝國軍的指揮官們，毫無疑問全都會做出跟自己相同的反應吧。

「閣下，只要是命令，我都打算全力以赴，可是這……」

絕對不可能趕上。別說是不合理，根本是不可能。暗中帶著這種言外之意，請求撤回命令的行為，可說是一種溫和的抗議。

至於以在最前線戰鬥為前提編成戰鬥群的命令是對是錯，現在就先不理會。譚雅想問的，就只有極為單純的一件事。

說到底，這種新設置的部隊單位，到底是要人怎麼去編成啊？

「中校。我知道這很強人所難，不過貴官自己不也在報告上寫了『戰鬥群是臨時編制，希望能在快速編成戰鬥群之際，進行研究調查』。有關在戰時的快速編成，參謀本部想知道最快能快到何種程度。當然，我知道這很強人所難，所以作為實驗手段，在編成之際『多少』會睜一隻眼閉一隻眼。我不管妳要怎麼做，總之給我做到。」

「……遵命。」

然而，很可悲地，對於譚雅所仰賴的反駁，傑圖亞中將隔著電話答覆的卻是命令，毫無誤解餘地的軍令。

只要一度下令，絕對性的權威就會在軍隊這個組織機構裡發動。

畢竟軍隊是這世上最為徹底教導上意下達的組織。不用聽部下說些亂七八糟的反駁是不錯，但上頭要是有命令，自己也會沒辦法拒絕。

命令他人時很輕鬆，但就不得不將諷刺、抗議全都吞進肚子裡的立場來講，實在是好想哭。

在自由遭到限制這點上，真是讓人好想大叫，就是這樣我才討厭軍事國家。

畢竟唯一能找到的優點，就只有相較之下比共匪好多了的結論而已。就算是這樣——譚雅已做好覺悟。她必須在所給的條件之下厲行職務。既然如此，與其哭訴，還不如積極工作。

就算再討厭也不得不去做的話，那麼把問題解決掉，會來得有生產性多了。

「成立大會在六天後舉辦。這可是新編的部隊。恭喜妳了，這會是帝國軍史上第一個參謀本部直屬的戰鬥群。」

「是以貴官的第二〇三航空魔導大隊為中心，然後以借用的形式，從各部門調部隊作為參謀本部直屬的部隊。」傑圖亞中將接著說道。也就是說，參謀本部有幫忙挑選一些有空閒的部隊吧，只要這麼想，譚雅的心情也輕鬆了一些。

「原來如此。」譚雅朝話筒應聲，而傑圖亞中將就像是差點忘記似的，事務性地告知她一件事情。

「代號是『沙羅曼達』。因此，貴官指揮的部隊，就通稱為沙羅曼達戰鬥群。正式名稱是參謀本部直屬試驗戰鬥群，不過實在是太沒個性了，於是就設定了代號。」

「真是鋪張的名稱，聽起來就覺得很強呢。」

「我喜歡這種勇猛的名字。」譚雅雖是這麼答，腦海中閃過的卻是短暫的準備期間與沙羅曼達這個名字的組合。

……是歷史的諷刺嗎？不知為何，腦海中閃過國民戰鬥機這個名字。

一點一滴微微感受到討厭的預感，而且還沒有失誤。

「就是說吧。貴官做事我很放心，期待妳能做到我們所迫不及待的成果。不管怎麼說，除了妳的部隊之外，其他人全是些長毛的新兵。給我好好幹吧。」

「是的。」才剛答話，傑圖亞中將就像是把該說的都說完似的，單方面把電話掛掉。

茫然緊握著數秒左右的聽筒，儘管有種想仰天長歎的衝動，譚雅還是靠著鋼鐵的精神，總而言之先確認起該做的事情。

既然沒有時間，就要開始行動。所以，一秒也不能浪費。立刻折返回勤務室，向等候多時的前部下露出惡魔的微笑。

「……拜斯上尉，高興吧。許可下來了。暫時要帶你去地獄走一趟了。」

「是的，請容我隨行，戰鬥群長！」

伴隨著爽朗笑容回以軍禮的拜斯上尉，還真是難能可貴的部下。就人才的觀點來看，是經驗豐富且值得信賴的稀有存在。然而，很可悲地。這傢伙也是會自己自發性地報名前往戰場與最前線勤務的戰鬥狂。

就連這麼有為的人才，都會變得如此愛好戰鬥，根本的主要原因，果然是出在帝國的制度與文化上。

哎呀。這果然是件可悲的事，但現實是無情的。

這世上就算存在著惡魔，也肯定不存在著善良的神。

統一曆一九八〇年十一月二十八日　紐岳

各位午安，或是晚安呢？

我是WTN特派記者安德魯。

本日黑色星期五，在展開聖誕節商戰的紐岳，為各位進行報導。再過不久就是聖誕節了，沒錯，是聖誕節喔。請看，現場的這批人潮！

我也打算買許多禮物回去送給小孩與妻子呢。老實說，我甚至想忘掉WTN的工作，現在就衝去購物中心了。

不過遺憾的是，我家老大不會容許我這麼做吧。所以就兼具興趣與實益地來工作了。主題當然是一直以來的解謎。是的，就算是聖誕節前夕，要做的事也依舊不變。

請各位放心。話說回來，各位觀眾會不會覺得，要是有什麼有趣的小故事，能說給小朋友們聽就好了呢？這種時候，我們WTN特別採訪小組推薦你「沙羅曼達」這則小故事。

請務必說給已經不再害怕「不乖會被妖精惡整」這種聖誕節威脅的小孩子聽！

畢竟，這可是就連外表猙獰的軍人都會害怕，相當具有衝擊性的傳說。是我從在中東護衛我們，不知恐懼為何物的PMC（註：民間軍事公司）員工們那邊聽來的，據說這可是他們害怕名單上的第一名喔！

這則「沙羅曼達」傳說，就是有這麼可怕。

據他們說，這個「沙羅曼達」好像非常聰明，而且還長得相當可愛的樣子。只要好好疼愛牠，就會變得相當黏人。就像牧羊犬一樣，會成為你家庭中值得信賴的一分子。

儘管不時會向你請求、惡作劇，不過似乎是會讓人睜一隻眼閉一隻眼的存在。但要是鬧過頭了，生氣的雷根阿姨就不免會斥責牠一頓。

雖說就算是這樣，大家到頭來還是很疼愛「沙羅曼達」。畢竟，要是跟牧羊犬一樣可靠，而且還長得很可愛的話，果然就會無意間地寵起來吧？

等到注意到時，「沙羅曼達」的請求與惡作劇，就在不知不覺中變得愈來愈過分。不過，要是會生氣斥責牠的可靠的雷根阿姨，已經被大家疏遠的話，事情會變得怎樣呢？

沒錯。

就再也沒人能阻止「沙羅曼達」了！當然，「沙羅曼達」也非常喜歡大家，重視著各位。

但可悲的是，沒有人教導牠什麼事可以做、什麼事不能做。

就這樣，「沙羅曼達」沒有注意到自己遭到眾人討厭。很快地，就再也沒有人喜歡牠了。

不過，請容我這麼說吧。

很可悲的是，「沙羅曼達」只要仔細一瞧，會發現牠看來非常強悍。畢竟跟牧羊犬很像。

於是大家就開始思考，究竟該拿牠怎麼辦才好呢？

之後的發展，會隨著說故事的人，有著各種不同的結局。

不過，各位家長們，應該要藉由這則故事向孩子們這麼說吧。

「湯姆，你是不是也變成『沙羅曼達』了呢？」

順道一提，我曾詢問過告訴我這則故事的前軍人。

據他所說，「沙羅曼達」果然是在指小孩子的樣子。畢竟就算是軍人，大家也都是擁有家庭的人呢。也時有所聞，當中把孩子留在大後方的人，在不知不覺中變得溺愛孩子的事情。

會對孩子的事情感到各種煩惱，果然是古今中外的雙親，永遠擺脫不掉的煩惱吧。

因此，今天的教訓就是「不要過度溺愛孩子們」。這是與我安德魯的約定喔。

那麼，各位認為這則傳說故事，會是從哪裡來的呢？

正確答案，居然是戰場故事的樣子喔。

是在那場大戰當中，在士兵們之間流傳開來的故事。至於由來？

真相就跟我剛剛簡單提到的一樣，聽說是在描述出征士兵們，想念留在後方的家人與小孩子們的表現。也就是他們因為見不到面，所以無論如何都會想贈送禮物，過度地溺愛孩子。

這似乎是在講他們在戰爭結束回國後，因為孩子變得極度任性而大受打擊的故事。於是，他們就在回國後的第一個聖誕節，訓誡著變成「沙羅曼達」的孩子，形成了這則有趣的小故事。

嗯，試著介紹了一下，戰爭當時留到今日的故事。偶爾也想以不同的方式，娛樂一下各位觀眾呢。

那麼，就祝各位觀眾身體健康，萬事如意。

統一曆一九二六年六月二十七日　參謀本部總部

從帝都的參謀本部專用休養設施，緊急搬遷到參謀本部總部後，譚雅早早就在分配到的勤務室裡，與一大疊顯示出狀況不如預期的文件拚命搏鬥。

恐懼著傑圖亞中將先前留下的「長毛的新兵」這句讓人驚恐的話語，譚雅無意識間作為逃避現實的手段，猛烈處理起設立部隊的必要手續，暫時性地逃離恐懼。

然而，譚雅不得不接受這份恐懼的瞬間，終究還是來臨了。

當擔任跑腿，在參謀本部內東奔西跑的格蘭茲中尉請求入內時，譚雅也有所覺悟了。就在格蘭茲中尉將剛從附近的戰務那裡領到的文件袋，輕輕遞到譚雅桌上的瞬間，她就醒悟到，該來的終究是來了。

譚雅收下謹慎施有密封處置的文件袋開封，然而她的覺悟卻是徒勞無功，表情瞬間僵硬。霎時間，白瓷般的手指顫慄哆嗦，宛如仇敵似的瞪著名單。

格蘭茲中尉送來的名單，是恐懼傑圖亞中將話語的譚雅，在照會參謀本部後取得的，參謀本部手邊部隊之中，可借用的兵員一覽表。

因為恐懼著長毛的新兵這種說法，譚雅也早有覺悟，應該會被分配到相當過分的人員。還以為做好了覺悟。

結果打開袋口一看，內容卻幾乎吹散了這份覺悟。

「分配到的……居然偏偏是……由未經過實戰的後備軍人組成的新編步兵大隊，以及補充砲兵中隊？」

譚雅聲音顫抖著喃喃說道，懷疑自己是不是看錯的凝視起文件，然而視覺捕捉到的文字卻依舊不變。一旁等候的格蘭茲中尉不發一語的貼心表現，讓譚雅勉強克制住自己的情緒，但要是能夠實現的話，真想把這份名單撕成碎片，一把丟進廢紙簍裡。

「明……明明就對裝甲戰力妥協了……明明妥協了，卻給我新編步兵大隊？」

就事前所知，沙羅曼達戰鬥群是以第二〇三航空魔導大隊作為基幹，再額外分配可對應工兵任務的步兵部隊，與負責支援的砲兵中隊作為步兵戰力的計畫。除此之外，還決定再提供一批新編成的裝甲中隊。

我似乎是別無選擇。儘管如此，給我一群新編的外行人是什麼意思？身為接下來姑且就要被丟進東部這個知名激戰地區的人，真想抗議。就連在萊茵照顧的格蘭茲等人，都還是在受過訓練之後才丟過來。

而要說到現在這批傢伙，就連促成栽培都不足以形容，根本是是急速培訓出來的。

「……別開玩笑了。」

儘管不是沒有意見，但既然說明是因為戰況緊迫，也只好接受了。所以，譚雅才迫切希望，至少要給我堪用的步兵……但文件上提出的候補，簡直不像話。

有句話叫作忍無可忍。

拿著過於惡劣的名單，譚雅端麗的臉蛋，轉眼間扭曲變形，表情就像是在強忍頭痛似的突然驟變。

「別開玩笑了！這可是沒辦法用來打仗的步兵與大砲啊！就連能不能用來擋子彈都很可疑吧！我說參謀本部的那群參謀將校，應該沒有把我誤認為是資源回收廠吧！」

在氣炸的譚雅身旁筆直不動的格蘭茲中尉，不由得表情緊繃。

不對，這也是無可奈何的事，畢竟狀況已惡化到這種程度了。

不知道能不能派上用場的新編部隊。外加上，就連理當是主要火力的補充砲兵中隊，用得也可說是舊式大砲。這就一如字面意思，是補充人員拼湊起來的部隊吧。

雖說比完全新編要來得好多了，但就算是這樣，裝備與質量也依舊讓人不安。想到這裡，譚雅做出再繼續想下去也毫無意義的結論。

判斷再繼續下去，就只是在抱怨。哎呀，還以為只有銀行員要靠腳工作呢，伴隨著喃喃自語離開座位。就像是沒辦法似的，譚雅就為了商量部隊的事情，決定展開行動，在參謀本部內部努力地靠腳工作。

真是作夢也沒想到，連在入伍後都還要靠腳工作，譚雅邊在心中感慨，邊一臉僵硬地帶領著格蘭茲中尉，直接殺去管理備品的參謀本部裝備課。

一在裝備課抓到正好在場的班長級少校，譚雅就眼尖地斥責起他散漫的工作態度，並隨即以溫和的態度，但一步也不會退讓的覺悟，堅決地提出抗議。

譚雅表示，只要沒有備妥參謀本部調查研究活動所必要的裝備，就非常難以回應參謀本部的期待。

當然，譚雅也不希望在組織機構裡，積極地與後方工作人員起爭執。正因為如此，即使是抗議，對話時也極力保持自重，不做出超過陳情形式的行為。

……直到粗心的裝備課班長，說出那句多餘的話為止。

「就算妳這麼說，中校。我們也不是不明白前線多辛苦，平時也總是廢寢忘食地努力工作。真希望妳能多多體諒呢。這已經根據可撥出的兵員品質，做出最大限度地安排了。」

就在舒適坐在沙發上，喝著真正的咖啡，擺出困惑表情的裝備課少校說出這種蠢話的瞬間，站在喃喃喔了一聲的提古雷查夫中校身旁的格蘭茲中尉，無意識地向側面退了一步。然後，就在提古雷查夫中校因為裝備課的答覆暴怒的幾天後，格蘭茲中尉悄悄向他人透露說：

「……我還以為聽到了一則很好笑的笑話呢。」

官僚性的答辯，而且還不是出自精疲力盡的官僚，而是待在後方，看起來相當有精神的後方軍官口中。

姑且還裝出禮貌性微笑的譚雅，忍耐限度就在盛怒之下，輕易地達到沸點。狠狠拋開徒具形式的禮貌，板著臉朝主管軍官走近一步的譚雅，帶著殺意開口。

「缺乏老兵的大隊？這要是最大限度的努力，連找隻貓代替都幹得比貴官好。」

名單上記載的兵員，大半不是後備軍人，就是剛徵召的新兵。該作為基幹人員的老兵，基本上全是些軍中考核只達到最低標準的傢伙。看起來也不是沒有能稍微派上用場的士官，但全是在萊茵負傷，剛剛才回歸的傢伙。

考慮到體力衰退與遠離現場的情況，現況就讓人傷透腦筋。老實講，與其用這批人，還不如用不會礙手礙腳的人偶，至少還能用來充當誘餌。

「而且，口徑儘管是十五ｃｍ沒錯，卻是舊型，而不是新型？這樣關鍵的射程豈不是嚴重不如人。如果聽不懂的話，裝備課就跟我的大隊來一場實彈演習如何？」

「只要對射一遍，相信就能瞬間理解了吧。」把話繼續說下去的譚雅，朝著臉色逐漸慘白的裝備課少校，釋放出殺意的波動。

本來就難以忍受他們怎麼想都是只看十五ｃｍ的標示，沒注意詳細規格就草率做出的安排。要是有個蠢蛋，好死不死偏偏把這種安排……稱為最大限度的努力，對譚雅來說，這傢伙早已比無可救藥的薪水小偷還要不如了。

要求用短射程的舊式大砲構築火力網，簡直就是瘋了。曾在萊茵戰線遭到敵重砲狠狠壓制，有過這種痛苦經驗的譚雅，對於能夠抗衡的砲兵火力受到限制一事感到相當不愉快。

強迫她吞下這種要求，也就是說……

「聽好，少校。我難以忍受強迫我的部隊收下這種過分裝備的蠢蛋，如此傲慢地宣稱他有努力過了。」

沒有經歷過壕溝戰的後方人員，相信也無法理解從射程外遭到單方面轟炸的恐怖吧。

「恕……恕我失禮，中校！我們已做出最大限……」

「最大限度的努力就這樣？別開玩笑了。帝國軍參謀本部的裝備課，需要的不是藉口，而是實戰經驗。跟大砲比起來，裝甲中隊還算是好一點。儘管如此，卻是Ⅳ號的D型？這不只是欠缺打擊力，就連裝甲也不耐打吧！」

「關於裝甲部隊分配到的裝備，你還真當我什麼也不懂啊。」譚雅毫不掩飾憤怒地，繼續罵了下去。

居然分配給我早就是訓練部隊以及後方警備部隊在用的舊型Ⅳ號戰車！這要是給教導隊還是後方警備部隊使用就算了，給要在最前線打著調查研究活動的名義，被狠狠使喚的戰鬥群這種裝備，誰忍得下去啊。

譚雅的赴任地點可是最前線，不是占領地區。敵方的游擊活動不會帶上反戰車砲與重砲也說不定，但在主戰線上，敵方可是會派出重砲、航空戰力還有魔導師，完全不把裝甲部隊的裝甲放在眼裡。

「……分配給南方大陸的G型就沒有剩了嗎？」

至少也要分配到現役的G型，不然在前線根本算不上是戰力。然而幸運的是，譚雅前陣子有機會與隆美爾軍團長私信往來。

有從軍團長那邊得知，他對補給中斷的憤怒，以及對補給狀況惡化的擔憂。根據他的說法，儘管裝甲車輛維持著極低的消耗水準，卻急需補給燃料彈藥的樣子。

然而裝備課的傢伙，居然完全不改冗餘車輛與燃料彈藥的比例，就要把東西送過去，在信上抱怨起這件事。當時還在回信上寫，怎麼可能官僚到這種程度，然而，唉。想不到，信上寫的全都是真的。

「請不要強人所難了，中校！不論是哪裡，都已經沒有剩餘物資了。」

相對地，他的答覆相當簡單。說是沒有剩餘物資。然而，譚雅是知道的。

隆美爾閣下在兩天前送來的回信上，抱怨著他希望能送燃料過來，而不是兩個中隊規模的G型，結果卻被拒絕的事情。

「南方大陸集團軍的第五輕師團欠我一筆。要分配給他們的G型我就拿走了。原定的貨船，就給我改送相等數量的燃料過去。」

這樣譚雅就能開開心心拿到必要的裝備，隆美爾閣下也能開開心心獲得急需的燃料補給。是基於效益主義的合理性，讓大家都很開心的提案。

好好想想吧。這可是一筆無人吃虧的交易。這麼划算的交易，只有共匪才會拒絕。實在是難以理解，為什麼會做出這麼沒有合理性的拒絕。

人類要是怠慢去追求幸福，就沒救了。

「妳這麼說是認真的嗎？未免太亂來了！妳究竟是打算逼我違反多少規定啊！」

「違反規定？」譚雅一面嗤之以鼻一面心想，規定怎樣都有辦法可以解決吧，把他的話一笑置之。規則這種東西，意外地只要去找一下漏洞，就多得是理由能將自己想做的事情正當化。

「不對，他們現在的名稱是第二十一裝甲師團吧？總之，應該能用現場的裁量權，把東西弄來我這。即使要說明事由，我也會自己去向管轄南方大陸戰線的隆美爾閣下把話說清楚。」

「妳要是聯絡得到他，還真希望妳能好好跟他說呢。」

妳當責任是誰要扛啊？一臉這種表情的少校，說溜了嘴。還真是粗心的傢伙，譚雅就像是抓到話柄似的竊笑起來。

「這樣啊，那就這麼決定了呢。」

居然連在交涉答辯時，把話說得模稜兩可都辦不到！

咧嘴露出燦爛微笑後，譚雅就從懷中拿出，前幾天剛剛收到的隆美爾將軍來信。

「恕我失禮，中校。這是？」

「是私信，不過沒關係。會好好讓貴官讀的，所以就趕快把東西給我交出來吧。」

「咦？」

譚雅把剛剛說會去跟他把話說清楚的，親愛的南方大陸遠征軍團長親筆寫下的信，遞到那個愣住的蠢蛋眼前。

前幾天收到信時，還真是作夢也沒想到會用在這種事上。不過，與人的緣分總是會在意外之處發揮作用。到頭來，所謂的人類社會，也就是與人的緣分呢，一面對此深有所感，一面感謝與隆美爾將軍的緣分。

而為了看似無法理解事態的他，譚雅決定體貼地唸出那一部分的內容。

「就告訴你隆美爾閣下是怎麼說的吧。『要是怎樣都不肯送來，甚至覺得還不如拿去給戰友使用』。然後，我要向貴官提議，把我的砲彈燃料分給隆美爾閣下。」

向咦了一聲僵住的對手，遞出手上的王牌。

「這是基於副戰務參謀長傑圖亞閣下所認同的權限做出的提案……如果你有正當的駁回理由，還請你指點指點。」

程度不大的話，就算強硬一點也沒關係。

要我適當地去做，就是指這個意思。

雖是暗中默許，不過譚雅揮舞起傑圖亞中將交給她的令箭，就在裝備課班長從容的表情瞬間僵住時，感受到對方總算開始理解自己在說什麼。

「我就再跟你確認一次，少校。如果你能理解我的協助請求，並在尊重之餘將東西交給我的話，我會非常感謝。」

軍團長同意的戰力通融，外加上有參謀本部戰務老大做擔保的，參謀本部直屬戰鬥群指揮官提出的請求。

「我……我們裝備課當然也想盡我們所能的提供協助。可是，中校……」

「可是，中校？」

在彷彿用眼神詢問「有什麼問題嗎？」的譚雅面前，裝備課的班長很快就安靜下來。譚雅讓他感受到，既然沒辦法反駁，只要注意別不服從命令，就多得是辦法把他往死裡操。

從官僚主義的裝備課裝備管理班手中，捲走一個中隊份的G型，應該是不成問題。至少，我有達成他們提出來的條件。

不過，譚雅就在這時突然想到。

反正沒辦法跟他好好合作了。既然如此，就作為零和遊戲，只要是能拿的，就統統要求看看也不壞吧。

「對了。」

坐而言不如起而行，畢竟問一下又不用錢。

「關於西方大進擊時，從共和國那邊繳獲到的戰利品，少校，我想請貴官提供協助。我記得當中應該有車輛吧？」

「咦？啊，那個，是的，確實是有。」

「那裝甲車應該有保留下來。很好，那個也給我拿出來。反正軍部隊也不可能正式使用戰利品，所以應該有辦法拿走。」

「恕……恕我失禮，提古雷查夫中校。中校的部隊已經擁有裝甲部隊作為步兵戰力，就編制上，裝甲車是……」

儘管對滔滔不絕說著「這麼做很可能成為明確的違規行為」的少校不好意思，但譚雅對於規則，可是就連細則都一清二楚。

雖說這樣對彷彿如獲至寶，傲慢地宣稱不能這樣做的他，很抱歉就是了。

「我想改造成自走砲。按照規定，『兵器的現場修改』應該只要得到『部隊指揮官』的認可就行了。裝甲車並不是要給步兵用的裝備，而是要用作為舊式大砲的改良。能盡快提供我燃料與車輛嗎？」

要求把舊式的大砲換成新型，實在是太強人所難了，不過進行改良的努力，只要指揮官個人的裁量權認可就好。把大砲安裝在從共和國軍那裡繳獲到的裝甲車上作為自走砲，這毫無疑問是改良。

反正是無處可用才保管起來的車輛，譚雅的提供請求，只要沒有足以拒絕的合理理由，參謀本部的戰務負責人都會認可吧。這樣一來，由於裝甲車要喝燃料，所以補給物資的分配量當然也會增加。

就唯獨這點，是場賭博也說不定，不過反正東部距離耶什蒂油田很近，譚雅也期待能向東部方面軍借用。只要形成防衛戰，就能讓車輛盡情飲用剛汲上來的新鮮燃油吧。

我們在這方面上，就跟南方大陸那邊的人員不同，不需要太過擔心燃料的事。嗯，愈想愈是覺得這很合理。

「請……請不要強人所難了，中校！」

「夠了，我就不拜託你們改造了。我們自己來。所以請把裝甲車從倉庫裡拿出來吧。」

要求裝備課進行改造，確實是在強人所難也說不定地做出反省。如果要說他們的工作不是改造裝備，而是管理的話，確實是這樣也說不定。姑且認為反駁有理，於是退讓一步。

就只能催促技術廠那邊連夜趕工幫忙改造了吧，譚雅做好盤算。該說是幸運吧，我跟技術廠之間有著許多孽緣。這種事只要丟給修格魯工程師，姑且不論他讚揚上帝的壞習慣，本領可是貨真價實。

再靠教導隊的管道，稍微通過自走砲實戰實驗的名目，現場修改的費用也能期待由教導隊負擔。「所以廢話少說，把東西給我交出來。」譚雅伸手催促。「快點。」

「這樣太亂來了啦。」

「不，請你務必交出來。」

「中校，就算妳這麼說，但這種行為是……」

但不知道為什麼，對方就像是腦筋轉不過來一樣。

譚雅明明都以這麼謙虛的態度在跟他談了。對方的態度十分地頑固，不斷重複說著沒辦法、沒辦法。

於是，譚雅就在輕輕點頭後，直接說出這一句話。

「少校，我就單刀直入說吧。是ja（好）？還是nein（不好）？」

統一曆一九二六年六月二十八日　參謀本部副戰務參謀長勤務室

有關命令這回事，部下會在發布後直接跑來請願是常有的事。只要是在參謀本部值勤的將校，不論是誰，都肯定有過部下跑來請願，哭訴戰力不足以遂行命令的經驗。

然而，即使是傑圖亞中將，也無法理解眼前來訪者的要求。

如果期待更正確的說法，該說他雖然能理解要求的意思，但幾乎是第一次碰到這麼厚臉皮的要求，超出他的理解範圍了吧。

「……妳想要一個補充魔導中隊？」

傑圖亞中將目瞪口呆地喃喃說道。

如果自己的眼睛還沒壞，不論是橫看豎看，申請書上都寫著一個魔導中隊的增派請求。毫無誤解的餘地。並不是文章的格式有錯，以文件來講，那個寫得很完美。

將那個緩緩放在桌上，最近積了不少疲勞的傑圖亞中將，緩緩抬起頭來。在眼前挺直身軀並排站好的是提古雷查夫中校與掛著中尉階級章的女性。那名中尉是提古雷查夫中校所帶來的人，我想想，記得是叫作謝列布里亞科夫中尉的副官吧。

「妳在開玩笑吧？提古雷查夫中校。」

正因為如此，傑圖亞中將才會忍不住回說「我難以理解妳的意思」。畢竟沙羅曼達戰鬥群，是以第二〇三航空魔導大隊作為戰鬥群的基幹進行編成。

「是的，恕下官失禮，這並不是在開玩笑，傑圖亞中將閣下。就下官判斷，要以有限的戰力進行聯合作戰，就絕對需要一個中隊規模的魔導部隊。」

「中校，妳已經有加強大隊了。換句話說，不就是早就持有天下無雙的最強之矛了？中隊程度的戰力，就盡量給我從大隊裡拿吧。」

光是現在，戰鬥群就已經將相當於連隊或旅團戰力的加強魔導大隊納入指揮之下。雖說是新編部隊，但明明就有再給她步兵大隊，與裝甲、砲兵各一個中隊，居然還想要增強？

這幾乎等於是要我給她實質上相當於獨立加強混合旅團的戰力。坦白說，戰力過剩也要有個限度。這不是該交付給區區一介中校的戰力。

「閣下真是明察秋毫。但如果能實現的話，就算薄弱，也還是需要一面盾牌。」

然而，她就像完全不在意自己語帶斥責一樣。看她這種態度，似乎真的確信有這必要。在這種戰況下，她居然有那個神經，若無其事地要人湊出一個魔導中隊給她。

「別強人所難了。」

「這是在強人所難沒錯。」

確實是說過會多少睜一隻眼閉一隻眼，但這該怎麼辦呢。不對……要是真有必要，也不是沒得商量，但關於魔導部隊，第二〇三航空魔導大隊可是加強大隊。作戰那邊的人渴望著能夠打仗的魔導師，光是要壓下他們要求交出中隊的聲音，就費了不少力氣了。

「能用的魔導部隊幾乎都在前線。」

做得太過分讓人不知道該怎麼處置的加強大隊，能夠保持完整的員額數，在帝都悠哉地享受休假，全是因為他們建下的功勳巨大，但也因為如此，希望他們到前線去的聲音也不小。

「不用我說，魔導部隊儘管有急速擴張過，即使如此前線依舊是抱怨兵力不足已久，給我明白這點。」

「有這麼嚴重嗎？」

「情況已經跟第二〇三航空魔導大隊編成當時不同了。魔導師是絕望性地不足。西方戰線與東方戰線幾乎是在互相搶人。有資質的人全部都分配到前線去了，剩下的就只有尚未完成教育的傢伙。」

坦白講，魔導師的培訓狀況是杯水車薪。就算只是補充中隊，但要把中隊規模的部隊交給擁有增強魔導大隊的沙羅曼達戰鬥群，未免也太強人所難了。

至少擁有魔法才能的傢伙，差不多都被軍方吸收了。說到底——傑圖亞中將偷偷朝眼前的提古雷查夫中校看了一眼，在心中發起牢騷。

她就算是極端的例子，但軍方為了擴張魔導戰力，早就積極找尋過有資質的人才，一旦發現就不由分說地努力納入軍中，所以帝國其實很缺乏魔導師的剩餘人員。

他國應該還能靠徵兵努力的進展，運用尚未使用的人才庫吧，但帝國早就做過這種努力，卻依舊是苦於人手不足。雖說，次世代說不定還有尚未發掘的人才，但要等他們成長，怎樣都需要時間吧。

眼前一臉若無其事的提古雷查夫中校實在是例外。

不覺得帝國會有這麼多像這個戰場歸來的少女一樣，有哪裡壞掉的小孩子。或是說，作為軍人還另當別論，作為一個個人，這也太可怕了。

「可是，閣下，無論如何都需要一個中隊。」

「給我稍微詳細說明一下理由。」

「閣下，這是鐵鎚與地板的關係。我等第二〇三航空魔導大隊是鐵鎚，地板要是太脆弱就實在難以揮舞。外加上大隊原本就是以四個中隊一起行動為前提鍛鍊上來的。還請你深思。」

原來如此——聽到這裡，傑圖亞中將就明白提古雷查夫中校的言外之意了。她是想讓第二〇三航空魔導大隊確實作為一把強力的鐵鎚。雖不是不能說她相當任性，不過提古雷查夫中校鍛鍊起來的加強大隊，原本就是被訓練成，要聚集四個中隊才能發揮力量吧。

「我能理解，不過稍微等等……也不是完全沒有頭緒，只不過……」

「是的，閣下。」

……因為很難講派不派得上用場，所以沒列為徵用對象的人選。還有一些促成栽培的魔導師。只要把他們湊起來，就能形成大隊程度的戰力。

就算沒辦法動用這些傢伙，實際上，如果是資質過低的魔導師候補生，也不是沒有辦法。我想，至少能弄出個中隊來吧。如果是這種程度的話，要抽出戰力也不是不可能的事。

「儘管很抱歉，但這些人選與其說是士兵，倒不如說雛鳥。而且還可以說是帶著殼的雛鳥。

把這種程度的傢伙分配過去，也只會礙手礙腳吧？」

「這種時候，我也不敢奢求。只要是魔導師，怎樣都無所謂。」

……不過說到底，能用的東西就要全部使用。提古雷查夫中校正是這項理念的提倡者，同時也是體現者。打從出生後，還不滿十年就投入軍中，在戰場上度過人生。

活在這瘋狂的世界上，不論是誰都沒有權利，去享受不瘋狂的奢侈生活吧。名為正常的奢侈生活，只能等到戰後享受。

「……如果妳覺得，只能充當步兵直接掩護的魔導師也沒問題，是能安排一些人手。」

「這就夠了，還請務必幫我安排。」

別說是機動戰，就連妥當的魔導師訓練，都還尚未完成的一批新兵。被評為應該能用來支援步兵，但在不得不激烈的戰局下，只可能在限定的防戰中存活下來。

是在某種程度內，不得不容許損耗率提升的粗糙部隊。

「不過，充其量只能算是新兵。而且，就連訓練都還尚未完成。教官們的評價也是派不上用場。是一批本來預定要作為步兵使用的人選，這樣也沒問題嗎？」

一般來講，至少也要給予六個月的訓練期間，但是就連一半的訓練都尚未完成。是一批跟不上促成栽培教育，不足以擔任魔導師的步兵。雖說該教的都已經教了，但術式與身為魔導師的訓練也才剛剛開始。

教官們的評價也只有，說不定能用來擋子彈的程度。

「有過槍殺經驗嗎？」

「應該有。」

「這樣就好。總之，只要能殺敵就沒問題了。我打算在當地一面重新教育一面使用。」

然而，提古雷查夫中校卻不以為意地詢問起殺人經驗。

這正好證明了，她是一個叫作提古雷查夫的異常個人吧。

就彷彿將人類視為產品，詢問有沒有做過測試一樣的口吻。一個人竟能成長到如此地以機能來看待人類嗎？

軍隊確實是注重個人機能的組織。經常伴隨著可取代性、成本意識這些要素。然而，單純的人類，能變得只看這些就做出判斷嗎？

「……我明白了。我就立刻幫妳安排吧。然後呢？如果還有其他事情的話，就趁現在說給我聽吧。」

「非常感謝。只是，有關其他事項的討論，我想等確認完沙羅曼達戰鬥群配屬到的步兵部隊的狀況之後再說。感謝閣下的厚意。」

而她所答覆的是恭敬的謝辭。以一名將校來說，只能說是模範態度的敬禮。挺直的身軀，讓孩童般稚氣未脫的臉蛋看起來，隱約像是尊超脫現實的人偶。

就沒有人……

覺得這有哪裡不太對勁嗎？

當得知視察歸來的長官暴怒不已時，將兵們唯一能做的，就只有一味祈禱自己不要面臨到這場風暴。

那一天，以帝國軍屈指可數的戰鬥經驗自豪，立下豐碩功勳的第二〇三航空魔導大隊的將校們，收到謝列布里亞科夫中尉的通風報信，得知道他們唯一害怕的長官，心情惡劣得有如一場暴風的可怕情報。

到底是哪裡來的蠢蛋，敢在火藥庫上玩火啊？大隊將兵們在唉聲嘆氣之餘，懷著要敬鬼神而遠之的心情，一齊嚴謹耿直地厲行勤務，一絲不亂地徹底落實裝備檢查。

準備好面對最壞狀況的他們，就在充滿殺氣的中校飛回戰鬥群臨時基地時，因為沒有會遭到譴責的缺失而鬆了口氣，在心中大肆稱讚通風報信的謝列布里亞科夫中尉。

平時總是擺出一張撲克臉，幾乎是機械似的做出答禮的提古雷查夫中校，竟會露骨地展現出情緒，這事非同小可。

是觸犯到提古雷查夫中校的逆鱗了。

感覺敏銳的傢伙，就假借訓練之名逃之夭夭。就像是無法忍受待在附近似的，眾人開始朝格

chapter VI

蘭茲中尉等人提案的長距離低空分散襲擊演習航程聚集。

這種需要隱藏行蹤，盡可能抑制魔導反應，進行長距離飛行的艱難訓練，平時就算是第二〇三航空魔導大隊的隊員們也會敬而遠之，就唯有今天是大受歡迎。

只不過，逃得掉的人總是能得到好處。

沒辦法逃的大隊值班人員與拜斯上尉，就算心情黯淡不已，也只能硬著頭皮踏進危險的老虎籠裡。

偷偷打量長官樣子的拜斯上尉，在心底長嘆一聲。

「根本是廢物！真想現在就抓去重新訓練，要不然就是拖去槍斃！」

是在腦海中想像槍斃某人的情境吧。應該是無意識間的舉動，中校一邊嚷嚷著要槍斃他們，一邊把手伸向腰間的手槍。

如果是把手伸向小包包的年幼少女，看起來會很賞心悅目吧，不過那雙小手假如是為了摸索手槍，才無意識地伸出去的話，就只會讓人感到恐懼。

「到底是發生了什麼事啊？」

儘管不想問，但要是不問，就很可能會演變成更恐怖的事態。就算明知道這是地雷，拜斯上尉總之還是慎重地開口詢問。同時心想著，下次就推薦獨自逃亡的格蘭茲中尉，代替謝列布里亞科夫中尉擔任戰鬥群長的副官好了。

「是不服從外加抗命！真是難以置信！」

「……咦？是對中校嗎？」

不過這些雜念，全都在提古雷查夫中校的怒吼聲下，被拋到九霄雲外去了。

不服從……外加抗命？居然好死不死，是對比他人加倍注重軍規的提古雷查夫中校這麼做，拜斯上尉實在難以置信。從整張臉幾乎氣到漲紅的中校表情來看，是真的發生了什麼事吧。

帝國軍裡居然會有笨蛋，會特意對「抗命即槍斃」不顯一絲遲疑的中校，犯下不服從與抗命行為，這還真是讓人驚訝的事實。關於這件事，拜斯上尉是真的嚇到了。

說實話，儘管給掃到颱風尾的我們添了麻煩，但還真想叫他偉大的笨蛋。或是說，為什麼這種人還活得下來啊，讓他甚至思考起這種事情。

無法理解意思。到底發生了什麼事，跟我說明吧。朝跟在提古雷查夫中校身旁，一臉不知所措的謝列布里亞科夫中尉看去。

「步兵軍官們眾口一致說『我們有我們的做法』。」

於是，僵硬著表情回答的謝列布里亞科夫中尉，就在提古雷查夫中校繼續說下去的催促下，沉重開口。

特意以平淡的語調，說明發生了什麼事。

她說，新編的步兵大隊的指揮官看不起中校。

她說，他們自信滿滿地自稱是專家，鄭重地無視中校的指示。

她說，他們要求針對指揮權的自行判斷權。

「簡直難以置信。戰爭可不存在著其他規則啊。身為軍官居然連這種事也不懂？帝國後方的軍官們是全都瘋了吧。」

真想槍斃他們。就像是用全身具體呈現這種想法的提古雷查夫中校狠狠說道，嚇得一旁的謝列布里亞科夫中尉瑟縮起身子，拜斯上尉看她們這樣，也很自然地想像得到那個情景。肯定是個對謝列布里亞科夫中尉的心臟不太好的空間吧。

「究竟是誰犯下這種事啊？」

「所有人！第三三二步兵大隊的全體軍官！」

只要拜斯上尉偷偷環顧起隊舍內部，就能清楚看到值班人員們全體僵住的情況。

……是有耳聞過後方部隊的軍官，沒剩下什麼像樣的傢伙。想不到，居然偏偏是一群會錯把獅子當成貓的蠢蛋。

我的天呀。

雖說只有一點點，不過我稍微能夠體會，中校說想把無能之輩拖去槍斃的心情了。

「跟那種貨色沒什麼好談的。所以，去安排換人吧。」

「中校要怎麼做呢？」

為了換人……妳打算怎麼做？戰戰兢兢提問的拜斯上尉，因此在聽到提古雷查夫中校接下來的答覆後，全身僵住。

「還用說嗎！去跟近衛師團拿新銳的空降獵兵大隊過來！」

「……咦？」

……咦？近衛師團？空降獵兵？

中校到底是在說什麼啊？

「第二近衛師團短期間內，不是在進行休養、重新編制嗎？」

「是的，沒錯，就誠如中校所言。」朝著只能這樣回答拜斯上尉，提古雷查夫中校面帶微笑說：「這真是太好了。」

「第二近衛師團司令部，是在萊茵戰線時，只懂得跟在我們後面跑的笨蛋。讓他們在真正的師團做事才奇怪吧。」

「是的，沒錯，中校說得真對。」拜斯上尉也基於近衛師團與宮中的關係不佳一事，點頭表示同意。

「這是戰力的有效活用。是交換。如果是充門面的防衛任務，應該就連笨蛋也有辦法裝裝樣子吧。」

「是的，沒錯，就誠如中校所言。」拜斯上尉對有著這種想法的中校，用力地點頭表示同意。

心裡則是在祈求，提古雷查夫中校請不要再無意識地把手伸向胸前的演算寶珠了。

「……這件事跟參謀本部請示過了嗎？」

還請妳千萬……千萬不要爆炸。

懷著幾乎是在祈求上帝保佑的念頭，拜斯上尉戰戰兢兢地問出這句話。對他來說，就連衝進槍林彈雨之中，下場都還比較樂觀吧。

畢竟，對手至少不會是提古雷查夫中校。

然後，奇蹟發生了。至少在那一天，在場所有帝國軍第二〇三游擊航空魔導大隊的司令部人員們，皆如此相信著。

「不用擔心。第二近衛師團的大隊長已經同意了。」

因為直到剛剛，都還擺著一張就連地獄鬼卒都很可能打赤腳逃跑的表情的中校，露出了和藹微笑。綻開了有如天使一般，莊嚴美好的笑容。

「中校究竟是怎麼說服他們的？」

「沒什麼，事情很簡單。他們可是戰爭狂。正渴望著戰爭呢。所以一次搞定。」

……更正。她肯定是誘惑人心的惡魔。

至少，中校是一位可怕的人。是偉大的魔導師。也是偉大的指揮官。

神呀，我要感謝祢，沒有讓我們的中校成為我們的敵人。

「外加上編制主任雷魯根上校也是個好商量的人，想來是不會有問題吧。」

拜斯上尉在心中決定，這星期天一定要好好跑一趟教會。

完全沒察覺到他的這種心情，譚雅就像是覺得事情一帆風順，高興地微笑起來。

畢竟，總算是看到希望了。哎呀。真是深深體會到，凡事都要逼問看看 yes 或 no 呢。大家全都回答了 yes。

低頭說聲「拜託」也是有意義的呢。這樣就算前往危險的前線也能稍微提高生存機率。

……至少，至少就為了光明的未來努力吧。只要生存下來，最起碼只要逃向西方，就應該還有一線希望。

統一曆一九二六年七月一日　參謀本部大會議室

這是個極為詭異的光景。眾人聚集的目的，是要舉辦新設戰鬥群的成立大會。至於場所，或許是要表示這件事是由參謀本部在從中斡旋，還特地借用了參謀本部的廳室。

看來高層也充滿幹勁吧。還能零星可見到高官們出席的身影。

這樣很好。就只是新部隊設立的儀式，有來賓到場觀禮。在也有很多禮儀任務的近衛師團裡，是常有的經驗。

「……大隊的戰友們，歡迎各位，今後就要拜託你們了。」

但是，那是什麼？如果不站上特製的演講臺，別說是一覽部下，甚至會被第一排人員的背擋住身體的指揮官。

這種愚蠢的存在，卻頂著一張人偶般的撲克臉，用下巴指使著一看就知道是從戰地歸來，渾身散發著殺氣的魔導師們。

就像是不放過他們的一舉一動似的，朝緊張的魔導師們咧嘴微笑的身影，讓人感到極度地不對勁。

「中校！戰鬥群長！指揮官閣下！」

專心一志齊聲高呼的姿態，讓人彷彿能看見，他們徹底信賴著長官，願意陪她一同進軍到地獄深淵的身影。

就連好歹也被評為精銳的我等第二近衛師團的空降獵兵大隊，也不得不向他們致上敬意的那些傢伙——

好歹也是在地獄的萊茵戰線中，威名遠震的部隊——

——居然全心全力地，向區區一個小孩子表達敬意。

「過去陪我一同遊玩，各位出色的大隊戰友，來恭喜新的夥伴加入我們的戰線吧。」

就宛如身經百戰的將校，臉上甚至揚起微笑的那道身影，超出了理解範圍。

「各位新兵，請來到最前排。」

有如訓練軍官的微笑一般，凶惡的微笑。

讓人不免懷疑，像這樣的小孩子，究竟、究竟有沒有可能揚起的那種微笑。

「歡迎來到我們的戰場。我就在此，盛大地歡迎各位吧。」

敞開似乎比較適合擁抱洋娃娃的柔嫩雙臂，述說歡迎詞彙的那個有著人類外型的奇妙存在。是該稱為殺人人偶，或是戰鬥妖精的某種異質之物。

沒有人。

在場的高官之中，沒有任何一個人對這件事提出異議的某種東西；資深魔導師們所服從的某種，有著人類外型卻似是而非的東西。

不該懷疑那個戰爭狂的大隊長，為什麼會願意跟隨這種傢伙的。

應該要帶著覺悟過來的。對於、對於那個戰爭狂迷戀上她的這個事實！

「我對諸位的期待只有兩點。」

就像是曾在那裡聽過的台詞。

「一是別扯我的大隊後腿，二是給我追上我們的水準。以上。」

話一說完，中校就揚起微笑。對那個人來說，那個動作應該是所謂的笑吧。

常聽人說，笑就本質上來講，是種攻擊性的動作。
笑這種行為，毫無疑問是種露出尖牙的行為。除了威嚇之外，甚麼也不是。

統一曆一九二六年七月二日　參謀本部副戰務參謀長勤務室

傑圖亞中將在勤務室裡，一面吃著有點晚的正餐，一面閱讀著前線送來的報告書。此時打斷他值勤的，是毫無一絲從容的迫切腳步聲。
抬頭看向走進室內的部下，傑圖亞中將瞬間露出疑惑表情。
是展現出優秀才能而備受期待的將校，雷魯根上校。關於在參謀本部裡，同時受到戰務與作戰雙方磨練的雷魯根上校的資質，傑圖亞自己也有著很高的評價。
對於那個雷魯根上校，臉色大變地闖進勤務室裡的舉動，傑圖亞稍微蹙起眉頭詢問：「有什麼事嗎？」
「傑圖亞中將閣下！你要把戰鬥群交給提古雷查夫中校，是認真的嗎！」
這項疑問，就在他開口之後獲得冰釋。不論是好是壞，雷魯根上校都是屬於軍方良知派的將校。換言之，就是會對提古雷查夫中校動輒採取的極端行動感到畏懼的人……儘管在審訊會上擁護提古雷查夫中校的行動，但他到頭來，依舊是在提古雷查夫中校「容易闖禍」這一點上，很不信任她吧。

而他的擔憂，大致上是正確的。就如同參謀本部內外皆知的，對提古雷查夫中校有著非常高評價的傑圖亞自己，過去也曾抱持著跟雷魯根上校相同的畏懼。

不過要他說的話，這種畏懼早就沒意義了。只要是為了獲勝，不論是怎樣的劇毒，也都只能吞下去。

這可是戰爭。不是能對手段說三道四的時候。就算會因為副作用痛苦難受，一切的事情，就等戰爭結束之後再來後悔吧，傑圖亞中將乾脆地做出結論。

倒不如說——傑圖亞中將問出心中的疑惑。

「雷魯根上校，你是從哪得知這件事的？我要知道隸屬作戰的你，會接觸到這件事的來龍去脈。這件事應該就連在戰務之中，都是屬於機密事項。」

「閣下，恕我失禮，但提古雷查夫中校早就做過頭了。拿參謀本部直屬的調查研究活動作為藉口，好死不死偏偏是把駐守帝都的第一近衛師團的大隊搶走，我就在剛剛收到這份報告！」

雷魯根上校滔滔不絕說得口沫橫飛。他似乎是從與自己負責單位有關的事件之中，打探到這次的戰鬥群編成。

還真是一如預期的優秀啊。懷著這種想法，傑圖亞嘆了口氣。

「這正是提古雷查夫中校『適當』處理的結果吧。」

軍中所謂的適當，總之就是盡最大的努力活用一切。雖說是有點過火，但這可是在告知那個提古雷查夫中校，會給她相當大的裁量權之後發生的事。光是沒有搶奪武器，就算相當不錯了吧，他早就徹底看開了。

雖是有可能干犯統帥權的行為，但至少是她幹出來的事，應該有準備好開脫罪名的理由吧。既然如此，就不會有任何問題。

我也不想對她的做法多說什麼。

「反正第二近衛師團與第一都是帝都防衛組。再考慮他們到與宮中的關係，實在不是能投入實戰的游離部隊，但是裝備的狀況良好。這倒不如該給予有效運用的評價吧？」

「……第二近衛師團現在確實是游離部隊。但是，這很明顯是越權行為。」

「到此為止了。上校，再說下去，就不是你該插嘴的事吧。」

我不想再聽了。發出帶有明確意思的訊息制止他。

「閣下！」

「提古雷查夫中校是幹練的野戰將校，近衛師團的將兵乃是精兵……有別於靠宮中關係選上的師團樞要呢。不覺得這是最適當的組合嗎？」

「可是……」看著雷魯根上校愈說愈激動的表情，傑圖亞中將語帶嘆息拋出下一句話。

「已經沒有餘力放任他們閒置了。」

前線傳來的請求，傳達了日益嚴重的事態。就在這時，提古雷查夫中校提出了改善狀況的方案。而且還是將各兵科作為戰鬥群靈活運用，這種符合帝國軍喜好的做法。

但同時來講，提古雷查夫中校的報告儘管優秀，卻也無法否認，照這樣下去只會是紙上談兵。未經過驗證的準則，總會有個極限吧。

「想在前線實際試行報告的實用性，同時還要舒緩前線的困難局面，就難以避免委託提案人去做運用測試了。」

你懂了吧，在傑圖亞中將的眼神詢問之下，雷魯根上校也沒辦法再多說什麼。作為雙方確實的共同認知，魔導將校幾乎沒有能指揮如此龐大部隊的卓越軍官。

不對，可說是根本沒有。

而參謀本部直屬的滅火隊，第二〇三航空魔導大隊就本質上而言，也只有提古雷查夫中校能夠運用自如吧。倘若要以那位英傑鍛鍊起來的大隊為中心，進行戰鬥群的運用測試，戰鬥群長的人選，到頭來依舊會落到提古雷查夫中校一人身上。

「所以我判斷，如今正是該投入前線的時期。雷魯根上校，我不認為像貴官如此優秀的參謀將校，會需要我做更進一步的說明。」

「承蒙閣下過獎，如此厚愛，下官無以為謝。正因如此，還請容許我表達意見。提古雷查夫中校與其戰鬥群的派任地點，至少也該選擇南方大陸！」

「那裡已經撐不住了。隆美爾將軍雖然已奮戰了將近一年，但在陷入數量戰後，果然還是很吃緊。」

作為稍微擾亂戰局的策略派兵的南方大陸遠征軍團。

對傑圖亞中將來說，這是迫於政治情勢，作為半不得已的選項，派遣過去的人馬。姑且是連續取得戰術性的勝利……但就收到的報告看來，他們是一如預期，在為敵方的物資數量所苦。

聯合王國的援助物資相當龐大，而我們親愛的同盟國，義魯朵雅王國不誠實的中立政策，也讓人懷疑至極。

而且棘手的是，運輸船團頻繁受到聯合王國海軍與其海陸魔導部隊的襲擊，讓帝國軍南方大陸遠征軍團脆弱且範圍遼闊的後勤狀況，早已超越破爛不堪的程度，近乎是崩潰狀態。

隆美爾將軍是優秀的機動戰術專家，但既然基礎戰力輸人，就難以期待能一直靠戰術上的勝利，扭轉戰略上的劣勢吧。

既然當初作為牽制攻擊的目的已達成，繼續投入更多戰力的必要性，就得打上一個問號。

「但是，敵我的數量差，還有挽回的可能性。這就一如閣下所期待的，如果是提古雷查夫中校，不就有辦法對抗在南方大陸橫行的聯合王國海陸魔導部隊嗎？」

「短期間內，就跟你說的一樣吧。但這只是杯水車薪。」

雙方投入的物資數量，就根本來講差距太大了。傑圖亞中將露出彷彿吃了黃蓮似的苦澀表情，一味懊悔著帝國軍的無能。

「根據複數的報告指出，有來自未確認出處直接供給的物資，流向聯合王國軍與共和國軍殘黨，啊，該說是自由共和國吧。」

完全是一如擔憂的事態。

一切就如同她在報告上警告的一樣，相似到讓人想大喊「提古雷查夫該不會是惡魔吧」的程度，合州國製造的軍需物資，開始大量偽裝成聯合王國經手的物資，流入南方大陸。

然而實際上，卻是直接從合州國流入南方大陸的樣子。

糟糕的是，他們還偽裝成民間企業的交易，特意使用中立船籍的船隻。就算擊沉，也是第三國的船隻。要不然，就是那個國家的船隻。

不論是擊沉還是臨檢，都很可能會導致與那個合州國的戰爭。至少，相當久之前提古雷查夫所提出的報告，是這樣主張的。

實際上，合州國的高層甚至希望帝國軍這麼做吧，她的這項警告有著非常高的或然率。

「……雷魯根上校。我們是經由奇妙的通風報信，得知有物資從特定國家直接送往南方大陸的可能性。」

「咦？」

「也就是有人特意對我們通風報信。」

換句話說，就是某個擁有希望帝國軍襲擊合州國船隻的奇妙倒錯興趣的傢伙，很親切地偽裝成來自合州國與聯合王國的密告，向帝國軍通風報信。

想要避免爭端，唯一的方法就是在他們卸貨時進行轟炸吧。

然而在南方大陸，就連要這麼做也很困難。畢竟，這可是經由高空的轟炸航程。既然缺乏命中率，地毯式轟炸就會是唯一的對策。

帝國軍的航空艦隊早已全力分配給西方與東方。

在這種狀況下，根本不可能在南方大陸集中運用這麼多架轟炸機。

同樣地，魔導師的狀況也十分緊迫。固守在主戰線上的他們，也很難以完整的單位調去南方大陸。

在現況下，我們是束手無策。

「關於那個國家的援助，我們有接獲密報。根據密報內容，毫無疑問有相當大的量流入南方大陸的樣子。該死的是，我們沒辦法阻止。」

「合州國直接供給南方大陸物資?是有確認到他們在聯合王國方面的部署……但直接供給戰鬥地區物資可是異常事態。那個國家的政策與議會，名義上不是保持局外中立嗎?」

「也就是總統並不這麼想。」

實際上，合州國廣大的善良民眾們，似乎是主觀性地認為，自己等人的國家是中立國的樣子。還真是給人找麻煩，不過與交戰國之間的商業往來，不算是違反中立的行為。讓人傻眼的是，他們甚至還希望與帝國繼續保持通商關係。

光是如此，傑圖亞苦笑起來。

光是如此，他們對帝國來說，也會是個令人高興的交易對象。不過那個國家的總統閣下，似乎與合州國的廣大選民們有著不同的意見。

「……有何對策嗎？」

「我們雖然號稱帝國，不過光是要對付聯邦與聯合王國就已經接應不暇。要避免更多的敵人才行。」

到頭來，既然沒有有效的妨礙方法，隨便出手的後果就不堪設想。只能認為合州國的戰爭介入派是在露骨挑釁，所以沒必要自己主動吃下這種毒蘋果。

「眼睜睜地放過利敵行為，也很讓人生氣啊。」

就是這麼一回事。只能在東部取勝了。為了達成這項目的，我們是百無禁忌。不論這麼做是否對帝國有利。一切的方針都必須要以這點來思考。

「就是這麼一回事。上校。為了獲勝，就只能在東部拿出成果。所以，要讓提古雷查夫中校在東方戰線大鬧一場。」

「……是的。」

大戰中期，帝國軍參謀本部內部，針對戰爭指導方針產生了深刻的對立。全面指導過萊茵戰線的傑圖亞將軍等人組成了西方派。

他們主張強迫敵軍流血，讓他們流血致死的放血戰略。

相對地，東方派則是以重視東方戰線的東部軍相關人員為中心。他們主張以包圍殲滅達到速戰速決的決戰戰略。

西方派強烈批評具有高風險的決戰戰略。特別是抑制損耗主義的信奉者傑圖亞將軍，忌諱著大規模攻擊計畫。基於壕溝戰的教訓，他對分散滲透襲擊與包圍戰術抱持肯定的評價，但同時也對在尚未占有優勢時，對敵人發動攻勢一事，擺出極為懷疑的態度。

相對於他的意見，東方派則是在聯邦軍會保有數量優勢的前提下，擬定戰略。假如是在這種前提下，就不得不主張，西方派要在確保數量優勢後加以殲滅的主張，相當不現實。

這時他們注意到的，是稱為引誘殲滅戰略，活用內線機動的這項戰略。

這是應用在第一次萊茵戰後期，由傑圖亞將軍所構思的，讓共和國軍流血衰弱，再加以包圍殲滅的手法，所擬定出來的戰略。東方派把焦點放在機動力上，找出包圍的可能性。

相對於抑制損耗主義會不斷製造死者，決戰主義只要獲勝一次，就能夠抑制住損害。東方派就藉由這種論證，對消極的參謀本部主流派的壓制做出強烈反抗。他們就以要對在聯邦軍初期的奇襲攻擊之下，從部分崩潰的戰線侵入國內的聯邦軍展開作戰為契機，嘗試著自己的理論。

最後成功以不過十五萬的戰力，包圍侵入丹寧．尼．貝克的四十萬聯邦軍。損耗比率是帝國軍的一萬五千，對聯邦軍的十五萬（當中有九萬多名的俘虜）。

儘管基於數量劣勢，沒能達到完全殲滅，讓殘餘的敵軍逃離，卻也被視為足以充分證實東方派理論的戰果。

基於這個成果，帝國軍東方派就構思起更進一步的戰果擴張，打算早期結束戰爭。恰巧，這時也開始有人做出動作，希望漸漸對龐大犧牲人數感到恐懼的內閣與帝室，能夠早期結束戰爭。

作為參謀本部主流派的西方派儘管試圖抵抗，東方派卻強調著丹寧．尼．貝克會戰的成果。

畢竟，相對於在萊茵戰線，西方派的勝利需要堆積如山的帝國軍將兵遺體，東方派的成果太過於有說服力了。

於是，帝國軍參謀本部就決定制定並實行一項作戰。作戰名為「湖畔作戰」。這是要藉由大規模攻勢推進前線的作戰。是在數人認為這是高風險、高報酬的作戰而強烈反對之中，強行通過的作戰。

發布的命令編號是第四十一號。四十一號作戰，是一般以湖畔作戰聞名，帝國軍在東方戰線屈指可數的大攻勢。

統一曆一九二六年七月八日　聯邦首都莫斯科　地下大會議室

帝國軍參謀本部命令第四十一號：極密——由將校負責運送。

在聯邦的防衛戰鬥即將結束。我們已在丹寧．尼．貝克，擊破聯邦軍的預備戰力。儘管狀況變化不斷，但聯邦軍的剩餘戰力已逐漸枯竭，幾乎喪失了奇襲攻擊所取得的優勢。

在這種背景狀況下，一待天候與地表狀況好轉，帝國軍就必須要奪回主導權。目標是要徹底殲滅聯邦軍依舊保持的殘存戰力，此外還要讓最重要的敵野戰軍，盡可能地喪失戰鬥能力。

因此，首先要將主要兵力調往東部的主要作戰。同時為了防禦擴大的戰線，參謀本部編成了機動軍團。本作戰的一般方針是要掃蕩正面的敵人，然後奪取舊東部最前線的前線道路以及後勤據點。

不過，優先目標是要殲滅敵方的殘存戰力。

然後在最後，寫上了這一句話。

「諸位將兵，反擊的時刻已近」。

在場列席者看似憂鬱的表情。

明明只要提出一項有建設性的提案就好了，卻只顧著擔心約瑟夫總書記同志意思的一群無能之輩。

真是丟人現眼，為了人民、祖國和黨，今天也勤勉工作的Mr.羅利亞，哀傷感慨著。

他有一個夢想。為了這個夢想，他不惜付出任何努力。如今甚至能自負是全聯邦，最為勤勉努力的技術官僚。

唯有追逐夢想，才算是青春。不，人要擁有夢想，才有生存的意義。就連自己想做什麼都不太清楚的怠惰分子，跟待在集中營裡頭的人有何差別呢？

懷著這種想法，羅利亞總之先開始工作。

「綜合以上的報告，總書記同志，帝國軍正在東部國境地帶，大規模集結部隊。就如同總書記同志的預測，恐怕會在近期內展開反攻作戰。」

讓人覺得連聽都是在浪費時間的長篇報告。這要是內務人民委員部的現場報告書，如果沒有整理成三行，早就以沒效率之罪送往集中營了。

仔細想想，聯邦太沒有效率了。官僚主義早已蔓延開來，儘管很遺憾，但沒有一個機構能簡潔地發揮機能。總書記同志會感到不耐煩，也是很能體會的事。

「辛苦了。那麼，各位同志，狀況就跟剛剛報告的一樣。有什麼意見？」

暗示眾人拿出解決對策的質問。

本來的話，回答約瑟夫同志的質問會有很多危險。要是提出的對策很成功，就能獲得權限與功績。不過要是太成功，就很可能會被當作是威脅到總書記同志地位的存在，而淪為肅清的對象。就算沒有，也會陷入黨內互扯後腿的鬥爭之中，增加失勢的危險性。

另一方面，假如失敗的話，就要當場負起責任。考慮到這種情形，就十分清楚，為什麼列席者們儘管以帶有真摯覺悟的眼神，注視著約瑟夫同志，卻是一句話也說不出口了。

不過——

這樣就等於是聚集了一群無能之輩。

充滿憤慨地緊握筆桿，有種真想就這樣用筆戳破文件的衝動。簡直是在浪費時間。在這分秒必爭之際，離最適當的作為相距甚遠的表現。下定決心，近期內一定要把他們統統送進集中營。但同時也做出決斷，現在要先把該做的事情做好。

「總書記同志，我們如今已成功誘敵深入。現在應該要讓他們退無可退吧。」

「所以？」

「讓他們連餌帶鉤一起吞進肚吧。就把國境地帶送給他們如何？」

聯邦的國土遼闊。而且還很剛好的，基礎建設發展得很緩慢。就國家來說，這是非常不期望的狀況，不過考慮到軍隊的進軍，這對敵人來說也是個惡劣條件。

畢竟，只要把局面帶入消耗戰，聯邦就具有絕對的優勢。這是只要看看地圖，就連小孩子都能懂得簡單事情吧。能用作為縱深防禦的遼闊土地，是聯邦的夥伴。

就假設要同時對付十個，需要十人聯手才能打倒的強者吧。要戰勝能同時對付百人的十人，只靠百人對付說不定會相當困難。然而，只要我方的百人，全員一起對付對方的一人，連續打十場的話，就肯定能夠獲勝。

只要敵人大量分散開來，就能靠數量取勝。這是當然的事。就算敵人再怎麼強，這世上也沒有不能靠數量圍毆致死的對手。

只要將深入敵陣，變得薄弱的敵人痛宰一頓就好。或是製造出，能強迫他們白白進行消耗戰的局面，怎麼樣？比方說一座讓他們一旦取得，就絕對沒有辦法棄守，帶有這種強烈政治效果的城市。

城市不僅缺乏資源，還能期待利用城鎮戰把局面帶入消耗戰的效果。而在前線近鄰地區，看

解說

【送往集中營】

是指強制收容，迫使進行勞動的營區。順道一提，光榮的蘇維埃反對奴隸勞動。

起來最適合的城市應該就屬約瑟夫格勒吧。聯邦軍會奉命死守這裡，似乎是極為一般的見解。

外加上，部分帝國軍只要攻下這座城市，也就絕對不會放手了吧。更不用說，要是我們不斷利用政治宣傳高呼要奪回失地的話。而如果是與具有組織性，不斷機動的軍隊挑起野戰倒還另當別論，但如果是打消耗戰，就是靠數量優勢說話了。

這也就是說，退後對聯邦軍來講，就只是在確保戰略性的縱深。即使會讓帝國軍取得空間，聯邦軍卻能獲得重新編制的時間吧。

「羅利亞同志！再怎麼說，這可是關係到聯邦的名譽啊！」

「在偉大的指導者，總書記同志的戰爭指導之下，你居然說要把國土讓給帝國軍！」

只不過，總是會有讓人不禁頭痛的笨蛋冒出來。這些人看起來，確實是格外地強調忠誠。讓人有種被只知道逢迎拍馬的傢伙扯後腿的不快感。

「給我閉嘴。總書記同志，可容許我繼續說下去嗎？」

就把你們列在第一批送進集中營的名單上吧。懷著這種想法，羅利亞與在形式上主持會議的總書記同志對望。至少，我深受約瑟夫同志信賴。

就算是一時之間會讓總書記同志感到不快的意見，也是出自於一片忠誠。

「……羅利亞，繼續說下去。」

而所謂的獨裁者，往往都對這方面的事很敏銳。當然，羅利亞就只是基於經驗法則，知道這件事情。

總之，現場的最高權力者，讓甩手站起的抗議者坐下，讓羅利亞繼續說下去。

「感謝。」

這是早就知道的發展。羅利亞也在誇張地道謝後起身，走到掛在牆上的地圖前面。是一張寫著目前戰況的地圖。因為笨蛋們主張的大規模攻勢，而在丹寧．尼．貝克蒙受到的毀滅性打擊很傷。

但所幸，帝國軍似乎也很蠢。

基本上，會衝動性地發動攻勢，可是軍人這種傢伙的缺陷。羅利亞在心中竊笑。沒能理解到攻進敵方陣地的本質。

「如果要說得直接一點，就是我們可藉由退後，強迫帝國軍進行消耗戰。更正確來說，就是唯有後退，我們才有可能利用幾個重要的要衝，強迫帝國軍進行城鎮戰吧。」

儘管也有著一些工廠與交通網，不過城鎮戰這種混戰，對聯邦軍的現況來說確實是最適當的選擇。

所謂的市區，都具備著某種程度的規模。

這點對軍隊質量低劣的聯邦軍來說，帶有更重要的意義。

「這雖是我個人的看法，不過我們毫無理由要在敵人得意的土壤上戰鬥。所以要反過來。唯有像市區這種雙方極為貼近的戰鬥，才能發揮出我們的人數優勢吧。」

要讓連剛徵到的新兵都能像樣地戰鬥，城鎮戰會是最佳選擇，羅利亞做出保證。或是說，他想不到其他能好好打仗的手段。

我有從派遣到前線的政治軍官之中，找人進行敵我消耗比例的報告。

損害比率基本上到目前為止，還沒人報告過比一比五更好的數字。

但聯邦軍的規模是壓倒性的強勢。如果是在市區廝殺，說到底，不論是組織戰鬥、機動戰，還是他們擅長的統一行動，都會受到限制吧。

露出就像純粹是在研究數學的數學家一般的眼神，羅利亞計算著勝利所需的條件。

「只要盡可能將損耗比率拉到不相上下的程度，最後就會是帝國在叫苦連天了。」

只要稍微壓低損耗比率，敵我的損害比率就會是聯邦占有壓倒性的優勢。或是反過來，稍微提高他們的損耗比率就好。

想到這，羅利亞就譏笑起來。

啊，軍人還真是麻煩的生物。那些傢伙除了顏面與體面之外，還有著太多自豪了。

「不過，只要他們不斷勝利下去，就會擅自提高土地的重要性吧。」

能在領悟到皮洛士式的勝利之後選擇撤退，正是皮洛士的偉大之處。如果是一般的將軍，就會被勝利所迷惑，追求起更進一步的戰線擴張，與更進一步的戰果吧。

當然，追求更大戰果的帝國軍，毫無疑問會攻進聯邦領土內部。這樣一來，對方就不得不以市區為中心展開攻防戰。

「這樣一來，他們就會陷入無法後退的窘境。」

如此一來，他們就會陷入需要增強部隊、鞏固防備的窘境。沒錯，會變得無法動彈。擅長靠機動力包圍的傢伙，將會陷入得將戰力分配給定點防衛的窘境。

「再來，只要聯邦軍達成英雄般的收復，就完美了吧。」

如此一來，我方就只要發揮數量的暴力，進行包圍就好。經由第三國，送幾名諜報人員到帝國去刺激輿論也不錯吧。

這樣一來，他們就算想退也退不了。

「當然，為了抵抗到最後一刻，我打算從內務部派遣督戰隊到從事城鎮戰的部隊裡。」

然後是，用來引誘敵人的活餌。就把提倡反聯邦言論的傢伙、民族主義者與反動主義者，丟去給帝國軍消耗。羅利亞說得很平淡，不過心裡頭卻因為看到那群噤若寒蟬顫抖的笨蛋幹部們，好想長嘆一聲。

放眼望去，會發現鴉雀無聲的會場上，隨處可見到一些彷彿看到某種可怕東西的表情。

在這種地方假裝有良知的偽善者們。真想嘲笑他們，好人不可能出現在這種地方吧。

「我確信能藉由這種做法，讓強制加入聯邦軍的市民之壁，與從收容所中釋放出來從軍的傢伙們，去跟帝國軍互相廝殺。」

保留對體制忠實的將兵，排除潛在的危險因子。

「不，這換個方法來講，就是聯邦的全體市民，有如英雄般地對侵略者做出反抗吧。」

而且還不是以肅清的形式死去，而是為了祖國貢獻生命。畢竟肅清的執行者可是帝國軍，不是體制內的人。黨完全不需要弄髒自己的手。

等注意到時，羅利亞就忍不住驚訝起自己的敏銳。

人只要是為了夢想與希望，就能發揮出難以置信的力量，擁有著豐富的創造性。

「在總書記同志的指導之下，全體聯邦市民都將作為反帝國主義的游擊隊，起身奮戰。不覺得這樣很棒嗎？」

「……原來如此，我就承認這是個有效的提案吧。」

然後，不論是誰都能理解，這至少是個有效的提案。也沒有人針對善惡與道德的價值觀加以譴責。所以這項提案，很輕易地通過了。

「感謝。」

「很好，這件事就全權交給羅利亞同志處理。不過你應該知道，這事不容許失敗吧？」

「當然，請交給我吧。」

不容許失敗的嚴厲眼神。儘管背部竄起一陣寒顫，羅利亞也沒有移開視線，以堅強的意志持續與他對望。

他有一個夢想。

「……總書記同志，儘管惶恐，但我想相對地請求你一件事。」

「我會准許必要的物資安排，還有什麼事嗎？」

「是襲擊莫斯科的犯人。還請讓我親手對他們做出制裁。」

好想要，我好想要那名妖精。

無論如何、無論如何……

無論如何，我都要她來到自己身邊。

「這是極為，沒錯，極為需要注意的案件。我很難跟你保證。」

那個可恨的事態，居然偏偏是在總書記同志的面前提起。光是這種行為，就等同是在踩老虎尾巴。實際上仔細一看，會發現他儘管隱忍下來，握筆的手卻因為憤怒與屈辱嚴重顫抖著。

「總書記同志閣下。那麼，我就只要那名幼女。」

很清楚這是無謀之舉。

但儘管如此——儘管如此，男人也有著不得不戰鬥的時候。

「……羅利亞同志，那個符合你的嗜好嗎？」

「當然！不對，這並不是個……相當貼切的說法。」

就算要拋棄一切，也不得不進行的戰鬥。

在人生當中，也有著不得不把話說出口的時候。

「什麼？」

「她可以說是我的理想。是無論如何、無論如何，都想讓她在我身下嬌喘的對象。」

懷著純粹的決心與覺悟，羅利亞就只有一味懇求。

就只有請求？不，他付諸了行動。請求會被答應嗎？就只有神才知道。

只不過，羅利亞做出了決斷。因為羅利亞早就做出決斷了。如果要笑他蠢就儘管笑吧。

「……好，只要能排除憂患，我就答應你。」

「請交給我吧。縱使要排除一切萬難與敵人，我也會達成目標。」

於是，羅利亞獲得了實現夢想所必要的翅膀。在會議結束的同時，一跳上車，就立刻返回重建中的本部，重新開始工作。

「得到總書記同志閣下的許可了。再來，再來就只需要親手把握機會。」

狀況逐步地讓夢想可能實現。這種充實感，讓羅利亞都這把年紀了都還感到雀躍不已。

就像個孩子似的，能純粹享受某種事情的心。還以為早在很久以前就失去的感覺，甚至讓羅利亞感到新奇。

「帝國軍正順利地落入陷阱。只要事情順利，肯定就連那個沙羅曼達戰鬥群，都會被引到聯邦內地來。」

不過，他同時也具備著成熟大人的慎重。即使抱持著純粹的心意，他也依舊懂得忍耐。當然，他很期待最後的樂趣也是事實。

「為了實現這件事，也必須做出最大限度的抵抗吧。軍隊的士氣如何？」

打算不惜一切努力的羅利亞，隨即把主管軍官叫來詢問。對他來說，如今也只能盡人事聽天命了。既然如此，為了不讓自己後悔，就只能去做好一切能做的事。

「絕對稱不上高，還有收到部分逃兵情況增加的報告。」

「哼，看來要比預定的送出更多督戰隊吧。就從內務部裡選拔人選吧。我想盡可能地早日送過去。」

當然，能做的安排全都安排好了。

身為追夢之人，他為了理想，決定犧牲自己所有的一切。他的奉獻姿態，是如有必要，就算要與全世界為敵也在所不辭的覺悟。

「遵命。」

「還有，想辦法改善收容所的待遇。」

同時，他也知道。

知道夢想與希望有多麼重要；知道人要是沒有夢想與希望，就活像是一具行屍走肉。

「是的，可是這……」

「與其關在裡頭十年，還不如給他們一個月的好待遇，讓他們去跟帝國軍廝殺。國家的財產應該要有意義地使用吧。」

連這種事也不懂嗎？就連對找麻煩的部下，羅利亞也很寬宏大量。

他是夢想與希望的傳道者，必須要讓眾人獲得幸福。而這換句話說，就是要讓包含在眾人之內的自己獲得幸福。

「也就是說，就算是囚犯，也應該要有效運用。知道的話，就給我動起來。」

「失……失禮了，我立刻去辦。」

「如有必要，就懲罰幾個收容所看守以儆效尤……要是進度緩慢，你也是其中一個。」

他要求眾人努力。因為他知道，不論是對誰來說，追逐夢想的姿態都很重要。只要夢想著能夠活下來，相信大家都會好好努力吧。

「是的。」

「別擔心，只要做好該做的事，就不會有任何問題。把這點給我銘記在心上。」

所以，各位，就拜託你們，趕快……趕快讓我看到吧。羅利亞勉強壓抑著心中的糾葛，發出請求。

「很好，你可以走了。」

趕快把那名妖精，帶來我的身旁吧。

統一曆一九二六年七月十八日　東方戰線

大家好。

喜歡清新的空氣與美麗的夜空嗎？想在微風的溫柔環抱下，讓我們以大地為床，眺望著一望無際的雲朵嗎？

走出過度機械化，變得一成不變缺乏個性的城市，前往郊外的世界吧。在那裡，肯定還豐富保留著我們應該回歸的美好自然。

依賴著機械，習慣汽車社會的各位，說不定會覺得走在大地上是件很彆扭的事。

不過，請回想起來。我們的祖先是靠雙腳走路。而如今的我們也一樣是靠雙腳走路。所以就讓我們仿效祖先，到郊外去散散步吧。

啊，開場白說得這麼長，真是不好意思。

下官是負責指揮帝國軍參謀本部派遣沙羅曼達戰鬥群的譚雅·提古雷查夫中校。

現在的工作是武裝遠足。

要說到工作的內容，就是在不論走到哪都滿是泥濘的大地上，坐著摩托車或裝甲車搖搖晃晃地前進。

本來的任務，是要伴隨著作戰發動，擔任進軍的帝國東部方面軍北部集團的側面掩護。這也可以說是要作為參謀本部新設的沙羅曼達戰鬥群，去執行側面警戒任務吧。

不過在丹寧·尼·貝克之戰，東部派已將侵入的敵預備戰力痛打一頓。所以參謀本部似乎是假設不會有敵人出沒，就悠哉地慢慢前進吧。

沒錯，慢慢地。就像是要盡可能避免深入一樣。具體來說，就是以按門鈴惡作劇的氣勢……就像是隨時都能逃走一樣。

（《幼女戰記④ Dabit deus his quoque finem》結束）

Appendixe
附錄

【歷史概略圖】

解說

❶

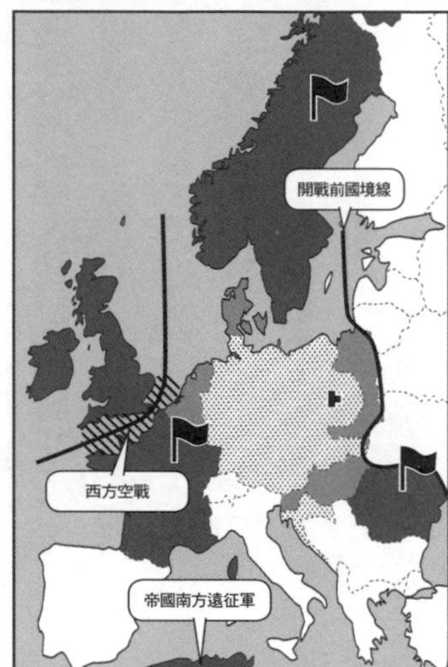

統一曆一九二六年三月十五日。

捕捉到聯邦軍積極動員徵兆的帝國軍參謀本部，緊急發布越境作戰命令。

第二〇三航空魔導大隊開始潛入聯邦領。

❷

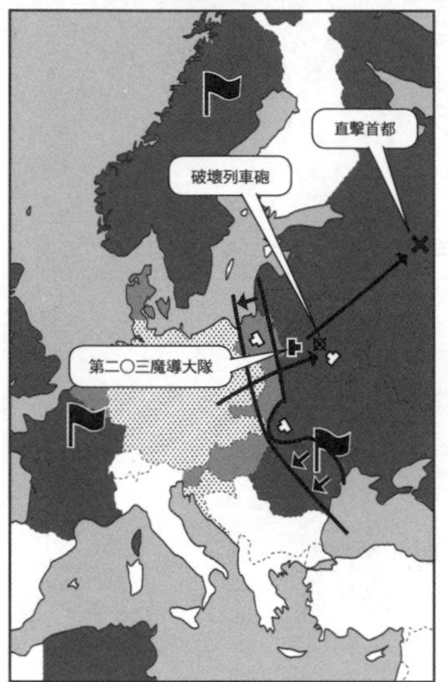

開戰最初，讓包含敵列車砲在內的聯邦軍砲兵陣地喪失戰力。

同日，進入警戒態勢的東部方面軍，在包含列車砲的眾多重砲砲擊之下，放棄國境線。開始遲滯作戰，以待大陸軍來援。

第二〇三航空魔導大隊經參謀本部認可，開始佯攻作戰。首都莫斯科直擊作戰大獲成功。

③

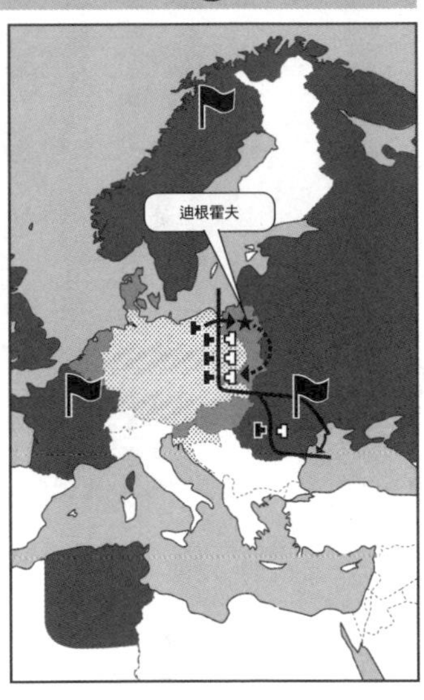

帝國軍在東方戰線全區，持續後退戰鬥。聯邦軍，經三方向繼續西進。帝國軍參謀本部利用內線之利，企圖各個擊破。

第二〇三航空魔導大隊，經東部方面軍的救援請求，前往迪根霍夫。

在重圍之下從事機動防禦戰。

在與聯邦軍戰略預備部隊的衝突之下，第二〇三航空魔導大隊儘管損耗戰力，卻在保持迪根霍夫與牽制、磨耗敵預備戰力上做出貢獻。

④

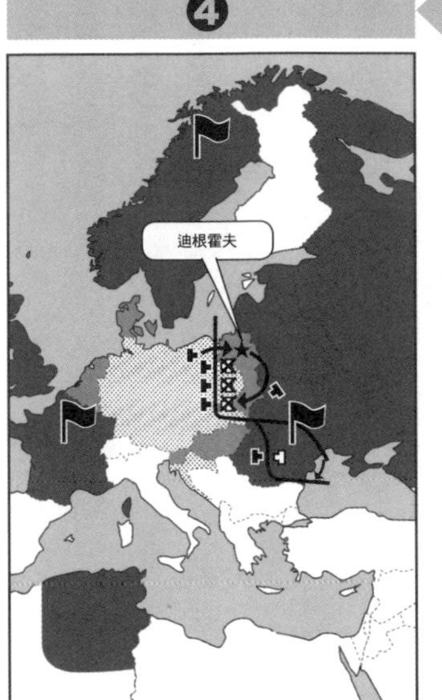

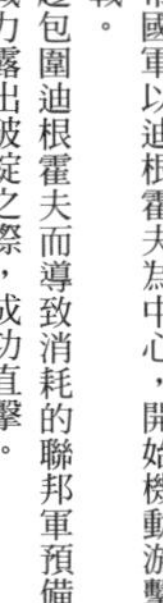

帝國軍以迪根霍夫為中心，開始機動游擊戰。

趁包圍迪根霍夫而導致消耗的聯邦軍預備戰力露出破綻之際，成功直擊。

解說

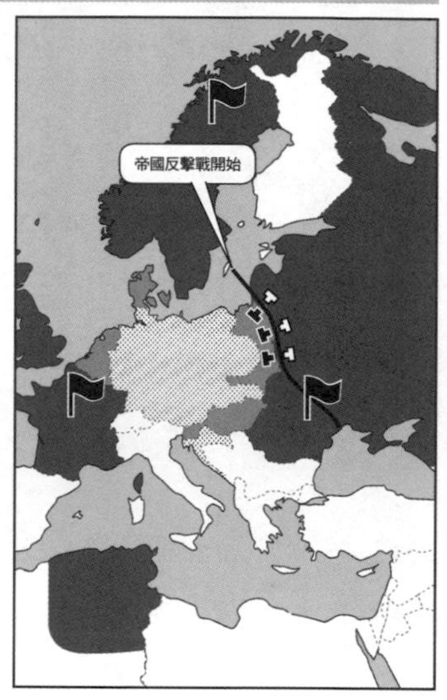

經由統稱丹寧・尼・貝克之戰的一連串會戰，帝國軍奪回在東部的軍事主導權。

⑥

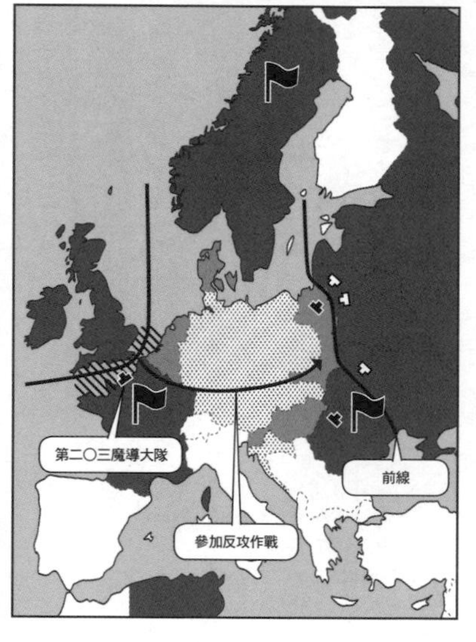

參謀本部基於第二〇三航空魔導大隊的莫斯科直擊作戰，引發內部的政治糾紛為由，將提古雷查夫少校與其他人等轉調西方。

第二〇三航空魔導大隊，基於戰技研究任務參與西方空戰。

在數次小規模衝突之後，在聯合王國上空達成首次的戰鬥搜救任務。任務之際，譚雅・馮・提古雷查夫少校擊墜瑪麗・蘇。

提古雷查夫中校，以第二〇三航空魔導大隊為基幹，編成沙羅曼達戰鬥群。沙羅曼達戰鬥群，前往激戰不斷的東方戰線。

東方戰線的一連串初期戰役，帝國軍在極為成功的戰況下，結合機動力與衝擊力在東部全區成功做出反擊，奪回主導權。

就全面性的狀況來看，帝國是確定占有優勢。

只不過，帝國軍的軍事單位不間斷地承受過度負荷，特別是關於損耗，帝國軍參謀本部認為無法樂觀看待。

另一方面，聯邦軍儘管在首戰受挫，卻不缺縱深防禦的縱深。

儘管戰況正逐漸由帝國軍掌握主導權，戰局依舊是捉摸不定。

兩軍會追求更具決定性的勝戰吧。

後記

購買第四集的各位讀者，讓你們久等了。

不過，雖有說是初夏出刊，而現在可是六月！是六月！（六月最後一天，毫無疑問可說是初夏吧）。因此，也不是不能辯說，我有完美地按照預定日程將本書送到各位手中吧。

此外，雖基於頁面篇幅無法詳盡說明讓我備感遺憾，但請各位注意カルロ・ゼン不是輕小說作家的惡質政治宣傳。《幼女戰記》是貨真價實的輕小說。就從定義上來看，也確定是輕小說吧。這點很重要，所以再重複一次，是包含厚度在內完美的「輕小說」。

重要的通知就暫且擱下，回到後記的主題。《幼女戰記》也終於出到第四集了。

老實說，由於書名太過奇葩，也曾擔心過是否能夠支撐到現在，但看來我意外地受到幸運眷顧。但願能繼續受到各位讀者關愛，就是我最大的幸福。

在此要深深感謝，這次也麻煩設計的椿屋事務所，幫忙校正的浮田大人，Hobby 書籍編輯部的責編藤田大人，還有最重要的，總是幫我完成出色插畫的插畫家篠月大人。

此外，我對篠月大人做了件非常抱歉的事，我毫不懷疑自己具有道義上的義務，要在這裡借用場地深深賠罪。我讓以前聽不懂我在說什麼的篠月大人，迷上列車砲的魅力了。在導致篠月大人說出「反器材步槍還真不錯呢」的眾多要素之中，無法否認自己也具有一份責任吧。

不過，這也是沒辦法的事呢。誰叫列車砲是浪漫的結晶，這也是沒辦法的事。

還請各位讀者千萬不要忘記。

《幼女戰記》是將浪漫與興趣濃縮起來，用浪漫與興趣熬出湯汁，然後再將用興趣仔細調味浪漫的那類某種物體，毫無顧忌地大量投入的釣魚規格。

基於以上理由，故事總算是要前往東部了。我有跟責編說東方戰線「不會太長」，所以預定很快就會結束了。

具體來說，就是人類有史以來的漫長歷史當中的一小部分，只要以歷史的大局流向來看，應該就很短吧。

不過，就算說很短，也絕不要掉以輕心！一旦被釣上，就會在不知不覺之中迷上列車砲的浪漫……對已經買到第四集的各位來說，說不定已經太遲了就是。

二〇一五年六月　カルロ・ゼン

國家圖書館出版品預行編目資料

幼女戰記. 4, Dabit deus his quoque finem / カルロ.ゼン作 ; 薛智恆譯. -- 初版. -- 臺北市 : 臺灣角川, 2016.08

面 ; 公分

譯自 : 幼女戦記. 4, Dabit deus his quoque finem

ISBN 978-986-473-244-9(平裝)

861.57 105011282

Kadokawa
Fantastic
Novels

幼女戰記 4

Dabit deus his quoque finem

（原著名：幼女戦記 4 Dabit deus his quoque finem）

2016年11月28日 初版第1刷發行
2024年4月25日 初版第6刷發行

作 者：カルロ・ゼン
插 畫：篠月しのぶ
譯 者：薛智恆

發 行 人：台灣角川股份有限公司
總 監：呂慧君
總 編 輯：蔡佩芬
主 編：林秀儒
編 輯：邱璦萱
設計指導：陳晞叡
美術設計：黃永漢
印 務：李明修（主任）、張加恩（主任）、張凱棋、潘尚琪

發 行 所：台灣角川股份有限公司
地 址：104台北市中山區松江路223號3樓
電 話：（02）2515-3000
傳 真：（02）2515-0033
網 址：www.kadokawa.com.tw
劃撥帳戶：台灣角川股份有限公司
劃撥帳號：19487412
法律顧問：有澤法律事務所
製 版：巨茂科技印刷有限公司
ISBN：978-986-473-244-9